포워르의
왕,
루구스

포워르의 왕, 루구스

1판 1쇄 찍음 2016년 8월 24일
1판 1쇄 펴냄 2016년 8월 31일

지은이 | 윤희원
펴낸이 | 고운숙
펴낸곳 | 봄 미디어

기획·편집 | 김민지, 김자우

출판등록 | 2014년 08월 25일 (제387-2014-000040호)
주소 | 경기도 부천시 원미구 소향로17, 304(두성프라자)
영업부 | 070-5015-0818 **편집부** | 070-5015-0817 **팩스** | 032-712-2815
E-mail | bommedia@naver.com
소식창 | http://blog.naver.com/bommedia

값 9,000원

ISBN 979-11-5810-244-9 03810

※파본은 구입하신 서점에서 교환하여 드립니다.

포워르의 왕, 루구스

윤희원 장편 소설

Contents

※라이너 마리아 릴케 사랑의 노래(Liebes-Lied) 각 장의 제목으로 차용했음을 미리 고지하는 바입니다.

※ 본 작품은 중세 시대를 배경으로 켈트 · 북구의 신들의 이름을 차용했을 뿐 서열과 사건은 분명한 허구이며, 알려진 판타지 상식과는 전혀 다른 성격으로 쓰였음을 밝힙니다.

서장

때아닌 기습 폭우에 낮임에도 불구하고 주변은 온통 암흑. 건기가 오랜 기간 지속되었기에 지독히도 바랐던 비 소식이었다.

그러나 땅 위의 모든 것들이 촉촉이 적셔지는 기쁨에도 로바노(Lobano) 성의 모든 이들은 일몰을 기다리듯 숨죽이고 있어야 했다. 멀리서 활활 타오르고 있는 수천의 횃불들이 성지를 에워싸고 있었기 때문이었다.

"그래서요? 고작……."

"고작이라니요? 아직도 이 일에 대한 중요성을 모르고 계시다니, 심히 답답하오!"

"볼리 공(公)! 말조심하시오! 감히 영주님 앞에서 답답하다니요!"

앉거나 자리에서 일어난 이들은 고성을 주고받으며 자신들이 내세운 주장만을 되풀이했다.

그 가운데 허연 턱수염이 듬성듬성 난 볼리 공이 서 있었다. 그는 자리에 앉으며 생각에 잠긴 영주 로바노 3세를 바라보았다. 대를 이은 변방의 지주로서 광범위한 자치권을 얻어 중앙 정부의 간섭을 받지 아니하는 영토의 지배자, 로바노 3세인 그를.

그러나 서서히 기울어 가는 지배력과 또 다른 권력자들의 먹잇감이나 다름없어진 현실을 부정하기는 어려웠다. 거기에 로바노 3세는 점점 기력을 잃어 가고 있었다.

"영주께서는 이제 결단을 내리셔야 합니다!"

"볼리 공, 그게 말이 됩니까! 영애를 어찌하여 야만의 왕에게 보낸단 말입니까!"

"그럼, 도저히 용납하지 못할 야만인들에게 고스란히 이 땅을 내어 줄 겁니까?"

격렬한 볼리 공의 발언에 모두 입을 열지 못했다. 전부 발 앞에 떨어진 다급한 사안에 몸서리쳤다.

"그래도 만에 하나 중앙에서 우리 아가씨를 왕후로 내정하겠다는 소문이 사실이라면……."

"지금 왕후가 문제가 아닙니다! 내로라하는 집안의 모든 영애들은 전부 후보라 해도 과언이 아닌데, 언제까지 뜬구름 같은 소문만 믿으실 겁니까!"

"그, 그럼, 볼리 공……."

"지금 우리에게 저들에게 대적할 군사가 있기를 합니까, 아니면 내어 줄 재력이 있기를 합니까? 당장 무너질 성지 외에는 아무것도 없습니다. 그저 목을 내어 주고 죽을 시간만 기다려야

합니다. 밖을 한 번 보시지요. 내리는 비에도 타오르고 있는 횃
불이 보인다면 무슨 말씀이라도 해 보시란 말입니다!"

그제야 관료들은 조용해졌다. 입이 열 개는 더 되었으나 할
말을 찾지 못했다.

로바노 성채를 빼곡히 에워싼 야만족, 무지막지한 공세를 펼
칠 그들은 포악하며 무척이나 잔인했다. 막강한 힘의 우위를 두
고 서서히 주변을 잠식하는 그들을 보며 중앙의 왕마저도 치를
떨 수밖에 없었다.

"열세에 몰렸습니다. 뭐라도 팔아야 합니다. 그것이 아름답기
로 소문난 영애라 할지라도 말입니다!"

앞뒤 구분 없는 소리일지라도 볼리 공의 말에 찬성표를 던지
는 이들이 늘어 갔다. 그리고 로바노 3세를 주시했다. 그 역시도
침묵했다. 나약한 지금의 현실에 더 나은 방도는 없었다.

"로리나를 그들에게……."

마침내 영주의 승낙이 떨어졌다. 하나뿐인 금지옥엽이자 아
름답다 소문이 자자한 귀한 딸을 야만족과의 협상의 도구로 사
용할 아비의 표정은 이미 죽은 자의 모습, 바로 그것이었다.

제1장

그대 넋에 내 영혼이 스치지 않으려면

"거의 열렸어요! 이제 나옵니다. 조금만!"

분만을 유도하는 산파의 주름진 눈가가 땀에 젖었다. 지독한 난산이었다. 좀체 배 속에서 나오지 못하고 있는 어린 생명이 안타까웠다. 긍정적으로 다독였으나 사실 이대로 출산이 되지 못한다면 죽은 생명을 배 속에서 꺼내야 할 판이었다.

그런데 그 순간 눈을 번쩍 뜬 로리나가 앙칼진 눈빛으로 허공에 소리를 질렀다.

"난 왕후다. 내가 왕후야! 아아악! 내가 왕후란 말이다!"

"으앙, 으앙!"

그 뒤를 이어 기적처럼 핏덩이가 태어났다. 불쑥 아랫부분에서 흘러내린 어린 생명. 눈도 뜨지 못한 생명은 두 손을 옴팡지게 꼭 쥐고 온통 피에 젖어 울어 댔다.

"어머나, 고운 영애세요!"

시녀 하나가 기뻐하며 여아의 탄생을 알렸다. 산팡 역시 안도의 숨을 들이쉬고 아이를 무명천에 감아 로리나에게 내밀었다.

"아이고! 아가씨!"

산팡의 비명, 그 비명은 경악에 차 있었다. 그리고 이어지는 시녀들의 숨넘어가는 소리들.

로리나는 산팡이 내민 생명을 노려보고 상체를 벌떡 일으켜 주먹으로 내려친 뒤 멀리 던져 버린 것이다. 그녀의 눈빛에는 살기가 스며 있었다.

"응애, 응애……."

힘없는 울음소리. 그 소리는 잦아들 듯했다. 주변에 경악이 물결쳤다. 그러나 어느 누구도 생각지 못한 그녀의 행동에 앞으로 나서지 못했다.

"그것은 아이가 아니야! 갓 낳은 짐승의 새끼 따위! 내다 버려! 당장!"

로리나의 절규 어린 외침에 애처로이 우는 어린 생명에게 감히 다가서지도 못한 채 모두 얼어붙어야 했다.

회색의 기둥이 양옆으로 도열해 있어 마치 지옥문의 입구처럼 보인다. 한가운데 자리 잡은 높다란 의자.

대대로 로바노의 영주만이 앉을 수 있는 자리였다. 그 차가운 상석에 앉아 있는 로바노 3세는 흡사 석상처럼 아무런 미동도 없었다.

"……여아입니다."

"그래, 그렇군. 로리나는……."

볼리 공의 담담한 보고를 듣던 로바노 3세는 깊은 한숨을 간신히 삼키며 가슴을 부여잡았다.

"다행히 약간의 탈수증세만 있을 뿐 별 탈 없다 합니다. 그러나 정신적인 고통이 심해 당분간 안정과 요양을 해야 할 것이라 합니다."

"그만한 게 다행이지. 그래, 핏덩이는…… 눈과 코는 멀쩡하던가?"

간신히 참고 참았던 물음을 던지는 영주에게 볼리 공은 어떠한 감정도 실리지 않는 음색으로 조용히 알렸다.

"그렇다고 합니다. 다만 영애께서 집어 던지시는 바람에……."

"뭐라?"

로바노 3세는 헉하는 신음성과 함께 한층 주름진 표정으로 비명을 질렀다. 오죽하면 자신이 낳은 아이를 던졌겠는가. 그 심정이 충분히 이해가 된 그는 다만 핏덩이의 안위가 염려되었다.

"혹여 죽었는가……."

"그건 아닙니다만 수유를 거부하시니 초유를 먹지 못하여 쇠약해져 가고 있다 합니다."

친모에게 환영받지 못하는 아이, 정체도 불분명한 아이.

"야만족의 왕, 그자의 정체를 아는 자가 있는가?"

"실체를 본 이는 없습니다만 무척 영리하고 교활하다 하더이다. 거기에 인간을 해하는 존재들로 지독한 약탈자이며 그 성품은 잔혹하기 이를 데 없다고 했습니다."

"인간이 아닌 것……."

그렇다면 차라리 이대로 죽도록 그냥 두는 것이 나을까, 아니면······.

잠시의 적막이 흘렀다. 길게 살지 못할지도 모르는 작은 생명을 두고서 두 사람은 쉽게 입을 열지 못했다. 잠시의 적막이 이어졌다. 그러나 곧 로바노 3세는 볼리 공을 더 가까이 불러들였다.

"자네는 원래의 계획을 실행하도록."

볼리 공의 안색이 지금보다 더 어두워졌다. 시급한 일을 바로 코앞에 둔 채 또 다른 명을 이행하라는 영주의 저의. 그러나 충성해 마지않는 영주의 명이었다. 볼리 공은 이내 고개를 조아렸다.

"알겠습니다. 이미 귀족층의 관심은 둘째 왕자께 옮겨졌습니다. 그러니 우리 역시도 발 빠르게 움직여야 합니다."

"하나 로리나의 건강이······."

"시기는 조율하면 됩니다. 저에게 일임해 주신다면 목숨을 걸고 꼭 성사시키겠습니다."

"자네만 믿겠네. 그럼 아이는 어찌해야······."

"어쩔까요? 버릴까요? 아니면······."

로바노 3세는 깊은 한숨을 내쉬었다. 갓 태어난 핏덩이, 다행히 죽음을 면한 생명은 살아도 산 것이 아니어야 한다.

"살리시오. 이 모든 것은 운명이니 이왕 건진 목숨, 인간이건 아니건 제 삶을 살아가야지."

그래, 혈연이다. 귀한 여식이 낳은 자신의 핏줄이다. 로바노 3세는 어려운 결정을 내린 뒤 눈을 감았다.

다시 눈을 뜬 영주의 눈빛은 현저히 달라져 있었다. 그리고 볼리 공에게 경악할 만한 내용의 명을 전달하기 시작했다.

"로리나는…… 출산을 한 적이 없다. 단지 어린 여동생을 갖게 되었을 뿐."

"여동생 말입니까?"

"우리 둘만 기억하는 문제로 하세나. 어차피 둘째 왕자와 혼약이 성사될 것이니 당연히 이 모든 것은 함구해야 할 터!"

지독한 로바노 3세의 명령에 볼리 공은 고통스런 표정을 지었다. 그러나 그 말에 반박을 하지 못하니 다만 자신의 차가운 손만을 죽도록 맞잡을 뿐이었다.

"또한 산팡을 제외한 산실에 있던 모든 시녀들의 입을 막으시오."

입을 막는다. 그것은 이유 없는 몰살이었다. 아무런 죄도 없는 꽃 같은 시녀들을 단지 그 장소에 있었다는 이유만으로 죽음에 내몰아야 한다는 것.

이렇듯 잔인한 명을 내리고 로바노 3세는 눈을 지그시 감았다. 지독한 이기심과 권력욕을 가지고 있는 건 어쩌면 그인지도 모른다. 그러나 이미 그것을 꿰뚫고 있기에 볼리 공은 더는 구태의연한 말을 이어 가고 싶지 않았다.

영주에게는 대를 이을 후계자가 없었다. 오직 이 땅을 살리고자 몸을 던진 뒤 초죽음이 되어 돌아온 아름다운 딸뿐. 그 딸마저 저 지경이 되었으니 로바노 3세는 다시 한 번 이 상황을 이용해야 했다.

"내 몸이 예전 같지 않소, 볼리 공."

"그런 말씀, 당치 않으십니다."

"그러니 중앙의 둘째 왕자와 우리 로리나의 혼약이 부디 이루어질 수 있도록 그대가 최선을 다해야 할 것이오. 그래야 우리가 살고 이 땅이 온전할 것이니."

"알고 있습니다. 두 팔 걸고 로리나님의 혼사를 반드시 성사시키겠나이다."

"그대에게 영원한 축복이 있기를."

볼리 공의 단호하고도 분명한 대답. 그제야 마음이 놓인 로바노 3세는 힘든 몸을 의자에 기댔다. 볼리 공은 조용히 뒷걸음으로 물러갔다.

로바노 3세는 잠시 어둑한 밖을 바라보았다. 싸늘한 창틀, 거기에 더한 어둠이 밀려드니 아직 보지도 못한 어린 생명의 울음소리가 희미하나마 들리는 것도 같았다.

그날 이후, 성에서 몇 명의 시녀들이 이유 없이 도망간 일이 있었다. 다만 그녀들이 왜 달아났는지만 궁금해했을 뿐 사람들의 뇌리에서 서서히 사라져 갔다.

얼마 지나지 않아 성채와 떨어진 협곡에서 사냥을 하던 사냥꾼들이 땅속에 묻혀 있던 시체 조각들을 발견했다. 짐승의 먹이로 전락한 것이 안타까워 눈살 찌푸리며 바라본 일이 있었다는 소문이 들려올 뿐이었다.

그리고 1년 후.

로리나가 건강을 되찾을 무렵, 산팡은 건강을 핑계로 멀리 휴양을 떠났다. 로리나에게 있어 없어서는 안 될 어미와 같은 존재가 그녀였다. 그러나 많은 나이임에도 불구하고 일에만 매진하는 그녀를 위한 영주의 특별한 선물이라는 말에 로리나 역시 마지못해 허락해 줄 수밖에 없었다.

그러나 산팡에게는 로바노 3세와 볼리 공의 깊은 속내가 함께했으니, 그것은 로리나가 비밀리에 출산한 핏덩이에 기인했다. 죽지 못해 살아 있는 아이를 잠시 동안 간헐온천(間歇溫泉)이 있는 먼 마리스(maris)*에서 키우기로 결정한 것이었다.

"가까이 오게 하지 마. 싫어! 저리 치우란 말이다!"
"아가씨, 그래도 어린 생명입니다."
"산팡! 그건 생명이 아니라 했다! 그것은 괴물의 새끼야."
"아가씨, 부디 모유 한 모금이라도……."
"가까이 오지 마, 산팡. 만일 더 가까이 온다면 이것으로 괴물도 찌르고 너도 찌를 것이다. 그러니 가까이 오지 마!"

지독한 증오. 로리나는 푸른 눈에 살기를 띠운 채 보석으로 장식한 헤어밴드의 날카로운 부분을 검처럼 손에 쥐고는 아이를 노려보았다. 정말 가까이 갔다가는 연약한 아이의 심장을 찌르고도 남을 듯했다.

그리하여 최종적인 결정이 내려진 이곳. 누구도 쉽게 접근하지 못하는 마리스에서 산팡은 영주의 부름이 있기까지 아이를 돌보기로 하였다.

---

*마리스(maris):바다.

불어오는 실바람이 따뜻하게 아이를 감쌌다. 바람이 즐거운지 이제 겨우 걸음마를 익힌 아이가 뒤에서 따라오는 산팡에게 활짝 웃었다. 그 웃음에 늙은 산팡의 주름진 눈가가 길게 접혔다.

그녀는 만족스러웠다. 얼마 만에 느껴보는 평화인지. 거기에 너무나 사랑스런 아이가 함께하고 있었다. 아이가 웃으면 세상 근심이 전부 사라질 정도로 행복하기까지 했다. 그러나 아직 이름도 없는 고귀한 아이가 어미의 젖조차 한 방울 먹지 못한 가련한 처지임은 변함이 없었으니.

아이에게는 신기한 점이 하나 있었는데 바로 외향이었다. 자랄수록 도드라지는 외모는 평범한 것과 거리가 있었다. 아니, 조금은 특이하다 할 수 있었다. 영주인 로바노 3세와도, 금발의 푸른 눈인 모친 로리나와도 전혀 판판으로 아이의 눈은 특이한 금빛에 머리카락 역시도 진한 윤기가 도는 흑색이었다.

산팡은 그날, 퍼부어 대는 빗속에서 로리나를 태운 마차를 똑똑히 보았다. 하여 아이의 신비한 외향은 아마도 부친의 영향이 아닐까 생각할 뿐이었다.

무척이나 이질적인 외향. 심지어 아이의 기분에 따라 엷은 황금색에서 다시 깊고 진한 금빛으로 변하기도 하였다. 또한 그것이 아이를 더욱더 신비한 모습으로 보이게 했다.

"산팡, 그대가 할 일은 아이를 무사히 보호하는 것일세. 만에 하나 티끌만큼이라도 해를 입히게 될 시 그대의 목숨은 그 자리에서 사라지게 될 터이니 명심하게나."

"명심하겠습니다. 한데, 하필이면 마리스여야 하는지요?"

"마리스여야 하는 이유는 자네가 더 잘 알 터인데? 일반인들이 쉽게 갈 수 없는 그곳이야말로 아주 적합한 장소가 아닐까 싶네만."

"그, 그래도 그곳은 안개와 전설이 난무한 곳인지라 혹여 그……."

"전설은 전설일 뿐일세! 안개도 온천의 영향일지 누가 아나? 자네는 쓸데없는 생각 말고 영주님의 명이나 잘 지키면 될 뿐!"

산팡의 의문에도 볼리 공은 굳건했다. 그러나 이 길만이 한 목숨 살릴 방법이라 산팡 역시도 그 제의를 마다할 수는 없었다.

"그럼 언제까지입니까, 볼리 공?"

"영애께서 둘째 왕자와 혼약을 맺어 슬하에 자식을 생산할 때까지."

그렇게 바라는 왕후가 되는 것인가, 아니면 또 다른 꿍꿍이가 있는 것인가. 볼리 공의 마지막 당부를 상기하던 산팡은 다시금 로바노 성이 위치한 방향을 바라보았다.

자식이 생긴 이후라 함은 완전히 잊혀진 아이가 된다는 의미일 터. 얼른 더 늦기 전에 이름이라도 하사하시지. 이름 지어 주는 것이 무에 그리 어렵다고.

산팡은 속없이 투덜거리며 태어난 지 1년이 넘도록 아직 이름이 없는 아이를 향해 미소 지었다. 아이도 종종 걸음을 걸으며 까르르거렸다.

"어휴, 밖에 나오니 기분이 좋으세요? 오늘은 아주 신이 났습니다, 우리 아가씨!"

아직 말문이 트이지 않아 부부거리는 아이는 막 걸음마에 재미가 들렸는지 싱그러운 바람이 불어오는 방향으로 발을 놀렸다.

"바람이…… 아가씨, 바람이 심하게 붑니다. 이리로 오세요!"

산팡은 구름들이 일시에 한쪽으로 몰리며 세찬 바람이 부는 하늘을 올려다보았다. 그리고 그 바람에 아이가 넘어질까 얼른 안아 들었다.

"잠시 피하다 또 해님이 나오면 그때 산책을 합시다. 네, 우리 아가씨!"

그렇게 산팡은 바람을 피해 급히 여러해살이 풀꽃들이 어우러져 있는 그들만의 오두막으로 들어갔다.

"어휴, 무슨 바람이 이렇게 불어 대? 이런 내 정신! 빨랫감을 널어놓고선."

저 혼자 중얼거린 산팡은 아이를 내려놓고 뒷마당으로 통하는 곳으로 급히 나갔다. 집 안에 혼자 남게 된 아이는 배가 고픈 듯 잠시 통통한 손가락을 입에 넣고는 쪽쪽 빨았다.

끼이익, 방금 닫아 놓은 현관문이 바람에 의해 흔들리며 살짝 열렸다. 그 소리에 아이의 시선이 돌아갔다.

아이는 빨던 손을 잠시 내려놓고 바람이 스며드는 문틈으로 한 발 내밀었다. 이상하게도 불어오는 바람에 향긋한 향기가 배어 있었다.

무척이나 포근한 그 향기라 아이는 본능적으로 몸을 앞으로 내밀었다. 그리고 바람 따라 걸음을 옮겨 갔다.

아이는 마냥 즐거운 듯 해사하게 웃으며 입으로 부부거렸다. 바람이 넘실대며 그런 아이의 발걸음을 돕는 듯했다.

앞은 온통 뿌연 안개가 둘러 있었다. 아이는 바로 눈앞에서 보이는 안개가 신기한 듯 그것을 손으로 잡으려 앞으로 계속하여 직진했다.

바로 그 순간, 아이의 통통한 발이 헛발을 딛는가 싶더니 땅에 나 있는 작은 구멍으로 굴러떨어지려 했다. 그런데 앞으로 쏠리던 아이의 몸이 둥실 떠올랐다. 두 손과 발을 아래로 내려트리며 하늘을 나는 듯 땅을 보고 움직였다.

"어부부."

계속하여 부부거리는 아이는 자신의 등을 물고 있는 거대한 짐승을 보지 못했다. 그 짐승은 집채만 했다. 눈부신 하얀 털에 움직일 때마다 광택이 나는 줄무늬.

흡사 비단뱀처럼 빛나는 줄무늬는 짙은 안개에도 불구하고 걸음을 옮길 때마다 오색으로 빛이 났으며 긴 꼬리는 기다란 채찍처럼 위아래로 움직였다. 또한 뿌연 안개를 헤치고 걸어가는 짐승의 네 다리는 거대한 기둥과 같았고 걸을 때마다 움직이는 근육에는 힘이 있었다. 여유로운 걸음걸이에서 엄숙함과 위엄이 느껴졌다.

사사삭, 사사삭.

바람 사이로 살을 가르는 듯한 매서운 소리들이 들려왔다. 짐승은 커다란 귀를 쫑긋하더니 곧 바람보다 더 빨리 내달리기 시작했다. 드센 바람 속에서 세차게 달려가는 짐승의 그림자는 지나가는 땅을 어둠으로 깊게 잠식해 나가며 흔적 없이 사라졌다.

똑. 똑.

동굴 천장에 고드름처럼 매달린 물방울이 마치 보석처럼 아래로 떨어지며 가득 들이찬 공기 속 파문이 되어 퍼져 나갔다. 물방울이 떨어진 그곳에는 맑디맑은 물이 한가득이었다.

그림 같은 풍경. 떨어지는 물방울들이 모여 이룬 작은 연못은 흐르는 세월만큼이나 커다란 호수가 되었고, 호수 표면에 물방울들이 떨어질 때마다 수많은 물결들이 무늬가 되어 일렁였다.

나무의 나이테처럼 둥근 테가 그려진 종유석들이 거대한 조각상들인 양 주변을 메운 한가운데서 기포가 솟아올랐다. 그리고 검은 그림자가 올라오는가 싶더니 수면에 넓게 퍼지며 곧 물 위로 올라왔다. 물결이 저절로 갈라졌다. 마치 경의를 표하듯 팔방으로 갈라지는 물결은 주변 경관과 더불어 또 하나의 볼거리를 만들었다.

물결이 갈라진 그 사이로 솟아오르듯 나온 것은 아무것도 걸치지 않은 장신의 사내였다.

벌거벗은 하체를 감싸듯 물살이 뭉쳐 있어 상체만 드러낸 사내가 얼굴 위로 흐르는 물을 두 손으로 닦아 내며 고개를 뒤로 젖혔다.

등 뒤로 물에 젖어 흘러내리는 긴 머리채가 탐스러웠다. 또한 탄탄한 가슴께를 지나는 물방울들은 그의 몸을 핥듯이 흘러내리고 윤기를 더했다. 사내의 몸은 푸른 금강석(金剛石)* 그 자체였다. 순간, 사내의 눈빛이 섬광을 띤 채 번뜩였다. 입구 어딘가에서 소리가 들려온 것이다. 그는 소리가 들리는 방향으로 고개를 틀었다.

"아르마(arma)!"*

놀란 눈빛으로 자신을 향해 다가오는 거대한 짐승의 이름을 불렀다. 그 짐승은 머리는 사자요, 몸통과 꼬리는 드래곤인 펜리르(Fenrire)였다. 눈부신 하얀 털과 움직일 때마다 빛나는 줄무늬, 거기에 크기가 산만 한 짐승의 입. 입만큼이나 커다란 송곳니까지.

그러나 그는 곧 어이 없이 웃어 버렸다. 커다란 송곳니에 조그마한 뭔가를 물고 있었다.

"먹이를 물고 여기까지 오다니."

기가 막힌 듯 웃음을 머금은 사내는 천천히 물 밖으로 걸어 나왔다.

그는 공들여 세밀히 조각한 조각상 같았다. 군신(軍神)처럼 군더더기 하나 없는 매끈한 몸. 걸음을 옮길 때마다 물방울들이 그에게서 떨어지기 아쉬운 듯 눈물을 흘렸다.

물가로 나온 그는 바위 위에 걸쳐진 천 조각을 손에 들었다. 허리 부근에 느슨하게 묶는 단순한 동작에도 불구하고 그는 빛나고 있었다. 다만 깊고 어두운 눈빛만큼은 거대한 짐승이 고개

---

*금강석(金剛石):다이아몬드.
*아르마(arma):무기, 병기.

22

를 숙일 만큼 위압적이다. 찔러도 피 한 방울 안 나올 것 같은 오만한 지배자가 바로 그였다.

그가 얌전히 자신을 기다리는 짐승을 눈으로 훑었다. 짐승을 대하는 그의 표정은 막 소년티를 벗은 것처럼 장난기가 그득했다.

"다음부터는 먹을 것을 들고 이곳으로 오지 마. 여긴 내 개인 공간이다, 아르마!"

냉정하게 이르는 사내에게 아르마라 불린 짐승은 대답을 하려는 것처럼 입을 벌렸다. 그 순간 맹수가 물고 있던 것이 땅으로 떨어졌다.

"부부."

뒤이어 울먹이는 듯한 소리가 들리고 짐승은 한 발 뒤로 물러났다.

"아르마?"

이질적인 소리, 그 요상한 소리에 사내는 눈을 가늘게 뜨고 다가갔다. 땅에 떨어진 그것은 앙증맞은 두 팔로 바닥을 지탱하며 마치 '끙차' 하는 소리라도 낼 것처럼 발딱 일어났다.

"아니, 이게 뭐야?"

사내는 기함했다. 작았다, 무척이나. 게다가 온전히 서 있는 것이 아니라 부들부들 떨리는 두 다리로 흔들리듯 움직였다. 그것은 두 팔을 앞으로 내밀며 뒤에 있는 아르마를 한 번 보고 사내를 보았다.

사내도 작은 생명체를 보았다. 그는 아무 말도 할 수가 없었다. 아니 뭐라고 말을 해야 할지 마땅한 단어가 떠오르지 않았다. 그는 한 손을 허리에 짚고 또 한 손은 제 턱을 긁으며 못마땅한 기색이 연연한 음색으로 태연히 앉아 하품 중인 아르마를 불렀다.

"아르마!"

"크허엉!"

맹수의 대답이 거대한 함성처럼 주위를 가득 메웠다. 소리는 다시 메아리로 화해 여러 번 되새김되었다. 그러자 걸음을 옮기려던 작은 그것이 또 요상한 소리를 내기 시작했다.

"으, 으어엉! 으앙!"

가히 맹수가 내는 소리보다 더 컸다. 어찌나 요란한지 온 사방을 휘돌아다니며 지치지도 않고 끊임없이 사내의 귀를 괴롭혔다.

"아르마! 대체 어디서 이런 것을 주워 온 거야!"

"크하앙!"

핀잔하는 사내에게 대답하듯 짐승은 자리에서 일어나 걸음을 옮겼다. 그러나 더 이상 사내에게 다가오지 못했다. 작은 그것이 소리를 지르며 다가오는 짐승의 얼굴을 품에 안은 것이다. 아니 정확하게 말하면 짐승의 얼굴 위로 짧은 두 팔을 걸친 것에 가까웠다. 더욱이 아르마가 얼굴을 아래위로 흔들자 그대로 대롱대롱 매달려 있는 형국이 되었다. 아르마의 눈빛이 사내를 향해 도움을 요청하는 듯 변했다.

그 와중에도 요란한 소리는 멈출 기미가 없었다. 보다 못한 사내는 눈을 치켜뜨고는 아르마를 노려봤다. 그다음 어쩔 수 없다는 듯이 매달린 그것을 두 손으로 잡고 떼어 냈다.

"아르마! 이거 갖다 버려!"

사내는 두 팔을 길게 늘려 그것을 잡았다. 그리고 아르마에게
내밀었다.

"크하!"

맹수가 고개를 저었다. 대신 사내에게 고갯짓을 했다.

"아니 왜! 대체 이게 뭔데! 당장 먹어 치우든가!"

"으아앙! 으허억!"

낮게 소리치는 사내의 소리와 맞물려 그것의 소리는 더 강대
해졌다. 사내는 기가 막혀 어쩌지를 못하고 그대로 한참 서 있
어야 했다.

쉬이이, 졸졸졸…….

요상한 소리가 들리는가 싶더니 그것의 가랑이 사이로 물기
가 흘렀다. 그리고는 태연하게도 몸을 부르르 떠는 것이 아닌
가!

"……아르마."

사내가 짐승을 노려보며 손에 든 생명을 앞으로 끌어당겼다.

"대체 이것의 정체가 뭐야!"

눈살을 찌푸리며 눈높이로 들어 올린 사내는 곧 입을 다물었
다. 눈과 코, 작은 입술과 귀에 작은 손가락까지. 그것은 인간의
형상이었다.

"이거…… 인간인가?"

심지어 얼굴은 난리였다. 눈에서는 눈물이 흘러 얼굴을 더럽
혔고 코에서는 콧물이 흘러 입가에 머물렀다. 거기다 생리적인
현상까지…….

"하아, 모처럼 갖는 휴식이었건만…… 아르마!"

사내는 인간임이 분명한 아이를 바라보며 뒤에서 모른 척 딴청을 피우는 짐승을 불렀다.

"레어(Lair)*를 살피고 오라고 했지 누가 인간 아이를 물고 오랬어? 보탄이 알게 되면 네 철저한 독립생활은 무위로 돌아갈 것을 모르지는 않을 텐데?"

"키이잉."

마치 사내의 말을 전부 알아들은 듯이 짐승이 대답했다.

"그리고 가는 길에 포워르들의 경로를 살피라 했거늘……."

'포워르(Poworeu)' 라고 말할 때 사내의 눈빛에 강한 살기가 피어올랐다가 사라졌다. 마찬가지로 짐승 역시 고개를 번쩍 들었다. 비단뱀처럼 윤나는 줄무늬에서 빛이 났다.

"우부부, 맘마."

바로 그때, 아이가 꼼지락거리며 작은 손가락을 내밀었다. 사내가 피하기도 전 그의 턱에 침이 잔뜩 묻은 손가락을 가져다 댔다.

"으아."

사내가 얼어붙었다. 끈적끈적한 손가락이 꾸물거리며 제 얼굴을 만지작거리는 느낌. 난생처음 느껴 보는 생경한 느낌에 사내는 오만상을 써 버렸다. 그러자 잠시 울음을 그쳤던 아이가 다시금 입술을 실룩거렸다. 그것이 다시금 째지는 소리로 이어짐을 인지한 사내는 당장 움직였다. 자신이 몸을 담갔던 호수

---

*레어(Lair):둥지.

안으로 데리고 들어갔다.

　한편 사내가 있는 곳과 멀리 떨어지지 않는 곳에서 잠시 휴식을 취하던 정백(精魄)*들이 순간 긴장한 채 고개를 바짝 들었다.

　"하겐(Hagen)께서는 아직이신가?"

　"아무도 접근치 말라 하셨습니다."

　은빛 갑옷을 걸친 채 생각에 잠겨 있던 보탄은 붉은 하늘을 올려다보다 다시금 정백들을 돌아보며 주의시켰다.

　"아직 보병궁*과 마갈궁*이 흘러들어 오지 않았다. 지금이 하겐께서 가장 취약한 시기이니 그대들이 각별히 유념해야 할 것이다."

　"명심하겠습니다."

　"절대, 포워르들이 하겐님의 상태를 눈치채게 해서는 안 돼. 절대로."

　"예!"

　당부에 당부를 한 보탄은 눈빛을 굳히며 다시금 말에 올랐다. 쏜살같이 내달리는 그의 말에는 작은 뿔 두 개가 상징처럼 솟아나 있었다.

---

　*정백(精魄): 만물의 근원을 이룬다는 신령스러운 기운. - 본 작품에서는 수호 대대를 지칭. (All things are spiritual sense constitutes a source of energy.)

　*보병궁:물병자리.

　*마갈궁:염소자리.

제2장

내 영혼을 어떻게 지탱해야 할 것인가

움푹하게 파여 있는 분지(盆地)이자 바다라는 의미의 마리스.

주변이 더 높은 지형으로 둘러싸인 평지이며 보통의 평야보다 지대가 높고 기온의 교차 또한 컸다.

그런데 오늘, 태양의 뜨거운 열기에 펼쳐진 푸른 초원이 불어대는 바람에 맞추어 흔들릴 때마다 들리는 소음이 있었다. 그것은 너무나 생경했으며 불협화음처럼 연속해 초원을 어지럽히고 있었다.

땅에서 시작한 소리는 작았다. 그러나 미약한 소리에 비해 땅은 수천 배나 요란하게 흔들렸다.

그 소리들은 제법 너른 초원을 지나 낮은 산처럼 우뚝 솟아 있는 침엽수들의 숲에서 시작되었다. 곳곳에 산재한 거목들이 흡사 살아 있는 모양새로 꿈틀거리는 지역.

콰르릉, 쾅쾅!

크고 작은 간헐천(間歇泉)에서 하늘을 뚫을 듯 물을 뿜어내는 소리가 우렁찼다. 특히나 유황 냄새를 풍기며 솟아오르는 수많은 간헐천 중 가장 서쪽에 위치한 곳은 독보적으로 크고 가까이 갈 수 없을 정도로 위험해 보였다. 바로 그곳에서 함성은 끊이지 않고 들려왔다.

쿵쿵. 간헐천이 뿜어내는 신비로움과 레드우드 거목들이 과시하는 거만함, 그리고 엄청난 함성. 그 소리를 따라 땅속으로 깊게 파고들면 또 다른 지하 세계가 펼쳐졌다.

일명 가이저 브레스(Geyser breath). 간헐천의 입김이라는 거대한 제단이 한눈에 보이는 곳. 바로 그곳에 각종 무기를 든 포워르들이 눈에 불을 키고 한곳을 응시하고 있었다. 그들은 전부 진득한 살기를 표출하며 단단히 기합이 들어 있었다.

신전 벽면에 걸려 있는 거칠게 잘라 놓은 나무가 활활 타올랐다. 그 나무는 땅속의 등불이 되었다. 불이 공기를 타고 흔들릴 때마다 괴물 같은 포워르들의 표정이 순간순간 드러났다 다시 어두운 그림자로 변해 버렸다.

"들어라! 전사들이여!"

다시 한 번 전쟁을 방불케 하는 거대한 함성이 쏟아졌다. 제단의 한가운데 무엇보다 거칠고 잔인해 보이는 그들의 왕이 한 손을 치켜들고 시선을 모으고 있었다.

"우리의 날은 멀지 않았다. 곧 지상의 풍요로운 땅은 우리 차지가 될 것이다. 또한 많은 인간 제물들로 승리의 영광을 대신할 것이다. 때를 기다려라. 나의 전사들이여! 우린 포워르다!"

"카스카(Casca)! 카스카!"

"포워르! 포워르!"

수많은 포워르들이 함성을 지르며 연호했다. 제단 위의 카스카는 비열한 웃음으로 화답했다. 자신의 이름, 왕 중의 왕인 그 이름이 너른 제단에 퍼져 나가는 것이 매우 흡족하였기 때문에. 이제 이곳뿐 아니라 곧 지상의 곳곳이 제 손에 들어올 것이다.

그러나 수천의 포워르들을 고조시키던 열정적인 모습은 뒤로하고 긴밀한 회의를 위해 자리를 옮긴 후에는 처음부터 그랬던 것처럼 냉랭한 표정을 지었다.

거대한 바위를 쪼개어 탁자로 만들고 마찬가지로 거목을 잘라 의자를 삼은 그들은 서로의 눈치들을 보고 있었다. 가운데 자리에서 눈을 감고 있는 왕의 입이 열리기를 고대하며.

카스카, 포워르의 왕. 그의 상반신은 붉은 상흔과 더불어 온통 푸른색이었다. 가슴 부근에만 가죽을 두른 모습은 위압적이며 잔혹했다. 특히나 드러낸 어깨에서부터 허리 부근까지 고대 문자가 주문처럼 새겨진 모습은 소름이 끼칠 정도로 괴기스러워 보였다.

그런데 뒤이어 들린 소리는 바라고 있던 왕의 목소리가 아니었다. 눈 깜짝할 새 날아온 기다란 양날검이 바람을 가르는 소리였다.

"카스카!"

검에 의해 옆에 앉아 있던 포워르의 목이 그대로 잘려 나갔다. 잘린 목에서 흐르던 피조차 재빠른 검 실력에 겁을 집어먹고 그대로 사그라졌다.

"카스카! 부, 부디 아량을 베푸소서!"

일제히 무릎을 꿇고 머리를 조아린 포워르들은 카스카의 날선 시선 앞에 몸 둘 바를 몰랐다.

"우리 포워르족은 천 년 이상을 천대받았다."

그릉그릉거리는 음성이 마치 식도에 구멍이라도 뚫린 듯 거칠었다. 누구도 고개를 들지 못했다.

"그런 우리가 드디어 지상의 풍요로운 땅을 손에 넣을 수 있는 절호의 기회가 생겼는데 그것을 날려 버릴 수야 없지 않은가!"

"그렇습니다!"

"그런데!"

잠시 카스카의 눈빛이 매섭게 변했다. 매서운 살의에 옆에 있던 포워르가 비명도 지르지 못하고 쓰러졌다.

잘린 목이 공처럼 굴러 벽에 부딪쳤다. 한껏 고개를 조아렸던 모든 포워르들은 몸서리치는 소리에도 행여나 왕과 시선이 부딪칠까 두려움에 떨며 점점 더 몸을 수그렸다.

"고작 덩치만 큰 펜리르 한 마리를 생포하지 못해서 비와 바람을 탓해?"

"송구합니다! 부디 다시 한 번의 기회를 주시옵소서!"

"펜리르와 요르문가드인가!"

카스카의 눈빛이 폭발하였다. 두려움에 벌벌 떠는 주변을 살핀 뒤 어깨를 내리며 그들을 노려보았다.

"요르문가드가 우리 포워르를 진흙땅으로 뒤덮인 지옥으로 몰아낸 당사자인 것을 알고나 있는가!"

정막. 포워르들의 숨 쉬는 거친 소리도 파괴적인 기운을 가진

31

카스카 앞에서는 맥을 추지 못하고 실낱같은 숨이 사그라졌다.

"지금이 절호의 기회이거늘. 그놈, 요르문가드가 가장 힘 쓰지 못할 시기가 바로 지금! 보병과 마갈궁이 자리를 잡지 못하고 있는 지금이야말로 그놈의 심장을 도려낼 절호의 기회이다!"

"기회를!"

모두가 한목소리로 외쳤다. 손에 든 무기들을 이용해 바닥을 쳐 대며 지축이 울리도록 카스카의 배려와 아량을 바랐다. 포워르들의 행동이 지극히 만족스러워 카스카는 피가 묻어 있는 양날검을 뒤에 있는 보좌관에게 넘겼다. 그리고 다시 단호히 외쳤다.

"그놈을 죽인다. 이번 태양이 달과 합쳐지기 전에. 또한! 그들을 수호하는 펜리르의 둥지들을 찾아내 불살라 버려라. 그 길이 우리 포워르족이 하급의 종족이라는 더러운 불명예를 벗는 길이다. 명심해라! 우리는 지상의 땅을 갖는다!"

"갖는다! 갖는다!"

구호와 함께 모여든 포워르들의 절규. 지축이 흔들리며 간헐천들을 자극했다. 그리하여 주변의 간헐천들까지 일제히 소리를 지르며 분출했다. 모든 것이 흡족한 카스카. 그때 재빠른 파수꾼 모리피가 해머(hammer)*를 등에 멘 고정구에 꽂고 옆으로 붙었다.

"알아보았나이다."

은밀한 그의 말에 카스카는 고개를 끄덕이고는 보좌관에게

---

*해머(hammer):무기의 일종.

눈짓했다. 그러자 파수꾼과 그를 남긴 채 뒤로 한 걸음 물러났다.

"알려라."

"여아랍니다."

"흠. 눈과 머리는?"

"그, 그게 볼 수는 없었으나 알아본 바 흑과 금이라 합니다."

"흑과 금이라……."

"어찌할까요? 행방을 좇을까요?"

"아니 그냥 둔다."

"왜……."

"인간의 피가 섞였으니 우리와는 달리 세월을 먹게 되겠지. 아직은 작은 핏덩이에 불과해. 적절한 시기가 오면 내가 직접 데리고 올 것이다."

"그래도 만에 하나 그분의 치명적인 정체를 인간들이 알게 되면 어찌하려 하십니까?"

"아하하하!"

파수꾼의 염려에 포워르의 왕은 목을 한껏 젖히고 천둥처럼 웃어 댔다. 웃음소리는 귀를 멀게 하고 머리까지 울리게 만들었다.

"멍청한 인간들이 나의 왕을 어찌 알아볼까! 그것들은 버러지에 지나지 않아! 그러니 절대 알아보지 못한다!"

"그래도 혹 인간들의 시기와 질투에……."

"그 정도는 견뎌야 하는 법. 단단한 쇠붙이는 뜨겁게 달굴수록 강해지는 것이지. 그래야 지상의 제왕이자 포워르의 왕이 될 재목으로 다져질 것이다. 다만 멀리서 지켜라! 인간들의 눈에 뜨이지 말고 철저하게!"

"알겠습니다!"

그렇게 파수꾼이 사라지자 카스카는 입가를 비릿하게 올렸다.

그날, 건기가 끝나고 기습적인 폭우가 내리던 날. 3000년 묵은 예언자의 말대로 비너스(Venus, 金星)의 수호를 받아 태어난 황금빛 머리와 푸른 눈을 가진 인간 여자의 태에 씨를 심었다.

그리고 드디어 얻었다. 흑과 금의 아이.

여아면 어떻고 남아면 어떤가. 분명한 것은 나의 뒤를 이어 천지가 개벽할 세상을 만들 포워르의 왕이 될 텐데…….

"아하하하! 이거 경사로군. 축제라도 열어야 할 터인데!"

깊은 유황 냄새를 풍기며 입이 찢어져라 웃었다. 왕을 바라보는 포워르들은 어안이 벙벙한 상태. 그러나 유일무이한 절대자에게 감히 물을 수는 없으니 다만 눈만 희번덕거리며 다시 한 번 요르문가드와 펜리르를 없애고 포워르의 세상이 되기를 바라고 또 바랄 뿐이었다.

❈ ❈ ❈

수정처럼 맑은 물속. 부유하는 모든 것들이 환상적으로 하느작거렸다. 둥글게 뚫린 천장에서 태양빛이 춤을 추며 직선으로 들어왔다. 그 빛이 마치 자신의 갈 길인 양 짧은 두 팔을 뻗치며 잡으려고 헤엄치는 작은 아이는 숨쉬기가 버겁지도 않은지 잘도 물속을 헤치고 다녔다. 도리어 놀란 것은 사내, 하겐이었다. 발악하듯 째지는 울음소리를 막을 겸 또 냄새나고 더러운 몸을 씻길 겸 자신만 사용하는 천연의 호수에 아이를 데려왔다.

처음에 아이는 그의 품에서 코를 훌쩍이며 맑은 물만 바라보았다. 그가 물속으로 몸을 담그고 아이의 발 하나를 물에 밀어넣자 본능적으로 매달렸다.

"뭐냐, 이것은?"

하겐은 아이의 작은 손짓이 무척이나 생경했다. 인간 아이. 그들과는 이질적으로 다른 생명. 하등하고 욕심 많으며 오로지 재물과 탐욕만 가득한 것이 인간이었다. 어떤 면에서는 지독한 포워르족과 닮은 종족인 것이다.

"흥, 고작 인간 주제에."

하겐은 망설이지 않았다. 하여 두려워하는 것이 분명한 아이의 겨드랑이를 양손으로 잡고서 그대로 밀어 넣었다. 그리고 물속에서 다시 꺼냈을 때…….

"까르르!"

마치 구슬이 굴러가는 것처럼 웃음을 터뜨렸다. 그 소리는 종유석에 부딪치고 다시 수면에 튕겨 파문을 만들었다. 하겐은 자신이 잘못 듣고 잘못 본 줄 알았다.

웃다니, 차라리 울 것이지 어떻게 웃을 수 있나. 그것도 작디작아 벌벌 떤 주제에.

그는 다시 한 번 물속으로 아이를 넣었다. 물에 잠긴 아이가 팔과 다리를 버둥거리다가 그대로 호수 안으로 흘러가 버렸다.

"어, 잠깐!"

물속으로 들어간 아이를 어쩌지 못하는 하겐. 그의 손에는 아이가 걸치고 있던 옷자락만이 남아 있을 뿐이었다. 결국 덩달아 들어가게 된 하겐은 모른 척 넉살을 피우는 아르마를 원망했다.

"아르마! 두고 보자!"

눈부신 햇살. 사다리처럼 내려온 태양빛. 환하게 웃으며 버둥거리는 통통한 아이.

하겐은 어설프게도 아이의 천진한 웃음에 따라 웃고 말았다. 생각보다는 나쁘지 않은 기분. 그렇게 하여 하겐은 한참을 아이와 함께 물속에서 즐거이 시간을 보내게 되었다.

얼마나 시간이 흘렀는지 수정같이 맑았던 햇살에 색이 묻어 나왔다. 저물어 가는 저녁놀에 종유석으로 둘러싸인 호수는 점점 붉은색으로 변해 갔다. 하겐은 생각지 못한 아이와의 유희에 물 밖으로 나와서도 저 혼자 피식거렸다.

"생명이 있는 어린 새끼는 무엇을 막론하고 귀여운 법이지."

마치 어쩔 수 없다는 당위성을 스스로에게 납득시키듯 고개를 끄덕였다.

"크아항!"

하겐의 혼잣말을 들었는지 거대한 송곳니가 온전히 보이도록 한껏 입을 벌리는 아르마가 있었다. 그러거나 말거나 하겐은 얌전히 바위 위에 있는 아이 앞에 앉아 물기를 닦아 주었다. 아이는 작은 팔을 버둥거리며 입을 오므린 채 계속하여 그와 교감하기를 원했다. 그런데 그게 또 어찌나 귀여운지, 처음에 보았던 것과는 다른 감정에 하겐은 어색하기만 했다.

"작은 것은 귀엽다니까."

속삭이듯 피식거리는 그에게 아르마가 푸르르거리며 콧김을 내보낸다. 하겐이 정색했다.

"너도 새끼 때는 귀여웠다, 아르마."

그래, 갓 태어난 아르마가 다른 펜리르에게 밀려 차가운 땅 위에서 버둥거릴 때 하겐이 운명처럼 주워 들었다. 미래에 그를 수호할 위대한 아르마를.

그래, 그것과 같아. 이 어린 인간도 작고 연약해. 혼자 둔다면 분명 다른 짐승의 먹이가 되거나 추위에 얼어 죽겠지. 그러니 어쩔 수 없이······.

하겐은 제 옷자락을 들었다. 아이에게 대 보며 만족스러운 표정을 짓더니 소리도 크게 쭉 잡아 찢었다. 아이가 걸치고 있던 남루한 옷자락은 다시 입힐 수가 없었다. 하겐은 두 팔을 벌리는 아이의 몸을 옷자락으로 감싸 안아 들었다.

"이리 와."

하겐의 말을 알아들은 듯한 아이는 눈망울이 무척이나 맑았다. 낯선 사람임에도 경계하지 않고 쉴 새 없이 미소 짓고 옹알거리며 하겐을 정신 못 차리게 만들었다. 조막만 한 얼굴에 오밀조밀하게 박힌 눈과 코, 그리고 작은 입술. 그중에서도 맑기만 한 아이의 눈이 신기할 정도로 마음에 들었다.

"인간의 눈동자는 뭔가 신비하군."

"우부부. 맘마, 맘마."

아이는 대답하듯 그의 품에서 버둥거렸다. 그러나 그는 아이가 무엇을 말하는지 잘 이해되지 않았다. 인간 아이는 제대로 된 말을 하지 않던가?

"대체 인간 아이를 데리고 온 이유가 뭐야?"

하겐은 아이가 이곳에 있는 것이 신경 쓰였다. 이곳은 인간이 들어와서도 안 되고 알아서도 안 되는 미지의 영역이다. 하물며 어린 인간이라니.

"크항……."

아르마는 몸을 일으켜 동굴 밖을 주시했다. 언제 입가에 웃음을 담았는지 알 수 없을 만큼 하겐의 눈빛은 철저한 벽을 쌓으며 날카로워지기 시작했다. 마치 야누스의 가면을 쓴 것처럼 단숨에 바뀌어 갔다.

"그들이 왔었는가!"

포워르족. 짓씹듯이 읊조리는 하겐. 아르마가 강대한 몸을 돌리며 반짝이는 줄무늬에 살기를 띠었다.

"그렇군. 이제 영역을 두려워하지 않는다라…… 비천한 것들."

하겐은 즉시 몸을 돌렸다. 낮고 가라앉은 음색으로 그들에 대한 반감을 숨기지 않았다.

"별자리가 바뀌는 즉시 그것들은 전부 몰살할 것이다. 맹세코!"

그의 눈빛과 표정, 단단히 서 있는 모습까지. 언제 아이를 안고 웃었나 싶을 정도로 그의 모습은 대단한 위압감을 내보였다. 위엄 서린 그의 자세가 엄숙했다. 또한 눈빛만으로도 상대를 압도할 만큼 강력한 힘이 드러났다.

어느새 다가온 아르마가 고개를 숙였다. 그에게 압도당해 온전히 목숨이라도 내놓을 듯. 하겐은 아르마의 머리를 쓰다듬었다. 그를 수호하는 영물이자 펜리르인 아르마.

"그래, 함께 간다."

그때, 하겐의 한 팔에 안겨 있던 아이가 울먹거렸다. 거대한 짐승과 존재감이 뚜렷한 그 사이에서 움츠러든 것이다. 커다란 눈망울에서는 곧 수정 같은 눈물이라도 흘릴 듯 물기가 찰랑거리고 있었다.

"이런. 아니, 너에게 하는 말이 아닌데."

"맘마, 맘마."

"응? 뭐라는 거냐? 말을 해야 알아듣지, 작은 인간아."

하겐은 작은 손가락을 입안에 넣고 빨고 있는 아이를 난처한 듯 바라보았다. 아이는 먹을거리라도 되는 양 쪽쪽 소리가 나도록 힘차게 빨아 댔다. 하겐은 제 머리를 치고 싶었다.

"그래, 배가 고픈 거야. 먹을 것이 필요하겠어."

대단한 발견인 양 또다시 그의 표정이 환해졌다. 그리고 고개를 갸우뚱거리는 아르마에게 눈짓했다.

"흠, 인간의 아이는 무엇을 먹지? 우리와 같은 것?"

하겐은 아직도 손을 빨아 대는 아이를 제 품에 단단히 묶기 시작했다. 그것도 자신의 옷자락으로.

"보탄이 보면 잔소리 꽤나 하겠는걸? 들키지 말아야 할 텐데."

농담처럼 아르마에게 한 눈을 찡긋거린 하겐은 아이가 제 가슴에 얼굴을 파묻자 꽤나 만족스러운 눈치였다. 그리고 몸을 쭉 폈다. 가슴팍에 매달린 존재가 성가시기는 했지만 뭐, 아무렴 어쩌랴. 생명을 살리는 길인데. 하겐은 아르마에게 알렸다.

"성전으로 간다."

그리고 바람처럼 앞서서 내달리기 시작했다. 물론 그 뒤를 아르마가 호위하며 따라가는 것은 당연한 일이었다.

눈부신 대리석 기둥이 어느새 저무는 저녁놀에 따라 전광(電光)같은 빛을 내뿜었다. 빛은 일제히 전실(前室)을 가득 메우고 점차 수평선으로 태양이 넘어감에 따라 끝없이 도열된 기둥을 그림자로 만들며 긴 회랑 안에서 사라졌다. 일시에 벽과 기둥 옆의 횃불이 활활 타올랐다.

"그래서 포워르들이 집결된 곳이 어느 간헐천인 것까지 밝혀냈단 말인가?"

"네, 그렇습니다."

"그런데 왜 거기서 멈췄지?"

"뜨거운 물줄기가 일대를 덥자마자 간헐천의 입구는 사라지고 없었습니다."

정찰을 떠났던 수호대가 돌아와 보탄에게 보고를 하고 있었다. 그들은 하나같이 수려한 외모와 은빛 갑옷, 가느다란 활을 등에 메고 허리에는 바스타드 소드*를 차고 있었다.

"혹 우리 정찰대가 그들에게 들켰는가?"

"그럴 리 없습니다. 포워르들은 다른 곳에 신경이 팔려 있는 것으로 보였습니다. 더욱이 아르마가 중간에 시선을 분산시켜

---

*바스타드 소드: 긴 손잡이. 한손으로도 양손으로도 사용할 수 있는 검.

준 덕분에 교란이 쉬웠습니다. 절대 우리의 위치가 발각되었을 리가 없습니다."

"그렇군. 아르마가…… 그렇다면 다행이고. 오늘처럼 간헐천의 입구가 열리는 일은 매우 드물다. 분명히 아래쪽에 그들의 본거지로 가는 지름길이 있을 터. 다음에는 안으로 들어가 소탕할 기초를 다져야 한다. 반드시!"

"네! 명심하겠습니다, 보탄!"

10명의 정찰대는 한 몸처럼 몸을 돌렸다. 일사불란한 몸짓이 긴장감을 더하고 그들이 사라지자 혼자 남은 보탄은 긴 한숨을 내쉬었다.

"별들의 움직임이 완전하게 끝나는 그날 포워르와의 질긴 전쟁도 끝이 날 것이다."

마치 승리를 장담이라도 하듯 보탄은 힘 있게 말했다.

그가 앞서 하겐의 영역으로 들어가는 순간 앞에서 보초를 서던 정백이 고개를 숙였다.

"오셨습니까. 보탄!"

"수고가 많군. 하겐께서는?"

"그것이 아직…… 어떠한 인기척도 없습니다."

"그럴 리가. 태양이 저물었으니 이미 당도했을 터인데."

"아, 그러고 보니 동편 쪽으로 날갯짓 소리가 얼핏……."

"뭐라고? 그럼 또 방랑자처럼 월담이라도 하셨는가?"

보탄의 탄식에 정백은 살짝 웃음을 머금고 고개를 숙였다. 그리고 높고 기다란 문의 손잡이를 잡아 그를 위해 문을 열어 주었다.

"큰일이야. 아직도 자유로운 영혼을 주체치 못하시다니. 이제는 능히 지배자로서 이상을 펼치셔야 하거늘."

보탄이 걸어가는 곳은 높다랗고 긴 대리석 다리 위였다. 수천 높이의 절벽 길을 따라 맑은 물이 흐르는 소리가 마치 음률처럼 흐른다. 바로 절대자 하겐의 영역. 그 이름도 영광스런 하겐 알베리히 요르문가드(Hagen alberihi Jörmungandr).

"아르마?"

보탄이 다리를 건너 안으로 들어가자마자 그 앞에 떡 버티고 있는 거대한 펜리르를 만났다. 아르마는 그를 보자마자 바람처럼 주변을 맴돌았다. 마치 더는 안으로 진입하지 말라는 듯이.

"아르마, 이러면 안 됩니다. 길을 열어……."

"크앙!"

그러나 보탄의 사정을 헤아리지 않는 아르마는 더 강하게 으르렁거리며 앞을 막았다.

"하겐! 하겐!"

보탄은 도움을 요청하듯 하겐의 이름을 소리쳐 불렀다. 이 거대한 영물은 오직 하겐의 말만 들으니 펜리르의 날카로운 이빨에 뜯기지 않으려면 그를 소리쳐 불러야 했다.

"아르마!"

역시나 주둥이를 크게 벌리고 다가오던 아르마가 자신을 부르는 하겐에 의해 석상처럼 굳었다. 그리고 마음에 들지 않는 듯 콧김을 팽 뿜으며 어슬렁어슬렁 몸을 돌렸다. 거대한 꼬리로 보탄의 가슴팍을 쳐 두는 것을 잊지 않았다.

"윽, 하겐……."

그렇게 보탄이 가슴팍을 부여잡을 때 하겐은 한 팔로 아이를 감싸 안은 채 산양유에 적신 귀한 건살구를 아이의 입에 넣어 주고 있었다.

역시나 짐작대로 아이는 배가 고픈 것이었다. 어찌나 잘도 받아먹던지 하겐은 입을 턱까지 내린 채 감탄하는 중이었다.

그런데 하필이면 보탄이라니. 잔소리 꽤나 듣겠는걸.

"여어, 보탄."

"하겐, 아르마를 좀…… 하겐!"

보탄은 아르마에게 좀 더 자신을 각인시켜 달라 부탁하려 했었다. 거칠고 잔악하기는 포워르 못지않은 것이 펜리르였다. 그러나 그 말은 쑥 들어가고 경악의 비명이 그의 입에서 터져 나왔다.

"아, 아니. 지금 품에 안고 있는 그것이…… 대체……."

"아, 이 아이? 잘 먹지 않는가? 먹성이 대단해."

직선적인 보탄이 말을 더듬거렸다. 그러나 하겐은 너무나 태연한 얼굴로 연신 먹을 것을 입으로 가져가는 아이를 대견하게 바라보았다.

보탄은 그 자리에서 움직이지 않았다. 다만 손으로 아이를 가리키며 당황한 듯 간신히 숨을 삼켰다. 그는 말문을 열지 못했다.

배가 오동통한 아이를 하겐이 품에 보듬어 안았다. 제 어깨에 기대게 만든 다음 본능처럼 아이의 등을 도닥거려 주었다.

"끄억."

"야아, 애 좀 봐."

정말 아이는 시원하게 트림했다. 그리고 즐거운 듯 옹알거리며 짧은 두 팔로 하겐의 목을 잡고 작은 머리를 기댔다.

"먹보다. 아르마보다 더 잘 먹어."

입으로는 투덜거리면서도 무척이나 대견한 듯 어깨에 얼굴을 묻은 아이를 얼렀다. 곧 색색거리는 숨소리가 귓가를 간질이더니 어느새 아이는 잠이 들어 버렸다. 또 그것이 즐거운지 하겐은 쿵쿵거리는 아르마에게 조용히 하라며 신호를 보낸 뒤 춤을 추듯 걸었다. 그제야 정신을 차린 보탄이 단단히 마음을 먹고 하겐 앞에 나섰다.

"이게 대체 어떤 일인지 설명을 해 주시지요, 하겐!"

"별일 아니다. 아르마가 물고 온 어린 인간을 잠시 보살피는 것뿐."

"아르마가 물고 와요? 이곳에? 게다가 인간을?"

탄식하듯 제 이마를 짚은 보탄은 곧 쓰러질 듯했다.

"천공(天空)의 바람 신과 위대한 발퀴랴(Valkyrja)* 여신의 유일한 혈육이신 요르문가드님!"

일목요연하게 소리친 보탄은 당장 한 무릎을 꿇었다. 얼마나 심각한 상황인지 행동으로 보여 준 것이다. 하겐은 어쩔 수 없다는 듯이 한숨을 삼켰다.

"그냥 말해, 보탄."

보탄이 몸을 일으켰다. 그리고 하겐의 품에서 잠들어 있는 작은 인간을 주시하며 하겐에게 읍소하기 시작했다.

---

*발퀴랴(Valkyrja):발키리.

"인간은 우리의 영역과 엄연히 다른, 저희들의 소관이 아닙니다. 그러니 당장 돌려주셔야 합니다."

"알아. 그럴 것이다."

"그렇다면 다행입니다."

"그래도 아직 너무 작고 연약하잖아. 당분간……."

"하겐!"

보탄이 목소리를 높였다. 시끄러운지 아르마가 두 귀를 아래로 내리며 뒷걸음치고 하겐 역시 그럴 줄 알았다는 듯 씁쓸하게 웃었다.

"동정은 금물임을 하겐께서 더 잘 아시는 것 아닙니까? 더구나 포워르에 버금갈 정도로 탐욕스런 인간이 작고 연약하다니요. 휴우, 발퀴랴 여신께서 이 사실을 아신다면 죽음의 제단에서 벌떡 일어서실 겁니다."

쩌렁쩌렁, 하겐은 제 귀를 막고 싶은 심정. 아르마 역시 보탄의 한마디 한마디가 요란하게 울리자 저편으로 돌아나갔다. 오직 하겐만이 잠든 아이를 다독거리며 난처한 표정으로 보탄의 심정을 헤아리려 했다.

"알겠어, 알겠다고."

"네! 다행입니다. 그러니 당장 원래 자리로 그 인간을 돌려보내십시오!"

"그런데 아르마가 물고 온 것이란 말이지……."

"하겐!"

보탄의 기세가 점점 더 강해졌다. 하겐의 스승이자 정백들의 수장인 고결한 보탄. 하겐의 모친인 발퀴랴 여신의 돈독한 신임을 받았으며 죽음의 순간에 접어든 여신이 유일하게 어린 하겐을 부탁한 존재가 그였다. 그러니 하겐은 보탄의 심정을 모른 체할 수 없었다.

"꼭 원래대로 돌려놓지, 보탄."

"다행입니다. 인간은 절대 우리 정령들이 가까이해서는 안 되는 아주 위험하고 음험한 종족입니다. 게다가 곧 포워르족과의 마지막 대결이 남아 있습니다. 심지어 포워르의 왕이 인간들과 결탁한다는 소문이 들려오는바, 절대 인간을 가까이해서는 아니됨을 반드시 명심해 주시기 바랍니다."

보탄이 정중히 고개를 숙였다.

"하루도 안 될까?"

"하겐!"

"알겠어. 알겠다고, 보탄."

더는 참지 못한 보탄이 손을 들어 정백들을 부르려 해 하겐이 두 손을 들었다. 어린 인간을 차가운 정백들의 손에 되돌려보내기란 너무 잔인한 것이기 때문이었다. 은실처럼 질기고 그림자보다 더 투명한 그들은 감정 없이 아이를 질질 끌어 내던질 것이 자명한 일이기에.

"아르마에게 다시 보내라 할게."

"제가 보는 앞에서 그리하시지요."

치밀한 보탄. 하겐은 원망하듯 잠시 눈가를 실룩이다 어쩔 수 없다는 듯이 아르마를 불렀다. 어슬렁거리며 다가오는 아르마는 이미 보탄과 하겐의 대화를 전부 이해한 것이 분명했다.

하겐의 말을 듣기도 전에 큰 입을 벌려 잠든 아이를 물어 채

려는 순간,

"가자, 아르마."

하겐이 잽싸게 아르마의 등에 올라탔다.

놀라운 일이 벌어졌다. 분명 산만 한 펜리르의 등은 매끄러운 하얀 털과 오색의 줄무늬뿐이었다. 그런데 하겐이 명하자 낮게 퍼덕이는 소리가 들리며 아르마의 등에 거대한 날개 조각이 서서히 펼쳐지기 시작했다.

"돌려놓고 올게, 보탄!"

즐거이 소리치는 하겐은 머리에서부터 발끝까지 당황했을 보탄에게 손을 흔들어 준 후 아르마를 타고 사라져 버렸다.

"하, 하겐!"

혼자 남은 보탄은 하겐의 황당한 행동에 어쩔 줄 모르고 날아오른 하늘을 향해 빌기까지 했다.

"별들아, 어서어서 움직여라. 저토록 소년 같으시니 언제 원래의 숨겨진 모습을 드러내실 것인가."

보탄의 눈가에 한 아름 시름이 잠긴다. 세상을 파멸에서 구할 마지막 구원자가 천진스럽게 날아오른 것만이 그의 시선에 가득 찼다. 한 팔로는 어린 인간을 소중히 안아 들고서.

어느새 둥근 달이 하늘에 가득 떠올랐고 고대의 영물인 신성한 펜리르, 아르마가 날고 있었다. 그 등에 탄 하겐, 지독한 절대자가 어린 인간을 안은 채 앞을 주시하는 모습은 문헌 속 그림처럼 영원해 보였다.

아르마의 등에서 하겐은 한없이 평화로웠다. 간혹 눈을 내리깔면 어린 인간이 자신을 빤히 보는 것이 들어왔다. 혹 높게 날아오른 것에 놀라지 않았을까 염려되었다. 그래서 더 가까이 품에 당기며 도닥거렸다.

"깼어? 하늘을 나는 기분이 어때?"

하겐은 마치 밤 나들이라도 나온 것처럼 자연스럽게 말을 걸었다. 우부부거리기만 하는 어린 인간이 대답할 리는 만무하건만.

"꺄르르."

아이가 하겐의 말에 웃었다. 어찌나 말갛게 웃는지 날고 있는 아르마가 고개를 돌렸을 정도였다.

"무섭지 않은가 보네. 강심장!"

아이의 웃음에 하겐은 즐거워졌다. 작고 작은 인간. 가슴에 얼굴을 기대고 제 작은 손을 꼼지락거리며 품에 파고든다. 간간히 부는 바람을 맞는 오밀조밀한 얼굴이 무척이나 귀엽게 보였다.

"더 날아 볼까? 더 날고 싶은가?"

하겐의 질문에 아이가 대답하듯 또 우부부거렸다. 그가 아르마에게 명했다. 더 높이 날아오르라고.

아르마 역시 울음을 크게 터트리며 하겐의 명에 따랐다. 한껏 높이 오른 아르마는 달을 가릴 듯했다. 불어오는 바람조차 그들의 가는 길을 막지 못했다.

얼마큼 날았을까. 풍요로운 초목 지역에 다다르자 아르마가 하겐을 돌아보며 눈짓했다.

"이곳이로군."

아르마는 간간히 물줄기를 내뿜는 수많은 간헐천을 지나쳐 날았다. 어둠 속에서 푸르르거리며 뿜어내는 물줄기는 붉은빛이었다. 하겐의 눈빛이 간헐천의 물줄기를 죽일 듯 노려보며 조용히 읊조렸다.

"포워르, 이곳이 그것들의 입구로군."

하겐의 말이 떨어지자마자 아르마는 더없이 큰 소리를 내며 하늘을 날았다. 울음소리는 거센 바람을 동반한 천둥처럼 우렁찼다. 그곳과 제법 떨어진 자리에 간헐천의 붉은 공간과는 전혀 다른 숲속 언덕 위 오두막이 있었다.

늦은 밤인데도 불구하고 아늑해 보이는 오두막의 창은 환하게 밝아 있었고 굴뚝에서는 연기가 올라왔다. 하겐은 그곳을 눈여겨보며 서서히 아래로 내려가는 아르마에게 주문했다.

"조용히, 흔적 없게 해."

오두막과 가까워지는 사이, 하겐은 늙은 여자의 울부짖음을 들었다. 무척이나 목 놓아 소리치는 그 소리는 안타깝기 그지없었다.

"아가씨! 우리 아가씨! 어디 계십니까? 아가씨!"

얼마나 소리쳐 불렀는지 여자의 목은 쉬어 있었다. 어린 아가씨, 분명 하겐의 품에서 해맑게 옹알이하는 아이가 분명했다.

조금은 안심이 된 하겐은 아르마가 소리 없이 땅에 안착하자 품에 있는 아이를 한 팔로 안아 들었다. 그다음 늙은 여자가 있는 오두막 쪽으로 보이지 않게 움직였다.

하겐의 움직임은 인간과는 사뭇 달랐다. 나무와 나무 사이를 가볍게 날아올라 오두막 가까이 다가간 것이다. 여자가 오두막 뒤로 돌아간 사이 나뭇가지에서 사뿐히 내려왔다. 그리고 아이를 내려놓으며 흐트러진 짧은 고수머리를 귀 뒤로 넘겨 주었다.

"건강해라, 어린 인간."

마지막 인사를 하고 하겐이 일어나려는 그 순간 무언가 그의 다리를 잡았다. 아이가 작은 고사리 같은 손으로 꼭 붙든 것이었다.

마치 가지 말라고 붙잡는 양 아이는 입을 실룩였다. 그것이 몹시도 하겐의 마음을 부드럽게 만들었다. 이토록 작은 인간이, 허벅지에도 닿지 않는 작은 아이가 자신이 두렵지도 않은지 매달린 채 교류하려 애를 쓴다.

가지 마요.

"또 올게."

거짓말.

"진짜. 아르마를 타고 또 올 것이다."

언제요?

"바람이 가라앉으면."

약속할 수 있어요?

"아르마가 없더라도 뛰어서 올게."

마치 소리 없는 대화를 나눈 듯 뜻밖의 약속을 한 하겐은 몸을 낮추고 아이와 눈빛을 마주했다. 그사이 달에 걸려 있던 구름들이 일제히 자리를 옮겨 갔다. 시린 달빛이 정확히 아이의 얼굴을 비추었다.

"이런!"

탄식을 내뱉은 하겐. 그것은 아이의 눈동자에 기인했다.

"왜 못 알아보았지? 이색홍채(異色紅彩)를!"

하겐은 아이의 눈을 자세히 들여다보았다. 인간의 눈치고는 무척 신비롭다고 여겼다. 이렇듯 검은색 홍채가 금빛으로 빛나고 더욱이 양쪽 눈동자의 크기가 다른 인간이 있다는 것은 금시초문이었다.

금빛 눈동자, 띠를 두른 듯 선명한 검은색의 테, 거기에 눈동자의 크기가 다른.

하겐은 아이를 좀 더 관찰했다. 달빛에 더욱더 도드라진 살결과 반짝이는 눈빛, 윤기가 도는 짧은 흑발까지. 분명 자라면 누구보다 아름다운 인간이 될 것은 자명했다. 하겐은 쓴웃음을 지었다. 그리고 아이의 작은 머리를 도닥거렸다.

"잘 자라라, 이름도 모르는 작은 아이야."

실바람에 고불거리는 고수머리가 아이의 턱 끝에서 팔랑거린다. 아이는 두 팔을 하겐에게 뻗쳤다. 그가 몸을 뒤로 보내기도 전에 얼굴을 두 손으로 꽉 잡았다. 그리고 침이 잔뜩 묻은 입술을 하겐의 코끝에 대었다.

"어어……."

하겐은 기가 막혀 어떤 말도 하지 못했다. 마치 입맞춤 같은 아이의 행동. 뒤로 물러난 아이가 정말 사랑스럽게 웃고 있었다. 하겐은 잔망스런 웃음에 이끌려 어이없이 웃었다. 정말이지, 인간이란…….

"놀라게 한다니까. 어서 가. 이러다가 누군가 숨넘어가겠어."

하겐은 아이의 조그만 손을 잠시 잡았다가 오동통한 엉덩이를 톡톡거리며 어서 가라고 종용했다. 아이 역시 곧 산팡의 목

소리를 알아챘다. 아이는 몸을 돌려 오두막 쪽으로 다가가려다
다시 하겐이 서 있는 곳으로 고개를 돌렸다.

하겐은 어서 가라고 다시 한 번 재촉했다. 그의 뜻을 충분히
알아들었는지 아이는 영특하게도 종종거리며 앞으로 걸었다. 뒷
모습을 아련하게 바라보던 하겐은 한편으로는 안심이 되면서도
또 한편으로는 찬바람이 지나간 듯 스산한 기분이 들고 말았다.

"아이고! 아가씨! 우리 아가씨! 어디 있다가…… 아가씨!"

동시에 늙은 여자의 감격에 겨운 소리가 들리고 기뻐 흐르는
눈물이 함께하고서야 비로소 하겐은 몸을 숨기고 있는 아르마의
등에 올라탈 수 있었다.

아쉬운 듯 아르마는 아이가 들어간 오두막 위를 한참이나 뱅
뱅 돌다가 그대로 흔적 없이 사라져 버렸다.

하겐이 모르는 사실이 하나 있었다. 구름이 하늘에 차오르던
그때 동쪽에서 다섯 번째 위치한 2등성 '알파별'이라 불리는 알
페카(Alphecca)*가 점점 세력을 부풀려 다가오고 있었다는 것을.

마치 왕관에 박힌 보석처럼 유난히 반짝이는 그 별이 침대에
누운 어린아이의 눈빛 위로 함께 반짝거렸다. 또한 별과 함께
하겐의 모습이 아이의 망막에 깊게 각인되는 첫날이었다.

이윽고 아이는 입가에 사랑스런 미소를 매단 채 잠이 들었다.
오직 바람 소리만이 어두운 주변에 살아 있을 뿐이었다.

다시 몇 개의 계절이 지나가고 로바노 성에도 웃음꽃이 피

---

*알페카(Alphecca):북쪽왕관자리.

기 시작했다. 영주의 귀한 외동딸 로리나가 그토록 염원하던 중앙의 둘째 왕자와 혼약에 성공한 것이었다. 게다가 둘째 왕자의 왕위 서열은 첫째 왕자에 버금갈 정도로 막강해져 명실공히 첫 번째로 올라서 있었다. 또한 혼약을 성사시키기 위해 가장 노력한 볼리 공의 지대한 활약은 로바노 3세를 비롯하여 로리나의 신임을 받기에 부족함이 없었다.

그리고 다시 몇 개월 뒤, 또 한 번의 경사스런 공표가 있었다. 바로 로리나의 임신 소식이었다. 그다음 해 아리따운 첫 번째 공주를 세상에 공표했다. 모친의 이름에서 딴 성명은 로리아나로 할아버지가 되는 로바노 3세가 직접 하사한 이름이었다.

"내가 사그라져 가고 있는가."

병색이 완연한 로바노 3세가 진찰하는 의원에게 물었다. 당황한 빛이 역력한 의원이 뒤에 서 있는 볼리 공의 눈치를 살피며 한껏 부정했다.

"무슨 그런 말씀을요. 잠시 빈혈이 생기신 것이니 아직 한창때이십니다."

"거짓말이 서툴군."

의원의 긍정적인 말에도 불구하고 로바노 3세는 잔기침을 하며 볼리 공을 손짓해 불렀다.

"네, 영주님."

"내가 긴히……."

그때였다. 갑작스레 문이 벌컥 열리며 더욱더 화사하고 화려해진 로리나가 유모를 대동한 채 앞에 서 있었다. 볼리 공과 의원의 찌푸려진 인상을 모른 척하며 아름답게 미소를 머금고 들어왔다.

한때는 고운 마음씨와 빼어난 미모로 칭송이 자자했으나 어느덧 욕망과 더불어 지독한 권력욕에 사로잡힌 여타의 귀족 부인이 되어 있었다. 명실공히 왕위 서열 첫 번째의 공작부인이니만큼 머지않은 미래에 나라의 안주인이 될 터였다. 그러니 당연히 자랑스러우면서도 으스대고 싶은 마음에 한껏 우월한 존재가 된 듯 행동했다.

"아버지, 우리 공주에게 축복을 내려 주세요. 곧 중앙의 서열 첫 번째 공주이자 우리 로바노 성을 이끌어 갈 후계자가 될 테니까요."

로리나는 붉은 입술을 길게 늘이며 유모가 안고 있는 아이를 부친에게 내밀었다.

"로리나님!"

볼리 공이 가당치 않다는 듯 로리나의 말에 딴죽을 걸려 했다. 아픈 영주의 신변은 안중에도 없는 로리나의 행태에 눈살이 찌푸려진 탓이었다. 그러자 로리나는 한껏 콧대를 치켜든 채 볼리 공을 아래로 내려다보며 도도하게 일렀다.

"왜요, 볼리 공? 내가 틀린 말했나요? 솔직히 아버지께서는 이제 얼마 남지 않으셨잖아요? 눈 감으시기 전에 제대로 후계자를 발표해 주셔야 우리 공주도 행복할 것이고 나 역시도 행복할 것 아닌가요?"

로리나의 거침없는 언사에 고개를 절레절레 흔든 의원은 뒷걸음질했다.

"그렇구나, 로리나. 너의 귀한 딸을 보여다오."

로바노 3세는 희미한 미소를 머금으며 여윈 팔을 내밀었다. 그러자 그럼 그렇지 하는 웃음을 한껏 짓고 로리나는 당장 비단 천으로 감고 있는 아이를 유모의 손에서 뺏다시피 하여 그의 손에 안겼다.

"눈이 널 꼭 빼닮았어."

"그렇지요? 왕자님께서도 영락없는 미인이 될 것이라 칭찬해 주셨답니다."

"머리색도 널 닮은 황금빛이구나."

"암요, 저와 같이 푸른 눈에 눈부신 금발. 뛰어난 미인이 될 것이 자명한 일입니다."

"그렇구나. 그것 참⋯⋯."

'다행이구나'라는 말을 내뱉기 전 로바노 3세는 잠시 볼리 공과 시선을 마주했다. 두 사람은 동시에 한 아이를 기억해 내었다. 바로 흑발에 금빛 눈을 가진 아이를.

그런 두 사람에 아랑곳 않는 로리나는 다시 활짝 웃으며 요염하게 입술을 늘였다.

"그리고 아버지, 아주 기쁜 계획이 있습니다."

"그것이 무엇이옵니까, 로리나님."

"오, 볼리 공! 이것이야말로 후계자 자리를 돈독히 하게 될 분명한 징조지요. 저, 다시 임신을 계획 중입니다!"

두 번째 임신. 그렇게 된다면 로바노 성의 후계 구도는 확실히 로리나에게 기울 터였다.

"그래. 허나 연약한 너의 몸이 견딜 수 있겠느냐? 만일 그렇게 된다면 참으로 축하할 일이구나, 로리나."

"감사합니다, 아버지. 분명히 아들을 잉태할 것입니다."

아들을 탄생케 하겠다는 로리나의 단단한 결심. 그것으로 말미암아 더없는 행복이 완벽하게 다가온 것을 믿어 의심치 않았다. 로리나는 모여든 이들의 축복을 받았다. 볼리 공과 로리나는 어색한 듯 축복의 인사를 나누었다.

소식을 전하고 한껏 고양된 모습으로 로리나와 유모는 방을 벗어났다. 로바노 3세는 그런 딸의 뒷모습을 물끄러미 바라보다 다시 볼리 공을 옆에 불렀다.

"내 그대에게……."

분명 로마노 3세는 진중하게 운을 떼는 중이었다. 물론 그것을 눈치채지 못할 볼리 공이 아니었다.

"혹 산팡이 궁금하십니까?"

"역시 자네로군. 그 아이."

"네, 영주님."

"그 아이의 흑발과 금빛 눈이 마음에 걸렸다네. 늘……."

"역시 그러하시군요. 저 역시 그러했습니다."

"이유가 있던가?"

"확실하지는 않습니다. 문건을 좀 더 살피고 확실해지면 알려드릴 것입니다."

"내 몸이 그때까지 버텨 줄 수 있을는지."

"영주님!"

"농담일세, 볼리. 내 그 아이가 눈에 밟혀. 이름도 주지 못한 못난 할아버지가 이제야 염치없이 궁금해 안타까울 지경일세."

"그러시다면……."

"이리로 데려와 주겠나?"

"그러나 로리나님께서…… 그리고 한 가지 걸리는 것이 있습니다."

"그렇지, 로리나. 그런데 걸리는 것이라니? 그게 무엇인가?"

볼리 공이 로바노 3세의 침대에 한층 다가갔다. 그리고 은밀한 이야기를 나누려 소리를 낮추기 시작했다.

"흑발은 인간에게 쉽게 나타나지 않습니다."

"그래, 그 아이가 흑발이라 했지. 그런데?"

"거기에 금빛의 눈동자. 저 역시 자세히 보지는 못했으니 뭐라 말씀드릴 수 없으나 만일 아가씨께서 양쪽 눈이 일반인들과는 다른 이색홍채일 경우에는……."

"볼리 공, 내 숨이 넘어가는 것을 보고 싶은가."

영주의 힘없는 호통에 볼리 공은 긴 한숨을 내쉬었다. 그리고 어쩔 수 없다는 듯이 알고 있는 모든 것을 말하기 시작했다.

"중앙의 역사학자들에게 들은 것이 있습니다. 바로 우리 땅에 내려온 사가(saga)*입니다."

"사가?"

"사실 확인된 바는 없습니다. 다만 그 기록들은 수천 년 전 이 땅에서 벌어진 신과 정령들, 그리고 암흑의 포워르족과의 대단하고도 참혹한 전쟁에 관한 것이지요."

"그것이 왜 그 아이와?"

---

*사가(saga):이야깃거리. 중세 때 북유럽(노르웨이, 아이슬란드 등)에서 발달한 산문문학을 통틀어 일컫는 말. - 본 작품에서는 전설의 문건으로 차용.

"다시 말씀드리지만 흑발은 인간에게 쉽게 나타나지 않습니다. 아무래도 그날 밤, 아가씨의 부친의 관한……."

"그만!"

더는 듣지 못하겠다는 듯이 로바노 3세는 제 가슴을 부여잡으며 마른기침을 하기 시작했다.

"영주님!"

"나, 난 괜찮네. 쿨럭, 쿨럭!"

영주가 심한 기침 뒤 입을 막았던 손수건을 내리자 검붉은 죽음의 피가 흥건했다. 볼리 공은 한 발 뒤로 물러났다. 죽음의 그림자. 의원의 짐작대로 로바노 3세에게는 시간이 얼마 없었다.

"볼리 공, 내 친애하는 친우여."

"영주님."

"내 마지막 부탁을 들어주게나."

"말씀하소서."

"내 마지막 유언이라 생각하고 그대로 이행해 주게. 로리나가 혼약을 맺은 후부터 쭉 마음에 남았던 문제였어. 그 아이, 성으로 데려오게나."

"그렇다면 후계자 문제는……."

"하늘이 아시겠지."

"로리나님이 가만히 계시지 않을 겁니다."

"그 아이에게는 더없는 왕후 자리가 있지 않은가! 이 땅은 흑의 아이에게 주고 싶은 것이 나의 솔직한 심정일세."

"아직 이름도 없으신 분입니다."

많은 문제를 내포한 로바노 3세의 결정. 볼리 공은 탄식했다.

그러자 기다렸다는 듯 로바노 3세는 기력을 쥐어짜 근엄하게 내뱉었다.

"테오도어 루구스(Theodor Lugus), 테아!"

"아! 그분의 이름이……."

"축복된 이름을 이제야 하사하니 우리 테아, 온전히 보듬어 세상에 내보내 주게나."

"영주님!"

볼리 공은 고개를 숙이며 안타까운 한숨을 소리 없이 내쉬었다. 갑작스럽게 로바노 성의 후계자가 발표된 것이다. 그것도 한껏 권력욕에 사로잡힌 로리나와 그녀의 자식들을 제치고. 과연 이것이 옳은 결정인지는 영리한 볼리 공도 알 수 없었다. 다만 이제껏 이름도 없이 살고 있었을 아이에게 이름을 하사한 로바노 3세만이 정의로운 결정을 한 듯 흡족한 미소를 띠며 눈을 감았다.

다시 세월이 흘렀다.

간헐천이 부글거리는 마리스의 푸른 언덕에서는 맑은 웃음을 머금은 귀여운 아이가 기다란 들꽃을 꺾으며 흥얼거리고 있었다. 아이의 옆에는 거대한 꼬리를 가지고 오색의 무늬를 빛내며 지켜보는 맹수가 있었다. 바로 아르마.

처음 만났을 때보다 더 거대해진 아르마는 마치 일거수일투족을 감시하는 수호 기사처럼 아이의 주변을 살피며 주변을 감시했다. 그러나 때때로 아이를 바라보는 시선은 안온(安穩)하며 부드러웠다.

불어오는 바람은 꽃향기를 담뿍 담아 흩뿌렸다. 그 바람 사이로 무척이나 이질적인 냄새가 흘러들었다. 인간은 쉽게 알아챌 수 없는 특유의 유황 냄새.

바로 어둠의 포워르족 냄새! 순간적으로 아르마는 눈빛을 번득였다. 아이가 알아채지 못하게 으르렁거리며 지독한 냄새가 풍겨 오는 방향을 주시했다. 그러나 곧 고개를 갸웃거리며 눈을 가늘게 떴다. 이질적인 유황 냄새가 곧 사라진 탓이다.

아르마는 경계를 늦추지 않았다. 문제는 곧 그가 기다리고 있는 곳으로 떠나야 했다. 바로 하겐이 있는 곳으로.

아이는 자리를 옮겨 또 다른 들꽃을 손에 넣었다. 그리고 자리에 주저앉아 좀 전에 엮었던 것에 들꽃을 장식하기 시작했다. 아이의 모습은 주변 경관과 더불어 한 폭의 그림처럼 수려했다.

유난히 반짝이는 검은 머리 색이 태양의 움직임에 따라 윤기를 더하며 때로는 짙은 초록색처럼 깊어졌다. 제법 길어진 머리카락은 이제 등을 넘어섰다. 아이는 바람에 흩날리는 머리칼을 아무렇게나 귀 뒤로 넘겼다. 그리고 아르마가 있는 방향을 바라보며 활짝 웃었다. 한참을 이리저리 손을 놀려 꺾은 잡풀과 들꽃들은 점점 모양새를 갖추어 갔다. 완성된 것은 둥근 모양의 화관이었다.

"야호! 드디어 완성!"

아이는 신이 났는지 자리에서 일어나 폴짝폴짝 뛰고는 아르마에게 곧장 달려갔다.

"아르마! 완성했어!"

아르마 역시 기뻐하는 아이의 웃음에 덩달아 콧김을 씩씩 내뱉으며 으르렁거렸다.

"응, 내가 주는 거라고 해야 해! 그리고 아르마가 나 대신 씌워 줘."

"크르르."

되도 않는 전달 사항에 아르마의 울음이 반문이 되어 올라갔다. 분명 손에 들고 있는 얼기설기한 화관은 아르마의 앞발로 들고 가기에 무척이나 작은 것이었다. 그런데 심지어 누군가에게 씌워 주라고?

"그리고 이것은 멋진 아르마 것!"

마치 자랑하듯 내민 것은 뒤춤에 숨겨 놓았던 또 다른 화관이었다. 누구에게 전하라 부탁한 것보다 더 컸다.

"목걸이야. 봄의 목걸이, 봄걸이라고 이름 붙였다?"

'봄걸이'라고 명명한 그것을 아르마의 굵은 목에 걸어 주었다. 초록 풀과 하양, 노랑 등 울긋불긋한 그것이 아르마를 기쁘게 했다.

"크앙!"

"고마워. 기뻐해 주어서."

아르마와 대화를 나누는 것처럼 막힘없이 재잘거리는 아이는 마냥 해맑았다. 한층 길어진 팔다리, 정갈한 자세와 깊어진 눈빛, 그리고 빛나는 살결과 우아한 모습까지. 누가 가르쳐 준 것도 아닌데 몸짓에서 자연스레 기품이 풍겼다. 나이를 가늠키 어려운 성숙한 면모도 보였다.

"아가씨! 테아 아가씨!"

멀리서 산팡이 부르는 소리가 들렸다. 아이는 금세 대답했다.

"네! 금방 가요!"

그리고 테아는 아르마를 보며 제 입술에 손가락을 하나 올렸다. 그 의미는 아무 소리도 내지 말라는 것. 늘 그렇듯 아르마의 존재는 사람들이 보기에 무시무시하리란 것은 틀림이 없었으니 말이다.

"파이가 식어요, 아가씨! 어서 오세요!"

"네에!"

힘차게 대답한 테아는 다시 아르마를 돌아보았다. 그리고 거대한 맹수의 머리를 살포시 안았다.

"아르마, 다시 또 와야 해? 저번에도 온다고 해 놓고 결국엔 오지 않았지?"

쓸쓸해 보이는 아이. 아르마가 제 혀를 내밀어 아이를 위로했다. 마음이 조금 풀렸는지 아이는 다시금 활짝 웃으며 아르마에게 고개를 파묻었다.

"이게 대체 몇 번째야? 그래서 무척이나 슬펐어."

테아의 속삭임. '누구'라는 것은 말하지 않아도 뻔했으니 아르마는 누구 대신 아이의 머리에 콧김을 씩씩거리다 다시금 긴 혀를 내밀어 뺨을 길게 핥았다.

"으아, 간지러워. 아르마!"

누구보다 맑갛게 웃는 아이. 아름다웠다. 신비할 정도의 화사한 아름다움에 아르마조차도 눈부신 듯했다.

"고마워, 아르마. 위로해 줘서."

충분히 위로를 받은 아이는 아르마의 목에 삐뚤게 걸린 화관을 바로 잡아 주었다. 그리고 다시 한 번 아르마의 머리를 꼭 안아 주더니 다짐하듯 읊조렸다.

"보고 싶어."

아이가 내뱉은 보고 싶다는 말. 그리움이 넘쳐흘렀다.

"어서 가, 아르마!"

아이는 재촉하듯 맹수의 등을 쓸어 주었다. 그러자 기다렸다는 듯이 감춰진 날개를 조심히 펼쳐 소리 없이 움직였다. 곧 주변의 풀들이 작게 하느작거리고, 날카로운 발톱에 끼여 있는 화관을 꼭 움켜잡은 아르마가 하늘 높이 날아올라 곧 등선 너머로 사라졌다. 이제 혼자가 된 테아는 하나 남은 화관을 들어 올렸다. 아이는 그것을 소중하게 쥔 채 부리나케 뛰었다.

"나 왔어요, 산팡!"

오두막에 들어서자마자 테아는 산팡의 허리를 뒤에서부터 꼭 안았다.

"어구, 우리 아가씨. 점점 힘이 세지시네요."

신분에 구애받지 않고 스스럼없이 행동하는 귀한 아가씨 덕에 산팡은 늘 감동이었다. 그녀는 허리에 걸친 아이의 두 손을 풀어 잡으며 몸을 돌렸다. 그리고 반짝이는 눈망울을 하고서 환하게 미소 짓고 있는 너무나 눈부신 아이를 경외의 눈길로 바라보았다. 아이와 소녀의 경계에서 이토록 매혹적일 수 있는지. 산팡은 속으로 탄복을 금치 못했다. 그러나 아무렴 어떤가. 산팡에게는 둘도 없는 귀한 아가씨인 것을.

"아가씨, 손에 든 것은 무엇이지요? 화관인가요?"

"네. 그리고 이것은 산팡 것."

테아는 발목까지 내려오는 겉옷에 붙은 주머니에서 풀 끈으로 묶인 작은 꽃다발을 내밀었다. 그것을 받아 들면서 산팡은 꽃다발의 향기를 맡았다.

"싱그럽네요. 이제 곧 여름이 다가오겠어요."

"그치요? 산팡이 좋아하는 향기가 나서요. 그리고 이것은 성의 아버지께……."

"아, 영주님."

산팡의 표정이 굳어진다. 부친이 아닌 조부인 것을. 나중에라도 진실을 알게 된다면 어찌 될 것인지. 이름도 없던 아가씨가 드디어 귀한 이름을 하사받았다. 그것도 직접 찾아온 볼리 공으로부터.

"때가 되면 성으로 모시고 와야 하네. 따로 마차를 보낼 것이니 늘 준비하고 있어야 할 걸세."

"그때가 언제인지……."

"영주님께서는 당장 모시고 오라 했으나 성의 분위기가 심상치 않게 돌아가고 있다네. 영주님의 의견을 극히 반발하다 로리나님이 졸도하셨거든."

"맙소사, 로리나님께서는 우리 아가씨의 존재를 까맣게 잊으신 것입니까?"

"……그렇지. 안중에도 없다는 말이 맞을걸세. 거기에 중요한 것은 로리나님은 현재 임신 말기. 그러니 괜한 자극을 주어 어린 아가씨께서 더한 낭패를 겪게 할 수 없지 않겠나?"

"그, 그렇군요. 우리 아가씨가 성에서 지내기 괜찮으시겠지요? 해를 입거나 그런……."

"영주님께서 살아 계실 동안 어서 힘을 얻어야 하는 것이 관건일세. 시일을 만들 것이니 자네는 늘 준비해 두게."

"알겠습니다. 꼭 그리하겠습니다. 그리고 감사합니다. 그저 감사할 따름입니다."

감격해 눈물 흘리는 산팡을 두고 볼리 공은 잠든 어린아이의 얼굴을 한참 동안 응시하다 돌아갔다. 그러나 산팡은 아직까지도 그날, 볼리 공이 돌아가면서 했던 혼잣말을 잊지 못하고 있었다.

"이색홍채인 것을 확인했다면 좋을 것을."

이색홍채, 일련의 그 말이 못내 마음에 걸렸던 산팡은 기회가 되면 테아의 눈동자를 주시하는 버릇이 생겼다. 그러나 그때마다 빨려 들어갈 듯 태양처럼 작열하는 망막에 자신의 어지러운 눈을 비비는 것이 고작이었다.

'이것도 역시 보통 일이 아닌 듯한데…….'

걱정스런 마음은 어쩔 수 없었으나 산팡은 아이의 따스함과 우러나는 고운 심성을 믿고 있었다. 한눈에 들어오는 외향은 말해 무엇하겠는가. 부디 테아가 성으로 돌아가 자신의 자리를 당당히 차지하길 바라 마지않았다. 과연 모친이자 언니가 될 로리나가 테아를 반길 것인지. 산팡은 긴 한숨이 절로 나왔다. 더구나 로바노 3세의 건강이 점점 기울어 어쩌면 곧 죽음에 이를 수도 있다는 것이 볼리 공의 전언이었다.

'앞일이 어찌 되려는지요……'

그러나 산팡은 어지러운 생각들을 저 멀리 보내고 테아가 조심히 내민 화관을 눈여겨보았다.

"직접 걸어 드리면 너무나 좋아하실 텐데요."

"나도 그러고 싶어요. 그러나 지금은 갈 수 없잖아요? 그러니 성으로 보낼 우편에 이것을 같이 보내 주세요. 내가 아버지께 카드를 함께 보내겠어요."

"오, 좋은 생각이네요. 그렇게 하겠습니다. 테아 아가씨, 식기 전에 파이를 맛보셔야죠."

"네, 잘 먹겠습니다!"

테아는 산팡이 권하는 파이를 입으로 가져가 맛나게 잘도 먹었다. 그러나 이처럼 평화롭고 따뜻한 자리는 두 번 다시 돌아오지 못했다. 바로 테아의 할아버지인 로바노 3세의 죽음이 그들에게 다가왔기 때문이었다.

제3장

그대를 넘어서 다른 것에 이르려면

"저리로 돌아가! 어서 그쪽을 막아!"

검을 든 정백들이 춤을 추듯 움직였다. 정백들의 주변에서 듣기 거북한 비명이 터져 나오고 검은 피를 흘리며 어둠의 포워르 몇몇이 쓰러졌다.

"하나 남았다. 마지막이니 죽이지 말고 생포해라!"

얼마 지나지 않아 야만적인 눈빛을 가진 포워르족이 정백에 의해 생포되었다.

"하겐께 데려간다."

그들의 영역 가까이 잠복해 있던 포워르족 중 하나가 하겐의 앞에 무릎을 꿇게 되었다.

"명하신 대로 생포했습니다."

정백의 손에 잡힌 포워르족의 사내는 눈을 치뜨며 몸부림쳤다. 순순히 끌려가지 않으려 안간힘을 써 댔다. 그러나 양옆에서 그를 잡아채는 정백들에게 붙들려 낯선 공간으로 들어갔다.

눈부신 하늘을 천장 삼아 고스란히 바깥의 풍경이 보이는 투명한 성이었다. 하늘은 순백과 짙푸른 에메랄드빛이었다. 하늘을 올려다볼라치면 너무나 눈부셔 자신의 눈을 가려야 할 정도였다. 하여 잡혀 온 사내는 절로 눈을 감을 수밖에 없었다.

안으로 들어서 간신히 눈을 떴을 때 온통 하늘 높은 줄 모르고 자라난 나무들이 보였다. 껍질이 은백색인 은사시나무와 백색의 백단(白椴)*이 벽처럼 주변을 가득 메우고 있었다.

그 한가운데, 돌계단 위 거대한 석조 의자에 앉아 있던 하겐은 잡혀 온 포워르족 사내를 주시하며 시큰둥하게 말했다.

"간도 크군."

"어서 죽여!"

당당하게 소리치는 사내는 묶여 있는 와중에도 하겐에게 덤빌 듯했다. 하겐은 그저 시린 눈빛으로 무릎을 꿇고 부들거리는 포워르족 사내를 바라보았다.

그 눈빛, 은색이 맴돌며 마치 분화구가 폭발하듯 순간적으로 번쩍 빛나는 하겐의 강한 눈빛에 포워르족 사내가 이를 악물었다.

이 자가 바로 모두가 두려워하는 요르문가드인가. 말로만 듣던 그를 바로 눈앞에서 확인한 사내가 곧 숨을 삼키며 소리 질렀다.

"나는 포워르의 전사다! 어서 죽여!"

---

*백단(白椴):자작나무.

"오, 당당해. 그 정도의 용기는 있어야 이곳까지 온 것을 칭찬이라도 하지, 안 그런가?"

하겐은 웃었다. 그리고 사내를 노려보며 자리에서 일어났다. 잿빛 머리카락에 빛이 감돌고 걸을 때마다 등에 걸린 긴 망토가 흔들렸다.

"네놈들의 간덩이가 부은 것은 확실하다."

하겐은 가슴을 겨우 보호할 얇은 가죽만을 입은 사내의 귓가에 얼굴을 내렸다. 그리고 조용히 속삭였다.

"기다려. 내가 직접 네놈들의 지저분한 목줄을 있는 그대로 잘라 낼 테니. 아니지, 목줄은 시시하겠군. 발딱거리는 심장이 좋겠어. 내가 네놈들의 가슴을 갈라 붉은 심장을 깨끗하게 도려 내 주지. 그러니 네놈들의 본거지를 말해. 이 자리에서 죽어 나가고 싶지 않으면."

지독히도 살벌했다. 입은 웃고 있었지만 그의 눈은 웃고 있지 않았다. 그의 눈만 보아도 잘 벼른 검이 사내를 찌르고 저며 도려내는 환상을 마주한 착각이 일게 했다.

"어, 어림없는……."

방금 전까지 기개 있게 죽여 달라 큰소리치던 사내는 하겐의 눈빛 하나로 얼어붙었다. 기품 있는 몸짓과는 달리 살벌한 속삭임에 그동안 들어왔던 하겐의 본질을 확인했다. 지극히 잔인하고 피도 눈물 없는 전사이며 지독한 전쟁의 신, 요르문가드를.

하겐은 몸을 일으키며 뒷짐을 지었다. 그리고 사내의 주변을 뱅글거리며 돌았다.

"그래? 자, 그럼 하나만 말해. 현재 너희들이 주시하고 있는 인간이 누구지?"

"모, 모른다!"

"모르기는 뭘. 분명히 너희 전사 몇몇이 인간 하나를 예의 주시한다는 것을 이미 알고 있는데. 그 인간이 누구고 네놈들과 어떤 관계인지 궁금하군."

"모른다!"

계속하며 부정하며 소리 지르는 사내를 보다 못한 정백 중 한 명이 앞으로 나섰다.

"감옥에 가두고 알아내겠습니다."

하겐이 다시 사내를 보고 씩 웃었다. 소년같이 해맑게 보이기도 하고 또는 죽음의 사신처럼 소름 끼치기도 했다.

"아니, 그럴 필요 없어."

"그럼 어찌……."

"이렇게 하지, 뭐."

순간 바람 소리가 들렸다. 그 소리는 하겐이 내려친 검의 소리였다.

풀썩. 그의 검인 스틸레토에 의해 포워르족 전사의 몸은 정확히 두 동강 나 바닥으로 넘어졌다.

조용한 정적. 깔끔하게 처리된 사체는 처음부터 있었던 양 자연스럽게 널브러졌다. 정백들은 숨을 삼키고 하겐을 보았으나 너무나 태연한 얼굴이었다.

"치워라. 보탄이 보기 전에."

마치 장난이라도 친 것처럼 너무나 가볍게 명을 내리는 하겐을 향해 도열한 정백들은 고개를 숙였다. 그리고 일사불란하게 움직였다.

하겐은 망토를 휘날리며 자리를 옮겼다. 그의 허리에는 빛나는 스틸레토가 한 몸처럼 채워져 있었다. 그때 귀에 아르마의 울음소리가 들렸다. 하겐은 쏜살같이 아르마가 내려온 곳으로 내달렸다.

"아르마! 잘 보고 왔어?"

하겐은 날개를 접는 아르마의 머리를 쓰다듬어 주었다. 아르마의 굵은 목에 뭔가 요상한 것이 걸려 있었다.

"이 풀들은 뭐지?"

하겐이 목에 걸린 것을 손가락으로 풀려 하자 아르마는 강하게 머리를 저었다. 그리고 앞발에 걸려 있는 둥근 화관을 던지듯 그의 머리에 올려놓았다.

"아르마?"

마치 왕관처럼 제 머리에 씌워진 그것을 손으로 잡은 하겐은 곧 아르마의 눈짓을 알아들을 수 있었다.

"혹시 그 아이가?"

크릉. 아르마가 그렇다는 듯이 대답했다. 하겐의 눈이 깊게 접혔다. 아주 즐겁다는 듯이.

"아아, 보고 싶다."

하겐은 괜스레 제 입으로 말하고도 쑥스러운지 가만히 있는 아르마의 주둥이를 만지작거렸다.

"일부러 약속을 어긴 것은 아닌데. 갈 수 있는 기회가 생길 때마다 보탄이 방해한단 말이야."

아이와의 약속을 몇 번이나 지키지 못한 것을 전부 보탄 탓으로 돌리는 하겐.

"그냥 이곳에서 지내게 할 것을. 같이 있으면 좀 좋아?"

하겐은 늘 그것이 아쉬웠다. 하여 하겐은 난데없는 결정을 내렸다.

"아주 잠깐만 보고 올까, 아르마. 어때?"

말의 의미를 이해하지 못한 아르마가 고개를 갸웃하자 하겐이 씩 웃으며 날렵하게 등에 올라탔다.

"금방 갔다 오자. 어서!"

아르마를 재촉하는 하겐은 정말 즐거워하고 있었다. 신이 난 소년 같은 표정에 아르마는 어쩔 수 없다는 듯이 다시 날개를 펼쳤다. 날아오르려는 순간, 표정이 굳은 보탄이 안으로 들어섰다.

"하겐! 아니 이 난리를 만드시고 어디로 가십니까!"

하겐이 길게 한숨을 내쉬었다. 그리고 더는 안 되겠다는 듯이 아르마를 강하게 재촉했다.

"보탄! 금방 갔다 올게. 잠시만!"

"하겐!"

하겐은 아르마와 함께 순식간에 사라져 버렸다.

"포워르족 인질을 그냥 죽이시다니요! 그들이 우리의 영역 가까이에 왔다는 것은 중대한 사안입니다. 그리고 그들과 연관이 된 인간이 누구인지도 알아보아야 하는데 어디를 가시는 겁니까, 하겐!"

하늘을 향해 소리치는 보탄. 그의 의미 없는 탄식은 하겐과 아르마가 돌아올 때까지 멈출 줄 몰랐다.

이미 늦은 밤.

테아는 자신의 아늑한 침대에서 눈을 감고 꿈나라에 들려 노력 중이었다. 그러나 웬일인지 쉽게 잠이 들지 못하고 있었다.

그때 들려오는 창문을 두드리는 소리. 익숙한 소리였다. 그만큼 서운한 소리이기도 했다.

테아는 누운 채 입을 꾹 다물었다. 절대 응답하지 않을 기세로 인상을 찌푸렸다. 또다시 '톡톡' 소리가 들리자 저도 모르게 자리에서 일어난 테아는 창가로 다가갔다.

역시나 하겐이었다. 그가 달을 뒤로 한 채 테아를 보고 있었다. 창문을 가운데 두고 애틋한 모습으로 서로 마주한 하겐과 테아.

"문은?"

하겐이 물었다. 테아는 아직도 불룩 튀어나온 입술을 하고 고개를 절레절레 내저었다. 그 모습에 하겐이 웃었다.

"안 열어 줄 건가?"

다시 고개를 젓는 테아. 하겐은 아무 말 없이 어깨를 내려트렸다. 무척이나 슬픈 듯 보였다. 테아의 마음이 흔들렸다. 결국 창문을 열고 말았다. 그러자 기다렸다는 듯이 하겐은 테아의 몸을 제 쪽으로 확 끌어당겨 버렸다.

"잡았다!"

"나빠!"

"약속 못 지켜서 미안."

"몇 번이나 계속……."

"그러게. 몇 번이나."

서로를 마주한 하겐과 테아. 테아는 그동안 약속을 어긴 하겐에게 불만이 많은 듯했다.

"용서해. 정말 미안하다."

하겐의 사과에도 불구하고 테아는 표정을 풀지 않았다. 다만 고요한 시선으로 하겐을 응시했다. 한없이 깊어 속을 알 수 없는 아이의 눈빛.

하겐은 생각도 못 한 아이의 모습에 묘한 기분을 느꼈다. 그러나 고민도 잠시 금세 그 원인을 알아차린 하겐은 무척 놀랐다.

"이런, 성장을 했구나!"

비로소 인지한 아이의 성장. 눈부시게 성장한 아이. 그것도 무척이나 매혹적으로.

"정말이지 인간의 성장이란 놀라운 것이로군."

저도 모르게 숨죽인 하겐은 테아의 이마로 내려온 몇 가닥의 머리칼을 만지작거렸다. 그리고 자신을 빤히 응시하는 테아의 윤기 나는 눈동자에 왠지 모를 설렘을 느꼈다.

아니, 설렘이라니. 이제껏 느껴 보지 못한 감정에 화들짝 놀란 하겐. 그런 하겐을 무심한 듯, 그러나 호기심이 그득한 눈빛으로 주시하는 테아.

그것에 하겐의 마음이 묘하게 들뜬다. 난생처음 심장의 두근거림을 알아차린 하겐이었다. 그러나 이내 이질적인 감정을 저 멀리 날려 버리고 하겐은 씨익 웃었다.

"산책할까?"

늘 그렇듯 하겐이 묻는다. 테아는 고개를 주억거렸다. 하겐은 테아를 품에 안고 아르마와 함께 날아올라 조용한 숲에 안착했다.

바로 밤의 기운이 가득한 마리스의 숲. 으스름하고 그윽한 분위기의 숲에서 땅으로 안착하자마자 제 품을 뛰쳐나간 테아를 하겐은 응시했다.

뒤에서 아르마가 하겐에게 꼬리를 흔든다. 마치 무엇을 망설이느냐 묻는 듯했다. 그 모습에 하겐은 또다시 웃었다. 묘한 아이. 만날 때마다 저를 움직이게 하는 요상한 인간.

하여 하겐은 들꽃을 만지작거리며 딴청을 피우는 테아에게 한쪽 무릎을 꿇었다.

"보고 싶었다."

하겐의 고백 아닌 고백. 테아는 아무 말도 없이 그를 응시했다. 두 사람의 뒤로 풀벌레가 날아오르며 밤잠을 설치게 만든 것에 보답이라도 하듯 한껏 소리를 질렀다.

"보고 싶었어."

그제야 테아가 하겐과 똑같이 대답했다. 그런 테아의 얼굴은 울 것만 같았다. 그 모습이 애틋해 저도 모르게 두 팔을 내민 하겐. 기다렸다는 듯이 테아가 품에 안겼다.

"약속, 지키지 못한 것은 고의가 아니야. 정말 보고 싶었다."

"나도 정말 보고 팠어."

"다시는 약속 어기지 않으마."

"다시는?"

"어, 다시는."

"다음에는 절대 약속 어기지 않을 거지?"

"물론."

"정말, 꼭?"

"어, 정말. 꼭!"

테아의 거듭된 확인에도 불구하고 몇 번이고 약속하는 하겐. 테아는 그동안의 섭섭함을 깡그리 잊어버리고 환한 미소를 터트렸다.

"아……."

하겐은 저도 모르게 손에 힘을 주었다. 귀엽고 사랑스러운 아이가 또 하겐의 마음을 울렁거리게 만들었다. 원래 인간이란 이런 존재였던가!

"하겐?"

"아, 아니다. 아무것도."

하겐의 표정을 보며 고개를 갸웃거리는 테아. 둘의 작고도 소박한 화해는 그렇게 이루어졌다. 둘은 한참 동안 숲을 배회하며 서로를 보듬었다.

두 사람을 가리는 밤하늘. 이 밤에도 하늘의 별자리가 자리를 바꾸고 있었다. 몇 년 전, 하겐과 어린 테아가 이별한 그날처럼 알페카가 서서히 빛을 발하며 동쪽에서부터 한없이 반짝이고 있었던 것이다.

새벽이 다가오자 멀리 있는 호수의 물안개가 점점 짙어졌다. 그 기운에 추울까 싶어 하겐은 아이를 끌어안는 동시에 꼼지락거리는 등을 다독거렸다. 하겐의 행동은 어색하기는커녕 스스럼없이 무척이나 편안하고 자연스러웠다. 그들의 뒤로 거대한 아르마가 지지대 역할을 하며 잠자고 있었다.

"이제 가야 할 시간이야."

"응. 이제부터 밤에는 두 팔을 벌리고 자고 있을 테니 언제든 나를 꼭 안아 줘."

약간의 잠기운이 감긴 아이의 음성. 무엇을 의미하는지 알고나 있는지. 하겐의 입가에 다시금 웃음이 비어져 나온다. 눈가가 깊어졌다. 생각이나 느낌을 스스럼없이 표현하는 아이와의 평범한 대화. 그것은 기쁨 속에 묻어온 작은 덤 같았다.

너무나 사랑스런 인간. 다시 테아를 응시하던 하겐은 문득 저 혼자만의 생각을 읊조렸다.

"인간이란⋯⋯."

불현듯 하겐의 뇌리를 스치는 것이 있었다. 아이와 만난 지 어언 수년, 어찌 인간이 이리도 빠른 성장을 할 수 있는 것일까.

"너는 인간이 분명한가⋯⋯?"

말끝이 흐려진 하겐의 목소리에 테아가 가슴팍에서 얼굴을 들었다. 짧은 고수머리는 이제 허리께까지 자라 있었다. 더 오뚝해진 코와 더욱더 선명해진 작은 입술, 그리고 깊이를 모를 금빛 눈동자. 아이의 지독한 눈빛은 마치 하늘의 별을 따다가 그대로 박아 넣은 것처럼 영롱했다. 신기하게도 두 눈동자의 크기가 다른⋯⋯.

"내 이름은 테오도어 루구스."

순간적으로 테아의 입 밖으로 나온 말을 하겐은 인지하지 못했다. 테아는 하겐의 커다란 손을 하늘로 향하게 하더니 그 위에 제 작은 손을 덮었다. 두 손은 완벽하게 대칭을 이루며 손마

77

디가 맞닿고 손가락들이 맞물렸다.

"나는 테아."

테아는 그의 시선을 자신에게 묶어 두고서 다시 한 번 내뱉었다. 하겐은 마치 둔기로 머리를 한 대 맞는 것 같았다. 아이의 존재감, 거기에 자신을 압도할 만큼의 대담성까지.

"그래, 테아."

하겐은 자신을 빤히 보는 테아의 눈빛에 말문이 막혔다. 새벽의 여명이 물안개 사이를 지나 아이의 눈동자에 고정되었다. 금빛 눈동자가 화려하게 춤을 추기 시작했다.

하겐은 꼼짝도 할 수 없었다. 아이와 소녀의 경계, 더 나아가 신비한 매력을 선보이는 테아. 제 의지를 배반한 손끝이 테아의 턱 끝에 가 닿았다.

"내 이름은 하겐 알베리히 요르문가드."

유구한 세월, 영원히 변하지 않는 세월의 한가운데서 삶은 의미를 잃은 지 오래였다. 그래서 오랜 시간 동안 단 한 번도 자신의 완벽한 이름을 제 입으로 내뱉은 적은 없었다.

세상 누구보다 강한 자, 어떤 이들보다 절대적인 벨라투카드로스(Belatucadros)*의 본신이 한참이나 어린 나약한 인간에게 자신을 알리고 있는 것이었다.

"하겐, 알베리히, 요르문가드."

음절 하나씩 또박또박 끊어 되뇌는 테아의 모습이 여명에 비춰진다. 그것은 무척이나 인상적인 광경이었다. 길고 풍성한 흑

---

*벨라투카드로스(Belatucadros):태초의 전쟁과 파괴 신.

발이 등 뒤로 나부끼며 대조적인 금빛 눈동자가 선명해진다.

소리 내어 올리지 못했던 제 이름이 한낮 인간의 입을 통해, 가장 청명한 기운과 함께 울렸다. 그리하여 하겐은 또다시 묘한 여운에 젖고 말았다. 동시에 제 이름을 완벽히 밝힐 상대가 있다는 것에 묘한 행복감이 엄습했다. 참으로 이상한 기분, 간지럽기도 하고 두근거리기도 한.

"하겐이라 불러."

"응, 하겐."

"그래, 테아."

"음, 하겐은 뭐예요?"

"응?"

난데없는 순진한 물음에 하겐은 테아의 턱에서 손을 뗐다. 그리고 가슴에 팔짱을 긴 채 턱을 치켜들었다.

"뭐 같은데?"

질문에 대한 되물음. 테아는 고개를 갸웃거리며 입을 쫑긋하다가 아르마의 등을 쓰다듬었다. 그리고는 다시 손가락으로 제 입술을 비비다가 재밌다는 표정의 하겐을 보았다.

"아르마 친구."

"그게 다야?"

하겐은 기막히다는 표정을 지었다. 고작 생각한다는 것이 맹수의 친구라니. 인간이 보기에는 영락없이 그렇게 보이는가? 좀 더 대단한 것은 없나? 예를 들면 세상에서 가장 강한 전사라던가 뭐 그런……

"그리고 세상에서 제일 아름다운 왕자님!"

테아는 해맑게 외쳤다.

"세상에서 제일 뭐?"

하겐은 어이가 없어 제 귀를 의심했다.

"아름다운 잿빛 머리카락."

테아는 저보다 더 긴 그의 머리카락을 손으로 조심히 쓸었다. 그리고 황홀한 눈빛으로 입을 열었다.

"마치 은색으로 빛나는 보석 같아. 또 하겐의 얼굴은 너무나 멋진걸. 왕자님처럼!"

"왕자를 본 적이 있나?"

약간 삐딱한 하겐의 질문에 테아는 눈을 동그랗게 뜨고 머리를 가로저었다.

"그런데 무슨 얼어 죽을 왕자님?"

"얼어 죽어요? 왜요?"

"그냥 비유가……."

이런, 말조심해야겠네. 하겐은 잠시 난처한 듯 인상을 구겼다. 잠시 뒤 외향과는 별개로 아직 어린애 같은 테아 앞에서 즐거이 웃었다. 그의 웃는 모습에 안심이 된 테아는 다시 종알거렸다.

"산팡이 중앙의 왕자님이 제일 잘났다고 했어요. 모든 숙녀들이 그 왕자님만 보면 가슴이 두근거린다고."

하마터면 하겐은 '무슨 말이야' 하고 소리를 빽 지를 뻔했다. 중앙의 왕자고 뭐고 말도 안 되는 소리를 하는 산팡이라는 인간의 입을 다물게 하고 싶었다.

테아의 미소는 진심이었다. 세상에서 제일 멋진 왕자님을 보고 있는 황홀한 눈빛. 그 시선은 오로지 자신에게만 향해 있다. 오직 자신만을.

그래서 하겐은 싫지만은 않았다.

"인간들이란. 그래, 좋다!"

할 수 없다는 듯 하겐은 숨을 들이켰다. 그리고 테아를 웃음 기 서린 눈빛으로 바라보았다.

"그래서, 나에게 가슴이 두근거린다는 의미인가?"

"응."

또다시 순진무구한 테아가 고개를 끄덕이며 활짝 웃었다. 너무나 고혹적인 웃음, 그 환한 모습에 가슴에서 쿵 하고 떨어져 버렸다.

두근두근. 또다. 제 심장이 마구 덜컹거리며 무언가 몸 안에서 떨어지는 느낌.

하겐의 표정은 뭐라 표현할 길 없이 무척이나 요상했다. 하겐은 저도 모르게 딱딱한 심장 부근에 손을 올렸다.

"그, 그래? 그거는 조, 좋은 거지?"

"응, 하겐! 세상에서 제일 좋은 거!"

테아는 두 손을 번쩍 들었다. 마치 만세라도 하는 양. 아르마가 길게 하품했다. 말도 못 하고 있는 하겐을 한심스럽게 바라보았다. 뒤이어 혀 차는 소리가 들렸다.

하겐은 위엄을 잃지 않으며 아르마를 잠시 노려봐 주었다. 그리고 눈앞에 있는 반짝이는 정령 같은 테아를 보았다. 정령이라니, 보잘것없던 인간이 정령처럼 아름답고 신비롭다니!

"하겐?"

또 고개를 갸웃거리며 하겐을 제 마음대로 들었다가 놓는 아이, 테아.

"하겐이 세상에서 제일 멋진 왕자님이야!"

하겐은 한껏 소리치는 테아에게 도저히 고개를 젓지 못했다. 그래, 아무렴 어떤가. 자신이 보고 느끼고 있는 최초의 인간, 탐욕스럽지 않고 그저 사랑스럽기만 한 인간인 것을……

하겐은 난생처음 느껴 보는 이상한 감정을 마음속에 그대로 담아 둔 채 테아를 번쩍 안아 올렸다.

"그래. 테아 말이 전부 옳아!"

하겐이 소리치며 테아를 안고 뱅글뱅글 맴돌았다. 그러자 아르마도 즐거운 둘 사이로 파고들며 기다란 꼬리를 흔들었다.

테아의 은방울 같은 웃음소리가 계속하여 흘러나오고 그 웃음소리를 따라 물안개들이 서서히 걷혔다. 그리고 아침이 되었다.

❉   ❉   ❉

가이저 브레스(Geyser breath). 거친 암석들이 마구 파헤쳐져 성벽처럼 쌓인 거대한 협곡이자 간헐천의 거대한 입김이라는 중심점.

곳곳이 뜨거운 간헐천이라 그 사이를 감히 헤치고 들어올 자는 없었다. 만일 안으로 들어온다 해도 사지를 녹일 듯 일시에 뿜어져 나오는 뜨거운 용암이 절대 허락지 않을 것이기 때문이었다.

사방은 어둠으로 둘러싸여 있었으나 그들에게는 어느 것보다 환한 빛이었다. 바로 어둠의 포워르족이기에.

　웅대한 절벽과 다양한 색의 암석이 제단을 빛내고 그 위에 놓인 의자에 카스카가 앉아 재빠른 파수꾼 모리피의 전언을 듣고 있었다.

　"그, 그래서 생포되어 그들의 진영으로…… 힉!"

　그러나 모리피는 끝까지 말을 잇지 못하고 날아오는 해머를 피해야 했다. 자신의 등에 매달린 것보다 훨씬 거대한 그것에 한 대라도 맞는다면 단번에 뼈가 바스라질 것이 자명하기 때문이었다.

　카스카의 눈빛은 불꽃보다 더 뜨거운 살기로 그득했다. 그의 분노는 자리한 포워르들을 몰살시키고 싶을 정도로 강력한 것이었다. 그러나 차마 실행으로는 옮길 수 없어 카스카는 거대한 해머를 던짐으로써 분노를 참고 또 참아 냈다.

　"그래서? 요르문가드가 직접 나타났던가?"

　그릉거리는 음성이 가시가 돋은 듯 무척이나 둔탁했다.

　"아닙니다, 카스카."

　"생포된 전사야 안타깝기는 하나 수적으로는 우리가 위다!"

　"그, 그렇습니다."

　"그놈을 끌어내야 해."

　"쉽사리 모습을 드러내지 않아……."

　"정백들은 허수아비일 뿐. 그들의 우두머리인 그놈! 그놈을 생포해서 목구멍까지 이 검을 찔러 넣어야 우리의 분이 풀릴 것이다!"

카스카는 긴 장검을 하늘로 번쩍 올렸다. 검의 손잡이에는 두 개의 긴 뱀이 하나가 되기 위해 구불거리며 위로 올라가는 형상이 조각되어 있었다. 또한 검날은 당장이라도 살점을 조각낼 정도로 단단히 길들여져 오직 카스카만이 사용할 수 있었다. 그 검이 그놈의 목구멍에 쑤셔지는 상상을 한 카스카와 포워르들은 상상만으로도 짜릿한 듯 몸을 부르르 떨었다.

"이번에는 연대(聯隊)*로 그들의 영역에 들어간다."

"연대라면 어느 정도로……."

"300!"

"그렇게나 많이 말입니까? 만일 잘못되면 우리 측이……."

"그렇게 자신이 없나?"

"아닙니다!"

살기를 띤 카스카에게 누구도 반박하지 못했다.

"당장 준비하고 때를 맞추어 급습한다. 특히 이번 연대는 펜리르의 둥지라 생각되는 모든 곳을 공격한다. 전부 불태워라!"

"네, 카스카!"

일시에 대답하는 포워르의 기세가 우렁찼다. 그들은 카스카의 명령에 임하려 어둠이 만연한 영역을 대낮처럼 환하게 횃불로 가득 채웠다.

그것들을 흡족하게 바라보던 카스카는 의지를 불태우는 것과 동시에 다시 모리피를 가까이 불렀다. 그리고 은밀히 질문했다.

"흑금(黑金)의 아이는?"

---

*연대(聯隊):50여명 이상의 군 단위.

"그것이 조금 이상합니다."

"뭐라고? 그게 무슨 말이냐!"

"언제부터인지 그분의 기운에 또 다른 것이 섞인 듯합니다."

"다른 것이라니? 왜 그것을 이제야 말하는 것이야!"

"그, 그게 이곳저곳에 출몰하여 맡은 바 임무를 수행하는 와중이라…… 카스카께서도 무척이나 바쁘셨고, 또…….'

"그만! 인간의 피가 있으니 다른 기운은 당연한 법. 어느 시기가 되면 인간의 피는 곧 희석이 될 것인데!"

"그건 알고 있습니다. 그러나 척후병의 전언이 도무지 그분 가까이 갈수가 없다며 멀리서 지켜보는 것도 버겁다 했습니다."

"흠……."

곰곰이 생각에 빠진 카스카가 움직이자 거대한 상체에 주문처럼 새겨진 문신들이 함께 꿈틀거렸다. 지독히 괴기스런 모습에 모리피는 두려운 듯 고개를 돌려야 했다.

"몇 개의 계절이 더 지나면 곧 달과 태양이 하나로 붉어진다. 바로 그때, 달이 다 가려져 하얗고 얇은 한쪽 띠만 남기 전에 나의 아이는 완벽한 포워르의 왕이 될 터! 다만 다른 기운이 있다는 것이 조금은 염려되는군."

"혹 비너스의 기운이 너무나 강해……."

"나보다 강한 것은 없어!"

카스카는 소리 높여 자신을 드높였다. 긍지의 포워르, 모든 세상의 주인이 될 강력한 그들 앞에 문제가 되는 것은 없었다. 다만 자신의 뒤를 이을, 더 강력한 주인의 탄생을 기다릴 뿐이었다.

바로 흑과 금의 아이. 비너스의 비호 아래 태어난 인간과 교합하여 얻은 최강의 아이.

　"그러나 아직은 때가 안 되었지, 아직은……."

　"그럼 그분께서는 언제 자각을 하시게 되는 것인지요?"

　"인간의 세월과는 무관하니 이제 곧일 터. 포워르답게 좀 더 달구어져야 한다. 그래야 간(奸)*해져 금강석보다 더 강해지는 법이지. 늘 내 아이에게 시선을 놓지 마라! 이건 명령이다!"

　"알겠습니다!"

　카스카의 명을 하달받은 모리피가 물러났다. 홀로 남아 드넓은 제단 위에 서서 그는 장검을 길게 뽑아 올렸다. 그다음 손잡이에 입을 맞추었다.

　"어서 와라. 나의 아이야! 이 검은 너의 것, 곧 우리의 시대가 올 것이다. 그러니 잊지 마라! 네가 포워르임을."

　카스카의 외침은 벽을 타고 바위를 올라 다시금 간헐천의 맥을 건드렸다. 용암이 분출하듯 높게 치솟는 뜨거운 물줄기는 선명한 아침의 태양을 완벽하게 막아 버렸다.

　낮과 밤이 세월 따라 지나가고 다시 몇 해가 흘렀다.

　신록이 무르익은 초목 길을 한 대의 마차가 단 두 명의 호위대만 앞세우고 달리고 있었다. 마차가 지나가는 자리마다 말굽 소리와 함께 나뭇잎들이 스치는 소리가 들렸다. 마치 안에 타고 있는 테아를 위로하듯 그것들의 소리는 부드럽고 따스했다.

---

*간(奸):겉으로는 정성스러운 듯 능갈치다.

테아는 작게 난 창을 통해 부딪치는 나뭇잎들에게 눈인사를 했다. 그 행동에는 마지막 인사도 못 하고 온 아르마에게 자신의 심정을 전해 달라는 마음이 숨어 있었다. 물론 어찌 나뭇잎들이 제 심정을 알까마는 그렇게라도 남기고 싶었다. 게다가 테아는 또 다른 의미로 상심 중이었다.

"테아 아가씨, 어떤 일이 있어도 제가 함께할 테니 절대……."

"산팡, 나 괜찮아요. 정말 괜찮아요. 도리어 산팡이 울 것 같아."

"아, 아니 제가 무슨……."

테아의 말대로였다. 산팡은 감출 수 없을 만큼 부은 눈으로 걱정하고 있었다. 어엿한 숙녀가 된 테아는 누가 뭐래도 아름답고 고귀한 모습이었다. 그것이 놀라우면서도 대견했으나 산팡은 도저히 눈물을 멈출 수 없었으니.

두 사람의 옷차림은 머리부터 발끝까지 온통 검은색이었다.

제법 오랫동안 마차를 타고 달렸다. 보이는 것이라고는 끝없이 펼쳐진 초원, 그다음으로 보이는 것은 축축한 기운이 땅으로 떨어진 채 붉은 진흙으로 변한 로바노의 영지였다.

붉은 땅을 배경 삼아 저 멀리 회색의 로바노 성이 보이기 시작했다. 깎아지른 절벽을 뒤로해 단단한 요새처럼 보이는 로바노 성. 산팡은 감회가 새로웠다. 테아 역시 얼굴도 모르는 가족과의 재회에 괜스레 긴장되었다.

"저, 산팡?"

아직도 눈가를 누르고 있는 산팡은 영주의 죽음 앞에 한층 늙어 보였다. 그와는 반대로 테아의 모습은……

검은색 일습의 복장이 마치 맞춤인 듯 그녀의 미를 한층 눈에 띄게 했다. 백옥 같은 피부에 윤기 나는 흑발, 그리고 보석 같은 금빛 눈동자. 자세히 보면 양 눈동자의 크기가 달랐다.

산팡은 테아의 외모가 걱정되기 시작했다. 로바노 영지에서는 절대 볼 수 없는 흑발, 거기에 금빛 눈동자. 산팡은 또다시 눈가가 젖어 들었다. 그 모습이 안쓰러워 테아가 주름진 그녀의 손을 잡았다.

"산팡, 나 겁나요."

"아…… 그, 그렇지요. 그게…….."

산팡은 그저 말갛게 긴장감을 알리는 테아가 안쓰러워 어찌 할 바를 몰랐다. 가진 것 없었으나 즐겁고 행복던 나날들은 이제 사라졌다. 대신 그들을 기다리고 있는 것은…… 순간 산팡의 뇌리에 로리나의 모습이 스치고 지나갔다.

"그것은 아이가 아니야! 갓 낳은 짐승의 새끼 따위! 내다 버려! 당장!"

아름답고 우아하던 로리나, 그러나 갓 낳은 핏덩이를 바닥으로 던질 때는 마치 악마의 현신처럼 잔인했고 산팡에게 안겨 있는 아이를 위협할 때는 강한 살의로 점철된 한 마리의 짐승 같았다. 그녀가 과연 로바노 성의 후계자가 된 테아를 가만히 두고 볼 것인가.

"언니라는 분, 무척 아름답다는 그분은 날 반겨 줄까요? 떨어져 살았던 날 기억해 줄까요?"

"그, 그것이……."

말문이 막힌 산팡은 잠시 숨을 들이켰다. 그녀는 그저 테아의 작은 손을 제 주름진 손으로 따뜻하게 보듬을 뿐이었다.

"로리나 아가씨께서는 지금 임신 말기시랍니다. 왕위 서열 첫 번째인 둘째 왕자님과 사이에 이미 첫째 영애를 두고 말이지요."

"오오, 그것은 정말 크게 기뻐할 일이네요? 다만 아버지의 부고가……."

"아마도 큰 아가씨께서는 무척이나 신경이 날카로워져 있지 않을까 하여 우리 테아 아가씨를 보아도 그냥……."

"충분히 알겠어요, 산팡. 나 역시도 이렇게 슬프고 마음이 아픈데 언니께서는 이중고시겠지요? 제가 잘할게요."

야무지게 고개를 끄떡이며 충분히 산팡의 말을 이해했음을 알리는 테아였다. 그러나 지켜보는 산팡의 입술은 파르르 떨리고 있었다.

'사실은 로리나 아가씨가 친모랍니다. 그리고 그분은 결코 테아 아가씨를 반기지 않을 겁니다.'

산팡은 또다시 눈물을 흘렸다. 아무것도 알지 못하는, 죄가 있다면 태어난 것밖에 없는 테아의 앞날이 불 보듯 뻔했기 때문이다.

"그러니 산팡, 슬퍼하지 말아요. 사실은요, 얼굴도 모르는 아버지의 죽음보다 산팡이 아플까 봐 그게 더 슬퍼요. 네? 산팡?"

"테아 아가씨!"

노파심과는 달리 너무나 따뜻하게 그녀를 위로하는 모습이 너무나 맑았다. 산팡은 더는 참지 못하고 테아를 품에 보듬었다.

작고 작은 테아가 이름도 없이 살아온 세월, 어미의 젖 한 모금 먹지 못하고 자란 세월들이 안타까운 탓이었다. 그러나 무색하게도 다가오는 것은 더한 암흑이 아닌가.

테아는 잠시 산팡의 흐느낌을 조용히 들었다. 참으로 묻고 싶은 것이 많았다. 아버지에 대해, 그리고 가족에 대해. 어린 테아가 물으면 늘 나중에 전부 알게 된다 했던 산팡. 그러나 그 모든 것들은 꼭 산팡의 입을 통하지 않아도 좋을 듯했다. 성으로 가면 그간 테아가 알고자 했던 모든 것을 알게 될 테니.

그렇게 두 사람이 서로를 위로하고 있는 사이 마차는 성과 가까워졌다.

"워워!"

마부의 말소리가 들리는가 싶더니 또 다른 말굽 소리와 함께 향하는 방향이 달라졌다. 왜 그런지 궁금해 산팡이 창을 열어 옆에서 달리는 호위병에게 물었다.

"성으로 가는 게 아닌가요?"

"곧장 루앙(Rouen)으로 오시라는 전갈입니다."

루앙, 그곳은 대대로 로바노 가문의 일원들이 안식에 드는 묘지였다. 산팡은 알았다고 한 뒤 테아를 보았다.

"테아 아가씨, 곧장 묘지로 가게 되었어요. 다시 한 번 말씀드리지만 마음 단단히 잡수세요."

산팡은 테아의 옷차림을 다듬어 주며 마치 위험한 곳에 가게 된 양 단단히 주의를 시켰다. 테아는 또다시 진심으로 묻고 싶었던 물음을 속으로 삼켜야 했다.

왜 이렇게 겁을 내고 있나. 이제야 성으로 돌아왔는데 어째서 세상 끝나는 표정으로 안타까워하는 것인가.

그러나 그 질문 대신 테아는 산팡에게 미소 지었다. 믿음과 사랑이 담겨 있었다. 산팡 또한 테아의 온전한 미소를 보며 머리 뒤로 넘어가 있던 검정색 베일을 가슴 앞까지 내려 주었다.

"절대 베일을 걷지 마시구요."

"네."

"될 수 있으면 제 옆에서 꼭."

"……네."

달리던 마차가 마부의 소리와 더불어 멈추었다. 그리고 곧 마차 문이 열렸다.

"여기서부터는 마차가 들어가지 못합니다."

"그럼요?"

"걸어서 가야 합니다."

"어째서요? 제법 먼 길인데요?"

"볼리 공께서 마차를 타고 묘지 안으로 들어오시면 너무 눈에 뜨인다고……."

"아, 알겠어요."

호위병의 말을 이해한 산팡은 드디어 올 것이 왔구나 여겼다. 볼리 공의 말대로 이곳에는 로리나를 비롯하여 많은 이들이 장례 절차를 위해 모여 있을 것이다. 마차를 타고 안으로 든다면 당연히 수많은 시선들이 테아를 향할 것은 자명한 일.

산팡은 테아를 마차에서 내리게 했다. 그리고 또 한 번 베일을 잘 정리한 뒤 테아의 손을 단단히 잡아 길게 난 돌길로 걸어갔다. 두 사람 뒤로 붉은 흙이 섞인 거친 바람이 함께했다.

오늘도 역시나 눈부신 하늘이 둥근 천장에 그림처럼 걸려 있다. 돌계단 위에 놓인 거대한 석조 의자에 삐딱하게 앉아 하늘을 바라보는 하겐은 뭐가 그리 즐거운지 연신 피식거리며 웃고 있었다. 앞에는 인상을 찌푸린 보탄이 연신 열과 성을 다하며 말하고 있어 그와 대조를 이루었다.

"그러니 충분한 방비를 했다손 치더라도 우리 측에서도 정찰병을 늘려야 합니다. 그것도 수배나 많게."

아주 미세하게 움직이는 폭신한 구름이 하겐의 눈에 들어왔다. 마치 테아의 발그레한 뺨처럼 토실한 느낌. 뒤이어 까르르거리는 소리를 들었다. 그 웃음 속에 하겐과 테아는 서로의 손을 잡은 채 구름 위를 방방거리며 뛰어다닌다.

유치하게 정말, 이 내가 고작 한다는 상상이 인간과 구름 위를 뛰어다니는 것이라니. 우습다, 진짜. 무슨 말도 안 되는 억지 상상인가 싶어 정색하며 한껏 인상을 써 버렸다.

"뭐가 그리도 우습습니까? 긴박한 상황에서 건의드린 이 사안들이 하겐께서 보시기에는 비웃음이 날 정도로 하찮은 것입니까?"

이런. 날이 선 보탄이 찌르듯이 저를 본다. 그제야 하겐은 유치한 자신의 상상력을 저 멀리로 차 버렸다. 그다음 다시 원래의 그로 돌아가 자리에서 일어났다.

"누가 그렇대? 당연한 제안! 배가 아니라 수백 배 늘려."

"흠, 좋습니다."

"그리고 아르마의 둥지는 물론 그 주변에 흩어져 있는 펜리르의 둥지들 또한 감시를 게을리하면 안 될 것이다."

"왜 그렇습니까?"

"아르마! 그들이 제일 죽이고 싶어 하는 나의 수호신! 날 제거 못 한다면 아르마라도 죽이겠다는 것이 분명하다. 그래야 내가 모습을 드러낼 테니."

"그건 그렇군요."

"바보 같은 놈들. 아르마를 너무 물로 보는 경향이 있어. 도리어 전멸을 당해 봐야 다시는 둥지 쪽으로 얼씬하지 않겠지."

"그럼?"

"궁수대를 보낸다. 보이지 않게."

"훌륭한 제안이군요."

뭐, 당연한 것을. 제 밥값을 했다고 생각한 하겐은 보탄에게서 몸을 돌리려 했다.

"그건 그렇고 하겐! 대체 밤마다 어디를 그렇게 가십니까? 그것도 아르마와 함께 말이지요?"

역시나, 눈치 빠른 보탄. 하겐은 뜨끔거리는 심정을 살짝 누른 채 시치미 뗐다.

"암포르 숲."

"암포르 숲? 하겐! 어디 몸이 좋지 않으신가요? 분명 보병궁과 마갈궁은 이미 자리를 잡고 있습니다. 더한 기운에 힘입어 가장 왕성하실 시기인데, 왜 그 숲에?"

"내 개인적인 볼일."

살아 있는 암포르 숲. 말이 좋아 숲이지, 그곳은 이곳과는 전혀 다른 이질적인 공간이었다. 그곳은 아무나 드나들 수 없으며 설사 들 수 있다 해도 숲이 허락한 자만이 발길을 머물 수 있는 곳이었다.

그러나 예외는 있었다. 함부로 가까이할 수 없을 만큼 고결하고 거룩함으로 뒤덮인 그곳에 신성(晨星)만이 숲의 허락을 받지 않고 하겐처럼 들 수 있다 했다.

바로 샛별, 금성(金星)의 기운으로 뒤덮인 자만이.

그러나 그 기운을 받은 자는 세상에 존재하지 않으니 암포르 숲은 하겐의 휴식처요, 그의 온전한 공간과 같은 곳이었다.

"걱정하지 마. 아무것도 아니다. 다만 휴식이 필요했을 뿐이야."

"그럼 다행이지만. 너무 걱정되게 만들지 마시지요. 특히 포워르의 힘이 지나치게 강해지는 요즘은 말입니다."

"알겠어. 내 약속하지."

고개 숙인 보탄을 보며 약간의 죄책감을 느낀 하겐이 난처한 시선을 멀리 던졌다.

"그런데 보탄!"

"네, 말씀하세요."

"인간의 성장에 대해 아는 바가 있는가?"

"네에? 인간?"

난데없었다. 인간의 성장이라니. 진지한 눈빛의 하겐을 보며 보탄은 단 한 번도 관심을 보인 적이 없는 인간이라는 말에 당황했다.

"왜 인간에게 관심을? 혹여 아르마가 물고 온 어린 인간에 대한 것입니까?"

야아, 눈치 백단. 역시 보탄이라니까.

하겐은 속으로 감탄했다. 분명 까맣게 잊고 있을 듯한 해프닝을 몸이 천 개라도 모자를 정도로 늘 바쁜 그가 기억하고 있다는 것에.

"뭐 그렇다고 하자고. 왜 아르마가 어린 인간을 물고 왔는지도 궁금하고."

보탄은 짐작되는 바가 있었다. 하겐만을 수호하는 영물이 인간을, 그것도 이곳과 전혀 무관한 어린 인간을 직접 물고 왔다는 것. 또한 하겐과 만났다는 것. 무엇보다 세월이 지났음에도 불구하고 하겐이 여전히 관심을 보인다는 것.

"저도 궁금합니다. 하겐께서 인간에게 관심을 보이는 것도, 요 근래 포워르 쪽에서 관심을 두는 인간에 대해서도 말입니다. 그럼 제가 아는 바대로 알아보고 곧 보고 올리겠습니다."

"그렇지, 그놈들도! 대체 왜 한낱 인간에게 관심을 두는 거지? 누군지는 아직도 밝히지 못했는가?"

"그렇습니다. 워낙 치밀한 놈들이라 우리 쪽에서 감시하는 것을 눈치채고 최근에는 발을 뺀 듯 보입니다. 그러나 절대 놓치지 않을 것입니다, 하겐."

보탄의 날카로운 눈빛이 포워르족에게 향한 것인지 자신에게 향하는 것인지 헷갈려 하겐은 어색한 웃음을 지었다. 오늘은 테아를 만나러 가기 글렀다는 생각에 잠시 섭섭함이 밀려왔다.

'기다려, 테아. 날아갈게, 곧!'

하겐은 투명한 하늘을 우러러보며 테아의 미소를 잠시 느꼈다. 그 순간을 보탄의 시선은 놓치지 않았다.

거대한 돌석 기둥 앞에 아치로 걸려 있는 루앙(Rouen).

문자를 나타내는 청동의 골격들이 일정치 않는 기온으로 녹이 슬어 있었다. 그것조차도 이곳이 오래된 묘지의 입구임을 분명히 나타내었다.

울퉁불퉁한 돌길을 걸어서 안으로 드니 사각형의 회랑 구조가 눈앞에 나타났다. 묘지는 안쪽 끝부분에 반 목조 납골당 건축물과 작은 정원으로 이루어져 을씨년스러운 분위기를 자아냈다. 그리고 검은 옷을 일습으로 차려입은 이들이 다 함께 고개를 숙이고 있었다.

왠지 모를 서글픔이 밀려든 테아는 잠시 산팡의 옷자락을 두려운 듯 잡았다. 산팡 역시 많은 이들이 모인 가운데 유독 눈에 들어오는 여인을 주시하며 몸을 떨었다.

장례식임에도 불구하고 가장 화려한 차림새를 한 여인은 부른 배를 숨길 생각도 않고 화사한 금발을 한껏 드러낸 채였다. 턱까지 내려온 레이스 베일은 그녀의 미모를 숨기지 못했다. 그런 로리나의 옆에는 그녀를 축소한 듯 반짝이는 금발을 앙증맞게 묶은 채 눈을 동그랗게 뜬 어린아이가 인형처럼 서 있었다.

"볼리 공, 이게 대체……."

안으로 드는 두 사람, 그중 산팡을 즉시 알아본 로리나가 온몸을 부들부들 떨었다. 그리고 뒤에 서 있는 볼리 공을 째지는 음색으로 불렀다.

"로바노 성의 후계자로서 이 자리에 참석함은 당연한 일입니다."

"누가? 대체 누가 그 후계자인데? 내 분명 우리 로리아나, 그리고 내 배 속의 아이가 로바노 성의 후계자라 말했을 텐데요?"

"로리나께서는 왕후가 되실 것입니다."

"그게 무슨 상관인데요?"

공손히 고개 숙이는 볼리 공을 보다 못한 로리나가 소리를 빽 질렀다. 모두의 시선이 화려한 그녀에게 모였다.

"죽음에 이르기 전 사지도 분간치 못한 아버지세요! 병석에서 수십 년을 살아오신 아버지께서 명료한 판단으로 후계자를 정하셨다 할 수 있나요? 이런 온전치 못한 발언을 하는 것이 볼리 공이시라니, 너무나 안타까운 심정입니다!"

엄중한 장례식임에도 불구하고 로리나는 소리를 높였다.

"볼리 공! 어디 입이 붙어 있다면 제대로 말이라도 해 보시지요? 이 많은 이들이 모인 자리에서!"

로리나는 어느새 가까이 다가온 두 사람을 노려보았다. 비록 베일에 가려 얼굴은 보이지 않으나 산팡의 가슴께까지 자라 있는 가녀린 아이가 눈에 들어왔다.

생각하기도 싫은 아이. 배 속에서 여덟 달이나 질기게 견딘 아이. 그리고 던져도 살아남은 야만의 짐승!

저 아이는 인간이 아니다. 그저 짐승의 새끼에 지나지 않아. 절대 나의 몸을 통해 태어난 자식이 아니다!

로리나는 솟구치는 심장의 박동을 억지로 잠재웠다. 그러나 절대 생각하고 싶지 않은 지옥 같은 광경이 아이가 다가옴에 따라 상기되어 버렸다.

인간이 상상할 수도 없는 야만족과 함께한 그날 밤.

그것은 악몽, 지독한 악몽. 아아악! 죽여, 저것은 인간이 아니야, 저것은 짐승이다!

로리나는 말보다 행동이 빨랐다. 볼리 공이 한 발 물러나고 산팡이 치맛자락을 잡고 예를 보이는 순간, 그녀의 옆에 있던 아이의 얼굴을 그대로 올려붙였다.

철썩!

아이의 고개가 돌아갔다. 로리나는 거기서 멈추지 않았다. 또다시 불붙은 그녀는 손바닥을 한껏 움직였다.

철썩!

까아악! 로리나님! 맙소사!

뒤를 이은 비명이 장내를 울렸다. 로리나의 거침없는 손짓에 어느새 아이는 바닥으로 쓰러지고 머리에 쓰고 있던 베일이 벗겨져 버렸다.

"흑발! 이런 맙소사, 흑발입니다!"

그리고 들불처럼 번지는 사람들의 웅성거림. 볼리 공은 안타까운 눈빛을 숨기지 않았다. 생각보다 빨리 드러난 테아의 외향이 곤혹스러웠다. 일단 그는 눈물 흘리고 있는 산팡에게 눈짓했다. 생각지도 못한 로리나의 행동에 얼어붙어 있던 산팡이 볼리 공의 시선을 느끼고 재빨리 양 뺨이 붉어진 테아를 안아 일으켰다.

"세상에나, 금빛입니다. 금빛 눈동자입니다!"

"이런 말도 안 되는! 저, 저 모습은······."

로리나조차 놀라고 말았다. 산팡이 일으켜 세운 테아의 모습
에.

제4장

내 영혼을 어디로 드높여야 할 것인가

해질녘, 깎아지른 절벽에 흐르는 폭포가 떨어지는 석양에 의해 붉게 물들었다.

"크르릉."

주변을 날고 있는 아르마의 오색 줄무늬가 폭포에 녹아들었다 드러나길 반복했다. 맹수는 당황한 듯 계속하여 으르렁거렸다. 크나큰 위험인지 알면서도 폭포를 지나 초록의 신록이 우거진 언덕, 바로 테아가 살던 언덕 위 오두막 근처에 소리 없이 내려앉았다.

쿵쿵. 펜리르의 예민한 후각이 계속하여 뭔가를 찾았다. 순간 고개를 번쩍 든 아르마는 사방에 흐르고 있는 이질적인 냄새에 재빠르게 움직였다.

"찾아라, 어서!"

아르마는 오두막 지붕과 담벼락에 붙어 있는 어둠의 포워르족 병사들에게서 몸을 숨겼다. 그들은 각자의 무기를 등에 짊어진 채 마치 먹이를 찾는 짐승들처럼 오두막의 안과 밖을 샅샅이 훑고 있었다.

"없습니다. 벽난로의 흔적으로 보아 적어도 3일 전에 이곳을 뜬 것 같습니다!"

"안 돼! 그럴 리가 없어! 어떠한 것도 좋으니 흔적을 찾아!"

보고를 들은 우두머리 포워르가 발악하듯 소리쳤다.

"카스카께서 이것을 아신다면……."

그리고 두려운 듯 몸을 떨었다. 그도 병사들과 합류하며 사방을 파헤쳤다.

거대한 나무 위에서 주시하던 아르마는 그들을 한심하게 바라보다 저 멀리 구름 속에 가려진 로바노 성이 있는 방향으로 고개를 틀었다.

"없습니다."

힘없는 말소리. 다들 기력이 빠진 모습이었다.

"펜리르의 둥지를 살피러 간 와중에 이렇게 흔적도 없이 사라지다니."

그때 갑자기 한 병사가 뭔가를 흔들면서 오두막을 뛰쳐나왔다.

"찾았습니다. 벽난로 안에서 이것이 나왔습니다!"

그것은 편지 봉투였다. 비록 일부이기는 했으나 앞부분에 각인을 넣은 특유의 문양만은 그대로 남아 있었다. 산팡이 볼리공으로부터 받은 편지의 일부였다. 벽난로 안에서 불에 타 사라지지 못한 조각이 남아 있었던 것이다.

"이 각인은 로바노 영주의 문양이군. 그렇다면?"

순식간에 표정이 확 바뀐 포워르들은 로바노 성이 있는 방향을 주시했다.

"성으로 돌아갔다. 분명 그분께서는 인간의 성으로."

"그럼 어찌합니까?"

"당장 카스카께 보고드리고 너희 셋은 인간들의 영지로 들어간다."

이제야 안도한 표정이 된 포워르들은 재빠르게 움직였다. 그들이 사라진 다음 아르마가 조용히 오두막으로 내려왔다. 아르마는 한참을 움직이지 않았다. 다만 테아가 주로 잠을 자던 다락방의 창을 뚫어지게 바라보다 울음소리를 냈다.

"키이잉!"

아르마의 울음은 고요하면서도 고통스럽게 들렸다. 눈물마저 맺힌 듯 보이는 거대한 펜리르가 난장판으로 변한 오두막을 안타깝게 바라보다 곧장 날아올랐다.

아르마가 도착한 곳은 하늘로 뻗친 앙상한 가지들이 하늘로 뻗쳐 있고 그 가지들마다에 은색으로 빛나는 실들이 무수히 매달린 곳이었다. 마치 애벌레들이 은(銀)실 안에 모여들어 아름다운 나비가 되기를 기다리는 형상이었다. 바로 암포르 숲.

그 한가운데 잿빛 머리카락을 바람에 휘날리며 뒷짐을 지고 있는 하겐이 보였다. 그는 은색의 긴 망토 자락을 뒤로한 채 그림처럼 서 있었다. 그리고 실바람과 함께 내려온 아르마를 향해 장난처럼 스틸레토를 뽑아 들고 사선으로 내려 긋는 시늉을 했다.

"아르마! 혼자 있고 싶다고 했잖아!"

실몽당이들이 바람에 일렁이고 그의 은색 망토가 흔들렸다. 또한 손에 쥐고 있는 은색의 긴 스틸레토가 그의 얼굴을 얇게 비추며 아르마에게 말을 걸었다.

"크르르!"

돌아온 아르마의 울음. 하겐은 한껏 휘두르던 스틸레토를 아래로 내렸다. 심상치 않은 소리를 내고 있는 아르마에게 다가갔다.

"무슨 일이지?"

하겐 또한 심상치 않았다. 장난스런 미소는 어디 갔는지 다시금 위엄 서리고 거만하며 까칠한 그의 본래 모습으로 돌아갔다. 하겐이 달라지자 은색으로 빛나던 암포르 숲의 모든 것들이 서서히 검게 변하는 환상이 보였다.

"아르마, 알려라!"

아름다운 음성이 어둠 속에서 빛나고 그 음성에 따라 암포르 숲은 다시 회색빛이 되었다. 하겐은 눈물짓고 있는 아르마를 보고 놀란 표정을 지었다.

"아르마?"

어린 펜리르였을 당시, 둥지 안에서 떨어져 빈사 상태가 되었을 때를 제외하고 아르마는 단 한 번도 눈물을 보인 적이 없었다. 그런데 지금 몇백 년 만에 처음으로 아르마의 눈에서 바위 같은 눈물이 흘렀다. 하겐은 고개를 숙이며 두 손을 모았다. 무릎 한쪽을 꿇은 채 아르마에게 말했다.

"신성한 펜리르, 나의 아르마."

주문 같은 하겐의 말. 아르마는 서서히 눈물을 거두고 무릎을 꿇고 있는 하겐의 머리에 제 혀를 가져갔다. 언젠가 테아에게 해 준 것처럼 하겐의 뺨을 길게 핥았다.

"혹여 간여해야 할 것이 아닌데 간여한 것인가?"

아르마의 아픈 심정이 이해된 하겐이 자리에서 일어나 목을 쓰다듬었다.

"혹 인간에 관련된?"

하겐은 아주 천천히 등을 내려 훑으며 제 말에 낑낑거리는 아르마를 살폈다. 짚이는 것이 있었다.

"테아!"

하겐이 말을 내뱉자마자 아르마의 눈빛이 살기를 동반했다. 그와 동시에 무서울 정도로 크게 크르르 울었다.

"그때 왜 어린 인간을 물고 왔는지 왜 그 인간에게 집착하는지 나에게 알리지 않았다, 아르마!"

단호한 하겐의 목소리에 아르마가 잠시 멈칫했다. 그러나 금세 고개를 저으며 낑낑거렸다. 뒤를 이어 하겐의 한숨 소리가 들렸다.

"집착, 그건 내 쪽인가."

하겐은 테아의 웃음소리가 가까이에서 들리는 듯했다. 몇 번 만나지 않았음에도 불구하고 긴 세월을 함께한 것 같은 깊은 친밀감은 숨길 수가 없었다.

그래, 친밀감. 아이와의 알 수 없는 교감. 다시금 심장이 두근거린다.

비로소 스스로를 납득시킨 하겐은 그제야 만족스러웠다. 집착, 늘 마음이 쏠려 잊지 못하고 매달리는 자신. 나쁘지 않았다.

묘하면서도 색다른 테아의 눈동자. 야릇한 눈빛이라 해야 옳을 두 눈동자가 하겐에게는 깊이 각인되어 버렸다. 거기에 인간이란 하찮은 존재가 어떠한 계산도 없이 하겐을 움직이게 만들었다. 지금도 마찬가지, 아마 눈치 빠른 보탄만 아니었다면 날마다 테아가 있는 곳으로 날아갔을 것이다.

하겐은 테아가 있는 방향으로 시선을 돌렸다. 그러자 암포르숲은 다시 원래의 은색의 물결로 되돌아갔다. 온화하면서도 신비한 분위기의 숲으로.

"테아가 어찌 되었지? 혹여 죽음에 직면했는가?"

아르마는 아무 소리도 내지 않고 하겐만을 보았다. 죽음, 그래. 인간에게는 수명이란 것이 있지. 사고가 생명을 앗아 가기도 하고.

그러나 테아와 죽음은 왠지 어울리지 않는 기분이었다. 그것은 매우 이상했다. 마치 자신과 비슷해서 너무나 잘 맞는 느낌. 지극한 동질감을 지닌 듯이.

아니, 동질감이라니? 고작 인간과 수천 년의 세월을 넘어 동질감이라니!

"만일…… 아니다. 아무것도."

테아가 인간이 분명한지 묻고 싶었다. 그러나 한편으로는 돌아올 대답이 두려웠다. 그 어린 생명이 인간이 아니라면 무엇이란 말인가.

"아르마! 테아에게 간다!"

하겐은 순식간에 생각하고 계산하기를 멈췄다. 그리고 보탄이 감시하거나 말거나 아르마를 재촉하였다. 그러자 그의 행동을 기다렸다는 듯이 아르마가 날아올랐다. 어찌나 바람 같은지 아르마의 모습은 보이지도 않았다.

❋　　　　　❋　　　　　❋

"흑발! 이런 맙소사, 흑발입니다!"

"금빛 눈동자? 정말 금빛이란 말입니까?"

난리가 난 장례식의 풍경. 사람들의 웅성거림. 그들은 로리나가 폭력을 행사했다는 것은 까맣게 잊어버렸다. 그만큼 테아의 외향이 이질적이었기 때문이었다.

욱신욱신. 테아는 부풀어 가는 뺨의 열기에 주변을 신경 쓸 겨를이 없었다. 아픈 얼굴보다 더 아프게 찢어진 심장이 헉헉거리며 울고 있었기 때문이다.

'산팡? 나…… 내가…….'

두 눈에 눈물이 고인 테아는 이미 저를 대신해 울고 있는 산팡을 보았다. 산팡 역시 뭐라 말해야 좋을지 엄두가 나지 않았다. 처음 만난 혈육이 지독한 증오를 내뿜으며 뺨까지 때렸다. 그 이유를 어찌 설명할 수 있단 말인가.

'테아 아가씨, 아가씨는 아무 잘못도 없어요.'

'내가 이곳에 있으면 안 되는 거야? 그런 거야?'

테아가 떨리는 입술을 차마 열지 못하고 눈으로 물었다. 산팡역시 대답 대신 고개만 저으며 주름진 손으로 그녀를 일으켜 세웠다.

106

'내 눈동자.'

테아는 단 한 번도 저의 신분과 외향에 대해 의문을 품지 않았다. 외롭다고 여기지도 않았다. 어렸을 때부터 늘 산팡과 함께였으며 작기는 해도 따뜻하기 그지없는 오두막이 있었다. 그리고 신비한 아르마와 하겐까지…….

'하겐!'

테아는 저도 모르게 그의 이름을 불렀다. 잿빛 머리카락에 은회색의 눈동자를 가진 왕자님. 왜 그의 이름을 불렀는지는 몰랐다. 다만 저의 머리카락과 눈빛에 대해 경계의 시선으로 바라보는 이들을 감당할 수 없었다.

이렇게 심장이 무너지듯 아픈 경험은 난생처음이었기에.

로리나는 생각했던 것보다 더 아름답게 자란 아이를 기가 막힌 듯 보았다. 어찌나 세게 올려붙였는지, 로리나의 손바닥은 발갛게 부어 있었다. 그녀의 모든 힘을 총동원한 듯했다. 맞은쪽은 수백 배 아플 터. 그러나 아이는 부어오른 두 뺨을 하고서도 울지 않았다. 소리조차 지르지 않았다.

"징그러운 것."

로리나의 독설에 테아가 고개를 들었다. 그 시선에 찔린 듯 움찔거렸으나 곧 로리나는 거만하게 고개를 치켜들었다. 그리고 보란 듯이 얼굴을 가리고 있던 검은색 베일을 벗었다. 드러난 그녀의 외향은 무척이나 아름다웠다.

눈부신 금발, 파랗게 반짝이는 눈에 붉은 입술까지. 비록 둥근 배가 자태를 깎을지라도 그녀의 아름다움은 가히 최고였다. 게다가 옆에 서서 호기심 어린 눈빛을 보이는 로리나의 복사판 같은 어린아이도 무척이나 아름다웠다.

"죽어도 마땅찮을 짐승 같으니."

또다. 테아는 로리나의 경멸 서린 눈빛과 말투에 뭔가가 부글거리며 치밀어 오르려 했다. 지극한 분노가 하늘을 찌를 듯이 머리끝까지 치받쳤다. 몸에서 열기가 뻗어 나가고 정수리에 번개가 내리 꽂히듯이 고통스러웠다. 단지 그녀의 말과 눈빛에.

"언니……."

"언니? 누가 언니란 말이냐? 네가 과연 로바노의 혈육이기는 하던가? 감히 이 자리가 어떤 자리인데!"

웅성웅성. 지독한 로리나의 말에 또다시 엄숙한 장례식 분위기가 흐트러졌다. 산팡이 앞으로 나섰다.

"너무하십니다, 로리나 아가씨! 아가씨께서도 분명히 테아 아가씨의 출생을 지켜보셨잖습니까?"

헉. 로리나가 비명을 지르듯 숨을 가쁘게 쉬었다. 그래도 한때는 누구보다 믿었던 산팡이었다. 그런 그녀가 어린 짐승을 돌보더니 완전히 변했다.

"사, 산팡."

"이 정도로 하시지요. 오늘은 영주님의 마지막 가시는 날입니다. 부디 넓은 아량을 베푸시지요."

이번에는 볼리 공이었다. 노회한 그의 한마디에 사방은 다시 고요해졌다.

욕지기가 치밀어 올랐으나 로리나는 볼리 공의 말대로 배 속의 아들을 생각했다. 중앙의 왕좌가 기다렸다. 어쩌면 세상의 중심이 될 아들. 그리고 제 옆에 있는 인형 같은 딸, 로리아나.

그런데 순간적으로 로리나에게 의문이 생겼다.

"가만, 저 아이의 나이가?"

그날이 언제였지. 순간, 로리나의 눈이 가늘어졌다. 평범하지 않은 아름다움을 선보이고 있는 아이는 나이와 무관한 성장을 한 듯 싶었다.

테아는 로리나에게서 시선을 돌리지 않았다. 뭔가 안타까운 듯 가슴이 저렸다. 아름다운 로리나를 보는 테아는 두 가지 감정으로 당황했다. 하나는 분노, 또 하나는 그리움.

아팠다. 그녀에게 맞은 두 뺨이. 그리고 심장이 저미는 고통도 함께했다. 한편으로는 또 다른 감정이 스멀스멀 올라왔다. 분노 사이에 스며 있는, 내가 당한 만큼의 수모를 수천 배 앙갚음하고자 하는 지독한 살기를.

순간, 테아는 난생처음 느끼는 감정에 두려움이 치밀어 올랐다. 자신이 낯설었다. 살기라니. 누군가를 해치고 싶다는 무시무시한 기운은 떠올려 본 적이 없었다. 맙소사! 테아는 온몸에 소름이 돋아 버렸다.

한편 로리나는 스스로 인지했다. 남들은 절대 제 배 속에서 나온 아이라고 생각할 수 없다는 것을. 그것이 묘하게 안심이 되었다.

한편으로는 알 수 있었다. 비록 인간의 성장과는 다를지언정 그날 밤의 지옥 같은 몸부림 뒤에 탄생된 씨가 분명했음을. 아이의 금빛 눈동자, 그리고 흑발. 인간의 눈동자와 다른 그것은 짐승의 눈빛과 흡사했기 때문이었다.

"저런 이계의 외향으로 어찌 이 자리에 올 수 있나요? 안 그런가요, 볼리 공! 이것은 고인에 대한 모독이에요!"

로리나의 외침에 볼리 공의 입가가 비틀어졌다. 정말이지, 로리나는 영악했다. 자신의 행동이 정당하다 포장할 줄 아는 기지가 참으로 계산적이었다.

"저리 치워요, 당장! 저들은 이 자리에 올 권리가 없다고요!"

"로리나님! 장례식 참석은 테어도어 아가씨의 당연한 권리입니다. 다음 대의 로바노 성의 후계자시니까요!"

"테어도어? 볼리 공!"

로리나의 째지는 음색은 하늘을 찌를 듯했다. 이름이라니, 누가 고귀한 이름을 하사했단 말인가.

이곳에 모인 이들이 전부 저것의 이름을 알게 된 셈이 아닌가 말이다. 또다시 분을 참지 못한 로리나. 그녀는 치솟는 분노로 인해 막달에 접어든 배가 당기는 것을 느꼈다.

'이런, 아직은 아니다. 아들!'

잠시 로리나의 시선이 돌아간 사이 볼리 공은 테아의 눈동자를 주의 깊게 주시했다.

'역시나 이색홍채…….'

중앙에서 역사학자들과 의견을 나누었던 사가가 그의 뇌리를 스쳤다. 그리고 죽은 로바노 3세의 신신당부까지.

'이것은 진정 운명인가 봅니다. 영주님.'

그래, 모든 것이 잘 짜인 운명 안에서 돌아가는 것이라면 테아는 그 중심에 있음이 분명했다. 그렇기에 볼리 공은 소란스런 장례식을 정돈할 필요가 있었다. 그는 한 팔을 올렸다. 대기하고 있던 수호대들이 척척 발소리를 맞추어 경계선에 도열했다.

"자, 여러분! 영주님께서 마지막으로 가시는 길입니다. 모두들 예를 다해 마지막 인사를 하시지요!"

참석자들은 헛기침을 하며 다시 추모를 시작했다. 그러나 그들의 시선은 여전히 로리나와 테아에게 가 있었다.

"테오도어 루구스, 영주님께서 하사하신 이름이십니다."

볼리 공은 분노로 떨고 있는 로리나의 앞을 지나가며 테아의 이름을 알렸다. 로바노 3세에게 묵도를 하고 한 발 뒤로 물러났다. 그리고 산팡이 부축하고 있는 테아에게 다가갔다.

"인사드립니다. 아가씨의 모든 것을 책임질 바말 베스트로 코스타리오 볼리바르(Bamal baepteo costruito Bolivar)입니다. 볼리 공이라 불러 주십시오."

볼리 공의 예를 갖춘 인사에 테아는 잠시 산팡을 보았다. 그녀는 테아에게 고개를 끄덕여 주었다. 믿을 수 있다는, 인사를 받아도 된다는 의미였다. 그제야 볼리 공의 인사에 답하는 테아는 자세를 바로 했다.

"볼리 공, 맞아 주어서 감사합니다. 테아라고 불러 주세요."

살짝 무릎을 숙이고 볼리 공을 마주한 테아의 눈빛은 무척이나 깊었다. 도착 후 많은 것을 느낀 그녀의 눈빛은 누구도 견줄 수 없을 만큼 단단했다.

'이럴 수가.'

볼리 공 또한 테아의 성장에 놀라움을 금치 못했다. 강인한 금빛 눈은 어서 모든 것을 알아야겠다는 일념으로 부글부글 끓고 있었던 것이다.

인사 나누는 두 사람을 바라보는 로리나의 눈빛이 살벌했다.

그녀의 손을 꼭 잡고 있는 인형 같은 로리아나는 고개를 갸웃거렸다.

"어머니, 저분은 누구세요?"

"알 것 없다!"

"볼리 공이 로바노 성의 후계자라고……."

"로리아나!"

"네, 어머니."

"네가 로바노 성의 후계자야. 네가 배 속의 남동생과 함께 이 영지를 갖는 거다."

불같은 로리나의 말에 어린 로리아나는 고개를 끄덕였다.

"네, 어머니. 그런데 저 언니, 참 예뻐요!"

"로리아나!"

마지막 인사를 하는 도중 가문의 문양이 새겨진 비석 앞에서 로리나는 딸아이의 손을 확 잡아끌었다.

"저것은 아름다운 게 아니야! 저것은 짐승, 인간의 발아래 짓밟혀도 좋을 더러운 짐승이야. 알겠니?"

로리나의 기세에 질려 로리아나는 그저 고개만 끄덕거렸다. 오만하게 고개를 치켜든 로리나는 다시 한 번 엄숙하게 뒷말을 이었다.

"그러니 로리아나! 세상 최고의 공주가 되고 싶거든 너보다 아름다운 것들은 깡그리 몰아내야 한단다. 내 말 명심하거라!"

세상 최고의 공주. 그 말에 인형 같은 로리아나의 입가에 미소가 감돌았다.

"네, 어머니. 세상 최고로 아름다운 공주가 될 것입니다."

"그래, 그래야 내 딸이지."

딸의 대답이 흡족해 로리나는 아직도 발갛게 떨리는 손바닥을 허벅지에 문질렀다. 제 손이 이토록 아픈데 맞은쪽의 고통은 더하면 더했지 결코 작지 않을 터였다. 그럼에도 불구하고 사람들의 무수한 시선 속에서도 아이는 태연했다.

로리나는 제 입술을 짓씹으며 테아를 노려보았다. 결코 저 짐승을 성에서 살게 할 수 없다. 아무리 제 배 속에서 나왔다 한들……

로리나는 옆에 앙증맞게 서 있는 로리아나를 보았다. 그리고 얼마 남지 않은 배 속의 아들을 생각했다.

'그래, 내 아들이 태어날 때까지는……'

로리나의 시선을 느꼈을까. 테아가 눈을 들어 로리나와 시선을 맞추었다. 금빛의 시선은 맹렬했다. 그날 밤의 생생한 기억들이 다시 로리나의 내면에서 벌레처럼 꿈틀거렸다. 먼저 시선을 돌린 로리나의 얼굴은 하얗게 질려 있었다. 그러나 끝까지 아무런 표정 없이 영원히 안치될 로바노 3세의 관 앞에서 의무적인 마지막 인사를 마쳤다.

"이곳이 아가씨의 방입니다. 마음에 드시는지요?"

친히 볼리 공이 안내한 테아의 방은 고즈넉했다. 거대한 상자마냥 네 벽에 가로놓인 장식품들은 무게감이 있었다. 테아 혼자 거주하기에는 무척이나 컸다.

"이곳은 돌아가신 영주님께서 특별히 아가씨께 하사하신 방입니다."

영주, 로바노 3세. 단 한 번도 본 적이 없는 아버지. 테아는 기억에도 없는 부친의 배려 덕분에 오두막보다 서너 배는 커진 방을 얻었지만 오히려 더 답답함을 느꼈다.

족히 성인 두 명은 잘 수 있는 거대한 침대와 탁자 주변에 정확히 각을 맞춰 놓은 4개의 의자. 지금껏 생활해 온 소박한 오두막과 완벽히 대조되는 이 방에서 테아만이 완벽한 이방인이었다. 그것이 테아를 숨 막히게 했다.

"감사합니다, 볼리 공."

그러나 그저 감사의 말을 할 뿐이었다. 아직도 두 뺨은 화끈거리고 심장은 고통을 호소한다. 눈에는 아직도 흐르지 못한 눈물이 흥건했고 난생처음 느껴 본 상대를 죽이고 싶다는 강한 살기에 테아의 온몸은 힘이 빠져 있었다. 그러나 속과 달리 테아는 너무나 태연한 모습으로 일관했다. 볼리 공 또한 어떠한 내색도 하지 않았다.

"그럼, 오늘과 내일은 충분히 쉬시고 앞으로의 교육과 계획을 알려 드리겠습니다."

"아, 저기 볼리 공?"

"네, 말씀하시지요."

"아까도 말씀하셨지만 제가 후계자……라는 말이 무슨 말인지요?"

볼리 공은 자신을 바라보는 테아를 응시했다. 분명한 금빛 눈동자. 그것도 양쪽의 크기가 다른 완전한 이색홍채와 인간은 가질 수 없는 흑발, 나이에 걸맞지 않는 고혹적인 자태.

완전한 성인이 되었을 때는 더없이 아름다울 것은 자명한 일.

볼리 공은 그것이 좋은 것인지 나쁜 것인지 혼란스러웠다. 거기에 나이보다 빠른 성장.

그는 소리 없이 숨을 삼켰다. 테아가 헤쳐 나가야 할 것들은 정말이지 험난하기 짝이 없었다. 무에서 시작해 강력한 유를 만들어야 할 책임과 의무, 로리나를 제치고 당당한 후계자로서 이성을 차지할 수 있는 능력을 빠른 시일 내에 키우는 것. 그 책임은 볼리 공에게 있었다.

"돌아가신 영주님께서 영지와 함께 로바노 성의 모든 것을 아가씨께 남겼습니다."

볼리 공의 담담한 대답에 테아 역시 아무런 표정을 짓지 않았다. 단 한 번도 들어 본 적이 없는 후계자라는 것. 영지(領地)니 성이니 하는 것들은 산팡 역시도 입 밖으로 꺼낸 적이 없었다. 그런데 난데없이 언니를 제치고 후계자라니.

"갑자기 결정 난 것인가요?"

볼리 공은 입을 다물지 못했다. 테아는 가장 중요한 것을 짚었다. 그 무엇도 배우지 못했음에도 핵심을 찾아낼 수 있는 혜안을 가지고 있다니. 생각도 못 한 테아의 번뜩이는 기지에 볼리 공은 앞일에 대한 불안감이 조금은 벗겨지는 기분이었다.

"갑자기가 아닙니다. 오랫동안 심사숙고하여 결정한 것입니다."

볼리 공의 대답에 테아는 조금씩이나마 이해되기 시작했다.

"그렇군요. 그래서 언니께서……."

테아는 이곳에 오자마자 언니인 로리나의 증오에 찬 눈빛을 보았다. 이어진 난데없는 폭력. 그것들이 이해되었다. 바로 후계자 문제가 크게 작용한 탓이리라.

조금은 마음이 편해진 테아는 안도하는 심정으로 고개를 끄덕인 후 방을 구경했다.

볼리 공은 방을 돌아보는 테아를 주시했다. 제대로 된 교육과 더불어 체계적인 후계자 수업을 받는다면…… 생각보다 더 기대가 되었다.

로리나에게 맞은 양 뺨이 시커멓게 변색되어 가고 있었다. 쉽게 사라지지 않을 테니 한동안은 울긋불긋한 보랏빛 멍이 눈에 띌 것이 분명했다. 제법 고통스러웠을 그 순간, 테아는 소리도 지르지 않았고 울지도 않았다.

볼리 공은 그것에 점수를 주었다. 어린 나이에도 제법 참을성과 기개가 있지 않은가. 게다가 로리나의 부당한 처사에 대해 곧장 따져 묻기는커녕 어떤 반박도 없이 당당하게 본분을 마쳤다. 그것이 장례식에 모여 있던 사람들에게 호기심과 더불어 깊은 인상을 심어 주기에 충분했다.

그래, 이 정도면 일단은 죽은 로바노 3세의 말대로 충분히 승산을 걸어 볼 만해.

"힘드시겠지만 부디 앞날을 위해."

볼리 공이 고개를 숙였다. 테아는 가만히 그를 응시했다. 앞날이란 것이 무엇이고 어떤 의미인지 전혀 알 수가 없었다. 묻고 싶었지만 무엇을 물어야 할지 질문이 생각나지 않았다.

그때 산팡이 그릇을 들고 안으로 들었다. 볼리 공에게 양해를 구한 뒤 테아를 의자에 앉히고 차갑게 적신 천을 부어 오른 얼굴에 대어 주었다.

"참으세요. 조금은 쓰라릴 수도 있답니다."

테아는 고개를 끄덕였다. 이미 부을 대로 부은 산팡의 눈두덩이는 테아 대신 눈물을 흘린 대가였다.

"나 괜찮아요, 산팡."

희미한 미소의 테아. 산팡은 고통에 얼룩진 어린 눈빛이 심하게 흔들린 것을 알고 있었다. 애초에 이곳에 오는 것이 아닌데. 속이 다 문드러졌다. 그러나 로바노 영주의 죽음 이후 찾아온 그녀의 미래는 이 땅의 미래와 같았다. 마리스로 피신했을 때 이미 정해졌던 운명인지도 모를 일.

"산팡, 앞으로 아가씨를 더욱더 잘 보살펴 드리게나."

"그래야지요, 볼리 공."

다부지게 대답하는 산팡의 모습에 한결 마음이 놓인 볼리 공은 테아를 향해 고개를 숙였다.

"하루라도 빨리 이곳에 익숙해지시도록 돕겠습니다. 그리고 곧 교육 일정에 대해 알려 드리겠습니다. 그동안 충분한 휴식을."

테아는 잠시 멈칫했다. 일정, 후계자 교육을 말하는 것인가. 테아는 잠시 숨을 삼켰다.

그냥 다시 돌아간다고 하면 안 되나.

후계자 따위 내 알 바 아닌데. 언니라는 아름다운 분이 하면 안 되나…….

테아는 눈을 감았다. 어지러운 가운데 어디선가 초목들이 바람에 휘날리고 나무 사이를 날아오는 아르마, 그 울음이 들리는 것 같았다. 그리운 아르마와 아늑한 벌판. 무엇보다 하겐이 보고 싶었다.

테아는 차마 입을 떼지 못하고 산팡을 보았다. 그러나 주름진 산팡이 테아를 대신해 고개를 한껏 끄덕이고 있었다. 볼리 공이 말한 그 모든 것은 당연히 테아가 해야 함을 인정하고 있는 것이다.

볼리 공은 안심한 모습이었다. 그러나 앞으로가 관건, 시작을 했으니 끝도 맺어야 하는 법이었다.

"산팡은 아가씨를 최선으로 하게나."

"알아요. 그렇게 할 것입니다."

"혹시 몰라 문밖에 호위대를 세울 것이오."

"저야 감사할 따름입니다."

모든 것을 속으로 품어 낸 두 사람, 산팡과 볼리 공은 마치 밀약을 나누듯 많은 것을 눈으로 인지하며 고개를 숙였다.

"테오도어 아가씨."

"그냥 테아라고 불러 주세요."

"그러지요. 테아, 곧 교육에 들어가면 모든 것을 알게 되실 테니 모쪼록 철저히 단련시키겠나이다."

볼리 공의 단단한 말속에는 많은 의미가 내포되어 있는 듯했다. 뒤로 물러날 수 없다는 의미. 테아는 그것을 알아들었다. 이번에도 산팡이 한층 주름진 얼굴로 테아를 보고 있었다.

"우리 아가씨께서는 충분히 하실 것입니다."

"알고 있다네, 산팡."

테아는 가만히 두 사람을 바라보았다. 혈육보다 더 소중한 산팡. 그리고 또 한 사람은 돌아가신 부친의 마지막 당부를 실행하는 사람. 테아는 숨을 죽이고 한숨을 내쉬었다.

이상하게 가슴이 두근거렸다. 미지에 대한 궁금증, 또는 한 치 앞도 볼 수 없던 내일을 조금은 알게 된 것 같았다.

그래, 앞으로 가 보자. 뭐가 되었건 가 보는 것은 나쁘지 않을 듯해.

"네, 최선을 다해 보도록 하겠습니다. 부족하겠지만 잘 부탁 드립니다, 볼리 공."

"저희야말로 잘 부탁드리겠습니다. 어떠한 어려움이 닥쳐도 잘 헤치고 나가시기를 바라 마지않습니다, 테아."

볼리 공은 테아의 대답에 이상하게도 경외감이 들었다. 맑은 두 눈, 현실을 직시하는 담담함, 그리고 의연함까지. 정녕 그날 밤의 잉태는 운명이었단 말인가.

그래, 인간이든 아니든 맞물린 바퀴는 굴러가기 시작했으니 가 보는 거다. 금빛 눈동자에 흑발을 가진 아가씨와.

단단히 마음을 먹은 볼리 공이 물러나고 테아와 둘만 남은 산 팡은 아무 말도 하지 못했다. 테아 역시 아무것도 묻지 않았다. 너무나 많은 물음들이 공중에서 분해되고 그 분해된 물음은 나 중을 위해 남겨 두는 심정이랄까.

테아는 창가로 걸어갔다. 반월창은 차갑고 무거워 혼자 힘으 로 열기 버거웠다. 어느 틈에 다가왔는지 산팡이 창을 열어 주 었다.

그 창으로 바라본 풍경은 오두막 근처의 정경과 달랐다. 푸른 초목 대신 회색의 나무들이 앙상하게 서 있고 작은 꽃들이 한들 거리던 들판 대신 낮은 담과 좁은 골목이 대신했으며, 멀리 보이던 간헐천의 웅장함 대신 비루한 광장 한가운데 분수만이 그 자리를 대신하고 있었다.

테아는 초원과 오두막과 아르마, 그리고 하겐을 잠시 잊기로 했다. 언제든 마음이 변하면 다시 그곳으로 돌아가겠다는 일념은 그대로 간직한 채.

"산팡, 나 자고 싶어요."

산팡은 온화한 미소를 머금고 낯선 침대에 테아를 눕혔다. 이불자락에 몸을 숨기며 눈을 감는 테아를 곁에서 지켰다.

"가여운 아가씨, 이게 운명이라면 힘닿는 데까지 함께하겠습니다."

산팡은 잠이 든 테아의 눈 밑을 조심히 닦았다. 꿈나라에 든 테아였으나 무엇이 그리 아픈지 눈물을 흘리고 있었기 때문이었다. 그 눈물은 무척이나 서러워 보였다.

슬픔으로 가득했던 로바노 영지는 서서히 영주의 죽음을 잊어 갔다. 대신 영주의 장례식에 있었던 일들이 한없이 부풀려져 돌아다녔다.

"정말? 정말 금빛이래요?"

"그렇다니까? 그게 글쎄, 어찌나 빛이 나는지 황금이 눈 안에 박힌 듯하더래요."

"맙소사, 인간이 금빛 눈동자라니! 무슨 짐승도 아니고. 대체 몇 살이랍니까?"

"그, 그게 잘 모르겠네."

"어허! 말조심하시게! 곧 후계자 수업에 들어갈 아가씨께 무슨 망발이야?"

"뭐 그렇잖습니까! 금빛이라니요? 무수한 곳을 돌아다닌 나지만 금빛으로 빛나는 눈동자는 듣도 보도 못 했습니다! 인간은 맞답니까?"

제법 호기 있게 소리친 사내를 향해 그 누구도 반박하지 못했다. 아닌 게 아니라 로바노 영지를 비롯해 주변의 모든 사람들을 통틀어도 흑발은 존재하지 않았다. 거기에 금빛 눈동자라니.

영지 안의 사람들은 모이기만 하면 새로운 후계자에 대해 말을 나누었다. 공식적인 자리에서 후계자의 모습을 본 사람이 없었기에 소문이 더 부풀었다. 그래서 영주민들은 어서 여름 축제가 오기를 바랐다.

우기의 끝, 습하던 기운에서 벗어나 기다리던 여름을 알리는 축제 첫날에 그 소문의 후계자가 모습을 보일 것이라 믿고 있었다. 그때까지는 계속하여 부풀려진 소문이 꼬리를 물고 다닐 터였다.

어수선한 소란 속에서 두건을 푹 눌러쓰고 제법 등치가 있는 사내 두 명이 시선을 교환했다. 그리고 저들끼리 소곤거리다 한 명이 재빨리 사라졌다. 사내의 등 뒤에는 무시무시한 해머가 가죽에 묶여 있었다.

혼자 남은 사내는 주변에 있는 사람들이 이질적인 냄새에 인상을 찌푸리자 다시 광장의 인파 속에 자연스럽게 스며들었다. 그리고 로바노 성으로 진입하는 도로 위를 유유히 걸어갔다.

�֍   �֍   �֍

"아니 이게 뭐야!"

오두막에 도착한 하겐은 아르마의 등에서 날듯이 뛰어내렸다. 지독한 냄새와 함께 남은 흔적을 낱낱이 볼 수 있었다. 바로 어둠의 포워르족이 남긴 흔적을.

"놈들이 노린 것이 테아인가!"

탄식처럼 읊조린 하겐. 그의 말에 동조하듯 큰 울음을 내는 아르마.

하겐은 비어 있는 오두막을 허탈한 심정으로, 한편으로는 무언가가 있다는 심정으로 테아가 사라진 방향을 향해 오래도록 시선을 떼지 못했다.

결국 빈손으로 돌아온 하겐. 그는 오직 한 가지만을 생각했다.

테아를 보지 못했다. 아니, 테아가 위험하다. 하겐은 결단을 내려야만 했다.

그리고 그다음 날, 나무에 편히 기댄 아르마는 연신 터지는 고함에 제 귀를 막았다. 웬만하면 드러내지 않는 날개를 한껏 내밀고는 거대한 몸을 감싼 채 안쪽의 추이를 살피는 중이었다.

"절대 허락지 못합니다!"

보탄은 분개했다. 가슴이 부글부글 끓어올랐다. 마치 철없는 어린애 같은 하겐의 입을 당장 손으로 막고 싶은 심정이었다. 그러나 하겐은 너무나 태연하게 보탄의 속을 긁고 말았다.

"내가 직접 인간들이 사는 곳으로 가겠다. 나 혼자서."

"안됩니다!"

보탄이 다시 소리 질렀다. 어찌나 큰 소리가 났는지 그가 서 있는 자리부터 바닥이 쩍쩍 갈라지는 느낌이었다.

"그렇게 큰 소리를 내면 정백들이 들어. 그래도 좋은가, 보탄?"

씩 웃으며 보탄의 속을 까만 재로 만들고 있는 하겐은 환한 미소를 지으며 자신의 위치와 존재를 망각했다. 보탄은 다시 속으로 열을 세었다. 참자, 참아야 한다. 지금이 어느 때인데.

"혹 일부러 힘을 발산하고 싶으셔서 그러십니까?"

"아니, 전혀. 내 힘은 내가 조절해. 사리 분별 못 하고 마구 폭주하던 시기는 이미 600년도 전이 아니던가? 새삼 그것을 왜 끄집어내? 그때의 잔혹했던 전쟁을 다시금 상기하라고? 그래서 지금 자중하라는 말이야, 보탄?"

마치 자존심이 상한 듯 가슴 앞에 팔짱 낀 채 보탄을 노려보는 하겐. 보탄은 한숨을 쉬었다. 영리하신 분. 지금은 하겐이 최상의 힘을 내재하고 있는 시기였다. 무엇이든 파괴하고 뭐든지 죽일 수 있는 그 힘. 그것이 끓어오르다 못해 녹아나는 시기. 그렇기에 연일 어지럽게 하던 포워르족도 당장은 숨을 죽이고 있는 것이 아닌가.

"그건 아닙니다. 다만 포워르족이 날마다 둥지를 침범하고 있어 몇 남지 않은 펜리르들이 불안해하고 있습니다. 대다수 정백들이 그곳으로 가 있기는 하나 언제 포워르족이 허를 찌를지 알수 없습니다. 그러니 대비를 하자는……"

"보탄."

보탄의 읍소에 하겐이 자세를 바로 했다. 그윽하고 속 깊은 원래의 모습으로 돌아간 하겐은 씨익 웃었다. 살벌하고 자신감이 그득했다.

"정체를 드러내지 않을 것이다. 확인만 하고 곧장 온다 했어, 분명히."

"그러니까 그 확인이란 것이 대체 무엇이냔 말입니다!"

다시 보탄은 답답했다. 도무지 말이 먹히지 않음에 전쟁의 신이고 뭐고 하겐을 목을 잡고 흔들고 싶었다. 그러나 상대가 상대이니만큼 보탄은 다시 숨을 삼키며 스스로를 다잡을 수밖에 없었다.

"인간이란, 아시다시피 탐욕적이고 이율배반적인 종족입니다. 욕심이 지독하기에 살인이며 도둑질이며 온갖 저주받은 일들이 심심찮게 일어납니다. 또한 인간들은 자신이 갖고자 하는 것이 있으면 종족을 막론하고 유혹합니다. 어둠의 포워르족이 가지고 있는 야만성이나 잔인함과 또 다른 것입니다. 그 유혹을 견딜 수 있으시겠습니까?"

"그깟 유혹 따위 아무것도 아니지."

"하겐, 인간이 보이는 유혹은 우리와는 다릅니다."

"날 물로 보나, 보탄?"

아니요, 물이 아니라 불로 봅니다만…….

하겐의 무시무시한 눈빛에 보탄은 자신의 실수를 인정하고 고개를 숙였다. 나오려던 말은 속으로 삼켰다.

"그럼, 기간은 얼마나."

"글쎄, 달에 맞출까? 기울고 지는 월령에 따라 30일!"

"그런 터무니없는! 한 달 가까이라니, 너무 깁니다! 10일!"

"너무 짧군. 그럼 20일!"

"정말이지, 하겐. 15일, 그 이상은 안 됩니다."

"그래? 그럼 15일."

제시한 날의 절반인데도 너무 순순히 좋다 하는 하겐. 그제야 보탄은 처음부터 하겐이 15일, 즉 보름 동안 다녀올 계획이었음을 알 수 있었다.

달의 처음과 끝이라니, 여하튼 영악하신 분.

허탈한 웃음을 머금은 보탄이 소리 없이 항복했다.

인간이라니. 아르마가 어린 인간을 물고 온 다음부터 일어나는 생각도 못 한 일들에 대해 보탄은 여간 못마땅한 것이 아니었다. 그러나 할 수 있는 일이라고는 뭔가를 골몰히 생각하는 하겐을 바라보며 보름 동안 이지러진 그믐이 되지 않기를 바라는 것뿐이었다.

지금은 그것보다 포워르족의 대규모 연대가 펜리르의 둥지를 습격한다는 정보가 진짜인지 확인하는 것이 먼저였다. 하겐과 어린 인간과의 연관성은 그다음, 하겐이 돌아올 보름 후에 알아보아도 늦지 않으리라.

그날 밤, 하겐은 아르마와 함께 인간들의 영역으로 들어갔다. 하늘에는 지독한 그믐달, 다크 문(dark moon)이 떠 있었다.

발끝에 닿은 모든 것은 신비한 풍경이었다. 이슬 먹은 풀잎들, 활짝 핀 들꽃들.

그 한가운데를 걷는 테아는 눈부신 전경이 그저 행복했다. 그렇게 얼마를 노닐었을까. 어느새 테아의 발끝에 감기는 것들은 시리도록 차가운 것으로 변했다.

놀란 테아가 점점 얼어붙는 사방의 풍경에 몸을 돌렸다.

순식간에 하얗게 얼어붙는 나무들, 꽃들. 테아가 디뎠던 땅조차도 하얗게 얼어붙어 버렸다. 그리고 시작되는 지독한 추위. 테아가 비명을 질렀으나 나오지 않아 그저 소리치고 또 소리쳤다.

테아의 뒤로 그림자가 스며들었다. 어찌나 거대한지 그 그림자가 테아를 온전히 덮었을 때 하얗게 얼어붙은 것들과 대비되는 검붉은 핏물이 사방으로 튀어 나갔다. 그림자는 양손에 가는 검을 들고 테아의 목을 겨냥했다. 테아는 그 검을 거부하며 도리질을 했다. 뒷걸음질 치며 검을 피해 달아나니 어느새 절벽 끝에 도달했다. 앞에는 시리도록 차가운 풍경, 뒤에는 역겨운 유황 냄새가 진동하는 간헐천. 점점 다가오는 검.

'싫어, 다가오지 마! 싫어!'

한껏 도리질 친 테아는 그대로 절벽에서 뛰어내렸다.

"싫어!"

테아는 벌떡 몸을 일으켰다. 그리고 사방을 둘러보았다. 로바노 성의 아직도 익숙해지지 않는 자신의 침실이었다.

"꿈이구나."

그러나 꿈이라 치부하기에는 너무나 생생했다. 검날이 제 목을 겨냥하고 있는 느낌마저 현실처럼 느껴져 몸이 오그라들 정도였다.

테아는 침상에서 몸을 일으켰다. 아직도 그녀의 온몸은 땀투성이였다. 테아는 창을 활짝 열었다. 하늘에 걸린 그믐달이 테아를 위로하며 빛을 내고 있었다.

"하겐."

불러 보는 그리운 이름. 테아는 하겐을 소리 없이 불렀다. 닿지 않음을 알지만 그래도 그에게 전해지기를 바라는 마음. 나 여기 있어요, 하겐.

꿈에서 테아는 하겐을 본 듯도 했다. 누가 하겐이었는지는 기억나지 않았다. 다만, 시리도록 차가운 한기 속에 얼핏 그를 본 것도 같았다.

테아는 다시 창을 닫았다. 그리고 긴 한숨을 내쉬며 다시금 오지 않는 잠을 청해 보았다.

"아가씨, 조심하세요."

테아의 뒤를 따르고 있는 산팡은 철벅거리는 빗속에서 호기심으로 눈이 커진 그녀를 주의시켰다. 테아와 산팡은 뒤를 따르는 호위대 두 명과 함께 성과 다소 떨어진 곳에 위치한 오래된 대장간으로 가는 길이었다.

"검이 완성되었다 합니다. 직접 가서서 들어 보셔야 합니다. 테아님의 손아귀 힘과 신장에 따라 크기가 달라진다 하니 호위대와 함께 가 보세요."

볼리 공은 허튼소리를 하지 않았다. 열병을 치르고 일주일이 지난 뒤부터 테아의 후계자 교육은 한시도 쉬지 않고 시작되었다. 그리고 가장 문제가 되었던 로리나, 테아를 눈엣가시처럼 여긴 그녀는 다행히도 부군인 둘째 왕자의 급한 부름을 받게 되었다. 왕실의 연례행사였기에 무시할 수가 없었다.

왕위 서열 첫 번째, 그토록 바란 왕후 자리가 곧 제 것이 될 것이니 로바노 성에 붙어 있을 수는 없었다. 일단은 빠른 시일 내에 다시 로바노 성으로 올 것임을 확실하게 못 박고 중앙으로 떠났다.

로리나가 자리를 비운다는 것은 하나의 기회였다. 하루빨리 테아의 자리를 견고히 다질 수 있는 기회. 하여 볼리 공의 후계자 교육은 차질 없이 시작될 수 있었다.

특히 체계적인 후계자 교육에는 갖추어야 할 덕목으로 검술이 있었다. 남녀를 불문하고 훈련받아야 할 가장 기본이라 했다. 아직 진검을 들기는 이르나 훗날을 위해 미리 준비는 해야 했다.

하여 검이 완성되기 전 대장장이가 테아를 보고자 했다. 그는 대대로 로바노 가문을 위해 검을 만든 장인이었다. 게다가 로바노 3세가 위임한 후계자를 직접 보고자 하는 것에 큰 의미가 있었다.

"이곳입니다."

호위병이 앞서 허름한 문을 열어 주었다. 테아는 머리를 하나로 묶어 남자처럼 위장한 채였다. 전보다 훤칠해진 팔다리가 한층 도드라지며 풍기는 분위기에 품위가 있었다. 그러니 어디를 가나 눈에 띌 수밖에 없었다.

테아는 문을 열어 준 호위병에게 고개를 살짝 숙였다. 호위병의 얼굴이 벌게졌다. 뒤따라온 산팡이 핀잔을 주며 눈을 흘겼다. 그만큼 테아가 변해 간다는 의미였다.

산팡은 테아의 빠른 성장 따위 아무런 문제가 아니라 여겼다. 남다른 핏줄, 그것이 분명하다는 추측은 볼리 공도 동의했다. 모친은 확실하다. 다만, 부친은 대체 누구인가. 그의 정체는 대체 무엇인가. 그것이 가장 큰 관건이었다.

그러나 볼리 공과 산팡은 함구했다. 무엇이 가장 중요한지 이미 알고 있으므로. 바로 로리나가 다시 로바노 성으로 오기 전에 입지를 다져야 한다는 것. 그렇기에 잠잘 시간도 모자를 정도로 테아를 몰아붙이는 것이었다.

허름한 대장간은 뜨거운 열기로 가득했다. 곳곳에 불이 타오르고 쇠를 짓이기며 단단히 쳐 내는 작업이 한창이었다. 바위보다 더 견고한 각종 무기들이 형태를 갖추고 빛났다.

"어서 오시지요, 산팡."

"아이고, 대장장이 찰턴! 이제야 뵙네요."

"나야 늘 같은 자리지요. 산팡은 후덕해지셨습니다, 그려."

농담처럼 호탕하게 인사를 한 깡마른 사내는 쇠를 다루는 대장장이치고 정말 왜소했다. 더구나 그의 오른팔은 온전하지 않았다. 가만히 주시하는 테아를 의식하며 찰턴이 고개를 숙였다.

"말씀 많이 들었습니다, 아가씨. 소인은 찰턴이라 합지요. 대대로 로바노 영주께 검을 만들어 드리는 영광을 부여받았습니다."

"테아라고 불러 주세요. 제가 더 영광입니다, 찰턴."

소탈한 인사. 테아는 찰턴에게 손을 내밀었다. 대장장이는 더러운 손을 옷자락에 문지르고 두 손으로 테아의 손을 잡았다. 그의 오른손은 문드러져 형태가 불분명했다. 찰턴은 머쓱한 미소를 머금었다.

"오랜 옛날, 어둠의 종족에게 잡혀 간 적이 있었습니다. 검을 만들라는 협박을 무시하니 이렇게 만들어 버리더군요."

"어둠의 종족?"

"아가씨께서는 모르셔도 좋습니다. 그런 더러운 종족, 야비한 종족들과는 말도 섞지 말아야 합지요. 그나저나 이것을 보아 주시겠습니까?"

찰턴이 내민 것은 은빛 검이었다. 형태는 세검으로 마치 은을 통째로 갈아 만든 듯이 얇고 섬세했다. 테아는 그것을 건네받으며 묘한 기시감을 느꼈다. 같은 모양, 같은 질감. 안개가 머릿속에 낀 것처럼 뿌연 가운데 테아는 검을 응시했다.

"멋진 검입니다. 찰턴."

"그렇죠? 돌아가신 영주님께서 테아 아가씨에 대해 말씀하시자마자 고이 간직해 두었던 가장 귀한 쇠로 공들여 만든 것입니다. 일명 '달 조각'이라 합지요."

"달 조각? 아버지께서요?"

"네, 저에게 부탁하신 것입니다. 다소 시일이 늦었으나 만들어 드리게 되어 무한한 영광입니다."

"이리도 귀한 것을 제가 가져도 괜찮을까요?"

"검은 사람이 사람을 해할 때 쓰는 일종의 살인 도구입니다. 아무쪼록 저는 아가씨께서 누군가를 해하지 않기를 바랄 뿐입니다만 만일 피를 묻힐 수밖에 없다면 누구보다 강하게, 그리고 정의롭게 사용하시기 바랍니다."

살인 도구, 언제가 이 아름다운 검으로 누군가를 죽이게 될까! 테아는 손에 감겨 오는 검을 아래위로 내리그어 보았다. 요즘 배우는 검술의 동작 중 하나였다. 대장장이의 경고와 같은 말에 두려움을 느꼈으나 잠시 접어 두었다. 테아는 저만이 사용할 수 있는 검이 생겼다는 것이 왠지 모르게 기뻤다.

"그리고 제가 감히 이곳으로 오시라 한 것은 다름이 아니라……."

팡!

순간, 뭔가가 터지는 소리가 가까이에서 들렸다. 산팡이 테아를 보호하고 호위병 둘이 앞을 가로막았다. 찰턴이 벽에 세워 둔 무기를 손에 들고 소리가 난 곳을 응시했다.

"이런 망할! 하필이면."

난데없는 소리에도 불구하고 찰턴은 뭔가를 알고 있는 눈빛이었다. 그는 당장 테아에게 소리쳤다.

"아가씨, 당장 피하십시오! 어서!"

"찰턴은요?"

"이것은 저의 운명입니다. 어서 가세요! 제가 날을 잘못 잡았습니다. 그러니 가세요! 산팡, 뭐해요! 얼른 아가씨를 모셔요!"

찰턴은 산팡을 다그쳤다. 테아는 급작스런 폭음도 그렇거니와 무슨 일이 생긴 건지 알고 있는 듯한 찰턴에게 의구심을 가졌다.

"아가씨! 나중에 꼭 볼리 공에게 '어둠의 종족과 포워르의

131

왕, 카스카'에 대해 소상히 들으세요. 꼭 들으셔야 합니다!"

"찰턴?"

"그리고 영광이었습니다. 흑과 금의 아가씨. 부디 앞날의 광영이 함께하기를!"

갑작스런 상황에 테아는 어리둥절했다. 산팡 역시 당황한 듯했다.

그에 아랑곳없이 찰턴은 급히 테아의 손을 잡고 손등에 입을 맞추었다. 그리고 벽에 붙어 있던 방패를 옆으로 밀며 숨겨져 있던 비밀 문을 가리켰다.

"어서 가요! 여긴 위험합니다, 어서!"

찰턴이 속삭였다. 산팡이 손을 잡아끌고 뒤에서 호위병들이 뒤따르는 가운데 고개를 돌린 테아가 본 것은 장대한 사내들이었다. 아니, 인간과는 조금 달랐다. 허름한 대장간으로 물밀듯이 밀려오는 그들은 인간보다 커다란 손과 발, 그리고 아무렇게나 자란 머리털이 특징이었다.

손에는 해머를 휘두르고 거친 숨소리를 감추지 않은 채 무기를 휘두르는 대장장이에게 일제히 달려들었다. 사내들은 하나같이 벌거벗은 상체에 가슴을 가죽으로 가린, 탄탄한 장딴지에 차이면 그대로 뼈가 부서질 듯한 야수와도 같은 모습이었다.

"놔라, 이놈들! 다 가져갔잖아! 놓으란 말이다!"

"무슨 소리, 카스카께서 네놈이 가진 달 조각을 원하신다."

"달 조각? 이놈들아! 그 조각은 네놈들의 우두머리가 가진 검에 전부 쏟아부었잖아! 제 눈으로 확인까지 하고서는 뭔 소리야! 놔라, 이놈들아!"

대장장이가 땅으로 질질 끌려가면서 외친 달 조각. 테아의 고개가 다시 한 번 돌아갔다. 그러나 앞선 산팡이 뒤를 돌아보지 않고 마구 달린 덕분에 어느새 비밀 문은 닫혀 있었다. 그다음 나타난 것은 로바노 성으로 돌아가는 반대편 입구였다.

"아이고, 이게 무슨 일이래?"

산팡은 성문 가까이 와서야 겨우 숨을 쉴 수 있었다. 테아 역시 있는 힘껏 달리느라 온몸이 땀투성이였다.

"아가씨는 안으로 드시면 두건을 꼭 쓰세요. 절대 벗지 마시고."

산팡의 지적에 테아는 고개를 끄덕이며 매듭이 헐렁해진 두건을 벗었다. 정찰병이 자신이 두르고 있던 망토를 벗어 주었다.

"이거라도……."

"감사해요."

테아가 그것을 받아 두건을 쓴 채 얼굴에서부터 둘러썼다. 그들은 로바노 성문을 지나 평화로운 사람들 틈으로 소리 없이 들어갔다.

오랜만에 성 안의 사람들이 아닌 활기찬 시중 사람들을 보자 테아는 신선한 기분이 들었다. 장례식에서 자신을 보았던 차가운 눈빛의 사람들이 아니라 자연스런 삶에 녹아 있는 사람들이라니…….

자연스레 테아의 발걸음이 느려졌다. 그러다 급하게 앞서가던 산팡의 손을 놓치고 말았다. 뒤를 따르던 호위병 둘까지도.

그러나 테아는 태연했다. 가까이에 그녀가 머물고 있는 성의 종탑이 보이고 시선을 내리면 작은 도개교를 지나 성 안으로 들어가는 문이 보였다. 그래, 아주 가까워. 그러니 조금만 사람들을 느끼면 안 될까.

볼리 공의 지시인지는 모르나 이상하게도 성 안 사람들은 테아에게 말을 걸지 않았다. 아니, 교육을 하는 학자들과 기사를 제외하고는 가까이 다가오는 사람도 없었다. 그것은 아마도⋯⋯.

"정말이랍니까? 후계자의 눈이 금빛이란 거?"

"분명하답니다! 불길한 금빛! 거기에 흑발까지. 인간이 아니라는 소문도 있어요, 글쎄."

"맙소사, 그럼 우리 영주님께서 대체 누구와?"

"그래서 왕후가 되실 로리나님께서 그 후계자의 뺨까지 때리면서 나가라 했답니다."

쯧쯧, 혀 차는 소리. 그리고 이어지는 한탄들. 테아는 숨쉬기가 힘들었다.

'인간이 아니다.'

단 한 번도 자신이 인간이 아니라는 생각을 한 적이 없었다. 단지 눈과 머리색이 다르다 해서 인간이 아니라니. 울컥한 심정이었다.

문득 대장간에서 보았던 짐승 같은 사내들이 생각났다. 묘한 분위기의 그들은 인간과는 확연히 달랐다.

그럼 그들은 인간이 아니란 말인가. 테아는 대장장이 찰턴이 아주 중요하게 일렀던 것에까지 생각이 미쳤다. 포워르의 왕, 카스카에 대해서. 대체 왜 무엇 때문에.

"이봐, 조심해!"

뒷걸음질 치던 테아가 얼떨결에 서 있는 사내의 발을 밟고 말았다.

"조심하라고, 어라? 허리에 찬 그 반짝이는 게 뭐지?"

사내가 탐욕스런 눈빛으로 대장간에서 받은 검을 주시했다. 테아는 검도, 자신도 사람들의 눈에 뜨여 봤자 좋을 것이 없다는 판단이 들었다. 그래서 사죄의 말 대신 혹시나 하는 심정으로 호위병을 찾았다.

역시나였다. 어느새 주위에는 두건에 망토까지 칭칭 감고 있는 테아를 이상하게 여긴 사람들이 모여들고 있었다. 낭패였다.

생각도 못 한 당혹감이 테아를 엄습했다. 다시 한 번 호위병을 찾기 위해 주위를 둘러보려는 순간 팔목을 꽉 쥐는 사내가 있었다.

"이거 실례."

그윽한 미성. 언젠가 들었던 아름다운 음색.

입을 열기도 전에 사내는 테아를 등에 짊어지고 바람처럼 달리기 시작했다.

"잠깐만⋯⋯."

너무 기가 막힌 테아. 등에 매달린 채 일단 사람들의 발길이 잦아든 지점에 도착하고서야 사내를 불렀다. 그러나 사내는 뒤도 돌아보지 않고 달리기만 했다. 신기한 것은 사내가 자신을 도와준다는 느낌은 지울 수가 없었다. 그것이 진짜라면 다행인데.

그런 둘의 뒤에는 재빠르고 무거운 발소리가 따르고 있었다.

일반인들과는 전혀 다른 발걸음. 야생의 짐승 같은 발소리. 사내는 뒤의 움직임을 꿰뚫으며 사람들 사이를 지나 요리조리 피해 나갔다.

"저기……."

또다시 테아는 사내를 불렀다. 허락도 없이 자신을 무턱대고 짐짝처럼 취급하는 사내의 모습에서 누군가를 떠올렸기 때문이었다. 하여 다시 한 번 사내를 불러 세우려는 찰나 그의 몸이 급하게 멈칫했다. 등에서 테아를 내린 뒤 담벼락을 돌아 후미진 벽과 벽 사이에 교묘히 몸을 숨겼다.

"저기, 읍!"

사내는 테아를 끌어안은 채 입을 커다란 손으로 막았다. 사내가 테아의 귓가에 작게 속삭였다.

"쉿! 누가 따라오고 있어, 조용히!"

테아는 사내에게 입이 막힌 채 고개를 끄덕였다. 벽 틈에 숨은 둘은 가까이서 지나쳐 가는 거친 사내들의 뒷모습을 볼 수 있었다. 전부 둘, 그들은 짝을 맞춘 듯 두툼한 해머가 각자의 등에 매달려 있었다.

'저들은……'

입이 막힌 가운데 테아는 거인처럼 길게 사라지는 그들의 그림자를 주시했다. 바로 찰턴을 끌고 가던 그자들이었다.

발소리도 무거운 그들이 완전히 자취를 감추자 그제야 벽의 틈에서 조용히 빠져나온 둘은 다시 요리조리 달려 나갔다. 테아는 끝까지 자신의 손목을 놓지 않고 있는 사내의 뒷모습을 보았다. 역시나 도와준 것이 틀림없었다.

사내 역시 두건을 깊게 내리 쓰고 있었다. 그러나 너른 어깨에 남들보다 머리 하나는 더 큰 탄탄한 몸. 무엇보다 두건에서 삐져나온 잿빛 머리카락. 더욱이 사내에게서는 이곳과 어울리지 않는 향기가 났다.

 바로 마리스의 초목들과 신록의 푸름을 머금은 향. 너무나 그리웠던 향기였다. 테아는 사내를 확인하고 싶었다. 그래서 소리를 지르지도, 입을 막은 사내의 손을 거부하지도 않았다.

 이윽고 사내는 인적이 매우 드문 로바노 성 뒤편에 위치한 숲 언저리까지 테아를 데리고 갔다. 사내는 성의 높은 담을 바라보며 골몰했다. 마치 담이라도 넘을 태세인 사내를 응시하다 테아는 한 가지 묘안이 떠올랐다.

 "아야, 아파."

 테아는 엄살을 부렸다. 그러자 사내가 휙 뒤를 돌았다.

 "아파?"

 역시나. 테아의 잔꾀가 통했는지 사내는 한껏 움켜잡고 있던 손목을 풀었다. 그리고 몸을 굽혀 테아의 어깨를 잡았다.

 "어디가 아파? 혹시 다친 건가?"

 잔뜩 걱정이 묻어 있었다. 테아는 입술을 꽉 물며 당장 그의 이름을 큰 소리로 부르려는 제 입을 막았다. 대신 사내의 허리를 두 손으로 부여잡고 품으로 뛰어들었다. 그제야 사내는 큭큭거렸다.

 "나인 줄 어찌 알았지?"

 테아의 짐작대로 하겐이었다. 하늘을 날아갈 듯 기뻤다. 이곳 로바노에서 그를 다시 만날 줄이야. 정말 기뻤다.

"내가 여기 있는 줄 어떻게 알았어요?"

제 가슴에 얼굴을 묻은 테아. 하겐은 비로소 안도의 한숨을 쉬었다. 그러나 테아를 도닥거리는 하겐의 눈빛은 지극히 살벌했다.

분명 어둠의 포워르족이었다. 인간의 영역까지 침범하다니. 심지어 그들이 노리고 있는 것은 테아였다. 하겐의 살벌한 기운에 둘을 감싸고 있는 공기마저도 거칠고 무시무시해진 느낌이었다.

그러나 하겐은 금세 살벌한 기운을 모조리 녹였다. 품에 들어온 테아 때문이었다. 하겐은 다시 웃음을 머금었다.

"난 모르는 게 없어."

"허풍쟁이."

"이봐, 난 절대 과장하지 않아."

그윽하고도 그리웠던 음성이 머리 위에서 울렸다. 꿈일까 싶어 더욱더 하겐의 허리를 꼭 안으며 테아는 제 머리를 비볐다.

"응. 믿어, 하겐."

더욱더 품으로 들어오는 테아. 그 사랑스러움에 하겐의 눈가는 길어졌다. 그래, 그놈들 덕분에 테아를 찾았으니 뭐 오늘은 살려 보내 주지. 그러나 다음은 없다.

"그런데 아르마는?"

"어?"

"아르마는 같이 안 왔어?"

"흠, 나보다 아르마를 더 그리워했었군."

심통이라도 났는지 하겐은 기분이 가라앉았다. 아르마라니,

제 품에서 아르마를 찾는 인간 따위.

"하겐을 지켜 주는 아르마니까. 이곳은 사람들이 많아. 하겐이 위험해지면 어찌해? 아르마가 있으면 안전하잖아. 난 정말 하겐이 와서 기뻐 죽을 거 같아."

"그, 그렇지! 아르마는 날 지켜 주지!"

테아의 말 한마디 한마디가 하겐의 기분을 날아오르게 했다가 땅으로 곤두박질치게 만든다. 기뻐 죽을 것 같다니, 세상에.

하겐은 저도 모르게 품에 있는 테아의 머리에 입을 맞추었다. 가슴께까지 오는 것을 보니 안 본 사이에 제법 자란 듯싶었다.

"그래도 죽지는 마."

"응, 하겐."

"착하네, 테아."

하겐은 괜히 웃음이 새어 나왔다. 이곳까지 온 보람이 있었다. 테아는 그의 허리를 감은 손에 힘을 주었다. 둘은 톱니바퀴가 맞물린 듯 하나로 뭉쳤다. 땅에 비추이는 그림자가 하나가 되었다.

그것을 인지한 하겐은 정말 크게 웃고 싶어졌다. 이 얼마나 사랑스런 행동인가. 저 멀리 떨어져 목을 길게 빼고 있을 아르마에게 이 광경을 보여 주고 싶었다.

그러나 사라진 발소리들이 다시 들려오고 있었다. 하겐은 재빨리 테아를 안아 들었다.

"하겐?"

"잠시만!"

하겐은 정색했다. 다시 가볍게 움직이며 막다른 길 끝에 있는 높다란 나무 위에 사뿐히 올라갔다. 그리고 테아를 제 품에 보듬어 안고서 아래를 주시했다.

"나 어린애 아닌데."

투정 부리듯 구시렁거리는 테아에게 하겐은 천으로 둘둘 말고 있는 머리를 제 이마로 톡 쳤다.

"알아. 그래도 조금만 참아."

"응."

테아가 다시 품으로 파고든다. 그것이 하겐의 마음을 평화롭게 했다. 그러나 지금은 누군가가 테아의 뒤를 따라오는 것이 더 중요했다. 인간들이 있는 곳에서 제 능력을 보일 수는 없어 여차하면 테아를 들쳐 메고 이곳을 벗어날 심산이었다.

이윽고 다시 서걱거리는 소리가 나는가 싶더니 짐승이 으르렁거리는 듯한 콧소리가 들렸다.

"놓쳤습니다!"

"그럴 리가. 분명 이곳으로 가는 것을 보았는데!"

"발 빠른 인간이 도와주었는가 봅니다."

"닥쳐. 그분이 대장간에 왔었다는 것을 당장 알려야 한다. 그러니 어서 서둘러! 나머지는 다시 한 번 이 주변을 뒤진다. 어서!"

"네!"

그리고 다시 돌아나가는 발소리가 들렸다. 그들의 그림자까지 완벽하게 사라지고 나서야 하겐은 테아가 아무것도 듣지 못하고 보지 못한 것을 확인한 뒤 잠시 골몰했다. 대장간, 그리고 그분.

지독한 포워르족이 '그분'이라고 존칭을 하고 있다. 정황으로 볼 때 '그분'은 테아가 분명했다. 이게 대체 어찌된 영문이지.

"하겐, 이제 정말 답답해."

"아, 미안. 이제 괜찮아."

하겐이 너무 힘을 주어 답답했는지 테아가 얼굴을 들었다. 그제야 하겐은 테아의 얼굴에 둘둘 말려 있는 망토를 풀었다.

"이렇게 꽁꽁 싸매고 있으니 그렇잖아."

턱까지 내리고 있던 두건을 뒤로 넘겨 주었다.

"이제 시원하지? 그렇게 숨구멍을 전부 막고 있으……."

그러나 끝까지 말을 잇지 못했다. 바로 테아 때문에. 마리스의 오두막에서 마지막으로 얼굴을 본 이후 몇 달이 흘렀다. 그 몇 달 동안 테아는 또 자라 있었다.

"테아."

질척한 비를 뿌리던 구름이 물러가고 초저녁의 그믐달이 진하게 얼굴을 내밀고 있었다. 청명한 달빛이 높은 나무 위 품에 안겨 있는 테아의 얼굴을 비추니 비로소 잠겨 있던 윤곽이 있는 그대로 드러났다.

"이게 대체……."

숫자로 셀 수 없을 정도의 긴 세월을 살아오는 동안 하겐은 숱한 아름다움을 보고 느끼고 음미했었다. 그러나 지금처럼 말문이 막힌 것은 처음이었다. 아름답다는 말로는 부족한 테아 덕분에.

이 모습을 어떻게 표현할 수 있을까.

뭐라고 해야 하나, 무엇이라고 말해야 하나. 테아의 형용할 수 없는 매혹에 하겐의 입은 다물어지지가 않았다. 대체 인간의 성장이란 어떻게 진행되는 것인지.

"하겐?"

입을 턱까지 내린 하겐이 제 두건이 흘러내리는지도 모르고 테아에게 영혼이라도 바칠 듯 멍한 표정을 지은 채 움직이지 않았다. 놀란 테아가 손을 들어 하겐의 얼굴을 만지려 했다.

"손 치워!"

난데없는 하겐의 거친 말투. 테아가 손을 든 채 그대로 굳어 버렸다.

'이런, 제길.'

하겐은 제 입을 한 대 치고 싶었다. 테아에게 소리친 것이 후회되어 미칠 지경이었다. 도리어 자신이 울고 싶은 심정으로 입술을 실룩거리는 테아를 보았다. 큰 눈이 더 크게 떠지고 달빛을 받은 금빛의 눈동자가 심해의 보석처럼 반짝였다. 하겐은 눈도 깜박이지 못하고 테아의 눈동자에 끌려 들어갔다.

"인간의 유혹은 우리가 생각하는 것과 다릅니다."

보탄의 충고가 떠오르지 않았다면 하겐은 한없이 그 눈동자에 시선을 고정시키고 있을 뻔했다.

"테아, 소리…… 질러서 미안."

사과를 하는 하겐의 음성이 낮게 가라앉아 있었다. 아직도 굳은 얼굴로 하겐을 바라보고 있던 테아는 그제야 머뭇거리며 제

손을 내렸다. 하겐이 재빨리 그 손을 잡아채 제 얼굴에 가져다
댔다.

"만져 봐도 돼. 괜찮아."

조금 우스꽝스럽게 과장하는 모습을 보고서야 테아는 비로소
미소를 보일 수 있었다.

'맙소사!'

작은 미소에 하겐의 심장이 쩌억 갈라지며 마구 소리를 질렀
다.

말간 눈웃음, 살짝 눈가가 올라가며 백색의 여우처럼 앙큼스
런 기운이 가득한 테아. 오밀조밀 균형 잡힌 이목구비가 비현실
적으로 보일 지경이었다.

인간이란 이렇게 아름다운 존재였던가!

새삼 경탄을 하며 자신의 얼굴을 부드럽게 쓸고 있는 테아에
게서 하겐은 시선을 거두지 못했다.

매끄럽게 빛나는 살결, 걸친 천의 촉감이 그 살결을 베어 낼
까 싶을 정도로 보드라워 보였다. 하겐은 떨리는 제 손등으로
테아의 뺨을 천천히 쓸어보았다.

테아가 그 손등에 얼굴을 기대 왔다. 그것에 또 소리를 지를
뻔한 하겐.

'미치겠다, 정말!'

살살 미소 짓는 테아의 자태는 마치 잠자리의 투명한 날개
라도 달고 있는 듯 절대 인간이 가질 수 없는 최고의 사랑스러
움이었다. 거기에 단번에 빨려 들어갈 듯한 금빛 눈동자는 마
치…… 독과 같았다.

"아가씨! 테아 아가씨!"

"어디 계십니까! 아가씨!"

그렇게 하겐이 정신을 못 차리고 있을 때 저편에서 애타는 음성들이 수많은 횃불과 함께 들려왔다. 산팡과 호위대들이 사라진 테아를 찾기 위해 함께하고 있었다. 그 소리를 들은 테아가 활짝 웃으며 하겐에게 속삭였다.

"이제 괜찮아요, 하겐. 산팡이에요."

"어."

안도한 테아와는 반대로 하겐은 갈피를 잡지 못하고 당황했다. 제 품에 있는 테아를 데리고 멀리 사라지고 싶다는 열망. 하겐의 눈빛은 갈망이 가득했다. 숨을 쉴 수 없을 정도로.

"하겐, 아래로 내려갈래."

테아가 종용했다. 하겐의 손을 꽉 잡은 채였다. 그것이 하겐에게는 아주 조그마한 위로가 되었다.

그래. 아직은 아니겠지, 아직은…….

제 마음과는 다른 테아를 씁쓸하게 바라보며 고개를 끄덕였다. 그리고 테아를 안고서 훌쩍 뛰어내렸다.

"나 여기 있어요, 산팡! 여기예요!"

테아가 있는 힘껏 소리를 질렀다. 그것이 어찌나 서운한지 하겐의 어깨가 축 쳐졌다.

테아의 음성에 곧장 달려온 산팡과 호위대들은 당장 주변을 에워쌌다. 특히 산팡은 옷깃으로 눈가를 적시며 스스로를 핀잔했다.

"제가 정신 못 차리고 아가씨를 혼자 두어……."

"산팡! 나 정말 괜찮아요. 진짜로!"

"다행입니다, 정말 다행입니다. 만일 아가씨의 신변에 무슨 일이라도 생겼으면 제가…… 그런데 이분은 누구?"

한껏 눈물을 흘리며 말을 잇던 산팡이 위압적으로 서 있는 사내를 보았다. 호위대들보다 어깨 하나는 더 큰 사내. 그런 사내의 손을 꼭 잡고 있는 테아.

"아가씨?"

"아, 그게……."

그제야 테아는 아직 하겐의 손을 꼭 잡고 있었음을 깨달았다. 너무나 자연스러워 산팡과 호위대들은 놀란 얼굴이었다. 테아는 재빨리 머리를 굴렸다. 그리고 거만하게 눈을 내리깔고 있는 그를 보며 싱긋 웃었다. 그 웃음에 하겐의 눈이 실룩 올라간 것을 모른 채.

"절 구해 준 은인이십니다."

"은인?"

"괴한들이 따라왔어요. 두세 명 정도 되는 큰 덩치의 사내들을 이분께서…… 이분이 아니었다면 전 그대로 끌려갔을지도 모릅니다. 이분, 굉장한 실력을 가지고 계시더군요. 정말 큰 신세를 졌습니다. 제 생명의 은인이십니다!"

생명의 은인. 테아의 말은 일리가 있었다. 산팡과 함께 움직였던 호위병들은 고개를 끄덕였다. 대장간에 있던 자들이 테아의 뒤를 좇은 게 틀림없었다. 아주 적절하게 테아를 구해 낸 그에게 감사의 눈길을 전했다.

"아이고! 얼마나 다행인지요. 정말 감사합니다."

먼저 산팡이 하겐에게 감사를 전하고 눈물을 거두었다. 테아
는 자신의 이야기가 제대로 먹힌 것에 안도하며 그다음 말을 이
어 갔다.

"그래서 말인데요, 이분을 저의 수호 기사로 두고 싶습니다!"

뭐가 어쩌고 어째? 누가 누구를 수호 기사로?

테아의 발언에 놀란 사람은 산팡과 호위대들이 아니었다. 그
들은 테아의 말에 어느 정도 수긍을 하고 있었다. 아직까지도
후계자의 수호 기사가 공석이니 실력자라면 환영할 일이었다.

하겐, 그가 콧김을 씩씩거리며 당돌한 테아를 노려보았다. 감
히 인간 주제에 누구를 수호 기사로 둔다는 것인가?

그러나 테아가 자신에게 한 눈을 찡긋거리며 귀엽게 미소 짓
자 하겐은 급히 솟았던 노기가 눈 녹듯이 사라지는 것을 어쩌지
못했다.

그래, 뭐. 아직도 달은 하늘에 걸려 있고 테아와 함께 있는 것
이라면 이것도 나쁘지 않을 터.

누가 들으면 뒷골깨나 잡을 듯하지만 그는 긍적적으로 생각
해 버렸다.

그리하여 하겐은 테아와 함께 굳게 닫혀 있던 로바노 성 안으
로 들어갔다.

멀리 성 밖의 숲에서는 아르마가 한가로이 하품을 하며 날개
를 퍼덕이고 있었다. 그 뒤로 빛나는 보름달이 유난했다.

제5장

아아, 어둠 속 어느 잃어버린 자리에

거친 바위들이 켜켜이 둘러쳐진 너른 벽들은 로바노 성의 오랜 역사를 말해 주듯 색이 바랬다. 특히 로바노 성의 동쪽 편에 위치한 집무실은 쌓인 돌 하나마다 과거와 현재의 시간이 함께 움직이는 듯했다. 또한 벽에 걸려 있는 장식용 벽걸이 천마저도 오랜 세월을 견딘 무게가 웅장한 그림으로 수놓아져 있었다.

바로 그 집무실에서 일에 몰두하는 있는 볼리 공의 안색은 무척이나 창백했다. 그의 시선은 오직 한곳에 쏠려 있었으니.

「태초의 전쟁, 파괴의 벨라투카드로스(Belatucadros)와 포워르 족의 전쟁」

어지러이 널린 문건 중에서도 고대 문양 위에 흐릿한 문자가 새겨진 낡은 양피지 문서였다. 오래된 사가의 문건을 그대로 옮겨 담아 전해지는 비밀의 문서. 그것을 바라보는 볼리 공은 모든 것을 내려놓은 듯 무거운 표정이었다.

"그래, 전설은 전설일 뿐⋯⋯."

볼리 공은 천천히 짓씹듯이 스스로를 위로하며 낡은 문서를 집어 들었다. 중앙의 역사학자가 비밀리에 보관 중인 것을 은밀히 보내 온 것이었다. 찬찬히 들여다볼 심산이던 볼리 공은 문서를 다시 내려놓았다.

"영주님, 이 일을 어찌 해야 하올지⋯⋯."

이미 영면(永眠)에 든 로바노 3세를 부르며 볼리 공은 어지러운 기운을 추스르기 위해 두 손으로 눈가를 꾹 눌렀다. 그러나 그것으로도 성이 차지 않는지 다시 눈을 부릅뜬 채 낡은 문서를 하염없이 바라보았다.

"이게 진정 사실인가!"

탄식하듯 읊조린 볼리 공은 믿을 수 없는 문건의 내용에 아직까지도 몸이 떨려 왔다.

"무사히 도착하셨습니다!"

바로 그 순간, 집무실 문이 활짝 열리고 보좌관이 기쁨에 겨워 소리쳤다. 화들짝 놀란 볼리 공은 문서를 휙 잡아채 급히 탁자 서랍으로 집어넣었다. 문서가 잘 들어갔는지 확인까지 한 후 허리에 걸려 있는 작은 열쇠로 서랍의 문을 잠갔다.

"그래, 참으로 다행이군."

"그런데 아가씨께서 수호 기사를 대동하시어⋯⋯."

"수호 기사라니? 누구를?"

"그게, 의문의 괴한으로부터 아가씨의 생명을 구한 굉장한 실력자라 합니다. 하여 꼭 그분이 수호 기사가 되기를 원하신다며 함께 성으로 들어오셨습니다."

"그 무슨, 아니 될 말!"

볼리 공은 소리를 버럭 질렀다. 아가씨 곁에 감히 신분도 모르는 자를 수호 기사로 둔단 말인가. 볼리 공은 난색을 표하며 보좌관을 지나쳤다. 그리고 성으로 들어온 테아를 만나기 위해 빠른 걸음으로 움직였다.

"하겐? 내 맘대로 해서 화났어?"

테아는 성으로 들어온 이후 아무 말도 하지 않고 묵묵히 앞만 바라보는 하겐을 흘깃거렸다.

"저쪽이 내가 주로 있는 곳이야."

테아는 반대편에 나 있는 긴 회랑을 가리켰다. 어둑한 곳이라 잘 보이지도 않건만 테아는 하겐에게 뭐라도 말을 걸고 싶어 수다쟁이가 되어 버렸다. 평소에 조용한 모습과는 다른 행동이었으나 얼른 하겐의 굳은 마음이 풀어지기를 바라 쉴 새 없이 종알거렸다.

"거기는 굉장히 커. 침대도 크고 탁자도 크고. 뭐든지 커."

"더 자라면 별로 커 보이지 않을 텐데."

그제야 하겐의 무심한 대답이 돌아왔다. 짤막한 대답에도 테아는 화색이 돌며 또 뭔가를 말하려 눈빛을 빛내었다.

"응, 그렇겠지. 그리고 또……."

하겐의 기분이 또 가라앉을까 싶어 급히 대화거리를 찾아 신이 난 듯 이야기하는 테아. 하겐은 테아를 힐끔 보며 피식거렸다. 외향만 자랐지, 아직은 애군.

장대한 하겐과 형용하기 어려운 외향의 테아가 나란히 걷고 있다. 간혹 고개를 끄덕이며 한마디 거들어 주는 하겐. 그것에 몹시 기뻐하는 테아.

둘은 회랑을 지나 접견실에서 마주 앉았다. 그러나 성으로 들어온 이후 지금까지 하겐은 노골적으로 굳은 표정을 풀 줄 몰랐다.

"하겐은 성으로 온 것이 싫은 거지?"

"아니."

"그럼 왜 그렇게 굳었어?"

"안 굳었어."

무슨, 완전히 심통 난 모습인데요. 테아는 작게 한숨을 쉬었다.

"미안해요. 내 맘대로 수호 기사라 해서. 그저 더 오래도록 함께 있고 싶어서 그랬어."

앞에서 조근조근 속삭이는 테아를 흘끔 바라보며 하겐 역시 보이지 않게 한숨을 쉬었다. 자신의 기분을 풀어 주려고 연신 종알거리는 잔망스러움이 여간 귀여운 것이 아니다. 그 모습을 더 보고파 테아를 자극하려는 심산으로 표정을 풀지 않고 있기도 했다. 사실 표정의 원인은 호위대와 산팡이라는 늙은 여자를 만난 이후 테아가 보인 웃음 때문이었다.

'망할 것들.'

테아의 웃음과 자태에 주변에 있던 호위대들은 약속이나 한 듯 테아를 주시했다. 오직 자신만 볼 수 있는 테아이거늘, 감히 인간 주제에! 그것이 하겐의 무한한 자존심을 건드리고 있었던 것이다.

'흥! 그래 봤자 포동포동한 팔다리로 허우적거리던 인간 주제에.'

포동포동한 팔다리, 뽀얀 살결의 어린 테아. 그랬던 테아가 이제는 성장한 모습으로 제 시선을 사로잡고 있다. 어라, 사로잡다니! 누구를! 순식간에 하겐의 얼굴은 붉게 타올랐다.

'이런 망할! 제길!'

온갖 막말이 아우성치는 하겐의 속을 아는지 모르는지 테아는 그저 마음을 풀어 주려 안간힘을 써 댔다. 하겐은 결국 피식 웃을 수밖에 없었다. 귀여운 것 같으니.

하겐은 머쓱해하며 딴청을 피웠다. 이래도 좋은 건지. 보탄과 한 약속이 뇌리를 스쳤으나 테아의 말간 눈망울이 저에게만 향하고 있다는 것에 헤벌쭉 웃음이 머문다.

"그래도 거절하지 않고 이렇게 같이 와 줘서 정말 기뻐, 하겐."

순수하게 기쁨을 내보이는 테아. 하겐은 또다시 한숨을 쉬었다. 더는 마음을 숨기기 어려울 지경이었다. 그러나 쥐어짜듯 본심을 숨겨야 했다.

달이 아직 그믐이므로. 다음은 상현이 될 것이고 또 꽉 찬 만월이 될 것이다. 그때까지만이라도 테아와 함께 있자. 그다음은……

"나도 그래. 기쁘다, 함께해서."

"진심이야?"

"응, 진심."

비로소 하겐이 풀린 듯하자 테아는 미소가 저절로 우러나왔다. 바로 테아의 미소. 입가를 살짝 늘리고 눈매가 살포시 올라가는 앙큼스런 모양새. 하겐은 또다시 심장이 갈리는 느낌이었다.

"아아, 젠장!"

"응? 하겐?"

"아니, 아무것도."

머쓱해하는 하겐을 향해 테아가 환하게 웃었다. 누구라도 이런 테아를 보면 넋이 나갈 수밖에 없을 것이었다. 그것이 하겐을 치받게 했다.

웃기지도 않아서 정말. 다시 하겐의 표정이 굳어 간다.

하겐은 정말 이 상황이 맘에 차지 않았다. 고작 인간의 웃음에 욕심이 생기고 그것을 다른 인간들이 본다고 생각하니 말도 안 되는 분노가 세차게 북받쳐 오르는 것이다.

"테아, 부탁이 있다. 웃지 마."

"응?"

"절대 남 앞에서 웃지 말라고."

의아했다. 테아는 도대체 하겐이 왜 화가 났는지 이해되지 않았다. 말로는 화가 안 났다면서 눈빛은 살벌하기 그지없으니. 대체 어느 장단에 맞추어야 할지 어려웠다.

"하겐, 기분 풀어. 응? 제발."

테아는 본능적으로 자리에서 일어나 그의 머리카락에 얼굴을 묻고 두 팔로 너른 어깨를 껴안았다.

"테, 테아……."

"하겐이 억지로 온 것 같아서 내 마음이 불편해요."

장대한 그의 몸이 다 들어오지는 않았지만 하겐의 그윽한 향기는 온전히 테아에게 전해졌다. 마음이 놓였다.

그러나 하겐은 어쩔 줄 몰라 하며 제멋대로 움직이려는 두 손을 꼭 쥔 채 눈을 부릅뜨고 있었다. 이렇게 하지 않으면 테아를 두 손으로 번쩍 안아 들고 제 무릎에 올리고 싶기 때문에.

하아, 누가 나의 멍청한 모습을 보고 있지는 않겠지? 정백이나 보탄이 이런 모습을 보게 된다면 천년만년 놀릴 것이 분명했다.

'아아. 미치겠다, 정말. 왜 이렇게 사랑스러운 거냐고!'

하겐은 정말 어쩔 줄 몰랐다. 너무나 잘 자란 테아. 매혹적인 눈웃음과 세상에 둘도 없는 사랑스런 행동까지. 하겐은 솔직히 기분이 너무 좋았다. 그만큼 떨어지기 싫다는 테아의 솔직한 태도를 그 누가 거부할 수 있겠는가 말이다.

그래, 까짓것 수호 기사 정도야 이 몸이 못 할 것은 없지. 달도 아직 길고.

"테아, 사실은 말이야……."

"절대 안 됩니다, 테오도어님!"

이제야 온전히 풀린 하겐이 제 심정을 밝히려는 찰나 접견실의 문이 벌컥 열렸다. 그리고 볼리 공이 안으로 들어서며 큰 소리를 냈다.

깜짝 놀란 테아는 두 팔을 재빨리 풀었다. 다가오는 볼리 공에게 어색한 미소로 인사를 대신했다. 물론 하겐 또한 이 좋은 분위기를 방해한 자를 죽일 듯이 노려보며 자리에서 일어났다. 그리고 대단한 존재감을 드러내며 급하게 들어오는 볼리 공을 아래로 내려다보았다.

"테오도어님!"

격하게 테아의 이름을 외치며 달려오던 볼리 공은 테아 앞에 서자마자 난색을 표했다.

"수호 기사라니요? 아무리 실력자라 할지라도 신분이 확실치 않은 자를 테아님의 수호 기사로 둘 수 없습니다."

"볼리 공."

들어오자마자 강한 어조로 말하는 볼리 공. 테아가 이야기를 꺼내고 싶어도 볼리 공의 엄격함이 그녀의 말보다 앞서 나왔다.

"아, 이 사내가……."

볼리 공은 비딱한 시선으로 제 존재감을 알리는 장신의 사내에게 눈길 주는 것을 잊지 않았다. 존재감 하나는 확실했다. 그러나 눈빛이 마음에 들지 않았다. 너무 강한 눈빛. 그것도 눈에 띄는 잿빛 눈동자에, 심지어는 긴 머리칼도 잿빛이었다.

거만하고 오만하며 제 잘난 멋에 사는 부류. 확실히 사내치고는 환한 얼굴이라 여인들의 눈길을 꽤나 받겠지만, 어림없다. 귀한 로바노의 후계자에게 팔푼이 같은 사내를 수호 기사로 두다니. 작게는 자신의 수치이며 크게는 오랜 역사를 자랑하는 로바노 성의 모욕이라 여겼다.

"테오도어 아가씨."

"테아라고 부르세요, 볼리 공."

탁자에 앉아 다소 흥분한 볼리 공을 대하는 테아는 차분했다.

"그럼 테아님, 수호 기사 문제는 일단 반대입니다."

"왜 그런가요? 개인적으로 저만의 기사를 두는 것이 관례에 어긋나지 않는 것으로 압니다만."

"그야 그렇지요. 그러나 신분이 불분명한 자를 어떻게 귀한 분의 수호 기사로 하겠나이까. 차라리 영지 주변에 신분이 확실한 자를 상대로 안내문을 붙이도록 하지요. 아, 그렇지요! 우기가 끝나는 시점에 열리는 축제의 일환으로 뽑는다고 하면 더욱 좋겠습니다."

"그래서 기사를 구한다는 의미인가요?"

"그렇지요. 차라리 그 편이 믿을 만합니다."

"글쎄요. 그 편이 더 위험한 것 같아요, 볼리 공."

"어째서요? 기사들을 뽑는 대회는 저희 영지뿐 아니라 곳곳에서 축제처럼 벌어지는 일입니다."

"제가 보통의 인간과는 다르니 말입니다."

테아의 말에 그제야 볼리 공의 입이 다물어졌다.

보통의 인간과는 다르다. 그것은 정말이지 많은 것을 내포하고 있었다.

"저는 아직도 언니를 제치고 제가 왜 후계자가 된 것인지 이해가 되지 않습니다. 물론 왕후가 되시리라는 것도 알고 있습니다. 중앙으로 흡수된 영지들도 제법 되는 바 차라리 변방의 땅으로 있는 것보다는 중앙의 확실한 보호를 받는 편이 낮지 않겠나 여겨집니다."

"일리 있는 말씀이나 교육을 담당하는 교육관들이 한 가지를 빼먹었나 봅니다. 우리 로바노는 왕이 가진 힘과 권력보다 더한 힘을 가지고 있는 땅입니다. 그러니 함부로 왕실에 우리 영지를 갖다 바칠 이유는 전혀 없습니다, 단연코!"

근엄하게 잘못된 점을 이르는 볼리 공과 눈빛을 빛내며 의견을 알리는 테아. 둘은 막상막하였다. 볼리 공은 감탄하는 중이었다. 테아의 말에 동의할 수는 없으나 후계자 교육이 제대로 되어 가고 있다는 반증이니 무척이나 흡족할 밖에. 그것도 짧은 기간 동안의 성과이니 앞으로가 더욱더 기대가 되었다. 그러니 어중이 같은 사내를 수호 기사로 두는 것은 절대 아니 될 말!

그러나 볼리 공과는 반대로 테아는 속이 답답했다. 솔직히 말하고 싶었다.

내 눈이, 내 머리색이 문제가 되고 있음을 알고 있다고. 그러나 말할 수는 없었다. 테아는 괜스레 눈물이 맺히려 했다. 로바노 성으로 온 이후 마음대로 할 수 있는 것이 아무것도 없었다.

짜인 일정, 숨 막히는 후계자 교육, 식사 시에도 지켜야 할 예절, 걸을 때도 법도에 맞는 걸음걸이와 자세가 있었고, 심지어 잠을 잘 때도 두 손을 모으고 심장을 보호하듯 자야 했다.

산팡만 아니라면 테아는 맨손으로 성을 빠져나갔을지도 모를 일이었다.

"볼리 공, 저는 이분을 꼭 제 수호 기사로 삼고 싶습니다."

단호했다. 테아는 절대 제 뜻을 굽히지 않을 심산이었다.

"그, 그것이 아무래도 실력도 그렇거니와……."

볼리 공은 깊은 테아의 눈빛에 잠시 흔들릴 뻔했다. 금빛 눈에서 불꽃이 터지는 줄 알았다. 엄격한 자세와 깊이 있는 눈빛, 절대 자신의 뜻을 굽히지 않을 태세까지. 테아의 모습은 참으로 대단했다.

'어느 틈에 제왕의 기운을 갖추셨나, 그래.'

확실히 조금만 더 보강이 된다면 로바노 영주의 뒤를 이을 더한 재목이 될 것임을 믿어 의심치 않았다. 그러나 기쁨보다는 집무실에 감춰 놓은 사가의 문건이 마음에 걸렸다.

'아니, 절대 그렇지 않을 것이다. 절대로!'

볼리 공의 다짐이었다. 절대 밝혀져서는 안 되는 고대 문서. 그리고 어둠의 포워르족.

'가만, 잿빛 눈동자에 잿빛 머리카락이라. 이것 역시 흔치 않는 조합인데……'

볼리 공은 테아의 뒤에 서 있는 사내를 바라보았다. 아주 건장한 데다 수려한 외모까지.

'그럴 리가 없지. 내가 나이를 헛먹은 게야.'

저 혼자 한숨을 삼킨 볼리 공은 제 눈 주변을 꼭꼭 눌렀다. 아무래도 휴식이 필요한 모양이었다.

"어쨌거나 테아님, 수호 기사 건은……."

"제가 한마디 해도 되겠습니까?"

바로 그때 입 다물고 있던 하겐이 끼어들었다. 굉장한 미성. 볼리 공은 다시 한 번 이 사내는 안 되겠다고 마음먹고 말았다. 이렇듯 완벽에 가까운 외향이라면 중앙에서 언제고 들이닥칠 로리나의 시야에 들지 않을 리가 없지 않겠느냔 말이다.

더는 문제를 만들 수 없어 볼리 공은 단칼에 사내를 이 자리에서 내보내려 했다. 하여 호위대를 부르려는 순간이었다.

"아가씨의 뒤를 따르던 자들, 그들의 정체를 알고 있습니까?"

테아도 볼리 공도 아무 말도 하지 못했다.

"예사롭지 않은 사내들 같던데, 그런 난폭한 작자들이 귀한 아가씨를 노리고 있더란 말입니다."

"그, 그거야……."

"그자들의 무기를 보셨습니까? 단단한 바위라도 능히 깨트릴 해머였습니다. 문제는 그 해머가 대단한 무기더란 것이지요. 한번 만들려면 몇십 년씩 걸리겠다 싶은. 그런 물건을 달고 다니는 자들로부터 아가씨를 보호하려면 몇십 명의 호위병들로 될까요?"

이자가 어찌 자세하게 알고 있는 것인지. 볼리 공은 하겐의 덤덤한 말에 간신히 숨을 삼켜야 했다. 테아 또한 대장간에서 본 자들을 상세히 말하고 있는 그를 놀란 눈으로 바라보았다.

"그렇게 마음에 안 드신다면 어쩔 수 없지만 당분간만이라도 아가씨 곁을 지켜야겠습니다. 분명 그자들은 다시 올 테니까요."

"그, 그렇지."

하겐의 위압감에 볼리 공은 간신히 고개를 끄덕였다. 강한 기개에 볼리 공의 기세가 눌렸다고나 할까.

"저의 실력이 궁금하시다면 내일 날이 밝는 대로 대결이라도 펼쳐 보이지요. 뭐 몇백 명이라도 상관없습니다만."

자신감 넘치는 하겐의 모습에 테아는 괜히 가슴이 벅찼다. 하여 하겐을 바라보며 손을 내밀고 말았다. 하겐은 그 손을 바라보며 앞에 무릎을 꿇었다. 볼리 공이 자리에서 벌떡 일어나거나 말거나 테아의 손등에 맹세의 입맞춤을 해 버렸다.

"저의 수호 기사는 바로 이분입니다, 볼리 공. 다른 분은 싫어요!"

테아가 자리에서 일어나며 큰 소리로 외쳤다. 하겐 역시 따라 일어나며 씩 웃었다.

"저도 아가씨만을 위한 수호 기사가 될 것입니다. 오직 아가씨만을."

하겐의 웃음. 입은 올라갔으나 눈만은 시리도록 차갑게 얼어붙어 있었다. 볼리 공은 이상하게도 소름이 끼쳐 왔다. 게다가 금빛 눈동자에 흑발인 테아와 그 옆에 은색이라 해도 무방한 잿빛 눈동자의 사내가 함께 서 있으니 마치…….

"헉, 이럴 수가!"

볼리 공의 심장이 불안하게 뛰기 시작했다. 그리고 무언가를 기억한 듯 당황했다.

"볼리 공? 어디 불편하신가요?"

"아니, 아닙니다. 그럼 테아님, 일단은 그 사내를 임시 수호 기사로……."

"알베리히(alberihi)입니다. 볼리 공."

"알베리히…… 그, 그렇군. 그럼 알베리히, 내일 다시 이 의견에 대해 논의하도록 하지."

"언제라도 환영입니다, 저는."

당당한 하겐에게 맞서는 볼리 공의 어깨가 작아 보였다. 볼리 공은 어색한 미소로써 반승낙을 한 뒤 급히 접견실을 벗어났다. 그리고 그대로 집무실로 걸음을 옮겼다. 당장 그 문건을 다시 한 번 확인해야 했다.

"볼리 공이 이상하네?"

"원래 늙은이들은 밤이 되면 혼란스러워하는 거야."

"늙은이라 하면 안 돼요, 하겐. 볼리 공은 전통 있는 로바노에서도 아주 굉장한 분이셔."

그의 빈정거림을 테아가 정정해 주었다. 하겐은 알겠다며 테아의 머리에 손을 올리고는 도닥거렸다. 그러나 결코 다른 견해는 내보이지 않았다.

'전통 따위 꽤나 고리타분한데 말이지.'

하겐은 전통과 역사를 밝히고 사리 분별이 정확한 자들과는 합(合)이 맞지 않는 경향이 있었다. 예를 들어 보탄 같은. 그러고 보니 이쪽에서는 볼리 공이라는 작자가 보탄과 아주 흡사해.

익숙함의 근원을 찾은 하겐은 난데없이 웃음이 나와 버렸다. 그 웃음소리에 테아가 그의 두 손을 잡고 흔들었다. 볼리 공의 승낙이 조금 안심이 되었다.

"다행이다. 임시지만 내 수호 기사 되어서."

"그래, 임시지만."

"그런데 왜 풀 네임을 알리지 않았어?"

하겐은 제 손을 잡고 있는 테아를 똑바로 보며 몸을 숙였다. 둘의 시선이 정확하게 일치했다.

"내 이름이 무엇이지?"

"하겐 알베리히 요르문가드."

"그래, 내 이름은 오직 테아만이 알고 있어야 하는 거야."

"오직 나만?"

"어, 오직 테아만. 테아만이 날 하겐이라 부를 수 있어."

"응, 하겐!"

무슨 특권이라도 되는 양 신난 테아는 로바노 성에 와 처음으로 행복감을 느꼈다. 정말 하겐이 와 주어서, 하겐이 수호 기사가 되겠다고 해 주어서 무한한 기쁨이 솟아올랐다. 테아는 이 행복이 계속 이어지기를 달에게, 또 별에게 한없이 빌고 싶은 마음이었다.

그런 행복도 잠시일 뿐, 하겐을 난처하게 만들 일이 기다리고 있었다. 그것은 테아가 기거하는 곳으로 도착했을 때였다.

"자, 받으시오."

산팡은 방문 앞에서 하겐을 기다리고 있었다. 하겐은 산팡이 던져 주는 것을 공중에서 받아 확인해 보았다. 그것은 꽤나 낡은 담요였다.

"담요라도 덮고 있어야 우리 아가씨를 잘 보살필 것 아니겠소? 그것이라도 걸치고 오늘 밤 잘 부탁해요."

"아니, 이게 무슨……."

하겐은 황당한 표정을 짓고 손에 든 담요와 산팡, 그리고 테아를 번갈아 보았다. 당황하기는 테아도 마찬가지.

"저기, 산팡? 그럼 안으로는 들어오지 못하는 거예요?"

"아니, 무슨 말도 안 되는 소리를 하십니까? 아가씨 침실에 외간 사내를 들이겠다는 의미십니까? 수호 기사라면 복도에서 밤새 지키는 것이 당연한 것이지요!"

어처구니없다는 듯 산팡이 눈을 부라렸다. 하겐은 기가 막혀 긴 복도를 돌아보았다. 제법 규모 있는 전경이었다. 벽에는 거리를 둔 채 등이 타오르고 복도 맨 끝에는 호위병이 근무 교대를 하는지 긴 창을 들고 오고 갔다.

하겐은 웃음이 새어 나오려 했다. 지엄하고 위대한 자신이 고작 인간의 수호 기사가 되어 낡은 담요를 덮고 차가운 복도에서 밤을 지새운다니.

"아가씨는 어서 들어가세요! 오늘 무척이나 부산했습니다. 얼른 씻으시고 잠자리 들 준비를 하셔야지요."

산팡은 테아가 뭐라 하거나 말거나 안으로 들이밀었다. 그리고 피식거리고 있는 하겐에게 거듭 당부하는 것을 잊지 않았다.

"절대 함부로 방으로 들어서는 안 됩니다. 명심, 또 명심하세요!"

산팡 역시 안으로 들어가며 소리도 크게 양 문을 닫아 버렸다. 허수아비처럼 서 있던 하겐은 마침내 참았던 웃음을 맘껏 터트렸다.

"거참, 걸작이야. 이 몰골을 아르마와 보탄이 본다면 무슨 말을 할까."

호탕한 웃음에 복도 끝의 호위병이 창을 툭툭 두드리며 눈치를 준다. 그것이 또 우스워 허탈한 듯 허리에 손을 올린 채 가만히 서 있었다. 마침내 담요를 질질 끌어 복도에 나 있는 반월창으로 다가갔다. 저 멀리서 날갯짓하는 아르마에게 보이지 않는 지시를 내렸다.

'경계해, 아르마. 포워르 놈들이 인간들 속에 스며들었다.'

끼이잉. 바람 소리와 더불어 아르마의 울음이 섞여 들려왔다. 하겐은 다시 정색을 하고는 문 앞으로 돌아와 앞에 털썩 주저앉았다.

"테아, 이 빚은 언젠가 꼭 받고 말테다. 각오해."

작게 읊조린 하겐은 무척이나 악동 같은 웃음을 입가에 매달고서 팔짱을 낀 채 앞을 노려보았다.

그리고 깊은 밤.

테아가 잠든 방의 문이 소리 없이 열렸다. 그 움직임으로 인해 벽 등에 안타까이 매달려 있던 불꽃들이 일시에 사그라졌다. 마찬가지로 벽에 기대어 눈을 감고 있던 하겐 역시 그 움직임을 눈치챘다. 그러나 어떠한 낌새도 보이지 않았다. 바로 테아가 살며시 문을 열고 나온 것이기 때문에.

테아는 맨발이었다. 간편한 드레스를 걸치고 윤기 나는 흑발은 흐트러뜨린 채 잠기운이 묻어 있는 얼굴로 하겐 옆에 쪼그리고 앉았다.

"하겐, 미안."

따스한 몸으로 차갑게 굳어 있는 하겐의 몸에 안겨 들었다. 마치 뜨거운 불꽃이 일시에 터지며 하겐의 품에서 춤춘다 할까.

간지러움을 참지 못한 하겐이 품 안에 들어온 테아를 꼭 끌어안고 일어났다.

"차가워, 테아."

하겐은 테아가 열어 놓은 양 문으로 소리 없이 스며들어 갔다. 형체가 사라지자 언제 열렸나 싶게 문은 조용히 닫혔다.

밤은 마력을 가지고 있다. 어떤 사물이든 무엇의 움직임이든, 어둠 속으로 감춰 줄 수 있는 능력.

하겐은 밤의 힘을 빌려 절대 들어가지 말라 산팡의 강한 엄포를 들은 곳으로 살며시 들어섰다. 테아의 말대로 뭐든지 크게 자리한 곳에서 피식 웃었다.

"정말 크군."

그윽한 미성이 들리자 테아는 하겐의 굵은 목을 꼭 끌어안았다. 하겐은 다정히 테아의 머리에 입을 맞추었다.

"왜 나왔어?"

"추울까 봐."

잠기운이 그득, 그러나 서서히 깨어나는 듯 테아가 명료하게 속삭였다. 작은 속삭임에 절로 짓는 희미한 미소. 하겐은 을씨년스러운 바닥을 걸어 더 안쪽으로 들어갔다.

"안 추워."

"응. 그래도 하겐이 쓸쓸할까 봐."

"나보다 테아가 더 쓸쓸한 것이 아니고?"

피식거리는 하겐을 안은 테아의 손에 힘이 들어간다. 그리고 버릇처럼 제 얼굴을 어깨에 비볐다.

맞아, 하겐. 그런지도 몰라. 그래서 이제는 하나도 쓸쓸하지도 외롭지도 않아. 하겐이 있으니까.

품에 삼킬 수도 뱉을 수도 없는 열기가 들어왔다. 더불어 하겐의 고뇌가 시작되었다.

차라리 이대로 데리고 갈까, 아르마를 불러서 그대로 날아갈까. 테아가 승낙하거나 말거나 이 넓고 빈 공간에서 울창한 녹림과 맑은 하늘이 보이는 자신의 숲으로 가 버릴까…….

하겐의 걸음걸음이 무겁기 짝이 없었다. 그러나 어떠한 내색도 하지 않았다.

상대는 인간, 아르마가 물고 와 자신 앞에 내려놓은 인간. 지독한 포워르족이 주시하는 인간. 제 심장을 할퀴고 있는 인간.

"더 자."

그래서 하겐은 테아의 뜨거움을 단번에 얼려 버렸다. 시리도록 차가운 열기에 하겐의 낮은 음성은 무척이나 어두웠다.

"같이 자자, 하겐."

침대에 눕히고 막 이불을 덮어 주려는 하겐에게 테아가 두 팔을 내밀었다. 세상의 모든 것이 멈추고 그 순간 하겐의 잿빛 눈은 순식간에 붉게 충혈되었다.

한쪽 어깨 위로 흘러내린 짙은 흑발과 양 눈의 크기가 다른 금빛 눈동자는 묘한 매력을 발산한다. 가는 두 팔이 벌어져 있고 흡사 무언가를 바라듯 붉은 입술은 작게 열려 있다. 창으로부터 들어와 직선으로 내리쬐는 유난히 반짝이는 달과 별빛이 비추는 테아의 모습은 보일 듯 말 듯 유혹적이었다.

"하겐?"

테아는 아직도 팔을 내리지 않은 채 얼굴을 갸웃거린다. 하겐이 어금니를 사리물었다. 유혹이라니, 보잘것없는 인간이 나에게 감히…….

"안아 줘."

테아가 다시 손을 내밀었다. 그 모습 또한 난생처음 유혹당한 하겐의 깊은 고통을 모르는 듯 말갛고 순수한 모습 그대로였다. 테아는 내민 두 팔을 잡지 않는 하겐에게 섭섭해 잠시 움직이지 않았다. 그러나 곧 눈웃음을 선사하며 제 손을 앞으로 내밀었다. 하얗게 부서질 듯 주먹 쥔 하겐의 손을 장난스레 펼치기 시작했다.

'하지 마라. 하지 마……'

극한의 인내심을 경험하고 있다 말한다면 엄살이라 할지도 모른다. 그러나 테아의 따뜻한 손이 조물조물거리며 제 차가운 손을 펼치려 안간힘을 쓰는 모양새는 정말…… 어여뻤다. 더욱이 고개를 앞으로 내밀어 드러난 목선은 어느새 성숙하게 자란 테아를 보여 주고 있었다.

'괜히 왔다. 정말 괜히 온 것이야.'

스스로의 행동을 후회하는 하겐. 어린 인간과의 조우, 그리고 아이의 성장. 주마등처럼 테아의 모습들이 스치고 지나갔다. 쓸데없이 아르마가 원망스러웠다.

"이제 손잡을 수 있어, 하겐."

한참을 하겐의 손과 씨름하던 테아가 마침내 펼쳐진 그의 손을 꽉 잡았다. 그리고 환하게 웃었다.

'멍청하기는. 내가 힘을 풀어서 그리된 것을 몰라?'

하겐은 속으로 책망하듯 낮게 으르렁거렸다. 그러나 체념한 듯 손을 테아에게 넘겨주었다. 테아는 무척 행복하다는 듯이 제 손과 하겐의 손을 잡고 얽었다. 마리스의 숲에서 노닐었던 그때처럼 손에 호호거리며 입김을 불어 넣었다.

테아에게는 자연스러울지라도 하겐에게는 아니었다. 테아의 입술이 닿을 듯 말 듯 손등을 간질였다. 그것은 고문이었다. 아아, 고문이라니!

'테아, 너!'

부릅뜬 두 눈에 힘이 들어가고 저절로 온몸의 피가 거꾸로 흐른다.

'감히…….'

보이지 않는 힘을 발휘해 테아를 밀칠 수도 있었다. 그러나 하겐은 어떠한 일도 벌이지 않았다.

'두고 보자, 테아.'

하겐은 낮게 으르렁거렸다. 제 손등에 스치는 입술을 모른 척하려 의지력을 최대로 동원하고 있었기에 스스로를 인내하는 힘으로 신음이 터질 듯했다.

테아는 아직도 움직이지 않는 하겐에게 시선을 고정한 채 긴 손가락을 제 손가락으로 살살 쓸었다. 그의 몸이 흠칫했다. 보드라운 살결에 심장은 곤두박질쳤다. 그리고 다시 몸을 타고 올라 머리끝까지 쭈뼛거리게 만들었다.

"아아…… 미치기 일보 직전이다, 내가."

"하겐? 지금 뭐라고 했어?"

"내가!"

욱하고 치받는 목소리에 그대로 얼어붙은 테아. 그는 상당히 노한 기색이었다. 하나로 묶은 잿빛 머리카락이 바람에 휘날리듯 등에서 몸부림치고 붉게 물든 눈빛은 당장이라도 피눈물을 흘릴 듯 일렁였다.

이렇듯 무시무시한 기운을 내뿜고 있는 하겐을 만일 보탄이 본다면 정백들은 멀리 대기시킨 뒤 그것도 모자라 최강의 부대 '후사르'를 하겐 주변에 배치했을지도 모를 일이다.

후사르(Hussar), 수천 년 동안 하겐의 뒤에서 그와 한 몸처럼 움직인 최강의 정예부대. 은사슬처럼 얇은 갑옷에 등에는 귀한 강철을 수천 번 녹여내어 만든 날개를 달고, 뿔 달린 보딘*과 움직이며 하겐과 더불어 주변을 초토화 시키는 그들. 그만큼 하겐은 지금 스스로를 통제하지 못하려 하고 있었다.

바로 테아, 그녀의 순수한 행동 때문에.

그의 별이 제자리에 있는 지금, 그에게는 너무도 강한 힘이 내재되어 있다. 만일 제 자신을 통제하고 조절하는 것이 불가능해질 경우 지독한 폭주로 이어지리라. 수백 년 전의 그날처럼.

거기까지 생각이 미치자 하겐은 허무한 웃음과 함께 도리질했다. 다시는 그날처럼 만들지 않을 것이다. 어떠한 일이 생겨도, 내 몸이 부서지는 한이 있더라도 맹세코!

하겐은 저를 보며 눈을 빛내고 있는 테아에게 손을 내밀었다. 단단히 굳어 있던 몸의 힘을 서서히 빼 버렸다.

"조금은 나를 경계하라고."

하겐의 손등이 테아의 따뜻한 뺨에 닿았다. 천천히 쓸어내리자 테아의 얼굴은 자연스럽게 손등으로 기울어졌다.

"……날 죽이고 싶은가?"

먹이를 노리는 야수처럼 하겐의 음성은 깊게 잠겨 있었다. 테아는 차가운 손등에 얼굴을 기댄 채 고개를 저었다. 죽이다니, 누구를? 하겐을?

"아니, 하겐을 죽이고 싶지 않아. 절대로 싫어!"

울먹이는 테아가 자신의 붉어진 눈빛을 보지 못한 것에 안도하며 하겐은 깊은 숨을 삼켰다. 스스로가 어처구니없다는 듯이

---

*보딘:가장 용맹한 말 – 작자 주.

자조적인 웃음을 지었다. 그리고 테아가 있는 침대 위로 올라가 이불을 젖혔다.

"이리 와."

하겐은 체념했다. 테아가 눈물을 흘리고 있었기에. 그의 내재된 힘을 알지 못하는 테아가 어설픈 노기에 슬퍼하고 있었기에.

그리고 말도 안 되는 그의 억지에 너무나도 쓸쓸해 보였기에.

하겐의 다정함에 비로소 안도한 테아가 쪼르르 품으로 파고들었다. 답삭 안겨 오는 테아 때문에 하겐은 체념의 경지에 이르렀다.

"인간이란, 도무지⋯⋯."

하겐은 피식거리며 머리를 들었다. 그리고 한손으로는 제 머리를 받치고 또 한손으로는 안겨 있는 테아의 등을 도닥거렸다.

"어디 가지 마, 하겐."

"어서 자."

"하겐이 좋아. 너무나도."

"나 역시."

"응! 좋아, 좋아. 기쁘고 행복해."

노래하듯 속삭이는 테아는 제 얼굴을 들어 하겐의 턱 끝에 입을 맞추었다. 어미 품으로 파고드는 새끼처럼 하겐의 너른 가슴에 얼굴을 묻었다. 테아는 그렇게 하겐의 품에서 단잠에 빠져들었다. 온몸이 굳어 움직이지도, 눈을 감지도 못하고 다음을 기약하며 하겐이 이를 갈고 있는지도 모른 채.

'나도 좋고 기쁘다, 테아. 그러나 이 빚은 꼭 갚아 줄 것이야.'

그렇게 로바노 성은 어둠 속으로 잠겨 갔다. 이른 아침의 여명이 안으로 밀고 들어올 때까지 테아는 성에 온 이후 최고로 행복한 잠 속으로 깊이 빠져들어 갔다.

❈ ❈ ❈

마리스 언덕을 지나 뜨거운 온천을 뿜어내는 간헐천들 가운데 음습하게 숨어 있는 가이저 브레스에서 오늘따라 유독 힘찬 물줄기가 분출되고 있었다.

바닥을 뚫고 한없이 내려가면 구불거리는 원형의 길을 지나게 된다. 포워르족의 신성한 제단 앞, 달이라도 삼킬 듯 거대한 청동 그릇 안에서 티람(thiram)이 쉴 새 없이 타오르고 있었다. 짙은 유황 냄새가 넓게 퍼지며 힘찬 물줄기와 함께 수백 포워르족의 함성을 감쪽같이 숨겨 주고 있었다.

"포워르의 전사들이여! 들어라!"

"카스카! 카스카!"

열을 지어 함성을 지르는 어둠의 포워르족.

각자의 무기를 장착한 채 함성을 질러 대는 그들은 하나같이 검은 재로 얼굴과 드러난 상체에 문신처럼 그어 치장하고 있었다. 그것은 주문이었다. 그들만이 가진 고유의 문자, 내세에도 다시 포워르의 전사가 된다는 구원과도 같은 주문을 문신처럼 새겨 넣었다. 또한 그들을 더욱더 거칠고 포악하게 만들어 주는 상징이었다.

모두 400여 명, 거친 전사들은 제단 위에서 힘차게 구령하는 카스카의 위대함에 경외의 시선을 던졌다. 그 시선들에 한없는 자부심을 가진 카스카는 만족스러운 듯 힘찬 명령을 내렸다.

"다른 것은 필요 없다. 오직 펜리르들의 둥지뿐. 확실한 둥지가 아니어도 좋다. 요르문가드를 수호하는 펜리르의 흔적이 조금이라도 남아 있다면 무조건! 새끼든 어미든 개의치 말고 그 일대를 완전히 몰살시켜라!"

"카스카! 카스카!"

연이어 환호하며 거칠게 함성을 외치는 포워르의 전사들은 가죽으로 만든 갑옷과 굵은 해머, 또는 석궁(crossbow)을 들고 만전에 기할 태세를 갖추고 있었다.

카스카는 특히 석궁을 장착한 것에 큰 만족을 얻고 있었다. 석궁은 뛰어난 관통력으로 재빠른 상대에게 치명상을 입힐 수 있었기에 크기가 산만 한 펜리르뿐 아니라 바람처럼 움직이는 정백들을 능히 해치울 수 있을 터였다.

"마지막으로, 우리에게 승전보가 울리는 그때에 알려야 마땅하나 강한 전사들에게 미리 주는 상이라 여기고 지금 이 자리에서 발표하겠노라!"

카스카는 잠시 소리를 멈추었다. 그리고 자신을 향한 전사들을 일일이 눈빛으로 만났다.

"알페카가 달의 옆에서 춤을 출 때, 태양이 달을 가리는 그날 나의 후계자가 이 자리에 서 있을 것이다!"

"카스카!"

카스카의 의미심장한 발표가 끝나자마자 함성은 절정에 달했다. 모두의 자긍심은 하늘을 찌를 듯했다.

"그렇다. 그렇게 바라고 바라던 후계자, 포워르의 진정한 왕이 비너스의 수호 아래 요르문가드를 물리칠 최고의 상대가 되어 이 세상을 지배하리니! 우리 포워르들이여, 머지않은 미래를 다 함께 영광으로써 대비하자!"

"카스카! 카스카!"

마침내 카스카가 그토록 기다리던 후계자의 발현(發現)을 알렸다. 함성에 지축이 울리고 그들을 축복하듯 간헐천들이 일제히 물줄기를 뿜어낸다. 물줄기는 강하고 뜨거워 한 방울이라도 닿는다면 그대로 화상을 입고 쓰러질 지경이었다.

포워르 400명의 전사들은 펜리르의 둥지를 공격하기 위해 출정했다. 그들의 뒷모습을 제단 위에서 배웅했다. 카스카는 아직도 수백 년 전, 그날의 악몽을 아직도 선명하게 기억하고 있었다.

"지독한 놈."

갈기갈기 찢어 죽여도 시원치 않을 놈. 지옥의 구렁텅이로 우리를 추방한 네놈. 기다려라. 곧 살아도 산 것이 아니게 만들어주마. 네놈 입으로 직접 죽여 달라 빌게 될 테니.

카스카의 입매가 길게 늘어진다. 지독한 유황 냄새와 더불어 그의 살기 어린 웃음은 당장 지옥으로 달려갈 것 같았다.

"기다려라, 요르문가드! 나의 흑의 아이가 지대한 포워르를 살려 낼 것이니 그날이야말로 천하는 우리 세상이 될 것이다."

다시는 과거를 되풀이하지 않으리라. 그러나 그의 지독한 자신감은 인간의 영역을 정탐하고 있던 척후병의 전언에 뒤집히고 말았다.

"대장장이 찰턴을 잡아 놓았습니다. 그리고 그, 그분이 대장간에 나타나시어……."

"뭐라? 그분이라니? 달의 조각은?"

"달의 조각은 없다 했습니다. 그리고 흑의 아이…… 윽!"

"그 대장장이 놈의 사지를 찢어서라도 행방을 찾아! 그 남은 조각이 있어야 그놈을 죽일 도구가 완성된다!"

악귀 같은 카스카에 의해 멱살이 잡혀 공중으로 떠오른 척후병은 숨을 쉬지 못하고 두 발을 버둥거렸다.

"그리고 다시 말해라. 누가 대장간에 왔었다고?"

곧 숨이 멈춰질 듯 하얗게 질린 척후병을 안타깝게 보던 파수꾼 모리피가 앞으로 나섰다.

"흑과 금의 그분이 오셨다고 합니다. 흔적을 확인하고 뒤를 밟아 보았으나 곧 성으로 들어가셨기에 놓쳤다고 합니다."

"오, 나의 아이가 성으로 돌아왔는가!"

털썩. 모리피 덕분에 목숨을 건진 척후병은 숨을 몰아쉬었다. 그러나 카스카의 무시무시한 기운에 기다시피 하여 물러나야 했다.

"그렇습니다. 예측하신 대로 착실한 후계자 교육을 받고 계신 것이 확인되었습니다."

"암, 그렇지. 그래야하지."

매우 흡족한 카스카는 비로소 고개를 끄덕이며 만족스럽게 웃었다.

"곧 우리의 해후가 기다리고 있다. 그러나 그 전에 더욱더 단련되어 나에게 와야 할 터."

"그렇게 될 것입니다."

"모리피! 네가 해야 할 일이 있다."

"예! 명령만 내려 주십시오."

"흑의 아이에게 나의 흔적을 알려야 할 것이야. 혹시 모를 불순물이 끼지 않도록."

"그렇게 하겠습니다."

"은밀하게. 분명 나와 공명이 될 것이니 흔들리지 않는 신념과 포워르의 혈(血)을 상기시켜다오."

카스카가 모리피에게 당부했다. 포워르의 혈족임을 상기시키라는 명령과 함께.

모리피는 회심의 미소를 지으며 등의 해머를 다시금 단단히 옭아맸다. 그리고 잽싸게 지상으로 가는 지름길로 보이지 않게 이동했다.

모든 사위가 고요해진 제단, 카스카는 허리에 찬 굵은 검 손잡이를 어루만지며 읊조렸다.

"이 모든 것은 이미 짜인 그물, 한 치의 어긋남이 없군. 그러니 나의 아이야, 온전히 내 품으로 오너라. 내 모든 것을 너에게 줄 것이니."

그의 묵직함에 또다시 간헐천이 포효했다. 뜨거운 용암처럼 끊임없이 분출되는 그것은 지상의 온 땅을 적실 듯 끊임이 없었다.

로바노 성 안 북쪽에 위치한 마구간 옆의 무장대(武裝隊).

영지를 지키기 위한 무기들과 더불어 완전무장한 성의 병사들이 일제히 한곳을 바라보며 명령의 깃발이 흔들리기를 기다렸다.

"얼마나 실력이 있는지 보겠다, 알베리히."

낮은 연단에 서 있는 볼리 공은 가운데서 못마땅한 시선을 던지고 있는 하겐에게 눈짓했다.

"완전무장한 수십 명과 겨우 검 하나 들고 있는 나의?"

코웃음이 절로 나는 상황. 하겐은 한껏 비꼬며 주변에 원형으로 도열한 병사들을 응시했다.

"분명히 실력자라 하지 않았나. 우리의 후계자를 지키기 위해서는 이 정도는 아무것도 아니지 않겠는가?"

"뭐, 그렇지. 이 정도는……."

아무것도 아니지. 하겐은 한숨을 쉬었다. 그리고 그에게 전해진 단 하나의 검을 위아래로 움직이며 같잖다는 듯이 하늘을 우러러보았다.

'내참, 이것들을 모조리 죽일까? 아니면…….'

너무나 싱거운 나머지 사악한 생각까지 하던 하겐은 뒤를 이어 허겁지겁 달려온 누구를 발견하고는 단번에 안색이 밝아졌다. 테아였다. 급히 뛰어온 것이 분명한 테아는 뒤따르던 산팡이 당황해하거나 말거나 볼리 공에게 소리쳤다.

"볼리 공! 너무하십니다! 분명 내가 보는 앞이라고 하셨잖아요!"

"오셨습니까? 안 그래도 좋은 구경이 될 듯합니다만."

너무나 태연한 볼리 공을 보며 테아는 화가 났다. 하겐 주변을 에워싸고 있는 수많은 병사들 또한 원망스러웠다.

"하겐……."

이른 아침, 잠도 제대로 자지 못한 것이 분명한 하겐은 복도로 나가자마자 호위대에 이끌려 사라졌다. 테아 또한 이른 아침부터 시작된 철저한 후계자 교육을 받느라 하겐에게까지 신경쓸 여력이 없었다. 무장병들과 결투를 하고 있다는 산팡의 전언이 아니었다면 하겐에게 닥친 일을 전혀 모르고 있었을 것이다.

"더구나 충분한 훈련을 받은 병사들과 위험한 대결이라니요?"

"테아님! 테아님의 수호 기사가 되려면 실력이 있어야 합니다. 그것을 확인하는 방법 또한 이것뿐임을 아시지 않습니까?"

볼리 공은 조금도 양보하지 않았다. 테아 역시 어쩔 수 없다는 것을 인지했다. 다만 하겐에게 너무나 힘든 일을 감당케 한 것이 무척이나 미안할 뿐.

만일 하겐이 다치기라도 한다면…….

테아의 심정이 눈에 훤해 하겐은 무척이나 기뻤다. 어떠한 내색도 없이 자신에게만 시선을 고정한 테아를 향해 묵묵히 고개를 끄덕였다. 그리고 목을 한 번 돌렸다가 다시 팔을 흔들며 장난스럽게 중얼거렸다.

"어디 몸이나 풀어 보실까!"

볼리 공의 손짓에 깃발이 단번에 올라갔다. 원형으로 열을 지어 있던 병사들이 직선에서 사선으로 움직이며 공격대형으로 자리 잡았다. 생각지 못했던 구도에 하겐의 눈썹이 실룩거렸다.

"호오, 제법 하는군. 그저 그런 오합지졸인줄 알았더니만."

그 역시 사선으로 검을 들고 그들을 주시했다. 볼리 공은 하겐을 우습게 바라보며 병사들에게 힘을 실어 주었다.

"우리 로바노의 힘을 보여다오."

볼리 공의 단호한 명령을 들은 깃발은 벌의 춤처럼 8자로 휘날리고 곧 병사들의 공격이 시작되었다.

챙! 챙! 스스슥.

검과 창의 매서운 소리들에 이어 일사불란한 병사들의 발소리들이 주변을 가득 메웠다.

볼리 공은 회심의 미소를 지으며 막 대결을 시작한 하겐과 병사들을 지켜보았다. 실력자라 했으니 그 실력이 과연 어느 정도인지, 만일 허풍이라면 곧 처참한 몰골로 패배를 인정할 사내를 상상하자 지극히 만족스러워졌다.

볼리 공과는 반대로 테아의 심경은 이루 말할 수 없었다. 수십의 완전무장한 병사들을 상대로 하겐이 움직인다.

흠 하나 잡을 수 없는 하겐. 너무나 아름다운 하겐.

하나로 묶은 잿빛 머리칼이 수십의 창에 맞서 허공에 흩날리고 날렵한 자태로 땅에 부딪칠 듯 몸을 숙였다. 잿빛의 눈동자는 강한 금강석이었다.

'피해, 하겐!'

저도 모르게 소리치고 싶은 것을 꾹 참는 테아. 그런 테아를 알아챈 것인지 하겐이 잠시 그녀가 있는 쪽으로 흘끔 시선을 돌렸다.

"내 실력에 반하지나 말라고, 테아."

하겐은 자신만만하게 검을 들었다. 그리고 병사들의 일시 공격에 맞서 춤추듯 움직이기 시작했다. 창을 든 병사들이 쓰러지자 굵은 검을 든 병사들이 사방에서 하겐을 공격했다. 마찬가지로 너무나 손쉽게 그들을 제압해 나갔다. 하겐은 오직 한 손으로 검을 움직이고 있었다.

지켜보는 테아의 눈빛이 빛났다. 분명 하겐이 한 수 위였다. 호흡 하나 흐트러지지 않으며 한 손으로 휘두르는 검은 깔끔했다. 생각보다 더 훌륭한 실력임이 분명했다.

"흠, 제법 하는군."

볼리 공 또한 고개를 까닥하며 인정했다. 그러나 아직은 판가름을 할 수 없으니 다시 한 번 그의 손이 올라갔다. 그 손짓에 다시 깃발이 휘날렸다.

이제 검을 든 병사, 50여 명이 한꺼번에 열을 바꾸어 하겐을 공격하기 시작했다. 하겐은 날쌘 검은 표범(Black leopard)처럼 최소한의 움직임으로 조심스럽게 접근했다. 그다음 순식간에 가운데 지점을 향해 폭풍 같은 기습 공격을 감행했다.

앞에서부터 차례로 쓰러지는 병사들. 순서를 맞춘 도미노처럼 순식간에 승부는 결정되었다.

"뭐 진(陣)만 훌륭했군."

쓰러진 병사들을 아래로 내려다보며 하겐은 만족스러운 듯 제법 쓸 만한 검날을 손으로 쓸었다. 그러나 전부 끝난 것은 아니었다.

"하겐!"

벼락 치듯 소리 지른 테아. 볼리 공의 손짓에 뒤에 있던 병사하나가 하겐의 등으로 기습 공격을 시도했다.

"어딜!"

그러나 하겐이 한발 빨랐다. 병사가 든 검을 내리쳐 버리자 두렵다는 듯이 떨며 뒷걸음질 쳤다. 또다시 용감한 병사 여럿이 달려들었다. 이번에는 굵은 몽둥이였다.

"너무해요, 볼리 공! 승부는 난 것이잖아요! 실력을 분명히 보였단 말입니다!"

테아가 볼리 공에게 따져 물었다. 부당한 대결, 더는 두 눈 뜨고 볼 수 없었다. 병사들의 숫자와 달리 하겐은 혼자. 체력의 열세에 곧 쓰러질지도 몰랐다.

"그래도 테아님, 실력이야 분명히 있으나 언제 어디서든 복병은 늘 있는 법 아니겠습니까?"

"그, 그래도……."

금빛 눈동자에는 금세 하겐을 염려하는 안타까운 눈물이 차올랐다.

"피해요!"

테아는 하겐의 등 뒤에서 힘껏 몽둥이를 휘두르는 병사를 발견하고 소리 질렀다. 그 소리에 하겐의 고개가 돌아갔다. 무참하게 공격할 병사들이 달려오고 있었다.

"치사하게 몽둥이 공격이라니."

피식거리는 하겐. 그는 병사가 휘두르는 굵은 몽둥이를 순발력 있게 피하다 옆으로 달려드는 또 다른 병사를 경계하지 못했다. 병사는 힘껏 하겐의 등과 어깨를 내리쳐 버렸다.

퍽! 퍼억!

맞는 소리가 요란히 울렸다. 뒤를 이어 하겐이 쓰러진다.

"싫어! 안 돼!"

산팡이 잡는 것을 뿌리치고 테아는 쓰러진 하겐에게 달려갔
다.

"테아……."

먼지를 일으키며 쓰러지는 하겐의 눈에 나비의 푸른 날개가
날아오르는 것이 비쳤다. 푸른 드레스 자락을 펄럭이며 보석 같
은 눈물을 한가득 담고 있는 테아였다. 사랑스런 테아가 자신을
향해 날아오자 너무도 가슴이 뛰어 하겐은 만족의 웃음이 새어
나오는 것을 필사적으로 참아야 했다.

"안 돼, 싫어. 싫어요!"

테아는 하겐의 몸을 잡아끌어 제 품에 안아 들었다. 그리고
몽둥이로 하겐을 후려친 병사를 매섭게 노려보았다. 병사는 테
아의 금빛 시선에 어쩔 줄 몰라 들고 있던 몽둥이를 떨어트렸
다. 뒷걸음으로 물러나던 병사는 제 목이 옥죄어 오는 것을 느
끼고는 두 손으로 부여잡았다.

"으윽…… 살려 줘……."

바로 하겐에 의해. 하겐은 저를 안고 한없이 보듬는 테아의
손길이 지극히 만족스러웠다. 그러나 감히 자신에게 몽둥이를
휘두른 병사는 용서할 수가 없었다.

하찮은 인간 주제에 누구의 몸에 손을 대는가. 죽고 싶은 것
인가?

하여 아무것도 모르는 병사의 목을 보이지 않는 힘으로 꽉 쥐
어 버린 것이다. 그러나 병사의 행동에 놀란 또 다른 병사들이
모여들고 혹시라도 테아가 볼까 싶어 급히 힘을 거두었다.

'흥! 네놈 때문에 테아가 왔으니 살려는 주마.'

괜한 선심을 쓰고 하겐은 다시 테아의 품으로 제 얼굴을 내리며 몹시 아픈 듯 엄살을 피웠다.

"테아, 난 괜찮아. 내 실력이⋯⋯."

"실력은 최고였어! 비겁한 것은 병사들이야. 미안, 정말 미안. 아프지 마. 아프면 싫어!"

테아는 저도 모르게 굵은 눈물을 뚝뚝 떨어트리고 말았다.

그래, 비겁한 것은 볼리 공.

테아는 원망하듯 볼리 공을 보다 다시 하겐에게 몸을 숙이며 눈물을 흘렸다. 천연덕스런 하겐은 보석 같은 테아의 눈물이 온전히 제 것임을 확인해 행복의 물결이 나돌아 다녔다.

아아, 정말 좋아 죽겠군.

그랬다. 하겐은 일부러 병사의 몽둥이를 피하지 않았다. 능히 몸을 피해 병사에게 위해를 가할 수 있었으나 저만을 보며 응원하는, 곧 울 듯한 테아의 모습이 무척이나 신선했다. 금빛 눈에서 흐르는 눈물이라니.

하겐은 그것을 더 느끼고 온전히 저만 바라보게 하고 싶었다.

그의 이기적인 계산은 맞아떨어졌다. 주변이 전부 말려도 테아가 자신에게 달려왔다. 절대 떨어지지 않을 듯 자신만 움켜잡고 있다. 그래서 하겐은 속으로 한껏 미소 지었다.

그래, 이 정도면 꽤나 만족스러워. 그깟 몽둥이, 더 맞아 줄 것을.

"아휴⋯⋯ 볼리 공, 몽둥이는 너무하셨어요!"

산팡 역시도 불만이었다. 볼리 공은 테아의 눈빛에 난감한 듯 괜히 헛기침을 했다.

"뭐, 그래도 실력자임에는 틀림이 없군."

"그렇다니까요! 우리 아가씨께서 괜히 수호 기사로 두겠다고 하셨을까? 그러니 일단 수호 기사 하라고 하세요!"

"그럴 생각일세. 테아께서도 저 사내를 믿고 있는 듯하고 저 사내 역시도……."

"네, 그럼 이제 저 수호 기사를 치료해야겠군요. 팔 하나라도 못 쓰면 성에서 쫓겨날 것 아닌가요? 얼른 치료하겠습니다."

산팡은 테아와 하겐이 있는 곳으로 달려갔다. 호위병을 불러 하겐을 부축한 뒤 테아의 의견에 따라 기거하는 곳에 딸린 한쪽 방으로 인도했다. 그곳에서 그를 치료하기로 했다.

무장대의 대결을 마친 볼리 공은 천천히 회랑 안을 거닐었다. 그리고 확인한 사가의 문건을 천천히 곱씹었다.

"운명은 운명인 것인가. 분명 그분과 함께 있었던 것은 잿빛 눈동자에 같은 색의 머리칼이었어."

혼잣말을 하는 볼리 공의 속내는 평화롭지 않았다. 문건의 한 귀퉁이에 있는 문양. 그것은 흑과 금의 누군가가 은색에 가까운 잿빛 눈동자의 사내와 격렬한 대결을 알리는 것이었다.

둘 사이에는 온 세상의 땅이 적셔질 정도의 검붉은 피가 강처럼 흘러내리고 있었다. 그다음 적혀 있는 사가의 문구.

「신들의 황혼
두 별이 격돌하리니
날 봐라!
보이지 않아요.

날 보란 말이다!

내 눈에는 아무것도 보이지 않아요.

그럼 보이는 것은 무엇인가, 네 눈에 보이는 것은 대체 뭐란 말인가!

내 눈에 보이는 것은······.

내가 버린 왕의 껍데기랍니다.」

오래된 문자인지라 정확한 해석은 불가했다. 중앙의 학자들의 추측에 의하면 대략 이런 의미들. 볼리 공은 테아가 사내를 데리고 돌아간 곳으로 시선을 주었다.

"어찌된 영문인지, 우리 아가씨께서 또 성장하시고 계십니다. 불과 사흘입니다. 그런데도 자라난 팔과 다리가 무엇을 의미하는지······ 영주님, 몹시 두렵습니다."

볼리 공은 제 몸을 주름진 손으로 감싸 안았다. 그리고 사가의 오래된 문건 따위는 아무것도 아니라고, 후계자의 흑발과 금빛 눈동자는 그저 상징일 뿐이라고 스스로를 위로했다. 완전히 성장한 테아가 그 문건이 한낱 전설일 뿐이라 스스로 증명해 주기를 바랐다.

그렇게 되기 위해서는 테아의 모친, 현재 출산 막달인 로리나의 입증이 필요했다. 그날 밤의 상대가 누구였는지, 인간인지 아닌지, 만일 인간이 아니라면 대체 그 정체는 무엇인지.

"볼리 공! 중앙에서 사자가 도착했습니다!"

어지러운 생각들로 넋이 나가 있던 볼리 공은 보좌관의 전언에 정신이 번쩍 들었다.

"사자라니, 그것도 중앙의?"

"네, 로리나님께서 특별히 보내셨다고 합니다."

"어허! 로리나!"

왠지 모를 불길함에 볼리 공은 또다시 한숨을 삼켰다.

드디어 올 것이 왔는가!

볼리 공은 앞서 걸으며 두 손을 부여잡았다. 부디 아무 일도 아니기를, 그저 단순한 안부이기를 바랐다.

똑똑. 물방울이 작게 떨어지는 소리가 하겐에게 무척이나 크게 들렸다. 엎드려 있던 하겐은 고개를 돌린 후 실눈을 뜨고 그 정체를 확인했다.

"얼른 나아라. 어서어서 나아라."

테아는 약물을 흠뻑 머금은 천을 두 손으로 꼭 짰다. 산팡이 멍이 들고 검붉게 울혈이 생겼을 때 좋다 했다. 하겐을 직접 돌보겠다는 테아의 고집에 산팡은 두 손 들고 물러났다.

테아는 약물이 묻은 천을 하겐의 등과 어깨 위에 꼭꼭 눌렀다. 로리나에게 양 뺨을 맞아 시퍼렇게 멍든 것과는 비교가 되지 않게 크고 아파 보였다. 괜히 그날이 떠올라 테아는 소리 없이 눈물을 삼키고 천을 치운 뒤 얼굴을 멍든 곳으로 내렸다.

"호오. 아프지 마라, 아프지 마라."

붉은 입술이 맨살에 닿으며 뜨거운 입김까지 온전히 닿는다. 하겐은 그 감촉에 몸 둘 바를 몰랐다. 손가락 끝으로 멍을 살짝 건드린 뒤 테아는 차갑고도 끈적끈적한 것을 덜어 내 하겐의 등과 어깨에 발랐다. 그다음 두 손으로 문질거리기 시작했다.

"나쁜 멍아, 사라져라. 사라져라."

부드럽게 어루만지며 살살 쓸었다가 다시 제 입술을 가져가 입김을 불고.

"으음……."

정말이지. 하겐은 저도 모르게 신음이 새어 나올까 제 입안의 속살을 있는 힘껏 씹었다. 테아의 손길에 움찟거렸다.

'아아, 죽겠네. 정말.'

하겐은 또 다른 의미로 죽고 싶었다. 이제 테아의 손길은 그의 허리께까지 내려가고 있었다. 천천히 쓸어 올리다가 다시 아래로 내려가고, 보드라운 입술로 입김까지 불어 대고…….

"날 죽여, 테아……."

더는 참을 수 없어 하겐은 죽을 듯한 신음을 흘린 채 몸을 벌떡 일으켰다. 그리고 테아의 손목을 단숨에 잡아챘다.

"하겐? 괜찮아?"

눈 뜬 하겐이 감격스러운 듯 테아는 소매를 걷어 올린 채 함박웃음을 지었다. 테아의 눈이 동그랗게 떠졌다. 그리고 순식간에 침대 위로 눕혀져 버렸다.

"하겐……."

테아는 하겐을 올려다보았다. 그림자가 진 탓에 그의 표정이 보이지 않았다. 다만, 잿빛을 띠던 눈빛이 지극히 얼어붙으며 사방을 전율시키는 환상을 본 듯했다. 테아의 눈동자에 하겐만이 가득 차 버렸다. 그리고 다가온 그에 의해 정말 이상한 감촉을 느끼고 말았다.

두 팔을 테아의 얼굴 옆에 내린 하겐은 그녀를 단단히 가두었다. 탄탄한 팔에 뚜렷이 솟아오른 핏줄. 새파랗게 도드라진 핏줄이 생생했다.

하겐의 시선 앞에서 이 이상 커질 수 없는 테아의 눈동자. 흑색으로 둘러쳐져 있는 금빛 눈동자가 심연 속에 갇혀 버린 채 금방이라도 황금의 불꽃을 터트릴 듯했다. 그 눈동자에 깊이깊이 잠겨 가는 하겐은 당장이라도 테아를 덮쳐 누를 듯 두 손에 힘이 들어갔다.

테아는 이 상황이 어리둥절했다. 올려다본 하겐은 또 화가 난 듯했다. 그를 부르려 했으나 목에서는 소리가 나오지 않았다. 그의 시선 앞에 아무것도 할 수가 없었다. 얼마의 시간이 흘렀는지, 찰나인지 아닌지 그것조차 분간되지 않았다.

날카로운 눈빛을 하염없이 바라볼수록 하겐의 심정이 충분히 이해되고도 남았다. 따뜻하지 못한 잠자리, 친절하지 못한 성안 사람들, 거기에 무장된 병사들과의 대결에다 몽둥이로 얻어맞기까지…….

테아는 손을 천천히 올려 석상처럼 꼼짝 않고 있는 하겐의 차가운 뺨에 가져갔다.

"하겐, 내 욕심만 앞세워서 미안해."

"아아."

테아의 말이 끝나자마자 하겐의 입술에서는 탄식이 저절로 나왔다. 더욱더 깊어 가는 테아의 시린 눈빛에 눈을 뜨기가 버거웠다.

욕심이라니, 테아.

그의 입매가 묘하게 비틀어진다. 하겐은 지금 최대의 자제심을 발휘하는 중이었다. 더욱이 욕심 운운하는 테아의 속삭임에 그의 온몸은 폭발하기 일보 직전이었다.

테아의 흑발이 물속의 해초처럼 침대 주변에 넓게 퍼져 있다. 그 안에서 빛나고 있는 작은 얼굴. 빛나는 눈동자 속에는 온통 하겐뿐이었다. 그것이 끊어질 듯한 이성을 잡아 주고 있었다.

"화내도 괜찮아. 아프게 해서 미안해. 내가 욕심부려 정말 미안해."

붉은 입술이 꼬물거린다. 순결한 테아, 너무나 사랑스런 테아.

"화……나지 않았어."

하겐의 음성은 알아듣기 힘들 정도로 억눌려 있었다. 그 억눌림은 저의 뺨을 따뜻하게 데우고 있는 테아의 손을 잡아 제 입술로 꾹 눌렀을 때 더 무겁게 나왔다.

"화난 거 아니야, 테아……."

하겐은 자신의 폭발하고자 하는 열망을 테아의 손바닥에 가득 뿜어냈다.

테아는 시선을 거두지 않은 하겐이 손바닥에 입을 맞추는 모습을 보았다. 둔탁한 움직임처럼 손바닥에 천천히 내려 긋는 입술의 움직임이 너무나 간지러웠다. 그 감각은 손바닥에서 손목으로, 그다음은 심장 부근으로. 그리고 아래로, 아래로…….

"하겐……."

생경하고 미묘한 느낌에 미간을 찌푸린 테아가 아직도 제 손바닥에 입술을 대고 있는 하겐을 안타까이 불렀다. 하겐의 눈가가 살짝 접혀진 것 같았다.

"왜?"

"간지러워."

"어디가?"

"몰라, 그냥 손바닥도 간지럽고 또……."

"여기는?"

하겐이 장난치듯 테아의 손바닥에서 손목으로 제 입술을 옮겼다.

"응, 간지러워."

하겐의 입술이 천천히 움직였다. 음률을 타듯 매끄럽게 움직이는 그 입술이 닿은 곳은 맥이 뛰고 있는 부분이었다. 하겐은 그곳에 깊이 입을 맞추었다. 그리고 어깨를 지나 쇄골로 와 닿았다. 테아는 숨을 쉴 수가 없었다. 기도가 막힌 듯 그저 색색거리기만 했다.

"여기는……."

하겐의 음성이 아주 가까이 들렸다. 목소리가 달콤했다. 이상하게도 먹음직스런 과일처럼 달달한 향기까지 뿜어내는 듯했다. 하여 숨도 못 쉬고 있는 테아를 어쩔 줄 모르게 만들었다.

이후 눈길이 닿은 곳은 테아의 입술이었다. 크지도 작지도 않는 입술. 촉촉하면서도 뜨거운 그 입술이 하겐을 잡고 놓아주지 않았다.

순간 테아는 제 입을 손으로 막고 싶었다. 하겐의 눈빛에 녹아내릴까, 저도 모르게 떠올린 본능이었다. 그러나 테아의 두 손은 하겐의 손에 잡혀 있었다.

"지금 빚 갚을래?"

테아는 웃음기 섞인 하겐의 말에 눈을 치켜떴다.

"아주 조금만. 탕감해 줄게."

영문은 알 수 없으나 테아는 하겐이 웃고 있다는 것에 안도했다. 그래서 낯선 눈빛에도 불구하고 여린 미소로 하겐을 보았다.

"어떤 빚?"

테아가 입을 열자 하겐이 가까이 다가왔다. 그리고 귓가에 아주 작게 속삭였다.

"날 떨게 만든 빚."

눈빛에 열기가 더해지더니 그의 입술이 테아의 입술에 아주 살짝 닿았다가 떨어졌다. 하겐은 테아의 두 손에 깍지를 낀 채 비는 심정이었다. 절절했다.

"하겐?"

"입술을 가져간 죄, 달게 받을게."

아아. 순간, 테아는 제 마음에서 터지는 비명을 그대로 드러낼 뻔했다. 잘난 사내인 하겐이 빌고 있었다. 제 입술을 살짝 가져갔을 뿐인데 용서를 바란다.

이 얼마나 귀여운 사내인가. 테아는 생각도 못 한 상황에 막 터지려는 사랑을 담고 말았다. 그래서 먼저 움직였다.

테아는 하겐의 목에 제 두 팔을 감고 그대로 그의 입술에 제 입술을 가져가 꾹 눌러 버렸다.

"테아."

이윽고 테아의 입술이 떨어졌다. 너무나 귀여운 행동에 하겐은 애절한 심정으로 웃음이 터지고 말았다. 테아도 웃었다.

맑고도 청량한 웃음. 거기에 호탕한 하겐의 웃음까지.

어느새 터질 듯한 긴장은 순식간에 사라져 버리고 서로의 손을 꽉 잡은 채 응시하고 있었다.

똑똑. 문 두드리는 소리가 들렸다.

"저 들어갑니다, 아가씨!"

테아가 거주하는 공간의 거대한 양 문이 벌컥 열리며 뒤에 쟁반을 든 시녀를 이끌고 산팡이 들어섰다. 그녀는 둥근 거실을 잠시 훑어보다가 오른편에 위치한 테아의 방으로 걸어갔다.

그리고 다시 문을 두드렸다. 똑똑똑.

"저예요, 아가씨!"

방 안에서는 정적만이 감돌았다. 어디에도 테아의 흔적은 발견되지 않았다.

"아가씨께서 나가시는 것을 보았는가?"

산팡은 혹시나 하는 심정으로 뒤따라오는 시녀를 향해 물었다. 시녀는 눈만 댕그랗게 떴다.

"내 정신 좀 보게나. 네가 그것을 어찌 알겠누?"

산팡은 저 혼자 고개를 끄덕이며 다시 몸을 움직였다. 그리고 거실로 나와 왼편에 있는 방을 바라보았다. 쓰러진 하겐이 있는 곳. 산팡은 잠시 뭔가를 생각하는 듯하다가 시녀에게 일렀다.

"이제 가 보아도 좋을 듯하네. 쟁반은 놓고 가 봐요."

산팡의 지시에 시녀는 쟁반을 거실 탁자 위에 올렸다. 무릎을 구부리며 인사를 한 뒤 빠른 걸음으로 방을 벗어났다. 끝까지 시녀의 움직임에 신경 쓰던 산팡은 크게 헛기침을 했다.

"아가씨가 어딜 가셨을까? 아가씨? 산팡입니다, 아가씨!"

그리고 발소리도 크게 하겐이 있는 방의 문을 있는 힘껏 밀어
버렸다.

탄탄하게 묶여 있던 나무줄기가 버석하고 소리를 질렀다.

해머가 나무줄기를 내리치는 소리는 단단한 뼈가 갈리는 소
리처럼 소름이 돋았다. 쿵쿵거리는 소리가 절정에 달할 무렵 빽
빽하게 들어차 있던 푸른 숲의 나무들이 일제히 넘어갔다.

"잘라라! 남김없이 잘라 버려!"

"잘라라!"

퍼억! 끼이이익! 쿵!

거대한 바위 같은 나무줄기가 허무하게 잘려진다. 그리고 그
위에 펜리르의 둥지가 떨어지며 기이한 소리를 냈다.

"와아! 떨어진다!"

"다시 잘라 내라! 망설이지 말고 펜리르의 둥지를 잘라 내!"

포워르족의 힘찬 함성 속에 그들을 진두지휘하는 우두머리가
모범을 보이듯 떨어진 둥지를 향해 있는 힘껏 해머를 휘둘렀다.
둥지에서 잠자고 있던 펜리르의 새끼가 짓이겨졌다. 그것을 만
족스럽게 바라보던 우두머리는 핏물이 잔뜩 묻은 손으로 으깨진
펜리르를 움켜잡고는 보란 듯이 들어 올렸다.

"보아라! 펜리르의 연약한 새끼를!"

더없는 함성. 다시 잘려 나가는 나무줄기와 펜리르의 둥지들.

포워르족의 해머와 검에 쉴 새 없이 초토화되며 펜리르의 안
락했던 공간은 가차 없이 나가 떨어졌다.

"이제 불을 가져와라! 남김없이 불태워 버려라!"

파닥파닥. 횃불이 타는 소리가 천둥이 치는 구름처럼 웅웅거리며 천지 사방에 불이 붙었다.

"으하하! 이제야 비로소 카스카께 면목이 서는구나! 전부 죽여 버려라! 아주 씨를 말려 버려라!"

신이 난 우두머리는 목이 터져라 웃어 젖혔다. 그러나 포워르족의 움직임은 일순간 멈춰 버렸다. 불이 붙어 타고 있던 땅 위에 난데없이 거대한 그림자가 내려앉은 탓이었다. 우두머리 역시 순식간에 시야가 어두워지자 당황했다.

"아니! 이게 대체 뭐야!"

"구름입니다! 하늘에서……."

"아니, 그게 말이 되는가? 갑자기 구름이야! 으헉!"

"대장님! 대장님!"

우두머리의 몸을 흔들던 포워르 용사는 소리도 요란하게 앞으로 고꾸라지는 그의 몸에 화들짝 놀랐다. 한껏 진두지휘하던 우두머리의 등에는 두터운 화살이 박혀 있었다. 그 화살 촉에는 정백을 나타내는 문양이 하얗게 새겨져 있었다.

"정백이 나타났다! 컥!"

위험을 알리며 소리 지르던 포워르 역시도 언제 나타났는지 모를 날개 달린 짐승에게 단숨에 목이 물려 쓰러져 버렸다.

"크아악!"

아르마였다. 제일 먼저 둥지에 위험을 느낀 아르마가 하겐에게 알리지도 못한 채 번개보다 빠른 움직임으로 이곳에 당도한 것이다. 그리고 보탄의 명을 받은 정백들이 아르마와 함께 이곳에 도착했다.

"정백들이다. 총공격! 석궁 부대 앞으로!"

포워르가 소리 질렀다. 지축이 울리며 불에 탄 나무들이 쓰러진 틈으로 거대한 화살이 쉴 새 없이 쏟아지기 시작했다. 동시에 아르마가 거대한 날개를 퍼덕이며 그 위로 날아올랐다.

아르마의 눈빛이 흔들린다. 그것은 태풍의 시작이자 땅으로 떨어지는 암흑의 전초전이었다.

제6장

내 영혼을 묻어 두고 싶구나

쉬이익! 쉬익!

바람이 허공을 가른다. 확실한 형태를 보이고 있는 세찬 바람은 공기의 흐름이 아니었다. 그것은 일제히 날아오르는 수천의 활들이었다. 긴 포물선을 그리며 죽일 듯 날아오른 그것들은 포워르족이 심혈을 들여 가공한 석궁에서 쉴 새 없이 쏟아져 나왔다.

"으하하하! 제 아무리 날고 긴다는 정백들이라도 피할 성싶으냐!"

죽은 우두머리를 제치고 다시 선봉장에 선 포악한 인상의 포워르는 한껏 목청을 돋웠다.

"쏴라! 쉬지 말고 쏴 버려! 정백들 전부 관통시켜 버려라!"

포워르족이 석궁을 채 들어 올리기도 전에 불어오는 바람이 있었다. 그 바람은 아르마에 의해 시작된 것이었다.

"뭐, 뭐야! 어디서 돌풍이……."

"저, 저기를! 거대한 펜리르입니다!"

"뭐지? 오색으로 빛나는 펜리르라니?"

포워르들은 일제히 눈을 깜박였다. 아르마의 오색 무늬. 둥지 안의 펜리르가 아니라 은색으로 빛나는 신비한 펜리르에 포워르들은 당황했다. 더욱이 날개에서 불어오는 가공할 바람과 번개 같은 움직임은 가히 신(神)급이었다. 생각도 못 한 산만 한 펜리르의 출연에 포워르들은 우왕좌왕했다.

"혹, 저것이 카스카께서 말씀하신 요르문가드를 수호하는 그 것…… 아악!"

"피해라! 펜리르가 온다. 피해!"

그러나 언제 다가왔는지 재빠른 아르마의 움직임에 선두에 있던 포워르의 몸이 들어 올려졌다. 아르마의 주둥이에 머리가 먹힌 채. 그리고 도로 입 벌린 아르마에 의해 땅으로 곤두박질 쳤다.

털썩. 높은 곳에서 떨어져 땅으로 내동댕이쳐지는 모습은 몹시 끔찍했다. 그렇게 포워르 용사는 어린 펜리르의 새끼처럼 머리가 짓이겨져 최후를 마쳤다. 처참한 모습을 본 주변의 포워르 족은 당황하기 시작했다.

"어, 어서 석궁을 쏴라! 어서!"

갑작스레 날아와 바람을 일으키고 있는 펜리르, 아르마를 보고 기겁한 포워르들은 재빨리 석궁을 들었다. 그사이 세검을 들고 움직이는 정백들이 아르마와 함께 주변을 장악하기 시작했다.

서서히 판세가 바뀌어 가고 의기양양했던 포워르족은 주춤주춤 뒤로 밀렸다.

"에잇, 불을 붙여라! 어서어서!"

발악하듯 고함치는 소리. 곧이어 포워르족은 타닥거리며 활활 타오른 횃불을 사방으로 던지기 시작했다.

온 사방이 화마(火魔)의 기운에 뒤덮인다. 타닥타닥, 자연이 비명을 질렀다. 평화롭게 쉬고 있던 어린 펜리르들도 가녀린 비명조차 채 지르지 못하고 산화되어 갔다.

모든 것을 하늘에서 바라보는 아르마의 눈가에 물이 차올랐다.

"키이잉! 카아아!"

거대한 뇌성. 아르마의 처절한 울음이었다. 다시 아르마가 날아올랐다. 정백들이 그 뒤를 이어 바람처럼 움직이며 포워르족과 사투를 벌였다.

아르마의 바람이 날아오르고 있던 석궁의 화살에 구멍을 만들며 추풍낙엽처럼 땅으로 떨어뜨렸다.

"어린 펜리르를 보호하라!"

은색의 투구를 장착한 정백의 말에 모두는 움직였다. 이미 땅으로 떨어져 산화되고 불에 거슬려 까만 숯처럼 된 어린 새끼들의 흔적은 무참했다. 안타까이 고개를 젓는 정백들.

"전부…… 가망이 없습니다."

다시 바람이 몰아친다. 하늘을 가득 메우고 날고 있는 아르마는 목 놓아 긴 울음을 터트렸다.

"어서 석궁을 쏴!"

포워르족의 공격. 그들도 쉬지 않고 바람을 만들었다.

쉬익!

다시 바람이 만난다. 석궁이 일으키는 바람과 아르마가 일으키는 바람. 아르마의 거대한 날개가 일으키는 바람이 정백들을 향해 조준하고 있던 화살들을 떨어트렸다.

"이, 이제 준비된 화살이 바닥을 보입니다."

들고 있는 해머가 버거운 듯 온통 재를 뒤집어 쓴 포워르가 소리 질렀다. 다시 선두의 자리에 선 거인 같은 포워르는 입을 비틀었다.

"우린 포워르다. 여기서 죽어도 포워르다. 오랜 원수, 요르문가드의 수호자인 거대한 펜리르만이라도 숨통을 끊어 놓는다!"

강한 눈빛의 그가 소리치자 열세로 몰린 포워르족이 함성으로 대답을 대신했다. 그리고 일제히 남은 석궁을 들고 하늘을 날고 있는 아르마를 향해 겨냥했다.

아르마 역시 가만있지 않았다. 기둥처럼 단단한 꼬리로 지상의 포워르족을 넘어트리며 맹렬히 공격했다.

포워르는 불어오는 격한 돌풍을 맞이하여 제대로 눈도 뜨지 못했다.

"어서, 저 거대한 펜리르를 죽여 버려!"

석궁은 뛰어난 관통력으로 상대방에게 치명상을 입힐 수 있었기에 남은 포워르들이 사정없이 공격에 들어갔다.

"포워르들이 아르마를 공격합니다!"

"절대적으로 보호하라! 하겐님의 수호자이다!"

정백들 역시도 절대적이었다. 하겐의 수호자, 거대한 펜리르인 아르마를 지켜내야 한다.

일제히 날아오는 화살들이 아르마에게만 집요하게 쏘아졌다. 불타고 있는 땅, 타 버린 자연에서 나온 재들이 하늘을 뒤덮었다. 끊임없이 들리는 것은 석궁을 쏘아 대는 소리, 세검이 베어 내는 소리, 그리고 둔탁한 해머를 내려치는 소리들뿐이었다.

쉼 없이 공격하고 방어하고 사투를 벌이고. 지독한 포워르족의 끈기에 온 천지가 지쳐 갔다.

어느새 지는 태양이 사방을 어둑하게 만들어 간다.

퍼억! 마침내 석궁의 막강한 화살 하나가 바람을 일으키는 아르마의 날개 끝부분을 관통했다.

"성공이다! 펜리르가 떨어진다! 검으로 베어라! 다시 날지 못하게 베어 내라!"

비명, 포워르의 마지막 비명. 처절했다.

"아르마가 떨어진다. 목숨 걸고 보호하라 어서!"

정백들 역시도 떨어지는 아르마를 포착했다. 그들은 일제히 달려갔다. 누구보다 보호하고 지켜야 할 하겐의 아르마이기에.

쉬이잉!

바람 사이를 가르며 땅으로 떨어지는 아르마는 움직이지 않는 한쪽 날개를 힘겹게 퍼덕였다. 그리고 눈물진 망막에 꼬물거리며 자신을 향해 두 손을 내밀었던 테아를 그렸다. 땅으로 떨어지는 찰나, 테아가 있는 로바노 성 쪽으로 긴 울음을 터트렸다.

똑똑.

"저 들어갑니다. 아가씨!"

산팡의 외침과 더불어 거대한 양 문이 벌컥 열리는 소리가 방 안을 울렸다.

그 무렵, 하겐은 테아의 붉은 입술을 향한 더없는 욕심에 온 몸을 잔뜩 긴장시키고 있었다. 하겐은 마지막 남은 이성을 지키기 위해 무진장 애를 먹고 있었던 것이다.

입술이 닿았을 뿐인데도 어린 새처럼 입맛을 다시는 테아.

간간히 유혹하듯 눈을 치뜨며 저만을 바라보는 금빛의 테아.

안다, 알고 있다. 아직은 시기상조임을.

"하겐……."

그것을 알 리 없는 테아는 순진하게도 하겐을 불렀다. 너무나 간절히.

아직은 아니다. 조금만 더, 아주 조금만 더 기다리자. 하겐은 죽을 듯한 심정으로 참고 인내했다. 한껏 닿아 있던 제 몸을 테아에게서 떨어뜨렸다. 그리고 두 팔로만 지탱한 채 테아를 내려다보았다.

맙소사, 테아!

하겐은 숨이 막힌 듯 아무 말도 할 수가 없었다. 눈앞의 테아가 또 자라 있었다. 특별한 성장. 분명한 환상인가, 아니면…….

제 눈을 믿을 수 없어 하겐은 당장 보탄을 불러들여 인간의 성장에 대해 당장 말하라 윽박지르고 싶었다.

테아, 이게 대체 어떻게 된 일이지?

한껏 물오른 미모, 더 길어진 팔다리에 한층 깊어진 미소.

금세라도 하겐을 끌어당길 듯 속눈썹까지도 유혹적으로 하늘거렸다. 거기에 한껏 닿아 있던 테아의 입술은…….

아아, 말해 무엇할까!

그것은 붉디붉은 석류. 버긋하게 벌어진 석류의 그것처럼 또다시 하겐을 끌어당기고 있었다. 다시금 맛보고 싶다. 새콤하며 달달한 그것을 제 안에서 맘껏 흡입하고 싶다.

테아의 입술이 버석한 석류피(皮)라도 백 번이든 천 번이든 달게 먹을 수 있으리라.

테아! 정녕 넌 날 죽이고 싶은 게 틀림없다.

"테아."

그윽한 미성. 나직한 속삭임에 온몸의 힘이 풀린 테아는 제 입술을 살짝 무는 하겐을 향해 두 손을 내밀었다. 그리고 그의 목을 끌어안으며 어깨에 얼굴을 기댔다. 하겐의 몸은 무척이나 뜨거웠다. 마치 끓어오르는 용암처럼 곧 분출되기를 기다리는 활화산 같았다.

"하겐."

"절대……."

자못 진지한 어조. 열망하는 그의 음성에 테아도 함께 긴장했다.

"응, 절대로."

"나 이외의 누구에게도 입술을 허락지 마라."

"으응?"

"오직 나에게만 너의 모든 것을 허락해."

그것은 맹세였다. 서약이었다. 사납고 세찬 기세로 하겐은 다짐하듯 읊조렸다.

"테아, 대답해."

"중요……한 거야?"

"그 무엇보다 중요한 거야!"

"지금 꼭 대답해야 해?"

"테아, 말해. 오직 나에게만 모든 것을 허락한다고."

하겐은 테아를 힘껏 들어 올리고 자신을 마주 보게 만들었다.

"대답해!"

여태껏 이보다 강하게 나오는 하겐을 보지 못했다. 벌거벗은 상체에 울긋불긋한 멍을 달고 있으면서도 강하게 직시하는 하겐의 위압적인 모습.

존재감이 그득한 그가 테아에게 명령하듯 요구한다. 아마도 모르는 이였다면 당장이라도 이 자리를 모면하려 뒷걸음치며 도망갔을 상황.

그러나 하겐이기에 테아는 두 손을 내밀었다. 안아 줘, 하겐.

"응. 오직 하겐에게만."

테아는 말과는 달리 한껏 떨고 있는 하겐을 꼭 안았다. 강대한 하겐을 그보다 연약한 테아가 보듬는 꼴이었다. 이제 하겐이 테아의 어깨에 얼굴을 묻었다. 몹시 안도하고 있었다.

나 무서웠다, 테아. 네가 대답하지 않을까 봐, 할 수 없다고 고개를 저으며 날 밀어낼까 봐.

"테아."

사랑한다, 테아.

그 순간 머리가 아닌 심장이 뱉어 내는 진심에 하겐의 몸은 경직되었다.

사랑한다고? 이 내가 인간을? 요상한 성장을 하고 있는 약한 인간을!

하겐의 두 손에 힘이 들어간다. 원인 모를 감정을 깨닫자마자 소스라치게 놀란 하겐은 숨도 쉬지 못하게 테아를 꼭 끌어안았다. 분명 숨이 막혔을 텐데도 테아는 하겐을 마주 끌어안았다. 벌거벗은 그의 어깨를 위로하듯 입맞춤까지 해 주었다. 그 누구보다 사랑스런 테아는 그대로였다. 주체하지 못할 정도로 감정의 깊이는 더해 가고 인간이든 인간이 아니든 아무 문제가 아니었다.

테아, 사랑한다. 너의 존재를 몹시 아끼고 세상 무엇보다 네가 귀중하고 소중하다.

"테아, 널……해."

테아는 정신없었다. 강한 눈빛에 사로잡혀 그가 하는 말이 잘 들리지 않았다. 그러나 그가 숨 막힐 정도로 끌어안고 고통 서린 한숨을 내쉬자 두근거리는 심정으로 고개를 끄덕였다.

다시 하겐의 입술이 테아에게 맞닿았다. 무릎을 꿇은 채.

테아의 심장은 이 이상 커질 수 없게 쿵쾅거렸다. 다시는 하겐과 떨어지고 싶지 않다는 갈망. 이제 거부감은 없었다. 더없이 뛰는 하겐의 심장과 부드러운 애정까지.

당장 그의 전부를 가지고 싶다. 허락한다면 그의 가슴을 열고 붉은 심장을 꺼내 잘근잘근 씹고 싶다는, 난데없는 처참한 욕망까지 일어 테아를 깊숙이 젖게 만들었다.

'싫어, 하겐. 그건 안 돼!'

심장을 꺼내다니, 혈이 흐르고 있는 그것을 씹어 먹다니! 테아는 점점 숨 가빠 왔다.

둘의 혀가 교미하는 뱀처럼 엉켜 가며 다신 풀리지 않을 기세였다. 테아는 목말랐다. 뭔가가 더 있을 것만 같은 이 열기!

테아의 두 눈이 번쩍 뜨였다. 금빛의 망막이 팽창하고 그에 따라 불꽃이 파닥 소리를 지르며 피어올랐다가 소멸한다. 그리고 발끝에서부터 머리끝까지 뾰족한 열기가 지나가는 그 순간에 자신이 자란 것을 알았다.

이거였구나. 하겐이 나를 성장시키고 있던 거야.

하겐에 의해. 하겐에게 의하여.

이제 테아는 눈물이 나려 했다. 목을 더욱더 끌어안으며 두려움 속에서 그가 전해 주는 무한한 애정에 어찌할 바를 몰랐다.

이상해, 하겐. 내 몸이 자꾸 자라나. 내가 모르는 새 세상이 변한 것도 아닌데 내가 성장하고 있어. 심지어 그것이 느껴져. 하겐. 나 인간이 맞는 거지, 그렇지?

테아는 보이지 않는 눈물을 소리 없이 흘려보냈다. 솔직한 심정으로는 괴이한 성장에 대하여 하겐에게 토로하고 싶었다.

그러나 하겐의 상체를 한껏 부여잡아 닿은 미끌미끌한 약의 감촉이 테아를 현실로 돌아오게 만들었다.

그와 있고 싶다는 욕심. 말도 안 되는 욕심 때문에 그를 힘들게 하고 있어.

테아는 안쓰럽고 미안한 마음에 그를 꼭 안았다. 욕심을 더는 드러낼 수 없다는 것을 느꼈다.

나에게는 나의 운명이, 그리고 로바노의 운명이 기다리고 있다. 난 인간이야, 인간이 맞아. 분명히 그럴 것이야.

테아는 스스로에게 다짐하듯 계속하여 되뇌었다.

바로 그 순간, 생각도 못 한 음성이 테아를 혼란 속에서 구원했다. 산팡이었다.

"아가씨가 어딜 가셨을까? 아가씨? 산팡입니다, 아가씨!"

산팡은 발소리를 크게 내며 문을 활짝 열었다. 거침없이 안으로 들어서며 또다시 테아를 불렀다.

하겐은 산팡이 부르는 소리에 큭큭거렸다. 이곳이 어딘지 잠시 망각하고 있었다.

인간의 영역, 자신은 인간의 수호 기사. 그리고 짧게 허락된……

다시 한 번 하겐의 입맞춤이 이어졌다. 그리고 그 입술을 제 엄지손가락으로 부드럽게 훔치며 단단히 각인시켰다.

"후회하지 않는다, 난."

떨어지는 하겐의 눈빛은 더없이 깊고 깊었다.

"나도…… 후회하지 않아, 하겐."

말과는 달리 테아의 눈빛은 깊어지고 있었다. 후회, 하겐과는 극명하게 다른 그 후회. 테아는 미소 지었다. 그리고 하겐이 말하는 후회와 테아가 말하는 후회가 다른 의미라는 것을 끝내 알리지 않았다. 다만 한층 성숙해진 모습으로 하겐을 응시했다. 테아는 옆으로 비켜난 하겐의 뺨에 손을 올리고 입을 맞추었다.

"아가씨!"

"나 여기 있어요, 산팡."

하겐과 테아. 둘은 산팡이 눈앞에 나타날 때까지 나란히 서서 손을 맞잡았다. 그리고 산팡이 고개를 절레절레 저으며 들어오는 것과 동시에 아쉬움 그득한 손을 제자리로 가져갔다.

"이런, 이런! 내가 뭐라 했습니까! 아가씨께서 직접 하실 것이 아니잖아요! 이것 봐요, 엉망진창인 침대며 이게 대체……."

구시렁거리며 주변을 정돈하던 산팡은 다른 의미로 눈을 크게 뜨고 말았다.

"아가씨!"

또다시 성장한 테아. 산팡은 제 눈을 비볐다. 이럴 수가 없다. 이렇게 될 수가…….

당황한 산팡이 시선을 테아에게서 하겐 쪽으로 돌렸다. 하겐 역시 모른 척 딴청을 피웠다.

"그, 그게 다음 일정이……."

"알아요, 갈게요."

담담한 테아. 그리고 자연스럽게 옷을 걸치는 하겐까지. 산팡은 격랑이 휩쓸고 지나간 듯한 이 순간을 헤아리기 위해 정신이 없었다. 당황스러움을 감추려 요란하게 정리하다 방 안의 둥근 창을 여는 순간 기다렸다는 듯이 돌풍이 몰려들었다.

"에구머니! 무슨 바람이 이렇게 요란하대?"

손을 휘저으며 바람을 향해 중얼거린 산팡은 동시에 경직된 테아와 하겐을 보지 못했다.

"아르마!"

둘은 동시에 아르마를 불렀다. 또한 시선을 마주하며 말로 전달할 수 없는 뭔가를 주고받았다. 먼저 움직인 이는 하겐이었다. 그의 행동은 무겁고 진중했다.

"테아, 기다려."

단호한 한마디. 하겐은 테아가 손을 내밀기도 전에 모든 것을 챙긴 다음 바람보다 더 빨리 시야에서 사라졌다.

"아니, 대체 아가씨도 그렇지만…… 어라? 수호 기사는 어디 갔나요?"

금세 사라진 하겐을 두리번거리며 찾는 산팡이었다.

"잠시…… 다시 올 거예요."

나지막한 테아의 음성은 무척이나 슬프게 들렸다. 그러나 산 팡은 신경 쓸 여유가 없었다. 또다시 성장한 테아 때문에 도무지 정신을 차릴 수 없어 하겐이 눈앞에서 바람처럼 사라진 것에 대해서도 이상한 점을 눈치챌 수 없었다.

달라진 테아가 다시 옷을 차려입고 볼리 공과 대면했을 때 숨 가쁜 소식이 그녀를 기함하게 만들었다.

펜리르의 영역으로 들어가는 하겐의 눈초리는 무시무시했다. 감히 범접하지 못할 모습. 장대한 그에게는 누구도 상상하지 못할 분노가 녹아 있었다.

"감히, 아르마를! 이참에 포워르 놈들의 씨를 말려 주마!"

바람을 통해 들려온 아르마의 비통 어린 울음. 단 한 번도 들어 본 적 없는, 심장을 후벼 파는 아르마의 탁하고 거친 울음소리.

"절대 용서치 않겠다."

하겐은 등에 날개라도 달린 듯 바람보다 더 빨리 달려 나갔다. 더없이 사랑스러웠던 테아를 잠시 뒤로하고 스스로를 자책했다. 자신의 불찰이었다. 포워르족을 우습게 생각한 저의 잘못.

보탄의 경고에 코웃음 치며 방관한 것이 이렇게 크게 돌아올 줄이야.

아르마, 부디!

펜리르의 둥지들이 안락하게 모여 있던 곳까지 당도했을 때 그의 표정은 뭐라 표현할 수 없었다. 분노의 열기로 누구도 그에게 가까이 다가갈 수가 없을 정도였다.

"죽일 것들."

푸르름이 온 천지에 닿아 지상의 낙원 같던 이곳은 이제 없었다. 어린 새끼들이 어미의 꽁무니를 따라다니며 새벽이슬을 먹었던 싱그러운 나무 잎사귀들도 온데간데없었다.

다만 까만 숯덩이가 된 초목과 불에 탄 짐승들. 아직도 타닥거리며 타고 있는 수천 년 묵은 나무들이 피눈물을 흘리는 듯했다.

생각도 않았던 하겐의 등장에 고개를 숙인 피 묻은 정백들. 그들 또한 최선을 다해 포워르족을 물리치고 있었다. 그러나 그들 역시도 죽음을 피할 수는 없었으니 피 흘린 정백들의 시신도 간간히 눈에 들어왔다.

"아악!"

비명이 울렸다. 하겐이 지르는 외마디 소리가 땅을 울리고 부리나케 도망가던 남은 포워르족을 움찔하게 만들었다.

"헉! 누, 누가……."

"어서 달아나라! 목표는 해치웠다. 그러니 어서!"

미지의 괴물 같은 비명 소리에 남은 포워르족은 제 다리가 꼬이는지도 모르고 미친 듯 달렸다. 그러나 그들은 멀리 가지 못했다. 피식거리며 미소 짓는 하겐이 어느새 그들 앞을 막아선 것이다.

"다 놀았나?"

"누, 누구냐!"

"나? 나의 땅에서 내가 누군지 묻다니, 그런 너희는 누구지?"

전혀 위축됨 없이 깐죽거리듯 웃고 있는 하겐을 보고 수적 우세인 포워르족은 저들끼리 시선을 나누었다.

"알 거 없다! 죽고 싶지 않으면 저리 비켜!"

손에 든 무기들을 들이밀고 하겐을 겁박하는 포워르들. 그러나 어떤 무기도 들고 있지 않음에도 하겐은 전혀 미동도 없었다. 그것이 기가 막혀 포워르의 용사들은 살벌하게 하겐을 노려보았다. 그를 얼른 해치울 심산으로 무기들을 바로 세우고 다가갔다.

하겐의 행동을 유심히 바라보는 포워르족 중 제법 영리해 보이는 자가 고개를 갸웃했다. 이상한 점이 몇 가지 있었기에.

전쟁 같은 지금의 상황에서 갑자기 나타난 점. 사내가 앞에 나섰을 때 그 대단한 정백들이 일제히 고개를 숙인 점.

"저, 저기……."

"조용히 해! 무기나 들어. 저놈을 단숨에 해치울 테니."

뭔가를 알리려던 포워르 이클(Eakle)은 두려운 듯 하겐을 응시했다. 시선이 마주친 하겐이 자신을 알아본 것이 분명한 용사에게 칭찬의 의미로 싱긋 웃어 주었다. 그 미소는 이클을 더욱더 얼어붙게 만들었다.

길게 늘인 입술이 섬뜩하리만큼 공포심을 만든다. 또한 웃고 있는 입과는 달리 잿빛의 눈은 점점 차갑게 식어 가고 있다. 거기에 마치 은색처럼 보이는 사내의 긴 머리칼. 정백들처럼 은의 보호구조차 없는 강대한 몸.

존재감, 위압감. 그리고 무기를 든 포워르들 앞에서 그는 어떠한 두려움도 없다. 그가 고대하는 것은 죽음과 살육. 그것만이 망막에 새겨진 듯 잿빛 눈동자에는 살기가 그득했다.

"요, 요르문가드!"

절로 나온 이름. 포워르의 용사 이클은 제 눈을 믿을 수 없었다. 강하디강한 요르문가드. 말로만 듣던 대단한 실체를 드디어 보게 되다니.

이클은 다시금 저들이 초토화시킨 주변을 돌아보았다. 그리고 그가 이곳에 직접 모습을 보인 이유를 분명히 알 수 있었다.

"그의 수호자인 펜리르!"

저편 어딘가에 떨어진 그의 수호자는 이미 죽음에 이르렀을 텐데…… 당장 도망가야 해.

포워르의 긍지 따위 바닥으로 던진 이클은 하겐의 실체를 알자마자 뒷걸음쳤다. 하겐의 눈가가 실룩거렸다.

"저놈 잡아."

하겐은 뒤에 도열해 있는 남은 정백들에게 지시했다. 어느새 도망치는 포워르는 아랑곳없이 남은 자들은 거만하게 웃음 짓는 하겐에게 덤빌 태세를 갖추었다.

"가소로운 것들."

하겐의 단 한마디. 조용한 그 말이 남은 포워르의 종말을 알렸다. 포워르족도 보고만 있지 않았다.

"죽어라!"

포워르 역시 일제히 하겐에게 공격을 시작했다. 그들은 포워르의 자부심을 한껏 가지고 있는 자들이었다. 함성과 함께 시작된 격돌.

무기 하나 들고 있지 않은 하겐과 수십의 포워르들. 그러나이미 승부는 나고 있었다.

"죽긴 누가."

하겐이 몸을 숙인다. 달려드는 포워르의 등에 매달린 해머를 부드럽게 뽑아 들었다. 그리고 잽싼 몸놀림으로 포워르 몇을 해머로 날려 버렸다.

퍼억, 퍼퍽!

해머에서 나는 둔탁한 소리가 섬뜩했다. 놀란 포워르들이 다시금 하겐을 공격했으나 이번에도 마찬가지. 하겐은 달려오는 포워르의 손목을 가뿐하게 내려쳤다. 그리고 그가 정백들이 들고 있던 무시무시한 반월검을 뽑아 바람처럼 달려드는 포워르들을 거침없이 베었다.

사사삭. 스윽.

포워르의 몸이 반절이 된다. 목이 잘리고 다리가 잘리고, 개중에는 어깨부터 허리까지 사선으로 잘려 나간 제 몸을 휘둥그레진 눈으로 바라보는 자도 있었다. 곧 그 두 눈조차도 하겐이한 손으로 휘두르는 반월검에 의해 무참히 잘렸다.

순식간에 일어난 일이었다. 수십의 포워르 용사들이 절반에서 다시 절반으로 줄었다. 이제 남은 포워르는 도망간 자와 하겐 앞에서 벌벌 떨며 바짓가랑이를 적신 자 하나.

하겐은 검날에서 흘러내리는 붉은 피를 바라보았다. 언제 보아도 황홀하리만큼 요염한 피의 색. 마치 테아의 입술처럼.

하겐은 잠시 호흡을 골랐다. 고작 포워르의 더러운 피와 테아를 비교하다니.

"사, 살려 줘."

"살려?"

"제발, 그저 시키는 대로 했을 뿐. 우, 우리는……."

"우리? 시키는 대로 했다? 그래서 걸음도 못 걷는 어린 펜리르들을 무참하게 도륙했는가?"

"그, 그게……."

하겐의 부드러운 음성에 어쩔 줄 모르던 포워르는 연기나 나고 있는 사방을 힐끗거렸다. 자연은 소생할 수 없게 불타고 재가 되어 있었다.

"우, 우리 카스카께서……."

되도 않는 변명이라도 하려 안간힘을 쓰던 포워르는 다신 숨을 쉴 수 없었다.

"죽어라."

다시 하겐이 움직였다. 무릎을 꿇고 있던 포워르 머리 위로 날아오른 그는 공중에서부터 검을 휘둘렀다. 그리고 정확히 포워르의 몸을 두 동강 내 버렸다.

쩌억! 정수리부터 갈라지는 포워르의 몸은 반으로 나뉘며 바닥으로 쓰러졌다.

시신을 뒤로 한 채 하겐은 손에 든 반월검을 힘차게 던져 버렸다. 이깟 무기 따위 없어도 단번에 죽일 수 있었다. 그러나 너무나 쉽게 고통 따위 없이 그들을 소멸시킬 수는 없는 법.

불에 탄 펜리르들과 추락한 아르마의 고통에 비해 쉽게 제압한 것이 더 없이 아쉬웠다. 그리고 어느 틈에 하겐의 앞에는 정백이 서 있었다.

"포워르 하나는 포로로 데려가겠습니다. 그리고 찾았습니다."

"무사한가?"

하겐은 가라앉아 있었다. 아르마와의 공명이 약해지고 있었다. 다만 가는 호흡으로 뭔가를 호소하고 있다는 것이 하겐을 혼란스럽게 했다.

"날개가…… 조금."

정백이 보고를 하자마자 하겐은 다시 바람처럼 움직였다. 그리고 쓰러진 아르마에게 단숨에 달려갔다.

집무실에 앉은 테아를 볼리 공은 가만히 응시하며 눈도 깜박이지 못했다. 다만 공손히 모아진 두 손에 힘을 주어 애써 아무렇지도 않은 척하기 위해 최선을 다하고 있었다.

"앉으세요, 볼리 공."

테아가 조용히 입을 열었다. 석상처럼 꼼짝도 않고 있는 볼리 공의 심정을 이해할 수 있었다. 2, 3일 만에 또 성장했다.

세월이 무색한 테아. 이제는 월등한 아름다움을 가진 성숙한 아가씨라 해도 손색이 없을 것 같았다.

"특별한 성장."

씁쓸한 미소를 담은 채 테아는 간신히 자리에 앉는 볼리 공을 바라보았다. 그리고 그의 입에서 어떤 말이 나올지 기다렸다.

"테오도어 아가씨."

"테아."

"네, 테아님."

"묻고 싶은 게 있습니다."

"아, 이렇게 모신 것은 알려 드릴 것이 있어서입니다."

"먼저 묻고 싶습니다."

테아의 강경한 태도가 두려웠으나 볼리 공은 애써 평정을 가장했다. 급격한 성장을 하는 본인이 주변인들보다 더 두려우리라.

"말씀하시지요."

"부친은 누구인지 알고 있으니 됐습니다. 저의 모친은 누구입니까?"

"그것은……."

볼리 공은 생각도 못 한 테아의 질문에 말문이 막혔다. 어디서부터 풀어 나가야 하는가. 그 밤부터? 아니면.

"저의 외향도 그렇지만 이 특별한 성장…… 인간이라면 이럴 수 없습니다. 볼리 공, 돌아가신 부친 말고 모친 쪽의 영향이겠지요. 모친의 정체, 알고 싶습니다."

볼리 공은 더 이상 깊어질 수 없는 금빛 눈동자 앞에서 말문이 막혀 버렸다.

회오리 모양의 역류. 투명한 성 꼭대기에는 그의 마음을 대변하듯 회색의 구름들이 모여 거친 모양을 만들어 냈다.

성 안의 벽을 이루고 있는, 은사시나무와 백색의 백단들도 마찬가지로 낮은 바람에 흔들리듯 어지러웠다.

성의 한편 임시로 마련한 거대한 둥지 안에는 아르마가 한쪽 날개를 잃은 채 잠이 들어 있었다. 날개뿐 아니라 몸 곳곳에는 화살들이 스치고 지나간 흔적이 살갗을 벌겋게 드러내었다.

"치유가 어떻게 진행될지는 장담할 수 없습니다. 다만 깨어나기만을 바랄 뿐입니다."

상처 입은 아르마를 치료하며 진땀을 흘린 의술 담당 정백은 차분하게 상태를 알렸다. 자리에 함께 있는 보탄 역시도 묵묵히 하겐을 보았다. 그는 보름보다 이르게 돌아온 하겐에게 아무것도 묻지 않았다.

"알고 있다."

한참 있다 하겐은 그 한마디만 꺼냈다. 더는 아무 말도 하지 않고 잠든 아르마에게 다가갔다. 둥지 안으로 성큼 들어가 제 큰 몸을 구부린 채 아르마의 옆에 자리 잡았다.

놀란 정백이 말을 하려다 보탄이 보내는 무언의 지시에 뒤로 물러났다.

"하겐, 날이 찹니다."

"아르마도 추워."

"덮을 것을 가져오겠습니다."

보탄이 둥지 안에 있는 하겐을 염려했다. 차분히 대답한 하겐은 다른 생각을 하고 있었다.

"하겐이 추울까 봐."

하겐은 테아의 청아한 모습을 눈에 그렸다. 새벽 무렵 사랑스러웠던 테아…… 보고 싶다, 무척.

아직도 테아와 함께였다면 굉장히 황당하면서도 즐겁고 행복한 일들이 많았겠지.

하겐은 아르마의 상처 입은 등을 조심히 쓰다듬었다.

상처 하나 없이 빛나던 아르마, 나의 수호신이여. 날 지키기 위해 날개 하나를 잃었구나. 그러니 날 이해해 줘, 테아. 잠시만 날 기다려!

하겐은 진중한 눈빛으로 멀리 있을 테아에게 호소했다. 그리고 보탄에게 천천히 자신의 의사를 알렸다.

"아르마가 나을 때까지 함께 있을 것이다."

"알겠습니다."

더는 하겐의 고집을 말리지 못하리라는 것을 깨달은 보탄이 물러나려 등을 돌렸다. 걸어 나가는 순간 하겐의 말이 그를 붙잡았다.

"가이저 브레스로 가는 길을 찾았나?"

"아직입니다. 입구가 여러 갈래인 것으로 보아 함정도 있으리라 예상합니다."

"그렇겠지. 숨 쉴 때마다 뿜어져 나오는 독기를 피할 수만 있다면 여러 갈래라도 좋은데."

"위험합니다. 무엇을 생각하시는지 충분히 압니다. 그러나……."

"어느 때든 준비시켜 놓기 바란다, 보탄."

"서, 설마…… 후사르를?"

단호한 하겐. 굉장한 기백이 넘실거리어 보탄은 올 것이 왔구나 하고 숨을 죽였다.

후사르, 정백을 뛰어넘는 최강의 전력. 기병 부대이자 등 뒤에 막강한 금속 날개를 달고 무지막지한 돌격을 감행하는 그들을 준비하라는 것. 그것은 포워르족과 무력 충돌을 시작하겠다는 의미였다. 전면전이었다.

"보탄."

"네, 하겐."

"달 조각에 대해서 들은 것이 있는가?"

"네?"

"특별한 성장에 대해서는?"

"특별한? 혹여 순식간에 아이에서 어른이 되는 것을 말함인지요?"

"알고 있나?"

"하겐, 그것은 인간이 아닙니다. 나약한 인간은 그런 성장을 할 수 없습니다, 절대로."

"……그럼, 아르마가 인간을 물고 온 것이 아니란 말이지."

"하겐?"

보탄은 스스럼없이 말하다 전혀 어울리지 않게 읊조리는 모습에 당황했다. 하겐은 점점 작아지는 심정으로 아르마의 얼굴을 얼싸안았다.

둥지 안의 하겐이 너무나 아슬아슬해 보여 보탄은 물러날 수가 없었다. 그때 무심히 들리는 하겐의 질문.

"보탄, 인간을 어찌 생각하는가?"

평소의 치기 어린 하겐이 아니었다. 오만하며 제멋대로 구는 하겐도 아니었다. 더욱이 아르마의 처참한 상황 때문만도 아니었다. 그보다 더한 무언가가 그를 무참하게 만들고 있는 것이 분명했다.

오랜 기간 하겐을 보아 온 보탄의 감이었다. 이 상황에서 뜬금없이 인간을 언급하다니. 보탄은 깊게 심호흡했다.

"늘 말씀드렸듯이 인간이란, 욕심에 탐욕이 그득하며 그 무엇보다 이기적인 생물입니다. 또한 인간들은 하찮은 미물일 뿐 더도 덜도 아닙니다."

"그렇지, 인간이란…… 작고 변변치 않지."

막강한 하겐이 점점 움츠러든다. 생각도 못 한 모습에 더는 두고 볼 수 없던 보탄은 지금의 상황을 타결하려 방법을 모색했다.

"확인할 것이 있어 외유하신 것은 잘 해결하셨습니까? 혹여 아르마가 물고 온 어린 인간과 관련된 것인지요?"

보탄이 정색하며 물었다. 외유는 하겐의 개인적인 일이었다. 하물며 지금, 함부로 묻고 있다. 그의 강한 질타까지도 받아들일 준비가 되었다는 의미였다. 그러나 적막만 흐를 뿐 아무런 답이 돌아오지 않았다.

"이제 저도 알아야 합니다."

역시나 고요했다. 아르마의 가는 숨소리만이 하겐의 침묵을 돕고 있었다. 한쪽 날개를 잃은 펜리르. 무엇보다 단단한 아르마의 날개가 꺾여 졌으니 더 말해 무엇할까.

'이를 어찌할 것인지.'

보탄이 소리 없이 숨을 삼켰다. 저들의 석궁 부대가 결정적인 역할을 한 것이 분명했다. 어린 펜리르들의 안락한 둥지는 남김없이 불태워졌다. 그 주변 또한 마찬가지, 다시 온전히 복구되기까지는 긴 시일이 필요할 터. 세월은 길고도 한참일 것이다.

거기에 펜리르의 마지막 존재가 된 아르마. 그마저도 언제 눈을 뜰지 알 수 없는 상황이었다.

치밀하게 이루어진 펜리르들의 둥지 습격.

포워르족이 침범하는 것에는 충분히 방비하고 있다 여겼다. 다만 치밀하고 더욱 견고히 조직적으로 기습하여 빠르게 대응하지 못했다.

처음이었다. 이처럼 영리하게 포워르족이 들이닥친 것은. 어수선하고 소란스러웠던 포워르족은 온데간데없었다.

게다가 정백들의 장궁(longbow)에 대응하기 위해 강력한 석궁을 만들다니. 하마터면 수많은 정백들이 괴멸(壞滅)될 뻔했다.

그것은 비약이 아니었다. 수적으로 우세한 것밖에 내세울 것이 없던 포워르. 만일 앞으로 더욱 영리하게 움직이며 살육을 감행한다면…….

하겐은 최강 부대인 후사르의 동원령을 내렸다. 그렇다면 남은 것은 어느 한쪽이 완전히 파멸될 때까지의 지독한 학살, 전쟁뿐이다.

서로간의 조직이나 체계 따위가 모조리 파괴되는 또 한 번의 멸망이 초래되는 것이다.

"말씀하신 달 조각, 그것은 금강석보다 열 배나 단단한 광석으로 티탄이라는 물질이라 합니다."

보탄의 설명이 이어지자 하겐이 서서히 몸을 일으켰다. 한 손은 여전히 눈을 감고 있는 아르마의 날갯죽지를 쓰다듬고 있었다.

　"그것에 인간과 포워르가 동시에 연결되어 있다면?"

　"네에? 그럴 리가요? 그것은 깊숙이 매장된 귀한 지하자원이며 포워르가 목숨 바쳐 지키고 있습니다. 그것을 뭐하러 인간들에게 나누어 준단 말입니까?"

　"……그렇지. 나눠 준다니 그것은 말도 되지 않지."

　하겐은 짓씹듯이 천천히 잇새로 말을 뱉었다. 인간의 영역에서 들었던 '그분'. 그것은 테아를 가리키는 호칭이 분명했다. 그것을 두 귀로 분명히 들었기에 하겐은 피식 웃었다.

　"만약에 말이야. 그 지독한 놈들 중 누군가가 인간과…… 아니, 일단 혼혈이 가능하던가?"

　"자, 잠깐만. 지금 인간과 포워르가 혈통이 섞일 수 있냐는 말씀입니까?"

　기겁을 하는 보탄. 그리고 표정 없이 누군가를 단숨에 처단할 것만 같은 무시무시한 하겐의 눈초리.

　보탄은 간신히 숨을 삼켰다. 특별한 성장을 하는 인간이라 했었다. 그렇다면…….

　"정확하게 말씀드릴 수는 없지만 기록에 의하면 별의 계시를 받는다거나 태양의 움직임과 수호성의 비호가 있다면 종족간의 결합이 가능하다고 들었습니다. 그러나 그러한 조건에 맞은 인간을 찾는 건 기적과 다름없습니다. 찾으려야 찾을 수가 없을 것이고, 게다가 종족 불변인 포워르가 하필이면 가장 약한 인간과 뭐하러 그런 불가결한 행위를 하겠습니까."

"그렇지. 그러나 그 더러운 종족이 수호성의 비호를 이용해 혼혈을 만들었다면!"

하겐 역시도 강력한 수호자와 수호성의 비호를 받는다. 힘의 역량 차이가 수호성의 위치에 따라 변화되는 것을 누구보다 잘 알고 있는 보탄은 그대로 굳었다.

이게 어찌된 영문인지, 굉장한 것을 확인한 느낌에 보탄은 입이 열리지 않았다.

인간과 포워르와의 혼혈이라니. 말도 안 되는 조합에 누구보다 영리한 보탄이었음에도 생각이 정리되지 않는다.

그럼 누가 그 혼혈이라는 말인가. 아르마가 물어 온 어린 인간? 그렇다면 대체 왜 아르마가 이곳으로 데려온 것인가. 왜 하필이면 하겐을 만나게 했나! 또한 저들의 막강해진 석궁 부대. 그 석궁에 달 조각을 사용했다면?

보탄은 수백 년 전보다 더욱더 강하고 은밀해진 포워르족과의 마지막 전쟁이 가까워졌음을 예감했다. 그것은 바로 하겐과 카스카와의 대면도 머지않았다는 의미이기도 했다.

하겐을 지독히 증오하는 카스카, 살아 움직이는 문신을 온몸에 새겨 놓고 있는 태초의 거인 위미르(Ymir)의 후예.

"두고 보아라! 요르문가드! 내 영혼을 걸고 네놈의 빛(光)을 내세워 우리를 처박아 버린 네놈을 반드시 찢어 줄 테니! 기다려라! 우리는 위대한 포워르족이다!"

아직도 그때의 피 끓은 절규가 잊히지 않았다. 카스카, 절망의 땅속으로 떨어졌어도 그의 외침은 아직도 생생했다.

검붉은 피가 난무한다. 찢어진 시신들이 넘쳐나고 하늘마저 핏물에 젖어 서너 달 동안 돌아오지 못했다. 그리고 가장 큰 피해를 입은 어둠의 포워르. 그 한가운데 빛나는 검을 들고 끊임없이 난도질하던 하겐.

보탄은 잠시 과거의 참혹하고도 차마 입에 담을 수 없는 그때를 떠올리다 머릿속에서 밀어냈다.

절반 넘게 살육된 포워르족의 시신이 산을 이루고, 땅 밑으로 일족들을 묻어 버린 하겐. 보탄의 한숨이 다시 깊어졌다

"하겐, 종지부를 찍으셔야 합니다."

"……알아."

이윽고 먼 곳을 응시하는 하겐은 폭풍 한가운데 있는 것처럼 한없이 고요했다. 그는 보탄이 말한 의미를 되새기는 중이었다.

종지부. 무엇에 대한 것인지. 포워르족의 지독한 증오인가, 자신들의 잘못은 생각도 않고 마냥 저주하며 개탄하는 그들. 아니면 테아…….

한없이 기다릴 것만 같은 테아. 작고 작았던 인간. 지금은 세상 무엇보다 매혹적이고 자신의 모든 것을 송두리째 가져간 인간.

'아니, 테아. 넌 인간이 아니다.'

그렇다면 무엇인가!

한참을 침묵 속에 잠겨 있던 하겐은 생각을 단호히 정리했다. 이미 테아가 있는 성 주변에 만연한 포워르족을 눈으로 보았다.

만일 하겐의 짐작이 맞다면 그들은 테아를 자신들의 영역으로 데려갈 것이다. 그때를 노려야 한다. 하겐이 내린 결론이었다.

"보탄! 나와 함께 움직일 정예군을 만들어 줘. 날랜 정백들로."

"……알겠습니다."

"내일 다시 갈 것이다. 보탄."

"그러면……."

"혼혈 인간과 포워르가 움직일 때 그들이 가는 길을 좇는다."

보탄은 머릿속에 떠오른 의문과 질문을 묻지 못했다. 너무나 단호한 하겐의 모습 때문에.

"준비하겠습니다."

그저 고개를 숙이며 그곳을 벗어났다. 이윽고 혼자가 된 하겐은 잠든 아르마에게 차분히 속삭였다.

"아르마, 넌 죽지 않는다. 내가 알아. 그러나 다시 눈을 뜨면 알려다오. 왜 테아를 나에게 데려왔는지, 그리고 왜 저들의 공격을 피하지 않았는지."

그리고 왜 나뿐 아니라 테아와도 공명하는지…….

하겐은 아르마에게 얼굴을 비볐다. 지금 이 순간에도 하겐은 테아를 생각하고 있었다. 아르마가 아닌 테아를. 반짝이는 금빛 눈동자, 작게 열린 붉은 입술, 색색거리는 얕은 호흡 속에서도 자신의 품으로 파고들며 떨어지기를 거부하던 테아를.

사랑스런 모든 모습을 그리며 다시 온전히 제 것으로 삼고 싶은 극심함에 치를 떨었다.

'테아.'

그렇게 보이지 않는 그리움과 정체를 알 수 없는 증오 속에서 하겐은 끊임없이 테아를 부르고 또 불렀다.

볼리 공은 생각도 못 한 테아의 질문에 어지러웠다. 모친을 알려 달라 했다. 부친이 아니라 모친. 어디서부터 잘못된 부분을 풀어 나가야 하는가. 그러나 급박한 당황 속에서도 천연덕스럽게 굴며 볼리 공은 일단 이 난감함을 지나가려 했다.

"돌아가신 로바노 3세께서 절대 함구하라 하셨습니다."

볼리 공의 대답에 저절로 미소가 지어졌다. 그 미소는 서글펐다. 테아는 잠시 입술을 깨물며 스스로를 다독였다. 볼리 공의 입장을 모르는 바 아니다. 다만 그 역시도 자신의 급격한 성장에 놀라움을 금치 않으면서도 이처럼 시치미를 떼는 이유가 무엇인지 무척 궁금했다.

"마지막 유언으로 말이지요. 그렇다면 그것에 해답이 있겠군요, 볼리 공."

"해답이라니요?"

"제가 인간이 아니라는 것."

"그, 그럴 리가요……."

"영지 안에서 떠도는 소문들, 충분히 알고 있으리라 생각됩니다. 거기에 평범치 않은 저의 외향과 성장. 자, 볼리 공! 말씀해 보시지요. 제가 몇 살로 보입니까?"

강인한 눈빛, 테아는 입을 열지 못하는 볼리 공을 바라보았다. 로바노 성으로 돌아온 지 불과 몇 달, 분명히 자란 테아. 이제는 충분히 '레이디'로 불러도 손색이 없을 정도의 파격적인 성장이었다.

볼리 공은 제 손을 꼭 쥐었다. 지금 이 상황을 넘어가야 한다는 사명감으로 단단히 무장했다.

"특별한 성장을 거치신 테아님. 전혀 문제가 될 것이 없습니다."

"인정을 하시네요? 인간이 아니라는 것을요!"

"세상에는 인간만이 존재하지 않습니다."

"알아요. 인간이 우월하지도 않지요."

"그렇습니다. 그렇기에 더욱더 로바노 영지를 강하게 이끌어 가시는 길만이 돌아가신 영주님의 마지막 유언을 견고히 하는 것입니다."

"어떻게요? 인간도 아닌…… 괴물이라 불리는 제가 어찌 이끌어 가나요?"

"테아님!"

"속이지 마세요, 볼리 공! 이제 진실을 알아야겠습니다!"

소리친 테아에 맞선 볼리 공은 눈앞이 캄캄해지는 것 같았다. 하필이면 지금, 왜 지금인가!

"테아님, 그것보다 더 중대한 일이 생겼기에……."

더는 긴장감을 참지 못한 볼리 공은 자리에 주저앉다시피 했다. 어지러운 머리를 짚으며 숨을 내쉬었다.

"중앙에서 파문이 있었습니다."

볼리 공의 말에는 힘이 없었다. 너무 다그친 것이 아닌가 하는 테아의 염려가 잠시의 고요를 만들었다.

마침내 어느 정도 안정이 된 볼리 공은 다시 한 번 어깨에 힘을 주었다.

"중앙의 로리나께서……."

"언니께서?"

"유산이 된 후 다시는 아이를 갖지 못하게 되시어……."

"혹 신변에 무슨 일이 생긴 것인가요?"

좀 전의 당당한 태도와 존재감으로 자신을 옴짝달싹 못하게 했던 테아는 어디 가고 금세 제 혈육을 염려하는 아가씨로 돌아와 있었다. 볼리 공은 다시없는 연민의 시선을 보낼 수밖에 없었다.

"정신적으로나 육체적으로 요양을 필요로 한다는 전갈이 있었습니다."

"이를 어째!"

"하여 극심한 우울증에 어쩌지 못한 로리나께서 이곳으로 오신다고 합니다."

볼리 공은 차마 그다음을 이어 가지 못했다. 떨고 있는 것처럼 보이는 테아의 모습에 말을 삼켜야 했다.

"큰일을 겪으셨군요. 그렇지요. 충분히 오실 수 있는 문제, 하나 달라진 저의 모습을 본다면……."

테아 역시 그다음 말을 할 수가 없었다. 아직도 오자마자 겪은 로리나와의 첫 만남을 잊지 못했다. 테아를 염려하듯 볼리 공은 희미한 미소로써 테아를 위로하며 말을 이어 갔다.

"하여 로리나께서 성대한 무도회를 개최하시길 희망하셨습니다."

테아의 눈이 커졌다. 무도회라니, 요양을 필요로 할 정도로 쇠약해진 그녀가…….

"잘, 이해가 되지 않습니다. 무도회라니요?"

"우리 로바노 영지에서는 첫 여름을 맞이하는 축제가 벌어집니다."

"알고 있어요, 볼리 공."

"1년에 한 번, 우기가 끝나고 여름의 첫 시작을 알리는 축제인 세레니티. 하늘의 화창함, 청명함을 뜻하는 전통의 축제를 조금 날을 앞당겨 가면무도회 형식으로 열고자 하십니다. 물론 비용 면에서는 중앙에서 부담하기로 하고요. 일종의 위로 차원이라 할까."

볼리 공의 설명에 테아는 잠시 눈을 감았다.

그래, 그럴 수 있지. 다음의 왕후가 되실 거라는데, 귀한 아이를 잃었는데 충분히 그럴 수 있어.

다시 눈을 뜬 테아는 조용히 말문을 이었다.

"알겠습니다."

"아울러 로리아나님께서는 먼저 도착하신답니다."

"……알겠습니다."

"그분께서는 로리나께서 사용하시던 방을 쓰실 것이니 테아님과는 반대편에서 지내게 되실 겁니다. 전혀 불편함이 없이 저희들이 충분히 신경 쓰겠습니다."

테아는 로리나를 빼닮은 작은 금발의 아가씨, 로리아나를 상기했다. 그러나 그 생각도 잠시 테아는 다음 일정에 따라 자리에서 일어난 볼리 공의 마지막 말을 충분히 인식해야 했다.

"저는 오직 테아님의 편입니다. 절대 흔들리지 마시고 앞만을 보시기 바랍니다."

볼리 공은 물러났다. 이제 넓은 집무실에 혼자 있게 되었다. 테아는 주변을 둘러보았다. 사위는 한결같이 고즈넉하기만 했다. 언제 하겐의 손길을 느꼈는지 꿈을 꾼 것 같았다.

너무나 깊은 그리움. 하겐의 진중한 뒷모습을 눈에 그린 테아는 참았던 숨을 천천히 내쉬었다. 답답한 심정을 내보내기 위해 발코니로 걸어갔다.

"하겐."

이어지는 테아의 숨결에는 하겐이 들어 있었다. 또한 아르마도.

"아르마, 괜찮아?"

다시 바람이 천천히 불어왔다. 따뜻하면서도 싱그러운 기운이 그득한 그 바람. 그러나 바람에는 힘이 없었다. 마치 테아에게 전해지고 있는 아르마의 울음처럼.

"아파? 내가 갈까, 아르마?"

아르마가 앞에 있기라도 한 듯 테아가 중얼거렸다. 상처 입은 아르마가 큰 머리를 저에게 기대어 오는 환상을 보았다. 그리고 아늑하고 평화로운 마리스의 언덕으로 날아가고자 하는 아르마의 날갯짓 소리가 들려오는 것 같았다.

"하겐, 빨리 와."

분명 아르마에게 큰일이 생긴 것이 분명했다. 산팡이 창을 열었을 때 들려오던 돌풍 속 울음소리.

그 소리에 테아의 심장이 내려앉았다. 그리고 지금은 아르마의 울음소리 대신 아주 천천히 박동하는 심장 소리만이 테아에게 온전히 전해지고 있었다.

멀리 아지랑이 같은 열기가 피어올랐다. 또 한 번의 계절이 바뀌는 가운데 테아의 귓가에는 아르마의 울음이 손짓하며 그녀를 불렀다.

그 시각 발코니의 테아를 지켜보는 자가 있었으니, 어느 틈에 성의 병사로 위장한 파수꾼 모리피가 씩 웃으며 더러운 이를 한껏 드러내고 있었다.

"말해."

펜리르의 둥지를 기습했던 포워르족 중 하겐을 알아보았던 이클이 꿇어 앉혀져 있었다. 입에 돌이라도 채운 듯 말문을 열지 않았다. 그러나 그에 아랑곳 않은 눈앞의 사내가 점점 그에게 다가왔다.

"혼혈 인간, 그 목적은?"

뒤로 포박되어 무릎에는 쇠막대가 끼워진 이클은 몸의 아픔보다 강력한 하겐에게 질려 있었다. 그의 존재감, 격이 다른 위압감에 그 무엇도 생각나지 않았다. 심지어 곧 다가올 죽음조차 지금은 한 걸음 뒤로 물러나 있는 듯했다.

"지금 입을 연다면 너의 목숨만은 살려 주겠다."

그깟 목숨 따위, 이클은 이곳으로 끌려 온 뒤 더 살 것을 바라지 않았다. 다만 카스카께 누가 되지 않아야 한다는 의지는 더욱더 강해졌다. 그런 속마음을 알기라도 하듯 하겐은 몸을 굽혔다. 그리고 부드럽게 겁박했다.

"하나 그것이 아니라면, 너를 산 채로 반을 갈라 다시는 영원

228

의 삶을 영위하지 못하도록 하찮은 네놈의 영혼마저 연기로 날려 버리겠다."

무시무시한 말이었다. 연기로 산화되어 날아가는 제 영혼을 그리며 이클은 체념의 눈빛으로 힘없이 고개를 들었다.

삶이란 숨을 쉴 수 있는 것, 살아가는 힘과 더불어 영위하는 도구이다. 그러나 포워르의 삶이란 숨 쉴 때마다 독기가 뿜어져 나오는 간헐천의 지하에서 뜨거운 태양의 작열감을 알지 못한 채 하루하루 연명해 나가는 힘겹고 험한 삶이었다.

그들에게 지상으로의 진출은 더없는 기회이며 절체절명의 목표였다. 그것의 가장 강력한 방해물이자 포워르 최대의 적인 요르문가드에게 굴복하고 싶지 않았다.

"두렵지 않다!"

"눈치 있는 줄은 알았건만 호기만 있었군."

하겐은 웃음을 머금고 주변을 천천히 걸었다. 그의 뒤로는 정백들이 둥글게 도열해 있었다.

"마지막으로 말한다. 혼혈 인간, 그 목적은?"

하겐의 질문이 떨어지고도 한참 동안 침묵했다. 이클은 두려움에 입을 열지 못했다. 그러나 포워르족의 지대한 긍지와 하늘을 찌를 듯한 호기, 바위같이 흔들리지 않는 신념은 굽히고 싶지 않았다.

이제 곧 영원한 자유를 누리게 해 줄 강력한 왕이 그들 앞에 모습을 보인다 했다. 그렇게 된다면 지긋지긋한 어둠의 터전에서 벗어난다. 온전한 자유를 누릴 수 있으리라.

"알페카(Alphecca)가 달의 옆에서 춤을 추고 태양이 달을 가리는 그날 나의 위대한 후계자가 이 자리에 서 있을 것이다!'

어느새 이클의 눈과 코에서는 눈물과 콧물이 흘렀다. 두려움과 기쁨이 범벅된 표정에 하겐은 잠시 눈을 감았다.

안다. 이렇게 매섭게 다그칠 일이 아니란 것을. 마치 선과 악이 바뀐 모양새로 겁박을 하려던 것은 더더구나 아니었다.

그러나 테아, 제 심장을 완전하게 지배해 버린 인간 아닌 인간. 이제는 '그녀'라고 지칭할 수 있을 만큼 성장해 버린 여신과도 같은 테아가 포워르와 연관되어 있다. 하겐은 그 이유를 알고 싶었다.

하겐은 제 긴 검을 쥐어 들었다. 그리고 은색으로 빛나는 가는 검을 포워르의 입가에 가져갔다.

"말해."

"으으⋯⋯."

하겐의 눈초리, 아니 요르문가드의 살벌한 눈빛은 이클을 두렵게 했다. 마치 자신의 머리를 한입에 꿀꺽하려는 듯한 지독한 살기.

"세상을 한 바퀴 감을 수 있는 거대한 뱀."

부들부들 떨려 나오는 말소리에 하겐은 잠시 겨누었던 검을 바로 세웠다. 의아했다. 이름 속에 숨어 있는 속뜻을 아는 자가 고작 포워르의 병사라는 것이 놀라웠다.

"보탄을 불러와."

"알겠습니다."

그의 지시에 정백 하나가 물러나고 하겐은 다시 이클에게 다가섰다.

"네놈의 정체가 궁금해지는군. 맞다, 세상을 한 바퀴 감을 정도로 길다는 거대한 뱀. 그 이름, 요르문가드."

"발퀴랴(Valkyrja)의 유일한 혈육이며 지독한 전쟁의 신."

또다시 포워르의 입에서 하겐의 절대적인 신분이 흘러나왔다. 더는 참지 못한 하겐이 당장 포워르의 멱살을 잡아 공중으로 치켜들었다. 그리고 더욱 강하게 윽박질렀다.

"맞다. 네놈들이 단번에 겁을 집어먹고 도망칠 전쟁과 파괴의 벨라투카드로스의 화신이 나다! 그러니 당장 말해! 혀를 뽑아 버리기 전에!"

"으윽."

숨을 쉬지 못할 정도가 된 이클은 공중에서 쇠막대가 끼워진 두 다리를 버둥거렸다. 지독한 고통이 엄습하고 몸에서는 지독한 악취까지 흘러내렸다.

"말하라, 더는 나의 인내심을 실험하지 마라. 짓이겨진 채 짐승의 먹이가 되고 싶지 않으면."

하겐은 그의 말이 거짓이 아님을 증명했다. 다른 손에 쥐고 있던 검으로 망설임 없이 포워르의 귀를 단번에 잘라 냈다.

"악!"

그의 목에 검이 겨누어졌다.

"말하지 않아도 좋다. 나의 인내는 이미 사라졌음으로."

차디차게 얼어 있는 눈빛으로 입가에 웃음을 건 하겐은 그대로 그의 목을 잘라 내려 했다. 바로 그때 허겁지겁 보탄이 달려왔다.

"하겐! 유일한 포로입니다!"

"그래서!"

천둥처럼 내려치는 하겐. 비명이었다. 테아에 대한 의심과 그리움으로 변절된 고통이었다.

"그자를 앞세워 정백들이 가이저 브레스로 갈 것이고 그 틈에 하겐께서는…… 부디 현명한 판단을 내리소서!"

보탄은 등에 식은땀까지 흘리고 있었다. 하겐의 강력한 행동, 결코 흔하지 않는 매우 독단적인 모습이었다. 주변의 정백들 역시도 꼿꼿이 등을 펴고 있으나 손아귀에 땀이 차는 것을 어쩌지 못한 채 앞만 바라보고 있었다.

"하겐, 그 틈에……."

등에 날개를 달고 있는 후사르를 움직일 수 있다는 보탄. 결코 틀린 말은 아니었다. 하겐은 눈을 감으며 손아귀의 힘을 풀었다.

털썩, 쿠당탕.

공중에서 바닥으로 떨어진 이클은 두려움에 기절할 것 같았다. 잘린 귀의 아픔 따위는 하겐이 내뿜은 살기에 뼛속까지 얼어붙은 것에 비하면 아무것도 아니었다.

'지독한 힘. 너무나 강한…….'

카스카께서 두려워하던 요르문가드의 실체인가.

보탄의 손짓에 정백이 다가와 쓰러진 이클을 세웠다. 그리고 보탄이 다가왔다. 이미 모든 정황을 들은 그는 즉시 회유를 시작했다.

"일단은 알고 있는 바를 말하는 것이 서로에게 좋습니다. 그쪽도 충분히 방비를 하고 있을 것이고. 우리보다 월등해진 군사력은 이미 펜리르의 둥지를 습격함으로 증명되지 않았는지요. 또한 그쪽에서도 한두 명의 포로가 우리 측에 잡힐 것을 염두에 두었을 것입니다. 그러나 아마도 영리한 그쪽이…… 아, 이름이?"

"……이클."

자연스럽게 회유하는 보탄에게 저도 모르게 입을 열고만 이클은 순간 멈칫 했다. 그러나 보탄은 멈추지 않았다.

"네, 이클. 피차 서로간의 계산은 충분히 한 셈이니 이제 분명히 대답을 해 주세요."

보탄 역시 만만치 않은 눈빛으로 이클을 보았다. 이클은 이제 얼굴을 찡그리며 눈물을 삼켰다. 그의 말이 맞았다. 카스카의 명으로 정백들에게 잡힐 포로까지도 충분히 계산했다. 그러나 하겐이 나타남으로 전부 틀어졌다.

완전 전멸. 오직 그만이 이렇게 치욕스런 모습을 보이고 있는 것이다. 이클은 완전히 질린 얼굴이 되어 마지막 발악을 하기 시작했다.

"안 속아! 속지 않아! 위대한 포워르족을 어둠의 구덩이에 쑤셔 넣은 네놈! 곧 네놈이 죽을 날이 머지않았으니, 그날이 오면 무덤에서 춤이라도 출 것이다!"

피를 흘린 채 쉴 새 없이 쏟아 내는 악담에 돌아서 있던 하겐이 천천히 몸을 돌렸다. 그의 모습은 달라져 있었다. 지독한 힘의 우위에서 오만하고 살기가 그득했던 그가 아니었다. 하겐은 소년처럼 씩 웃었다. 그리고 발걸음도 가볍게 이클에게 다가왔다.

"그 춤, 보고 싶군. 자, 나의 죽음을 누가 인도한다고?"

"이, 이 말 같지 않은! 신성의 힘을 고스란히 물려받은 위대한 후계자가 카스카님의 뒤를 이어 우리를 찾아올 것이다! 네놈과 대적할 막강한 그분이!"

정적이 흘렀다. 흐르는 시간은 중요치 않았다. 귀가 잘린 포워르가 소리치는 내용은 강력한 것이었다. 절대자인 하겐에게 대적할 그들의 왕이라니.

이윽고 고요한 웃음이 찾아왔다. 하겐이었다. 그는 도저히 웃음을 참을 수 없는지 계속하여 키득거렸다.

"그래서, 카스카가 하잘것없는 인간과? 이 무슨 희극인가?"

"하잘것없는 인간이 아니다! 수천 년에 한 번 돌아오는 신성의 온 힘을 받은 인간과 우리 카스카님의 힘을 합친 것이다! 신에 대적할 힘을 받은 우리의 왕이 나타나면 네놈들의 멸망은 단숨에…… 윽!"

"하겐!"

보탄이 소리쳤다. 더는 들어 줄 수 없었던 하겐이 포워르의 명치를 올려붙인 탓이었다.

"죽이진 않았어."

하겐은 돌아섰다. 그리고 성큼성큼 걸어 나갔다. 그 뒤를 이어 지축이 울리는 듯 거대한 소리가 들리기 시작했다.

"저, 저기 하겐께서……."

밖에서 보초를 서던 정백이 사색이 된 채 들어왔다. 보탄은

도열한 정백들에 포로의 신변을 처리하게끔 이르고 곧장 하겐이
나간 방향으로 재빠르게 움직였다.

펔퍅.

선명하게 들리는 소리. 둔탁한 그 소리는 하겐이 맨주먹으로
벽과 기둥을 사정없이 내려치는 소리였다. 누구도 하겐 가까이
로 다가가지 못했다.

퍼억!

곧 하겐의 주먹에서 피가 튀었다. 그래도 그는 멈추지 않았
다. 그것으로도 부족한지 검으로 사방을 베기 시작했다. 베어
내고 또 베어 내고. 하겐의 주변에는 온전히 남은 것이 없었다.

있는 힘을 다하여 절절하고 애타게 부르짖는 그것은 피맺힌
절규였다.

"테아! 테아!"

보탄조차도 그에게 다가갈 수 없었다. 고개를 떨어뜨린 채 무
릎을 꿇은 하겐의 모습은 보탄이 단 한 번도 본 적 없는, 세상의
모든 고통이 가득 담긴 모습이었다.

싱그러운 여름을 알리는 축제 준비가 로바노 영지 곳곳에서
시작되었다. 평년과는 달리 조금 이르게 시작했음에도 모든 사
람들이 즐거워했다. 또한 로바노의 후계자 이야기에 열을 올리
는 것을 잊지 않았다.

"거참, 대체 돌아가신 영주께서는 누구와 열정의 밤을 보내셨
기에 그런……."

"말조심하게나. 그래도 우리의 영주님이시네!"

235

핀잔 아닌 핀잔을 들은 이는 곧 뒷머리를 긁적거리며 광장 곳곳에 나부끼는 깃발을 걸었다.

음악대가 들어설 연단을 준비하는가 하면 춤을 즐길 너른 곳을 치장하고, 또 한곳에서는 로바노 가문 문양이 새겨진 넓은 끈을 꽃줄기에 매다는 작업이 한창이었다. 그중에서 제법 수다스런 여인이 지나가듯 입을 열었다.

"그래도 신비한 눈빛이 마음에 든다. 뭐 멀리서 본 것이기는 하나 천편일률적인 노란 머리보다 훨씬 낫지 않아? 얼마나 멋스러워. 거기에 금빛이라니……."

그러자 그녀의 말에 동조하는 이가 나타났다.

"뭐 그렇긴 해요. 나 역시 그분을 직접 보고 싶다니까요? 게다가 성 안에서 나온 소문인데 말이지요."

말소리가 잦아들자 호기심에 모인 이들도 둥근 원을 그리며 동참하기 시작했다.

"소문이 뭔데요? 얼른 속 시원히 말이나 하라고요!"

"그 후계자, 굉장한 미모랍니다. 로리나님은 비할 바가 아니라나요?"

"어허! 그게 말이 되나? 아직은 연식이 어릴 것이 분명한데?"

"쉿! 그게 또…… 그분은 인간과는 달리 특별한 성장을 하고 있답니다! 완전 대단하지 않아요?"

"특별한 성장?"

모든 이들은 호기심을 넘어 숨조차 쉬지 않았다. 만족스런 웃음을 만면에 담은 가운데 자랑스레 말하기 시작했다.

"세월에 구애받지 않는 신처럼 말입니다. 참으로 매혹적인 숙

녀가 되었다고 합디다! 거기에 후계자 교육까지 일취월장이래
요."

"세상에!"

"누구든 감히 우리 로바노 땅을 건드리지도 못하겠네? 그야
말로 강력한 영주님이 되실 것이 아닌가!"

다들 감탄과 흥분을 터뜨렸다. 특별한 외향에 특별한 성상까
지. 젊은 영주에 대한 호기심과 궁금증, 그리고 기쁨을 섞어 더
더욱 축제를 기다리게 되었다.

챙챙. 하앗!

로바노 성의 북쪽에 위치한 마구간 옆의 무장대(武裝隊)에서는
기합 소리와 더불어 검의 날카로운 소리가 멈추지 않고 있었다.

"다시 한 번!"

"조금 쉬었다 해도 좋습니다만."

"아니, 계속하겠습니다."

"네, 테아님."

다시 검과 검이 오고 갔다. 기다리는 산팡은 고개를 절레절레
흔들었다.

"허우대 멀쩡한 수호 기사는 대체 언제 나타날 생각인지. 그
잘난 척하던 사내 때문에 우리 아가씨 고운 손에 물집이 잡혔다
고!"

씩씩거리며 인상을 써 대는 산팡은 속이 상했다. 점점 강도가
강해지는 교육들. 그러나 그것들을 태연하게 흡수해 나가는 테
아는 전혀 힘든 기색이 없었다. 오히려 가르치던 이들이 두 손

들고 물러날 지경으로 테아는 단 한 번도 쉬지 않고 완벽하게 자신의 것으로 만들었다.

지금 하고 있는 검술 역시도 마찬가지. 볼리 공의 충고도 한 몫을 했거니와 사라진 수호 기사를 계속하여 기다리겠다는 그녀의 고집을 이기지 못해 수련하게 된 것이다. 테아가 점점 익숙해짐에 따라 그 시간을 늘리게 된 검술 훈련은 이미 실력자로 키우는 데 손색이 없을 정도였다.

거기에 수호대장의 추천으로 테아의 검술 교사가 된 야만적인 인상이 매력적인 모리피의 역할이 지대했다.

"이제 그만! 훌륭하십니다, 테아님."

"과찬이십니다."

기사의 예를 보이며 인사를 나눈 테아와 모리피는 잠시 호흡을 골랐다.

"이제 제가 더는 가르칠 것이 없을 정도입니다."

"아니, 여기서 더 가르쳐서 뭐하게요? 기사나 하라고요?"

"하하, 아니지요. 귀한 영주님이 되실 분께 기사라니요? 다만 자신을 보호할 능력을 완벽하게 갖출 수만 있다면 더욱 훌륭하지 않겠는지요."

"흥! 우리 아가씨 손 좀 보라고요! 살갗이 벗겨지고 짓물러진 것이 보이지도 않습니까? 아니, 이 상태로 어찌 무도회에 나갈 수 있을까요? 누가 우리 귀한 아가씨를 곱다 하겠느냐고요!"

모리피의 칭찬에 산팡이 끼어들었다. 그녀는 기사처럼 바지차림인 것이 못마땅함을 숨기지 않은 채 미소 짓고 있는 테아의 뒤를 따랐다. 그리고 다시 한 번 모리피에게 한 소리 하는 것을 잊지 않았다.

"그리고 절대 우리 아가씨를 그런 눈빛으로 바라보지 말길 바랍니다. 아시겠어요!"

"물론입니다. 저는 오직 존경과 경애의 눈빛으로만."

산팡의 지적에 모리피는 두 다리를 붙인 채 신사의 예를 보였다. 그는 산팡과 테아가 사라지고 나서야 흐뭇하게 웃었다.

"생각보다 아주 근사합니다, 카스카. 곧 우리의 위대한 분을 모시고 돌아가겠습니다."

모리피는 돌아섰다. 해머를 등에 짊어지고 그곳을 벗어나 이미 성 안으로 침투하여 버젓이 대기하고 있는 포워르 몇에게 다음 할 일을 소상히 알리기 시작했다.

힘든 나날의 연속이나 테아는 절대 힘들다는 내색을 보이지 않았다. 한층 성숙해진 외향과는 달리 아직은 여리고 작은 속마음을 알고 있는 산팡은 온몸이 멍투성이인 테아의 어깨에 따뜻한 물을 천천히 끼얹었다.

"조금은 자중하세요."

"괜찮아요, 산팡."

"괜찮기는요. 날마다 검을 쥐어 손에 상처가 날 때마다 제 심정이⋯⋯."

눈물 많고 인정 많은 산팡이 또 눈가를 훔친다. 여지없는 산팡. 테아는 그런 산팡의 손을 꼭 잡아 주었다.

"산팡!"

"네, 아가씨."

"나, 많이 강해지고 싶어요. 뭐든 스스로 하고 싶어. 내 몸 하나 건사하고 싶고요. 그래서 볼리 공이 알려 주지 않는 것을 내 손으로 직접 알아내고 싶어요."

"뭘 또 자세히 알아봐요? 그리고 난 그 검술 교사라는 사내, 꺼림칙한 눈빛이 마음에 들지 않네요."

산팡은 테아의 몸에 향기로운 비누를 문지르며 한숨을 푹 쉬었다.

"내일, 그 아가씨가 오시는 것 알고 계시지요?"

언니인 로리나의 귀한 딸, 로리아나. 기별보다 늦게 도착하는 셈이었다. 테아는 식어 가는 욕조의 물을 손으로 훑으며 고개를 끄떡였다.

"조심, 또 조심하세요."

산팡의 당부가 무엇을 말하는지 익히 알고 있는 테아는 희미하게 웃었다. 분명 자신의 성장에 기겁하리라. 어린 아가씨와 언니 로리나는.

"자, 이제 나오세요."

산팡이 욕조 앞에서 큰 천을 들고 테아를 기다렸다. 젖은 머리를 한 손으로 꼭 잡고 천을 몸에 두른 채 그 자리를 벗어나 바닥에 물방울을 떨어트리며 둥근 거울 앞에 앉았다.

"이런, 내 정신! 잠시만 기다리세요."

산팡은 뭐가 급한지 또 다른 천을 테아의 손에 꼭 쥐어 주고 후다닥 방을 벗어났다. 테아는 혼자 남아 제 머리를 말릴 생각도 않고 멍하니 거울 안을 응시했다.

이질감을 느낄 수밖에 없는 두 눈동자. 물기에 젖은 머리칼은 더욱더 풍성해져 그녀의 젖은 어깨에 걸쳐 있었다.

"내 눈 보기 싫어."

테아는 어린애처럼 투정을 부리며 눈을 감았다. 그리고 젖은
머리에 손을 올렸다.

"왜 싫어?"

순간 환청을 들었다. 또한 벌거벗은 어깨에 누군가의 입술이
닿는 촉감까지. 설마…… 하겐?

테아는 순식간에 눈물을 흘렸다.

제7장

그대 마음속 깊이 흔들려도

테아가 세상에 태어나 처음 인지한 것은 오색으로 빛나는 아르마였다. 제일 먼저 선명하게 들었던 것도 아르마의 울음소리였으며 스스로 손을 내밀어 만져 본 것도 아르마였다.

늘 아이의 귓가에 들려오는 따스한 울음소리, 아르마!

오색으로 빛나는 깃털은 너무나 부드러웠고 자장가처럼 들리는 거대한 짐승의 울음소리는 어린아이의 귀를 트이게 만들었다. 또한 아르마는 혼자였던 어린 테아에게 안락함과 안도감을 주었다.

그러나 지금, 포근하고 다정한 아르마가 피를 흘린 채 테아를 부르고 있었다. 꺾인 날개가 아래로 떨어진 채 목 놓아 우는 아르마는 너무도 처절하여 테아는 움직일 수가 없었다.

테아의 주변에 도열한 검은 그림자. 그들에게서는 짙은 유황 냄새가 진동했다.

어두워진 사위, 자연의 모든 것들이 감각을 잃은 듯했다. 공기조차 흐르지 않을 것만 같은 그 순간에 테아는 제 몸을 옭아맨 것으로부터 탈출을 시도했다.

다시금 서늘한 공기가 다가왔다. 그 공기에 천천히 두 팔을 뻗치며 환한 미소를 담은 테아.

"하겐! 하겐!"

시린 공기 같은 하겐이 검은 그림자들과 싸우고 있다. 아르마의 날개는 온전히 잘린 채 빠져나온 깃털만이 바람을 따라 테아의 주위를 돌아 날아간다.

무수한 그림자들이 하겐을 감싸더니 그 아래 검붉은 핏물이 고여 들었다. 매섭다. 시린 공기도 역한 유황 냄새도 전부 테아를 옭아매어 땅속 깊숙이 잠기게 만들었다. 늘 같은 꿈, 악몽에서조차 하겐을 보게 되면 그립고 또 그리웠다.

"하겐……."

테아의 젖은 머리가 어깨 한쪽에서 물기를 흘린다. 어두운 표정으로 진중한 뒷모습을 보인 채 사라졌던 하겐. 꽤 시일이 지났음에도 불구하고 하겐에게는 어떠한 기별도 없었다.

그러나 테아는 원망하지도 기다리지도 않았다.

처음 테아의 모든 감각을 일깨워 준 아르마가 깊은 상처를 입은 것이 분명했기에 내려앉은 심장만 부여잡았다. 하겐이 돌아와 들려줄 소식만 기다리며 태연한 척 나날들을 보냈다. 다만 테아의 내면을 지배하고 있는 것은 하겐이었다.

그런 그가 왔다. 이것은 꿈도 환상도 아니다.

"왜 울어?"

"안 울어."

"거짓말. 이렇게 흐르는 것은 무엇이지?"

나도 몰라. 그냥, 하겐이 나에게 왔으니까. 변함없이 내 곁으로 와 주었으니까. 마치 판결을 내리듯 서늘한 눈빛과 차가운 음성은 잠시의 착각이겠지.

못내 서운한 테아는 입술을 실룩거렸다. 그것을 거울을 통해 바라본 하겐은 눈빛을 가라앉혔다. 도드라지도록 칠한 것 같은 입술과 눈동자에 물기까지 머금은 테아는 완전한 유혹의 산물처럼 그를 끌어당기고 있었다.

끓어오르는 열망을 모른 척하기란 힘든 고행을 하는 양 지대한 인내를 요구했다.

다른 사내가 테아를 눈에 담는다면, 다른 이가 테아에게 구애를 하게 된다면…….

아아, 그것도 참을 수 없는 고행이겠구나.

하겐은 깊은 한숨을 내쉬었다. 더는 참을 수 없어 유혹하듯 드러난 테아의 가는 뒷목에 입을 맞추었다. 둑 터지듯 감정이 새어 나왔다.

사랑한다, 테아. 그 무엇이 되었든 사랑한다.

짓씹듯 되뇌는 처절한 진심을 입 밖으로 내지 않았다. 그 누구보다 믿고 싶은 테아. 그러나 그렇게 할 수 없는 현실. 그것이 고통스러워 하겐은 테아의 얼굴에 손을 올렸다. 마치 사랑스런 얼굴을 전부 가리듯이, 그리고 흉악한 저를 보지 못하도록 그대로 덮어 버렸다.

"아무것도."

테아가 도리질을 했다. 마치 제 얼굴을 전부 덮어 버린 하겐을 원망하듯이, 아니면 눈물은 착각이라 부정하듯이.

"거짓말이 늘었어, 테아."

잔잔한 하겐의 음성에는 어떠한 감정도 들어 있지 않은 듯했다. 그러나 그의 모든 것은 이 이상 뜨거울 수 없을 만큼 열이 올라 있었다. 제 상태를 잘 아는 하겐은 서 있는 두 다리에 힘을 주었다.

"말려 줄게."

하겐은 옆에 놓인 천을 들어 테아의 젖은 머리를 누르기 시작했다. 테아는 하겐의 손을 제 두 손으로 꼭 잡고 얼굴을 묻어 버렸다.

테아는 묻고 싶은 것이 많았다. 어떻게 성 안으로 들어왔어, 어떻게 내가 있는 곳으로 소리 없이 올 수 있었어, 어떻게……. 그러나 어떤 것도 말하지 못했다.

"이러면 말려 주지 못해."

도리질을 하는 테아. 이미 손바닥은 흥건해져 있었다. 테아가 흘린 눈물로 인해. 그것이 하겐에게는 더없는 고통이었다. 그림자가 진 그의 얼굴은 찌그러진 흉상처럼 일그러져 있었다.

"말리자, 머리."

다시 한 번 하겐이 태연한 척 입을 열었다. 고왔던 그의 목소리는 거칠었다. 뾰족한 가시에 걸려 올이 나간 실크처럼 흉했다. 그것이 마음에 걸려 테아는 고개를 들었으나 하겐의 손만은 놓아줄 마음이 없었다.

"손을 놓아야 말려 주지."

다시 도리질. 하겐은 실없이 피식 웃었다. 모습은 완벽한 여성이나 하는 행동은 어린애 같은 테아. 사랑스럽다, 세상 무엇보다.

그러나 하겐의 어금니가 부정이라도 하듯이 입안을 잘게 씹는다. 더없이 잘근거리는 제 속살의 아픔이 덧없다. 마치 모든 것을 도려내듯 상처에서 난 쌉쌀한 핏물이 혀에 맴돌았다.

"다쳤네?"

순간 테아가 얼굴을 번쩍 들었다. 두 손으로 잡고 있던 하겐의 손등에서 울퉁불퉁한 것이 만져졌기 때문이었다. 테아는 하겐의 손을 빼앗기지 않을 요량으로 제 쪽으로 확 잡아끌었다.

"하겐, 이거 왜 이래?"

테아의 끝말은 울부짖음이었다. 테아는 눈물을 참지 않았다. 주르륵 흘러 그대로 강으로 이룰 듯 끝이 없었다.

그의 손등은 무엇에 걸린 듯 넓게 좁게 찢겨 있었고 도드라진 손등의 뼈 근처에도 시퍼런 멍이 들어 있었다. 심지어 손가락 마디조차 뽑았다가 다시 되돌린 듯 칙칙하게 시퍼렸다.

"왜 이랬어? 누가 이랬어?"

테아의 입술은 떨고 있었다. 눈물이 턱으로 흐르고 하겐의 상처 입은 손등을 보듬듯이 꼭 잡았다. 그리고 떨리는 입술로 상처에 입을 맞추었다.

하겐의 손등에서는 맛이 느껴졌다. 쓰고 달고 쌉싸래한 그 맛은 하겐의 피였다.

"그, 그만!"

뜨거운 입김이 제 손등에 닿아 간질인다. 칙칙하고 시퍼렇던 그의 손에 온기가 돌아 미친 듯이 널을 뛰었다. 안고 싶다. 숨 쉴 수 없도록 안고 싶다.

바로 눈앞에서 순결한 목덜미를 드러낸 채 아낌없는 사랑을 내보이는 테아.

하겐의 눈빛이 매우 퍼렜다. 뭐라 말하고 싶어 움찔거리는 그의 입술이 몹시 날카로웠다. 그는 참고 있었다. 더없이 인내하는 중이었다.

무방비의 테아를 소유하고 전부 가지고픈 열망. 이대로 몸에 감겨 있는 천을 발기듯 던져 버리고 자신만의 것으로 하고픈 완전한 욕망.

"테아."

괴물은 누구인가. 하겐인가, 아니면 인간이면서 인간이 아닌 그녀인가.

"하겐. 아프지 마. 아프면 안 돼. 아르마도 아픈데 하겐까지…… 그러면 안 돼."

그러나 그 무엇도 확연치 않은 가운데 오직 테아만이 어린 모습 그대로 하겐을 담았다. 그것은 더 없는 사랑, 순수한 마음.

"아프지 않아. 난 괜찮아. 그리고 아르마 역시도."

"그렇지만 아르마의 소리가 들리지 않아. 쿵쿵거렸던 아르마의 심장이 자꾸 가라앉아."

"테아!"

순간적으로 하겐은 눈물짓는 테아를 제 품으로 확 잡아끌었다. 그리고 테아의 젖은 머리에 제 입술을 마구 비볐다.

"테아, 테아."

포워르와 인간의 혼혈, 특별한 성장. 거기에 자신의 수호자인 아르마와의 공명. 그리고 저와 대적할 자.

기가 막힌 내용들에 하겐은 자신이 들었던 모든 것을 무위로 돌리고 싶었다.

"신성의 힘을 고스란히 물려받은 위대한 후계자가 카스카님의 뒤를 이어 우리를 찾아올 것이다! 네놈과 대적할 막강한 그분이!"

포로로 잡아 온 포워르가 알린 놀라운 사실. 경악스런 내용에 하겐은 제 귀를 의심했다.

그럴 리 없다. 절대 그럴 수 없단 말이다. 이토록이나 사랑스런 테아가 어찌⋯⋯.

믿을 수 없는 현실에 하겐은 테아의 얼굴을 들어 올렸다. 또렷한 금빛 눈동자, 이색홍채에 담긴 선명한 눈빛은 절대 인간이 가질 수 없는 것이었다. 그것이 하겐을 너무도 아프게 했다.

"보고 싶었다, 테아. 너무나도."

이제 하겐이 울었다. 진실로 마음을 드러내고 테아의 이마에 입을 맞추며 절대자인 그가 울고 있었다.

"나도 보고 싶었어. 아주 많이, 정말 많이. 너무나 보고 싶었어, 하겐."

대신 테아는 울지 않았다. 장대한 하겐이 저를 품에 안고 힘겹게 숨을 내쉰다. 입술을 온전히 받으며 눈물을 잠그고 그를 위로했다.

이제 테아의 두 손이 하겐의 굵은 목에 감겼다. 입을 꾹 다물었으나 통곡하는 것이 분명한 하겐의 입술에 제 입술을 겹쳤다.

"보고 싶었어, 하겐."

작은 속삭임은 하겐의 혀 위에서 녹아내렸다. 하겐은 격정을 내리눌렀고 테아는 격정에 사로잡혔다.

억눌린 숨소리는 누구에게서 나는 것인지 알지 못한다. 오직 테아의 숨결뿐.

테아의 입술은 그의 입술을 맞이하며 뜨겁게 불꽃을 일으켰다. 그러자 감각이 사방팔방 뛰어다니며 춤을 추었다. 입맞춤하는 하겐에 그동안의 그리움을 쏟아 내듯 떨어지지 않았다.

서로의 목이 꺾인다. 두 손과 두 다리는 서로에게 침몰되어가고 하겐의 거대한 몸짓은 테아를 꽉 안아 버렸다.

"하겐……."

생소하면서도 안달이 났다. 테아의 온몸이 또 다른 의미로 하겐을 불렀다.

"테아."

날 놓지 마라, 절대로. 죽어도 놓지 마라, 테아.

하겐의 눈은 이미 붉었다. 아우성이었다. 깊이를 모르는 늪인 것을 알면서도 그를 끌어당기는 테아. 테아의 미소에 하겐은 불타고 말았다.

서로의 몸이 안달 났다. 둘은 이미 하나였다. 거울 속의 두 사람처럼 대칭을 이루며 하나의 행동을 하고 있었다.

빙글빙글 돌아가는 세상. 발코니에서 불어오는 바람조차 그림 같은 둘을 지나쳐 돌아 나간다. 하겐도 테아도 그 모습 그대로 움직이지 않았다.

"테아, 테아!"

뜨겁다 못해 푸른 불꽃 같은 하겐에게 눈빛을 고정시킨 테아.

"하겐……."

하겐은 절박하리만큼 뜨거운 심정으로 테아를 되뇌었다.

테아, 넌 알고나 있는가! 어쩌지 못해 널 울리고 싶은 이 마음을 알고나 있는가 말이다.

하겐은 간신히 목울대를 움직였다.

"테아, 넌……."

하겐이 매혹되어 사로잡혀 간다. 처음 뒤뚱거리며 짧은 두 팔을 내밀었을 때부터.

그래, 테아. 넌 나를 위해 태어났다. 너에게 매료되고 너에게 미치도록. 넌, 내 것이다.

하겐은 테아가 원하는 대로 다시금 입술을 부드럽게 겹쳤다. 다시 입술을 떼어 냈을 때 그의 눈빛은 더없이 무섭고도 뜨거웠다. 하겐은 테아의 흔들리는 눈빛을 앞에 두고 벌어진 아랫입술을 살짝 물었다가 놓았다. 둘의 시선이 하나로 엉겼다.

"나만을 봐."

"난 늘 하겐만 보았는걸."

하겐의 뜨거움에 당당히 맞서는 테아. 맞다. 늘 그래 왔다.

어린 인간이었을 때도 늘 이런 식으로 안겨 왔었지. 날 꼼짝 못 하도록. 묶여 있는 쪽은 내 쪽이던가.

충동적인 흥분이 아니었다. 자제력을 잃은 것도 아니었다. 테아와 하나가 되고 싶다. 테아가 영원히 자신에게 속하게 만들고 싶다.

인간이든, 포워르든 아무 상관없다. 테아니까, 오직 나만의 테아니까!

결국 하겐도 두 손을 들어 항복하고 말았다. 테아에게, 제 솔직한 감정에. 비로소 봇물처럼 터져 나오는 사랑에 하겐이 웃었다.

"테아, 두렵지 않아. 어떤 결과가 오든 난 두렵지 않다."

마지막 말은 맹세였다. 언약이었다. 하겐은 테아에게 제 입술을 가져갔다.

"하겐……."

다음을 기약하는 더없는 무늬를 이로 새겨 넣었다. 바로 테아의 목덜미에. 너무나 아까워 잘근잘근 씹으며 각인을 만들었다.

"영원히 내 것이야, 테아. 세상 끝나는 그날까지, 영원히."

맹세하는 하겐. 테아 역시 눈물을 흘릴 것처럼 벅찬 감동에 고개를 끄덕였다.

"이것을 입는 것이 좋겠네요. 재단사가 우리 아가씨를 위해서 특별히…… 에구머니!"

새로 지은 드레스를 들고 테아가 있는 곳으로 부리나케 들어온 산팡은 놀라 자빠질 뻔했다. 어느 틈에 들어왔는지 수호 기사 하겐이 잠이 든 테아의 가슴 위로 이불을 덮어 주고 있었기 때문이었다. 너무나 다정하게, 너무도 애틋하게.

"어, 언제 왔는…… 아니 그것보다 지금 뭐하는……."

"쉿!"

산팡은 테아의 몸에 함부로 손을 대는 것이 마음에 들지 않아 잔소리를 하려 했다. 그러나 가까이 가기도 전에 하겐은 그녀에게 조용히 하라 일렀다.

"그, 그게……."

평소라면 감히 누구에게 지시를 내리는 것이냐고 혼쭐을 내주었을 것이다. 당장 호위대를 부를 수도 있었다. 그러나 산팡은 그러지 못했다.

테아를 다시 한 번 다독이며 몸을 일으킨 하겐. 그의 모습은 일개 기사가 아니었다. 생각보다 더 거대한 장신의 몸에서 뿜어져 나오는 위압감, 또 숨이 막힐 듯한 존재감.

되레 산팡에게 조용히 하라며 손짓한다. 그리고 당당히 산팡에게 물었다.

"볼리 공이라는 작자가 있는 곳은?"

"회랑을 돌아 왼편에 있는……."

끝말이 나오지 못할 정도로 수호 기사라는 사내의 존재는 압도적이었다.

"그렇군. 빠른 시일 내에 낯선 자들이 테아를 데려갈지도 모른다. 그러니 만전을 기하도록."

"네? 네."

낯선 자들이라니, 그자들이 테아를 데려간다니 무슨 말도 안 되는 소리란 말인가.

그러나 저도 모르게 고개를 끄덕이며 대답한 산팡은 제 대답에 놀라 어쩔 줄 모르며 입이 턱까지 내려와 버렸다. 그녀를 뒤에 두고 걸어 나가는 하겐에게서 쾌활한 웃음소리를 들은 것도 같았다.

"이게 대체 무슨 일인지요, 아가씨……."

낮도깨비도 아니고. 언제 성 안으로 들어온 것이며 번을 서고 있던 호위대의 눈은 어찌 피해 테아에게 온 것인지. 생각하면 할수록 머리가 아파 산팡은 바닥에 떨어져 있는 천 조각을 잡으며 고개만 꺄우뚱했다.

너른 집무실 의자에 앉아 생각에 잠겼던 볼리 공은 허리춤에 달고 있던 열쇠로 잠가 두었던 서랍을 열고 숨겨 놓았던 문건을 조심히 꺼냈다. 중앙의 학자들이 은밀하게 보내온 사가.

그러나 탁자에 올려 둔 채 차마 열 엄두를 내지 못하는 볼리 공은 한숨만 길게 쉬었다.

"비고(祕庫)*치고는 너무 가깝고 작군."

뜻밖의 음성에 볼리 공은 화들짝 놀라며 벌떡 일어났다. 의자가 뒤로 넘어가고 서랍에서 꺼냈던 오래된 문건이 바닥에 떨어졌다. 그러나 그에 아랑곳없이 볼리 공은 급히 몸을 돌려 음성의 주인공을 바라보았다.

"권위 의식이나 특권 의식 따위 지금은 필요 없으니 용건만 물어보지. 분명히 대답해 주겠나, 볼리 공?"

하겐이었다. 검은 표범처럼 움직였던 테아의 수호 기사라는 잿빛 눈동자의 사내.

---

*비고(祕庫):남이 보아서는 안 될 물건을 숨겨 두는 창고.

온 세상의 땅이 적셔질 정도의 검붉은 피가 강처럼 흘러내리고 금빛 눈을 가진 자와 서로 대치되어 서로에게 검을 겨눈 그림. 그리고 그 옆에 적혀 있는 사가의 문구가 볼리 공의 뇌리에 번개처럼 스치고 지나갔다.

「신들의 황혼
두 별이 격돌하리니
내 눈에 보이는 것은……
내가 버린 왕의 껍데기랍니다.」

하겐은 저를 보고 굳어 버린 볼리 공을 개의치 않았다. 바닥에 떨어진 낡은 가죽 끈이 가로로 묶여 있는 문건을 서슴없이 집어 들었다. 그리고 책갑에 묻은 먼지를 손으로 가볍게 쳐 냈다.

"그, 그게……."

비로소 제정신으로 돌아온 볼리 공은 그의 손에 들어간 사가의 문건을 두려운 듯 바라보았다. 그리고 힘겹게 입을 열었다.

"돌려주시오."

"이게 무엇인지 설명한다면."

강압적이고 위압적인 하겐이 볼리 공을 죽일 듯 노려보았다. 그러나 그의 입은 웃고 있었다.

"이게 내 손에 있다는 것이 굉장히 불안한 눈치군. 낡은 고대 문자가 새겨진 문건. 혹 혼혈 인간에 대한 내용도 함께인가?"

순간 볼리 공은 숨이 막힌 것 같았다. 비명이 들리고 노회한 그의 눈빛이 흔들린다. 심지어 맞잡은 두 손은 부들부들 떨리고 있었다.

하겐은 피식 웃었다. 짐작만 했을 뿐인데 이렇듯 분명한 답을 들려주다니…… 역시나 어리석은 인간.

"내가 두려운가?"

하겐의 물음에 대답이 없다. 다만 온몸으로 표현한 볼리 공은 이 상황이 너무도 당황스러우며 두려웠다. 너무나 태연한 하겐, 그리고 지독한 존재감.

어떻게 성 안으로 들어왔을까, 아니 어떻게 호위대의 눈을 피해 이곳까지 왔을까.

볼리 공은 혹시나 싶어 주변을 두리번거렸다. 역시나 쥐 죽은 듯 고요한 침묵만이 있을 뿐이었다.

"날 알고 있군. 분명히."

하겐의 미성이 집무실을 가득 메우자 볼리 공은 간신히 숨을 삼켰다. 그리고 어찌할 바를 모르겠다는 듯이 하겐이 들고 있는 문건을 바라보았다. 마치 그 안에 해답이 들어있는 것마냥.

"그렇군. 비밀리에 보관하고 있던 이 문건에 내가 궁금해하는 것이 들어 있다?"

볼리 공은 눈을 감았다. 하겐의 방문, 아니 침입은 상상도 하지 못했었다. 분명 평범한 인간과는 절대적으로 다른 사내. 급작스레 사라졌다 다시 바람처럼 나타난 테아와 운명으로 엮인 사내.

이왕 이렇게 된 것, 확실히 하는 것도 나쁘지 않을 터.

"그전에 한 가지 물어도 좋겠소?"

볼리 공은 조심스럽게 말문을 열었다. 어느새 그의 언행조차도 하겐을 우위로 보고 있었다.

"물어도 좋다."

"인간이 아닌…… 맞는지요."

"그 짐작이 맞을 듯."

하겐은 볼리 공이 자신의 정체를 짐작하고 있는 것에 놀라지 않았다. 그의 태도로 미루어 보건데 역시나 테아의 탄생에 뭔가가 있다는 하겐의 판단은 적절한 것이었다.

어린 인간을 자신에게 물어다 준 아르마가 분명한 해답을 줄 테지만 자신의 펜리르는 눈을 뜨지 못하고 있다. 무엇보다 아르마가 다시 눈을 뜰 때까지 기다릴 여유가 없었다.

테아의 탄생의 전말에 대해 대충이라도 알고 있는 인간. 로바노 영지에서 가장 높은 신분인 볼리 공이라면 충분히 설명할 수 있을 터. 하겐은 제 짐작이 맞았음에 안도했다.

"특별한 성장을 하는 테아. 그의 부모에 대해서 말해 주겠는가?"

단순한 질문이 아니었다. 그것은 심문이었다. 단지 눈이 마주쳤을 뿐인데도 볼리 공은 왠지 모르게 압도되어 갔다.

"왜? 내가 그녀에 대해 알고 있는 것이 꽤나 놀라운가 보군."

알고 있는 사실이라니. 그것이 대체 무엇인지 제대로 알고나 있을까. 볼리 공은 태연함을 가장키 위해 안간힘을 썼다.

그의 머릿속에서 빠르게 계산이 굴러갔다. 그도 세월의 경험이 쌓인 늙은이였다. 허투루 먹은 나이가 아닌 만큼 로리나와 로리아나가 이곳에 도착했을 때 생길 문제를 염두에 두었다. 아마도 테아의 성장에 불 보듯 뻔한 상황이 닥칠 것은 자명한 일.

과연 로리나의 패악을 테아가 충분히 피할 수 있을 것인가, 아니면 전과 같은 상황이 연출될 것인가. 그도 아니라면…….

볼리 공은 여러 개의 변수를 만들고 싶었다. 테아를 위해, 그리고 로바노 영지를 위해.

"어디까지 알고 있는지요."

"아는 데까지."

"혹, 우리 테오도어님의 친부……."

"어둠의 포워르족 우두머리 카스카."

"그럼 친모는……."

계속 이어지는 질문과 답. 볼리 공은 평정을 찾아가고 반대로 하겐은 자신을 잃어 갔다. 하겐은 심하게 두근거리는 심장에 피가 거꾸로 솟는 것 같았다.

테아의 친부는 역시나 카스카!

설마 하는 기대가 있었다. 일개 포워르족이 친부라면 또 다른 의미로 안도할 수 있는 상황이었다. 그러나 분명히 카스카란다. 맙소사! 그 지독한 카스카라니…….

하겐은 웃었다. 소년처럼 웃었다. 그의 웃음이 의아했으나 볼리 공은 곧 하겐의 다음 질문에 생각을 정리했다.

"친모가 인간이라면 어찌된 연유로 포워르와 연관이 된 것이지?"

"그, 그게……."

"혹 천공(天空)의 알페카가 빛날 때 그 일이 있었는가?"

하겐의 질문에 볼리 공은 탄복했다.

"어찌 그것을? 네, 그렇지요. 그날, 초하루가 막 시작되어 그믐달이 점점 차오를 무렵 영애께서 그자와 있다 성으로 돌아오신 것을 기억합니다."

"역시나 이지러진 달(waning moon)!"

"그것이 무슨……."

"한 가지 더, 혹 그 영애의 수호성이 신성인가?"

"허허. 네, 그것도 유난히 반짝이는 샛별의 기운을 받으며 태어났다 하여 큰 경사라 했지요. 탄생 후 축제까지 열었으니. 영애의 외향 또한 빛나는 샛별처럼 금발에 푸른 눈입니다. 여신의 재래라 다들 큰 축복이라 했었습니다."

볼리 공의 말이 이어질수록 하겐의 속은 뜨거운 열기로 넘쳤다. 온몸이 비명을 지르고 있었다. 미끈거리는 두 손아귀의 힘이 최대치로 분출하고자 불끈거렸다.

신성의 기운을 받은 모친과 포워르의 왕 카스카를 부친으로 둔 테아.

한 치의 어긋남이 없다. 이미 포워르 쪽에서는 모든 것을 차곡차곡 준비하고 있었던 것이다. 저를 상대할 잔악하고 지독한 그들만의 왕을.

포로로 잡혀 와서도 기세가 등등했던 포워르의 말이 전부 사실이었음을 다시 한 번 확인한 하겐은 웃음을 거두었다.

"그랬던 거군."

볼리 공은 하겐의 눈빛에 부들부들 떨었다. 웃음을 보이는가 싶더니 순식간에 주변의 공기가 변한다. 무겁게 변해 가는 공기와 바람조차 그를 지나치며 고개를 숙였다.

절대 인간에게서 나올 수 없는 분위기와 기백, 그리고 위압감. 그래, 저자가 맞다. 분명히 저자가 은빛의 요르문가드.

사가의 문건에 새겨진 그림. 그에 대한 서사. 모든 것은 눈앞의 하겐을 염두에 둔 것을 볼리 공은 분명히 알 수 있었다.

"당부할 것이 있다."

하겐이 불타는 눈빛을 거두며 볼리 공을 보았다. 볼리 공 역시 마음을 다잡고 그를 응시했다.

"인간이 포워르와 연관된 것은 크나큰 실수인 것을 알아야 한다. 그러나 그것이 이미 실행된 것이라면 어쩔 수 없는 일."

그제야 볼리 공 역시도 뭔가가 짐작된 것이 있었다. 바로 사가의 문건.

「두 별이 격돌하리니」

"그, 그 전설의 문구가 현실이 될 것이라니요? 두 별 때문에 혹 주변에 무슨 일이……."

"인간은 우리와는 다르다. 그렇기에 끼어들어서는 안 될 일. 그러나 이미 너희들의 욕심으로 반을 내어 주었으니 이제 말해 보라. 무엇을 위해 신성을 제물로 포워르에게 내어 주었는지."

"그것까지 어찌……."

"인간과 포워르는 절대 섞일 수 없는, 같은 핏줄이 될 수 없단 말이다!"

"그, 그렇지요. 그러나."

"말해! 무엇을 두고 포워르와 피를 섞었는지! 무엇을 약속했

기에 인간의 영역에 포워르와 만물의 근원들까지 끌어들인 것인
지!"

마침내 하겐이 소리 질렀다. 집무실이 쩌렁쩌렁 울리며 메아
리가 휘몰아쳤다. 볼리 공은 기절할 듯한 몸을 추스르며 간신히
의자에 주저앉았다.

정백, 만물의 근원이자 신과 같은 존재들. 그리고 구전으로만
들어 본 전사(戰士) 계급의 최상위, 지독한 전쟁의 신이 그에게
존재를 드러냈다.

그렇기에 모든 것은 명백해질 수밖에 없는 것임을 다시 한 번
깨달은 볼리 공. 그의 표정은 하얗게 질려 있었다.

"무엇인가?"

"영원불멸의 삶입니다."

말을 마친 볼리 공은 탁자에 두 손을 올린 채 제 얼굴을 감싸
며 참회하듯 눈을 감았다. 하겐은 코웃음을 흘렸다.

그럼 그렇지. 하겐의 입매는 비틀어졌다. 탐욕스럽고 욕심 많
은 인간이 선선히 포워르족과 닿을 수는 없는 법. 제아무리 힘
의 우위에 있다하더라도 혈통을 나눈다는 의미는 막대한 것이었
다. 그런데도 포워르는 하찮은 인간에게 씨를 퍼트렸다.

"고작 영생을 위해선가!"

"무덤 안의 로바노 3세께서 직접 선택하신 일입니다. 영원한
생명을 갖는 것을 숙원처럼 바라셨습니다."

쾅! 하겐이 치받는 기운에 벽을 쳐 버렸다. 지벽이 흔들리고
하겐의 눈빛은 순식간에 살얼음처럼 퍼렇게 변했다.

"이미 무덤에서 썩어 가는 죽은 자가 영원한 생명을 얻어서

뭐하게? 다시 살아날 수 있다고 여긴 건가? 죽은 자가 다시 살아난다는 것이 무엇을 의미하는지 너희 멍청한 인간들은 정녕 모르고 있단 말인가!"

"저, 저희도 최선을 다해……."

볼리 공은 주름진 눈으로 눈물을 흘렸다. 영원불멸의 삶은 인간이라면 누구나 꿈꾸는 최고의 소망이었다. 볼리 공 역시도 점점 사라지는 생에 대해 집착이 없는 것은 아니었다.

그러나 죽은 자를 살리면서까지 영원한 삶을 어찌 살 수 있다는 것인지. 그것에 대해 알고자 중앙의 역사학자들과도 의견을 나누고 여러 가지를 알아보았다. 그리고 마침내 알게 된 고대의 참혹했던 일들.

"너희들의 욕심에 테아가 어찌 될 것인지 생각해 보았는가?"

아아, 테오도어 아가씨. 누구보다 사랑스럽고 안타까운…….

볼리 공은 힘없이 고개를 저었다.

"너희 모두는 테아에 의해 몰살될 것이다."

쿠당탕. 놀란 볼리 공이 벌떡 일어나 의자가 뒤로 나동그라졌다. 믿을 수 없는 말에 비틀거렸다.

"그, 그게 무슨…… 몰살이라니요? 우리 아가씨께서 그런…… 말도 안 되는…… 우리 테아님은 절대 그럴 분이…….."

"테아가 자각해 포워르의 피가 깨어나면 어찌 될지는 상상에 맡기지. 절대 테아를 자극하지 말라. 그것이 내가 할 수 있는 충고다."

하겐은 손에 든 문건을 탁자에 내려놓았다. 하겐은 그 문건이 무엇인지 보지 않아도 알 수 있었다. 그 내용이 어찌하여 인간들의 문건에 기록된 것인지도 궁금하지 않았다.

　수천 년 전, 저의 폭주와 더불어 포워르족의 항쟁, 거기에 추방. 그리고 금빛 눈동자와 흑발을 가지고 있는 누군가와 자신의 대결.

「내 눈에 보이는 것은……
내가 버린 왕의 껍데기랍니다.」

　자, 그렇다면 누가 버릴 것인가. 자신인가, 아니면 자각을 한 테아인가.

　"운명은 운명일 뿐. 절대 그 안에서 놀아날 생각 없다, 난!"

　하겐은 집무실을 벗어나며 맹세했다.

　테아. 누구보다 순수하고 사랑스런 그녀. 그녀는 자신이 누군지 알지도 못하고 운명에 의해 완벽하게 변화할 것이다. 어둠의 포워르족으로.

　테아를 구원할 자는 아무도 없었다. 오직 자신밖에는.

　"내가 그대로 두지 않아."

　매섭게 읊조리는 하겐은 품에 안겨 있던 테아가 그립고 또 그리웠다. 테아를 지천에 두고 발길이 돌아서지 못했다.

　하겐은 텅 빈 회랑에 한참을 서 있었다. 이대로 돌아 나갈 수도 있다. 순식간에 멀리 아주 멀리 사라질 수도 있다.

　그러나 그러지 못했다. 하겐은 다시 테아가 잠들어 있는 곳으로 조용히 돌아왔다.

　그가 안으로 소리 없이 들어갔다. 방 안은 고요했다. 다만 깊어 가는 달빛이 온전히 비추어 줄 뿐.

큰 침대 한가운데서 잠들어 있는 테아는 너무나 어여뻤다. 아니, 가련했다.

뒤뚱거리며 저의 품으로 파고들던 그대로 자랐다면, 보통의 인간처럼 그렇게 평범하게 자랐다면…….

"아니, 내 눈에 들지 못했겠지. 그리고 아르마도 너를 찾지 못했을 것이고."

그래서 운명이고 거부할 수 없는 것이겠지, 테아.

하겐은 슬픈 눈빛으로 테아의 얼굴을 손등으로 살며시 쓸었다. 손길을 거두고 싶지 않았다. 갈등이 서린 그 손길은 사랑이 그득했다.

이대로 테아를 자신의 영역으로 데리고 가 더는 포워르와 연관되지 않게 할까. 그도 아니면 이대로 하나가 되어 또 다른 혈통을 만들어 버릴까…….

"찢어발기고 산산조각 낼 것이니 기다려라, 요르문가드! 세상의 종말이 찾아와도 내가 널 영원히 지옥의 구덩이에 묻어 줄 것이다!"

카스카. 포워르족의 절대적인 우두머리이자 증오가 뼈에 사무쳐 그 증오로 숨을 쉬는 존재. 그가 절대 자신을 놓아두지 않을 것이다. 끊임없이 발발할 것이고 만일 테아가 사라진다면 어떻게든 자각시켜 그들의 영역으로 데려갈 방도를 마련할 것이다. 그렇게 된다면 펜리르의 둥지에서의 참혹함보다 더한 참사가 벌어진다.

완전한 종말. 완벽한 전쟁. 하겐은 울 듯 눈가가 부풀어 올랐다. 오도 가도 못 하는 현실 앞에서 하겐의 생각은 멈춰 있었다.

"울지 마, 하겐."

바로 그때였다. 테아가 눈을 뜨지도 않은 채 두 손을 내밀었다.

"울면 싫어. 아르마가 슬퍼해. 그리고 나도 슬퍼. 아주 많이."

"테아."

하겐은 내밀어진 테아의 두 손을 제 어깨에 올렸다. 그리고 따뜻한 몸을 안아 올렸다.

"하겐, 다시 가야 해?"

테아는 떨어지기 싫다는 듯이 조심스레 물었다. 하겐 역시도 안타까운 마음은 이루 말할 수 없었다. 그러나 확실하게 해 둘 필요가 있었다. 오직 테아를 위해. 그리고 자신의 사랑을 위해.

"테아, 지금부터 아주 중요한 것을 알려 줄 거야."

하겐은 테아의 턱을 잡고 하늘을 올려다보게 만들었다.

"하늘을 봐, 테아."

"응. 별이 반짝여."

"저 중에서 가장 반짝이는 별이 보여?"

"응. 달 옆에서 반짝거리는 거?"

"그건 곧 자리를 옮길 알페카야. 이제 곧 저 별 대신에 이지러진 달이 찾아오고 그다음 달에 태양을 가리는 날이 찾아올 거다."

"와아! 굉장한 광경일거야, 하겐."

"그렇지, 테아. 아주 환상적인 장면이 시작되지. 바로……"

테아, 네가 포워르로서 자각하는 날이 될 것이니.

"어라? 하겐, 그때쯤 로바노 곳곳에서 축제가 열릴 텐데? 여름을 맞이하는 축제. 그리고 그때 볼리 공이 많은 이들에게 날 영주로 소개한다 했어."

"……그렇군."

한 치의 어긋남이 없는 바퀴가 굴러간다. 태양과 달, 별을 바꿀 수 있는 권한과 능력은 그에게도 없었다. 그렇다면 맞설 수밖에.

"테아, 그때 너 자신을 잊지 마."

"무슨 소리야, 하겐?"

"만일 그때 내가 네 옆에 없어도, 아니 있어도 테아 자신이 누군지 누구를 가장 사랑하는지 잊지 말라고."

하겐의 조용한 언질에 테아는 다시 품으로 파고들었다.

"그런 무서운 말하지 마, 하겐."

"이제 안 해."

"나 무겁지 않아?"

"아니."

"나 이제 다 자란 것 같아."

"하나도 안 무거워."

"언제나 이렇게 날 안아 줄 거야?"

"영원히."

그의 진심에 테아는 하겐의 얼굴을 두 손으로 받쳤다. 그리고 제 입술을 살며시 가져가 속삭였다.

"아까 정말 이상한 기분이었지만 정말 좋았어, 하겐."

"다행이군. 나중에 더 좋게 해 줄게, 아주 많이. 잠도 재우지 않을 거다."

"나 정말, 내가 어떻게 되는 줄 알았어."

부끄러운 듯 가만히 속삭이는 테아를 보니 하겐은 심장이 오 그라드는 것 같았다. 이토록 사랑스런 테아, 단번에 삼켜도 제 눈에 넣어도 아프지 않을 최고의 보물.

그렇기에 하겐은 테아를 안고 이대로 사라지려는 욕망을 억 누르며 애간장을 태울 수밖에 없었다. 이대로, 영원히 아무것도 모르게 이대로……

"나도 그랬다. 내가 죽는 줄 알았어."

"죽으면 안 돼. 절대."

"물론이지. 널 완벽히 안기 전까지는 죽을 수도 없다고."

농담 같은 진담을 장난스레 속삭이는 하겐. 테아는 환하게 웃 었다. 사랑스러움에 하겐은 눈이 짓무르는 기분이었다.

"우리는 영원히 하나다, 테아."

하겐이 테아를 바로 세웠다. 각인하듯 테아의 이마에 입을 맞 추었다.

"하겐은 영원히 나만의 것이야."

테아 역시 욕심 그득한 말을 아무런 사심 없이 말갛게 전했 다. 하겐은 힘겹게 입을 열었다.

"테아, 나와 영원히 함께할 것인가?"

"응."

"죽어도 살아도 영원히?"

"영원히!"

테아가 고개를 끄덕이자 이번에는 하겐의 입술이 다가왔다. 마치 언약의 순간처럼 둘은 서로의 입술을 나누었다. 기다랗게 연결된 은실이 영원할 것처럼 이어졌다.

"한 가지 더. 만일 날 찾고 싶으면 '은의 숲'으로 와라."

"응? 그게 무슨 말이야?"

"테아, 명심해! 만일 자각하게 되어 날 기억하지 못하게 되면 무조건 암포르 숲을 찾아."

"암포르……."

"전부 지워져도 기억해. 암포르를."

하겐은 지금, 만일을 대비해 안배를 하고 있었다. 최악의 사태를 미연에 방지할 수 있는…….

"암포르, 기억할게. 그때가 되면 아르마는 괜찮을까?"

그래, 아르마가 있다. 조금은 안심이 되어 하겐은 테아에게 더없는 속삭임을 전했다.

"아르마가 모든 것을 정리할 수 있을까?"

"아르마가 눈뜨면 내가 보고 싶어 한다고 전해 줘, 하겐. 나에게 올 수 있도록 해 줘."

조금은 밝아진 앞날에 하겐은 소년처럼 웃었다. 테아의 두 손을 맞잡아 그 손등에 입을 맞췄다.

"이제 가 봐야 해."

"다시 올 거지? 내 수호 기사는 하겐뿐이야."

"다시 올 수 있도록 하지. 그리고 당연히 테아만의 수호 기사는 나뿐이다. 그 누구도 네 곁에 두지 마."

"응. 약속."

테아가 하겐에게 입을 맞추었다. 그렇게 두 사람은 달빛 속에서 서로의 손과 입술을 놓아두지 못했다. 새벽이 찾아올 때가지 둘은 서로에게 속해 있었다.

그날 이른 오후, 로바노 성의 거대한 정문으로 화려한 마차가 중앙의 군사 수십과 함께 들어섰다.

이윽고 마차는 성 안의 정원을 돌아 볼리 공이 서 있는 문 앞에 세워졌다. 마차의 문이 열리자 더 화려해지고 어여뻐진 로리아나가 비단 부채를 흔들며 내려섰다.

"어서 오십시오, 로리아나님."

볼리 공이 인사했다. 교만한 표정의 로리아나가 부채를 휙 접으며 붉게 칠해진 입술을 열었다.

"마중 나온 인원이 이게 전부인가요?"

"그렇습니다만."

"내 존재가 겨우 이 정도?"

"그게 그렇지는……."

볼리 공은 말하려다 말고 말에서 내린 중앙의 군사가 마차에 다가가는 모습을 찌푸린 채 바라보았다. 군사의 손 위에 빛나는 손이 걸쳐지고 눈부신 아름다움을 선보이는 로리나가 마차에서 내려섰다.

"다른 날에 오신다는 기별을 받았사온데……."

"아아, 그러려고 했으나 우리 귀한 따님께서 혼자는 가지 못한다 하여서요. 볼리 공, 그대는 조금 늙은 듯하군요."

로리나의 활짝 웃는 모습에 매혹이 가득했다. 아이를 사산한 흔적은 어디에도 없었다. 한층 화려해지고 매력을 발산하는 그녀의 모습은 전보다 더 자신감으로 가득 차 있었다.

음미하듯 성내를 천천히 걷는 로리나는 자신에게 쏠리는 수많은 시선들을 즐기는 듯했다. 그러나 정원 길을 지나는 순간 로리나는 푹 파여 있는 가슴 안에서 얇은 비단 손수건을 꺼내더니 제 코를 막으며 뒤를 따르던 시녀들을 흘겨보았다.

"무슨 냄새가 나지 않느냐?"

"무슨······."

"니들의 코는 돌로 막혔니? 이 지독한 냄새가 맡아지지 않는다고?"

로리나의 앙칼진 말에 시녀들은 영문을 모르고 고개를 저었다. 어리둥절한 시녀들을 한심하게 쳐다보던 로리나는 천사 같은 표정으로 따라오는 제 딸을 불렀다.

"로리아나!"

"네, 어머니?"

"이 냄새, 지독하지 않니?"

로리나의 말에 해맑은 미소를 보이는 로리아나는 코를 살짝 킁킁거렸다.

"음, 그러네요? 역하기도 하면서."

"그렇지? 요상한 것들은 냄새 하나 제대로 맡지 못하지, 뭐니?"

딸의 대답이 흡족한 듯 손수건으로 코를 막으며 살랑살랑 걷는 로리나. 그리고 그녀의 아름다운 딸 로리아나는 종종거리며 고개를 끄덕였다.

　나란히 함께 걷는 모녀의 모습은 그림처럼 아름다웠다. 그러나 그네들의 모습과는 자못 다른 살벌한 대화들이 오고 가니 뒤를 따르는 시녀들은 인상을 찌푸리지 않기 위해 노력해야 했다.

　"중앙이라면 채찍으로 다스렸을 것입니다, 어머니."

　"그렇지? 내 그러고 싶어도 참으련다. 오래된 로바노 아니겠니? 격이 떨어져도 한참 떨어지는 곳이니 역한 냄새가 진동하든 오물 냄새가 진동하든 참아야지. 우리야 이들과는 격이 다른 레이디 아니겠니?"

　"그러지요. 그래도 조금은 미련한 사람들이네요."

　그 어미에 그 딸이라고, 둘의 대화에 시녀들은 기가 막혔다. 이 무슨 말도 안 되는 생떼인지 모를 일이었다. 역한 냄새라는 것은 한창 꽃을 피워 향기로움을 더하고 있는 정원의 꽃아까시나무와 라일락 무더기에서 나는 것이었다.

　화사한 꽃 무더기. 올망졸망한 꽃아까시나무는 가시가 빽빽이 나는 것이 흠이긴 하나 그 향기로움은 이루 말할 수 없었다. 게다가 또 연보랏빛의 라일락은 어떠한가. 향기가 진한 것이 단점이라면 단점이나 꽃향기를 역하다는 사람들은 없었다. 로리나와 그 딸을 제외하고는.

　로바노 성에서 가장 큰 연회실을 둘러보고 싶다는 로리나의 청에 볼리 공은 화려한 무도회가 펼쳐질 연회실로 안내했다. 로리나는 자신을 온전히 비춰 주고 있는 벽면의 거울을 바라보았다.

　"이곳이 연회가 펼쳐질 곳입니다."

볼리 공이 조용히 알렸다. 로리나는 미소를 띤 채 감회에 젖었다.

"이곳은 변하지 않았네."

"그렇습니다."

"그게 좋다는 말은 아니지요, 볼리 공!"

톡 쏘아붙이는 로리나는 눈빛이 표독스러웠다. 전에는 보지 못했던 또 다른 모습이라 볼리 공의 안색 또한 부드럽지 않았다.

"긴말하지 않겠어요. 이번 축제는 재물이 얼마가 들던 최고로 화려하게 치러야 합니다!"

"그렇게 하겠습니다."

"그리고 그때의 상석은 나와 내 딸이 자리해야 하고요."

"그것은 곤란합니다, 로리나님."

"어째서요? 당연히 우리가 앉아야 하는 것 아닌가요?"

"상석은 로바노의 영주가 되실 테오도어께서 자리하셔야 합니다."

"뭐가 어쩌고 어째요! 볼리 공!"

"그날, 영주로서 정식으로 시민들에게 공표할 예정입니다."

"보자 보자 하니, 볼리 공! 짐승만도 못한, 누구의 씨인지도 모를 아이를 역사 깊은 로바노의 영주로 위임한다는 건가요? 미쳤어요?"

로리나의 비명 같은 소리가 텅 빈 연회장을 가득 메웠다. 그 소리는 메아리가 되어 거울 벽면에 반사되고 대기하고 있던 시녀들과 문을 지키는 호위대들의 귀를 막게 만들었다.

"영주는 우리 로리아나여야 합니다!"

로리나가 제 딸을 가리키자 기다렸다는 듯이 로리아나가 부채를 흔들며 그들이 대치된 곳 가까이 다가섰다.

"로리아나는 중앙에서 충분한 후계자 교육을 받고 있답니다. 첫 걸음마를 할 때부터 지금까지 쭉 이어져 왔으니 자질 면에서도 우수합니다. 돌아가신 아버지께서도 무척이나 흡족하게 생각하실 거라 내 장담할 수 있습니다, 볼리 공."

어느새 표독스런 표정을 바꾸어 매력을 최대로 끌어내는 미소를 보인 로리나의 모습에 볼리 공은 긴 한숨을 내쉬었다. 마찬가지로 인형처럼 서 있는 로리아나의 눈빛에 걱정이 앞서고 말았다.

'로리나님뿐 아니라 그 따님도 문제가 될 줄은……'

노회한 그가 본 로리나의 딸, 로리아나. 맑은 모습으로 선해 보이기는 하나 분명 자신의 본성을 숨기고 있는 듯 보였다. 겉과 속이 다른 성정의 소유자이리라. 그것이 좋은 쪽으로 움직일지 아니면 문제의 소지로 전향될지는 조금 더 두고 보아야 할 일, 그러나 어느 쪽도 문제는 문제였다. 볼리 공은 다시 한 번 로리나에게 그녀의 위치를 자각시켰다.

"그럴 수 없음은 돌아가신 영주님의 유언이 분명히 한 것으로 일단락 짓겠습니다. 부디 양해를 바라옵고 축제는 로리나님께서 말씀하신 대로 최대한 화려하게 준비토록 하겠습니다."

볼리 공은 로리나에게 예를 보였다. 이쯤에서 그만하자는 것을 모를 로리나가 아니었으니 입을 앙다물고 볼리 공의 인사를 받지도 않은 채 고개를 휙 돌렸다.

"그래, 그 잘난 후계자는 어찌 모습을 보이지 않는 건가요? 내가 이곳에 왔음을 분명히 알고 있지 않던가요?"

"일정이 바쁘신 관계로 저녁 식사 자리에서 함께하시지요, 로리나님."

다시 공손한 볼리 공의 대답. 로리나는 더는 말해도 소용없음을 알았다.

"두고 봅시다, 볼리 공."

뼈 있는 말을 던진 로리나는 고개를 치켜든 채 괜히 연회실 한편에 놓인 장식대 위에 손가락을 대고 문질러 보는가 하면 티하나 없는 벽면의 거울에 손바닥을 대기도 했다.

"지저분해라."

로리나는 큭큭거리며 웃는 로리아나를 데리고 연회실을 벗어났다. 남은 시녀들은 또다시 연회실을 청소할 수밖에 없었다. 로리나가 지나간 자리마다 지저분한 흔적이 남았기에 어쩔 수 없는 일이었다.

로바노 성의 모든 사람들은 곧 로리나와 그 딸이 어떤 사람인지 파악하기에 이르렀다. 그 소식은 테아의 검술 교사로 있는 모리피에게도 전해 졌다.

"어찌 카스카께서 예언하신 그대로인지."

"그러게 말입니다. 모친이 그런 성정이라니요. 전혀 뜻밖입니다."

"알게 무언가! 부디 달의 일식이 영역 안으로 들어와 힘을 행세하기만을 바랄 뿐인 게지."

"그럴 것입니다. 이번에야말로 기필코!"

"쉿! 말조심해."

암암리에 교관 행사까지 하는 모리피는 그들의 옆으로 지나가는 호위대에게 알은체를 했다. 그리고 그들이 자리를 떠나자 안심한 표정으로 고개를 끄덕였다. 그는 성 안에 들어와 있는 또 다른 포워르와 은밀히 의견을 주고받는 중이었다.

"곧 그날이 다가오니 너는 이 길로 카스카께 알려라. 또한 성 밖에 대기하고 있는 동족들에게 대기명령을 전달해."

"알겠습니다. 그다음 그분을 모시고 갈⋯⋯."

"특별한 말(馬)은 카스카께서 준비해 놓으셨을 것이다. 그러니 어느 것 하나 소홀함이 없도록. 어서 가 봐."

"예!"

빠르게 포워르가 사라지고 혼자 남은 모리피는 무기인 해머를 이리저리 휘두르며 묘한 웃음을 지었다.

"흠, 신성의 기운에 금발과 푸른 눈이라."

모리피는 해머를 만지작대며 성 안 어딘가에 있을 카스카의 재물이 되었던 여인을 상상해 보았다. 솔직히 금발의 여인이 궁금했다. 물론 처음엔 위대한 카스카의 상대자였던 여인을 감히 입에 올리는 것조차 두려워했었다.

그러나 인간의 영역으로 들어와 잠시 그들과 섞이다 보니 포워르보다는 인간에 가까워진 느낌이랄까. 곧 그들의 세상이 될 영역이 하찮게 보이기도 하고 위대한 포워르라는 것에 괜한 우쭐함이 든 것도 사실이었다. 모리피는 해머를 등에 걸고 제 뾰족한 턱을 만지작거렸다.

"신성의 기운이라 해 봤자 겨우 인간인데 말이지."

모리피는 괜히 입맛을 다셨다. 발걸음이 너무나 자연스럽게 로리나가 머물고 있는 곳으로 움직이고 있었다.

성 안의 상황을 알지 못하는 테아는 따뜻한 햇살과 불어오는 바람 속에 스민 라일락 향기를 음미 중이었다. 잠시의 휴식이 찾아온 찰나의 순간 테아가 느끼고 있는 것은 공기가 없는 물속의 따뜻함이었다. 따뜻함을 심장이 두근거릴 정도로 누군가와 함께 공유하고 싶었다.

"하겐 알베리히 요르문가드."

하겐, 보고 싶은 하겐. 이유도 없이 괜히 말 걸고 싶은 하겐. 테아는 그의 이름을 천천히 불러보았다. 제 입술에 손을 가져가며 미소 지었다.

살짝 닿아 버린 입술과 부드러운 입맞춤, 그리고 그의 고백.

꽃바람 속에서 하겐의 열정적인 입맞춤을 되새기는 테아는 괜한 부끄러움과 간질거림으로 어쩔 줄 몰랐다.

"하겐, 빨리 와. 이번에는 아르마도 함께."

테아는 난간에 기대어 멀리 하겐과 아르마가 있을 방향으로 시선을 고정시켰다. 그들과의 즐거웠던 한때를 떠올리자 그 시절이 너무나 그리워 울음이 나올 것만 같았다. 그리하여 불어오는 바람이 과거에 느꼈던 물속을 연상시켰다.

부유하는 공기가 흐르는 물속에서도 숨을 쉬게 만든 그때. 투명한 물속이 마치 보석과도 같았던, 그 안에서 빛과 함께 한껏 노닐었던 기억.

무척이나 어렸을 때를 어찌 기억하냐고 반문한다면 테아 역시 이유를 말할 수는 없다. 그러나 테아는 분명 작은 자신을 부드럽게 안아 주며 함께 물결을 타던 그를 기억하고 있었다.

하겐, 뚜렷한 윤곽의 너무도 잘난 사내.

테아는 맑은 하늘을 올려다보며 그를 그렸다. 하늘의 태양이 구름에 가리어졌다.

저 구름이 지나고 나면 곧 붉은 저녁놀이 가득한 오후가 되고 또 밤이 찾아오겠지. 그렇게 되면 태양은 달과 자리를 바꿀 것이고 변해 가는 계절처럼 하늘의 별들 역시도 순식간에 또 다른 별들과 자리를 바꿀 것이다.

그래, 받아들이자. 특별한 자신을. 인간이든 인간이 아니든, 하겐이 있고 아르마가 있고 산팡이 있다. 그리고 로바노 영지에 대한 의무 또한.

볼리 공과 제법 돈독해진 탓에 테아는 더 이상 고민하지 않으리라 다짐했다. 앞으로, 오직 앞으로.

바로 그 순간, 불어오는 꽃바람 속에서 테아는 양미간을 찌푸릴 정도로 이상한 환청을 듣게 되었다. 그것은 분명한 부름이었다. 전혀 와 닿지 않는 이상하고도 생소한 목소리가 테아를 부른다.

"루구스."

테아는 어린애처럼 고개를 두리번거렸다.

"루구스, 우리들의 왕."

자신을 직시하는 반짝이는 별과 같은 그 음성. 테아는 고개뿐 아니라 몸 전체를 돌려 두리번거렸다.

어디서 들려오는 것인가, 누가 자신을 부르는 것인가!

"때가 되었다. 우리들의 해후를 위해, 루구스!"

해후라니, 대체 누구야! 누가 날 부르는 것인가! 당장 나와!

테아는 소리 지르고 싶었다. 알 수 없는 분개를 느끼며 사납게 눈을 치뜨고 두 손을 움켜잡았다. 테아가 흥분한 그 순간 산팡이 안으로 들어와 그녀를 부르고 있었다.

"준비되셨어요, 테아 아가씨? 이제 아래로 내려가야지요."

산팡은 뜻밖에도 하얗게 질려 있는 테아를 발견하게 되었다.

"아니, 아가씨? 대체 뭔 일이에요? 이 식은땀은 또 뭐고?"

"사, 산팡. 나, 내 이름이……."

"아가씨?"

"내 이름이 뭐지요?"

산팡은 어리둥절한 가운데 그녀의 이름을 알려 주었다.

"테오도어 루구스! 테아라고 부르고 있지요. 그건 그렇고, 그 수호 기사라는 양반이 사라진 다음부터 아가씨 몸이 예전 같지 않아 보여요! 보약이라도 드시든가 해야지, 원."

이유를 모르는 산팡은 테아의 흐트러진 머리를 정돈해 주었다. 그런 산팡을 바라보며 테아는 자신의 이름을 계속하여 되풀이해 보았다. 테오도어 루구스라고.

"산팡, 이곳에서 날 루구스라고 부르는 사람이 있던가요?"

"전혀요! 누가 감히 우리 귀한 아가씨의 이름을 함부로 부른답니까?"

"그렇지."

산팡의 대답에도 불구하고 테아의 흔들리는 눈빛은 지진이라도 일어난 듯 섣불리 제자리를 찾지 못했다.

"저, 산팡?"

"예, 아가씨."

"내 이름, 누가 지었다고 했지요?"

"그야 돌아가신 로바노 3세께서 친히……."

"볼리 공을 만나야겠어요. 당장!"

"아가씨!"

산팡은 부리나케 뛰어나가는 테아를 잡지 못했다. 뭔가 당혹스러운 것이 분명한 테아였다. 안 그래도 로리나로 인해 분위기가 뒤숭숭한데…….

"이런, 로리나님께서 오셨다는 것을 알리지 못했네. 이 정신 좀 봐! 이를 어쩌나."

미리 언질을 주지 못한 스스로를 자책하며 산팡은 발을 동동 굴렀다. 제발 오늘 만이라도 로리나와 테아가 부딪치지 않아야 할 텐데, 이를 어쩌나.

"내가 늙은 게야. 중요한 것을 알리지도 않고. 뭐하는 정신머리인지."

산팡은 열어 놓았던 발코니 문을 닫으려 했다. 그리고 코를 잡고 인상을 썼다.

"아니, 누가 유황 가루를 뿌려 댄 거야!"

정말이지 고약한 냄새였다. 마치 마리스의 간헐천에서 분출하던, 뜨거운 온천물에서 샘솟던 그 냄새. 그것을 인지한 산팡은 말도 되지 않는다며 곧 고개를 흔들었다.

이곳은 로바노. 멀리 있는 마리스의 냄새가 이곳에서 나는 것은 말도 되지 않는 것이니.

산팡은 다시 한 번 창을 활짝 열었다. 그다음 주변을 정돈하기 시작했다.

"어머니, 방이 작아요."

"참아라. 곧 바꿔 줄 테니."

로리나와 로리아나는 안내받은 곳이 마음에 들지 않는지 계속하여 부정적으로 모든 것을 대하고 있었다. 사실 그녀들이 있는 곳은 로바노 성에서도 가장 화려한 곳이었다. 그런데도 불구하고 마음에 들지 않는다 말하는 것이다.

"당장 바꿔 주세요, 어머니."

"호호, 기다리렴. 곧 조취를 취할 것이니."

로리나의 대답이 무척이나 마음에 든 로리아나는 안색이 금세 밝아졌다. 그녀는 한편에 놓인 옷장을 열어 보며 호들갑을 떨었다. 미소 짓던 로리나는 점차 안색이 차갑게 변했다.

로리나는 활짝 열린 창으로 걸어갔다. 그러면서 한껏 코웃음을 쳤다. 함께 오지 않은, 왕이 될 제 남편에 대한 비웃음이 한껏 머물렀다.

"별 볼 일 없는 사내."

가진 것이라고는 권력뿐인 남편. 로리나는 왕후가 되면 모든 것이 완벽해질 줄 알았다.

그러나 틀렸어. 그깟 왕후 따위 허울 좋은 자리일 뿐. 중앙의 권력이란 로바노의 오랜 역사만큼이나 부질없는 것인 게 분명해.

권력에 대한 욕심이 거미줄처럼 엉켜 있는 중앙에서 로리나는 회의감을 느꼈다. 그러나 한편으로는 언젠가 보았던 휘황찬란한 왕관을 손에 넣고 싶었다. 최고의 보석들로 만들어진 그것이 정말 탐이 났다.

"왕후의 관은 붉은 보석과 금강석이 빛을 발하던데."

그래, 그 보석들. 금강석이 알알이 박힌 왕관, 목걸이, 팔찌. 그것뿐 아니라 왕실 보고에는 수많은 보석들이 잠자고 있다지. 뭐 여자로 태어난 이상 왕후가 최고의 자리 아니겠어?

다시 안색이 환해진 로리나는 제 꺼진 배를 살짝 매만졌다. 아직도 왕이 되지 못한 남편을 한껏 원망했다. 태어나지도 못한 채 배 속에서 죽어 간 생명 또한 부질없다 여겼었다. 그렇기에 이곳, 로바노의 권력이 필요했다. 무슨 수를 쓰더라도 로바노 영지를 재물 삼아 당장 왕후 자리에 앉을 속셈이었다.

"두고 보라지. 내가 아니면 우리 로리아나라도 꼭!"

로리나는 드레스를 꺼내 제 몸에 대어 보는 아리따운 로리아나를 흡족하게 보았다. 그러나 한편으로는 서글펐다. 자신은 늙어 가고 제 생명을 나눠 받은 어린 딸은 아름답게 성장한다. 그게 또 로리나의 심경을 거칠게 만들었다.

"싫어. 아름다움은 내 것."

갑자기 딸이 보기 싫어진 로리나는 얼굴을 휙 돌려 버렸다. 그리고 붉은 저녁노을에 녹아들고 있는 성의 정원을 내려다보았다. 그 순간 로리나의 시선을 잡아채는 사내가 있었다.

제법 몸이 좋은 사내였다. 잘 발달된 상체 근육이 우람하고 걸음을 옮길 때마다 불끈거리는 허벅지가 장대했다. 저도 모르게 갈급증이 일어났다. 그녀는 사내를 보며 입술을 축였다. 사내 역시도 로리나를 올려다보고 있었다. 둘은 서로의 시선을 잡아채고 의미심장한 미소를 나누었다.

"로리아나!"

"네, 어머니."

"잠시 산책을 하고 올 동안 디너를 위한 치장을 하고 있으렴."

"산책이요? 그럼 저도 함께……."

"안 돼!"

로리나를 따라갈 생각이었으나 로리아나는 곧 자신의 행동을 멈춰야 했다. 바로 로리나의 고함 때문이었다. 번개가 치는 것처럼 광포한 소리였다. 로리아나는 곧 한 발 뒤로 물러났다. 그리고 무릎을 숙여 예를 보였다.

"예, 어머니. 다녀오세요."

얌전한 대답과 공손한 태도. 로리나는 그제야 웃는 얼굴로 고개 숙인 로리아나의 어깨를 도닥거렸다.

"착하구나. 그럼 곧 돌아올게."

로리나는 우아하게 걸음을 옮기며 쇄골에 걸쳐져 있던 드레스 자락을 어깨까지 밀어 내렸다. 그녀의 모습은 로리아나에게

도 보였다. 가뜩이나 파여 있는 드레스가 더욱더 노골적인 자태
로 변했다. 로리아나는 피식 웃었다.

"또 시작이야?"

익숙한지 금세 자연스럽게 행동한 로리아나는 로리나의 모습
이 완전히 사라지자 짐들이 쌓인 곳으로 갔다. 그리고 가장 위
에 놓인 상자에서 로리나의 보석함을 꺼내 열고 가장 화려한 보
석 한 점을 들어 탐욕스런 눈빛으로 제 몸에 대어 보았다.

"멋져라. 곧 있음 이게 다 내 것이야."

로리아나는 거울을 바라보며 한껏 자신의 외향에 젖어 든다.
아름답다. 금발도 아름답고 푸른 눈도 아름답다. 걸친 보석 또
한 아름답고 또 아름다웠다.

모리피는 소리 내어 크게 웃고 싶었다. 역시나 인간 계집들이
란……

카스카의 재물이었던 여자는 다를 줄 알았다. 그러나 사내를
보자마자 욕망을 느꼈다. 그것을 몰라볼 모리피가 아니었다.

사락사락. 드레스 자락이 움직이는 소리가 모리피의 귓가에
들린다. 그리고 향기까지.

모리피는 순간적으로 코를 찡그렸다. 뭔가 자연스럽지 않는
향이었다. 인공적이면서도 상대를 불쾌하게 만드는.

"당신은 누구?"

그러나 언제 가까이 다가왔는지 눈부신 살결을 내보이며 은
은히 미소 짓는 황금빛의 로리나를 본 순간 그 향기에 대해서
잊었다.

"그냥 그대를 원하는……."

모리피는 로리나의 하얀 손을 살며시 잡아 올렸다. 그다음 그 손등에 입을 맞추었다.

"호호, 멋진 신사분."

모리피는 로리나를 가까이 잡아당겼다. 그리고 그녀의 귓가에 은밀하게 속삭였다.

"보는 눈이 없는 곳으로 가실까요?"

"물론."

단숨에 의견을 하나로 모은 로리나와 모리피는 노을 속에 만들어진 그림자 사이로 스며들며 으슥한 회랑 한편의 접객실로 들어갔다.

테아는 급했다. 그녀의 이름. 돌아가신 부친이 직접 하사했다는 그 이름.

특히나 환청에서 들었던 '루구스'라는 이름에 그녀를 치받게 하는 것이 있었다. 그것이 무엇인지, 이름의 의미가 무엇인지 알아야 했다. 그리고 이번에야말로 볼리 공이 왜 자신을 두려워하면서도 경애의 눈빛으로 보는지 이유를 듣고 싶었다.

단지 영주가 될 사람이라서? 아니, 그것이 아니었다. 볼리 공은 다른 의미를 가지고 있는 것이 분명했다.

테아는 한시가 급했다. 그러나 볼리 공의 집무실로 가기 위해 지나쳐야 하는 접객실에서 여자의 신음 소리가 들려왔다.

테아의 발걸음이 일시에 멈췄다. 주변은 으스름했고 아무도 없었다. 다시 숨이 끊어질 듯 들려오는 소리가 테아를 자극했다. 어서 그 자리를 떠나야 한다고 생각했으나 또다시 들리는 거친 신음에 테아는 움찔했다.

그래서 몸을 움직였다. 들려오는 그 정체를 알기 위해 소리가 새어 나오고 있는 곳의 문을 살짝 밀어 보았다.

끼익. 문은 잠기지 않은 듯 너무도 쉽게 열렸다. 그러나 테아는 안으로 들어가지 않았다. 다만 눈앞에 비스듬히 펼쳐진 광경에 제 입을 틀어막았다.

자신의 검술 교사인 모리피와 아름다운 언니 로리나였다.

제8장
더는 흔들리지 않는 낯선 어느 고요한 자리에

하늘은 늘 맑고 태양은 최고의 빛을 발하는 곳.

하겐의 영역, 아니 정백들이 살아 숨 쉬는 천상의 영역. 바로 전쟁 신의 영역인 이곳에서 하겐은 '나의 하늘'이라 명명한 높다란 하늘을 올려다보고 있었다.

하겐의 그림자를 가로지르는 것은 태양의 빛이 아니었다. 하겐의 한숨이었다. 마치 땅이 꺼져라 나오는 그 한숨은 헛김이 되어 나왔다. 그의 뒤로는 언제 다가왔는지 모를 보탄이 조용히 서 있었다.

"하늘이 더욱 푸르군요."

늘 하던 보탄의 인사말. 그러나 평범한 그 인사에 너무나 깊은 뜻이 함구되어 있음을 하겐도 보탄도 알고 있었다. 요즘처럼 기운이 꺾인 적이 없던 하겐이었다. 하겐은 수천 년 동안 단 한 번도 자신의 마음을 절대 티 내지 않았다. 다만 소년처럼 장난기 넘치던 모습에서 성숙한 사내가 된 것처럼 진중한 눈빛이었다.

"늘 평온한 하늘이지."

"그래도 오늘만은 다르지 않겠습니까?"

"그래, 그럴지도 모르겠군."

눈이 부신지도 의식하지 못한 채 하늘을 바라보던 하겐은 비로소 보탄에게 얼굴을 돌렸다. 그는 단단한 은빛의 갑옷으로 무장한 채였다. 마찬가지로 눈의 위치만 뚫려 있는 투구까지. 왼편에 안은 은빛 투구에 시선이 쏠린 하겐은 피식 웃었다.

"충분히 방비했나."

"물론입니다. 저희들은 늘 한결같습니다."

"믿어. 늘 그대들을 믿어 왔다."

한마디로 보탄의 차림새는 완전한 무장. 앞으로 있을 전쟁과도 같은 상황에 대비한 막강한 차림새였다. 포워르족이 단단한 해머로 내리친다 해도 능히 막을 수 있을 만큼 탄탄해 보였다. 보탄뿐만 아니라 멀리 수천에 가까운 정백들의 기합 소리가 앞일을 예보하고 있었다. 그들은 만반의 채비를 갖춘 채 하겐의 지시만을 기다리는 상황이었다.

"그런 표정 짓지 마십시오. 저희들은 늘 하겐님과 한 몸입니다."

"내 표정이 어때서?"

"승리가 분명한 지금, 고통스런 표정은 어울리지 않습니다."

"고통…… 그렇게 보이나?"

"그렇습니다. 그것도 무척."

"내가 괴로움을 알던가? 아니, 아픔이란 것을 알고 있던가?"

하겐의 씁쓸한 물음에 보탄은 고개를 저었다. 하찮은 감정 따위 절대자인 하겐이 알아서 무엇하겠는가. 아니, 애초에 그런 감정들을 하잘것없는 것들이라 치부한 것이 하겐이었다. 그런데 하겐은 분명 달라져 있었다. 보탄이 다시금 고개 숙였다.

"이미 온전히 알고 있었습니다. 그러나 드리내지 않으셨을 뿐."

단 한 번도 보이지 않았던 서글픈 표정이 안타까웠다.

늘 한결같던 하겐. 냉철하고 강하며 어떠한 감정에도 휘둘리지 않았던 막강한 요르문가드.

그런 그가 카스카의 철저한 계획에 당혹해하면서도 고통에 휩싸여 있었다. 그를 오래도록 보필한 보탄이기에 한없는 연민에 휩싸였다. 그의 가장 깊은 내면에 숨겨진 것은 누군가에 대한 지극한 사랑이니…….

"보탄, 이번에는 무슨 일이 있더라도 되풀이되지 않도록 할 것이다."

"알고 있습니다."

"그것이 과거에 내가 행했던 이기적인 행위에 대한 속죄일지라도. 이행되어야 할 것이다."

"속죄라니요? 애초에 포워르족의 지독한 욕심에서 시작한 발로였습니다."

"그래, 어차피 드러날 욕심이었지. 그러나 보탄, 이 싸움은 내가 중요한 것이 아니다. 가장 중요한 것은……."

차마 마지막 말을 하지 못하고 하겐은 두 주먹을 하얗게 그러쥐었다. 당장이라도 모든 정백들을 이끌고 들어가 포워르족을 전멸시키고 싶다. 그러나 행하지 못하는 자신의 또 다른 이기심. 제 심장을 움켜쥐었으면서도 아무것도 모르는 사랑스런 테아.

"이 나에게 중요한 것은 아무것도 없다. 오직 테아 외에는!"

맹세와도 같은 읊조림. 보탄은 하겐이 어떠한 의미로 고통 서린 감정을 드러내는지 안다. 앞으로 닥쳐 올 환란과도 다름없는 시련 역시 너무나 잘 알고 있었다.

달이 돌아가고 태양이 멈추는 시기, 얼마 남지 않는 월식의 그날.

"만에 하나 아르마가 그전에 의식을 찾는다면 어찌시렵니까?"

"아르마."

하겐은 잠시 아르마가 잠들어 있는 동굴을 향해 시선을 돌렸다. 동굴 천정에 고드름처럼 매달린 물방울이 물속으로 보석 같은 그것을 떨어트리는 곳. 하겐의 휴식처이자 어린 테아를 물고 왔던 바로 그곳.

아르마는 한쪽 날개를 잃은 채 그곳에서 잠들어 있었다. 하겐이 아르마를 부르면 간혹 닫힌 눈꺼풀이 파르르 떨리기는 했다. 그러나 기대했던 아르마의 울음소리는 끝내 들리지 않았다. 점점 얕아지는 심장의 박동이 하겐을 아프게 했다. 이상한 점이 있다면 아르마의 오색 무늬만은 찬란히 빛을 발하며 생동감을 가진 그대로였다. 하겐은 그것에 희망을 품고 있었다.

"아르마는……."

잠시 감정이 응축된 듯 하겐은 말문을 잇지 못했다. 잠긴 음성은 그의 모습만큼이나 고뇌에 차 있었다.

"아르마는 더는 나와 공명하지 않는다."

"이런!"

보탄은 경악했다. 아르마는 하겐의 펜리르이다. 오직 그와 공명하며 감정을 나누고 그를 지킨다. 그러나 펜리르의 영역에서 날개를 잃은 뒤로 눈을 뜰 기미를 보이지 않았다.

물론 날개를 잃은 것은 크나큰 부상이었다. 하지만 아르마의 힘이란 생각보다 더 원대한 것이어서 하겐조차도 대응하지 못할 때가 있었다. 그런 아르마가 점점 원기를 잃어 간다는 것은 무엇을 의미함인지. 아니면 또 다른 이유가 있단 말인가!

"아르마는 테아와 공명하고 있다."

하겐의 충격적인 발언에 보탄은 잠시 휘청거렸다. 무거운 갑옷 탓이 아니었다. 아르마가 이종 교배자와 공명하고 있다니. 금시초문이었다.

"잘 이해되지 않는군요. 분명 아르마는 하겐님만의 호위자이자 수호자입니다. 그런데 완전한 포워르도 아닌 이종 교배자와 공명을 하다니요? 도무지 전……."

하겐은 다시 하늘을 우러러보았다. 저 역시도 납득하기 힘든 사실이나 그것은 분명한 현실이었었다.

한 가지 확실한 것은 그 원인을 알고 있는 자는 오직 테아의 부친일 것이다. 그렇기에 하겐은 테아가 완전히 자각하기 전에 카스카를 만나야 했다. 테아의 부친이자 하겐을 지독히도 증오하는 포워르의 우두머리를.

"나 역시 알기를 원해. 그래야 아르마도 살고 나도 살고. 그리고 테아도…… 날 기억하게 될 것이다."

음성은 물기를 담고 있었다. 그것조차 생소해 보탄은 당황했다. 올바른 감정의 발전이기는 하나 원인이 문제였다. 보탄은 죽기를 각오하고 하겐에게 물었다.

"제가 묻겠습니다. 부디 거짓 하나 없이 알려 주소서."

"뭐든지 알려 주지."

"그, 교배자에게…… 감정을 갖고 계십니까?"

교배자, 테아. 그래, 나의 테아. 제 심장을 움켜쥐고 있는 사랑스런 여인. 눈부신 흑발과 금빛으로 빛나는 아름다운 테아.

"감정이 아니야. 그것은 감정이라는 단어로 설명할 수 없다."

"하겐."

"그녀는 나의 모든 것이다."

보탄은 머리가 띵했다. 그의 곁을 지킨 세월이 수천 년이다. 그러나 단 한 번도 하겐의 입에서 감정이니 뭐니 지지부진한 것들에 대해 말한 적도, 알린 적도, 표현한 적도 없었다. 아니, 애초에 감정을 가진 적 없는 그였는지도 모른다.

전사 계급의 최상위자이자 지독한 전쟁의 신. 정령의 우두머리인 보탄이 목숨 바쳐 섬기는 전쟁과 파괴의 벨라투카드로스의 화신이기 때문이었다.

"사랑……하시는 군요, 그분을."

"사랑? 아니 사랑이 뭔지 몰라. 그러나 이 지독한 소유욕과 지배욕이 사랑이라 한다면 아마도 맞을 것이다. 그래, 난 테아를 사랑해. 너무나 사랑해서 내 생명 따위 어찌 되어도 좋을 정도로 사랑하고 또 사랑한다."

보탄은 기절할 듯 어지러운 머리를 짚었다. 사랑, 생명, 모든 것. 최상위의 절대자가 자신은 어찌 되어도 좋다며 구구절절한 사랑을 입에 담고 있다.

"날 경멸해도 좋아. 날 나약한 인간 취급해도 좋다. 그러나 다시 한 번 내 두 손에, 내 품에 그녀를 안을 수만 있다면 뭐라도 하고 싶다. 그녀가 완전히 자각하기 전에 모든 것을 무위로 돌리고 싶은 것이 나의 솔직한 심정이다."

"그, 그 자각이란 것이……."

"머지않아 달의 영역 안으로 태양이 들어와 힘을 행세한다. 사방이 어두워지는 그 짧은 순간 그녀는 각성할 것이다. 어둠의 포워르로!"

"맙소사!"

"그것을 카스카가 철저한 계획 아래 한 치의 빈틈도 없이 안 배했다. 또한 카스카는 지독한 증오와 살의, 세상의 어두운 면면을 깨닫게 하기 위해 인간의 영역에서 살게 했다. 괴로워할 테야는 전혀 개의치 않고 말이지."

보탄은 고통에 몸부림치는 하겐을 이해할 수 있었다. 완전한 자각. 하겐에 대한 기억을 잃고, 사랑을 잃고 오직 증오만을 가진 완벽한 살인 병기가 될 것이라는 것. 곧 닥쳐 올 미래이자 현실이었다.

또한 포워르족과의 마지막 전쟁도 코앞에 두고 있다.

"그 자각을 불러오지 않을 수 없는지요?"

"몰라, 모른다. 그 어떤 것도!"

더는 참을 수 없어 하겐은 소리쳤다.

그래, 몰라. 모른다! 사랑스런 테아를 각성하지 않도록 하는 방법 따위 알지 못한단 말이다!

"그래서 보탄, 난 카스카를 만나야 해."

하겐은 입을 다물었다. 보탄 역시 더는 아무것도 묻지 않았다. 그의 심정이 충분히 이해되었으므로. 또한 이 모든 것은 먼 과거의 하겐이 야기한 것이기도 하기에…….

하겐은 도열한 정백들 앞에 섰다. 모두들 은빛의 갑옷으로 무장하고 각자의 무기를 손에 들었다.

"아무런 말도 하지 않겠다. 다만 무사해다오!"

잠시의 적막. 정백들은 귀를 의심했다. 단 한 번도 당부나 몸조심하라는 말을 들은 적이 없었다. 그런데 하겐이, 그들의 절대자가 각자 몸조심하라는 진심이 담긴 부탁을 하고 있었다.

정백들은 감동에 겨운 듯 눈을 껌벅였다. 포워르족과의 전쟁은 이미 예견된 것이었다. 다만 그날이 현재가 될지 아니면 더 먼 미래가 될지 알 수가 없었었다.

한 가지 확실한 것은 정백들의 역사에 길이 남을 마지막 전쟁을 앞두고 있음을. 그리고 충분한 보상을 하겐이 감정으로써 보여 주고 있었다.

뿌우우.

출전의 뿔 나팔이 들리고 천에 가까운 정백들은 일시에 움직였다. 눈만 내어놓고 입에는 철창처럼 겹겹이 둘러져 있는 투구를 머리에 썼다. 그것들은 포워르의 영역에서 나는 독 같은 유황 냄새를 막는 데 충분히 일조할 것이다.

정백들과 달리 하겐은 투구를 쓰지 않았다. 다만 동굴 안에서 잠자고 있을 아르마를 마음속으로 불렀다.

'아르마, 잘 쉬고 있어. 절대 죽지 마라.'

전 같으면 아르마의 숨 쉬는 소리와 더불어 울음소리가 들렸을 것이다. 그러나 아무리 귀를 기울여도 어떠한 소리도 들려오지 않았다. 하겐은 깊게 심호흡했다.

테아, 아르마를 보아 줘. 아르마, 부디 테아를 지켜 줘.

하겐은 몸을 돌렸다. 그리고 까만 뿔이 길게 돋아난 흑마의 말고삐를 힘차게 감아쥐었다. 또다시 뿔 나팔 소리가 들려오고 사방은 온통 안개와 같은 뿌연 공기만이 남아 수많은 정백들이 있었음을 암시할 뿐이었다.

숨을 쉴 수가 없다. 날숨과 들숨이 뾰족한 가시처럼 테아의 목과 후두에 상처를 입히고 있었다. 지독한 이물질이 기도로 들어간 것처럼 가슴이 들썩였다.

테아는 비스듬히 열려 있는 문을 어쩌지 못하고 바로 옆의 벽에 기대어 숨을 몰아쉬었다. 심하게 두근거리는 심장 박동을 느끼며 스스로가 억제하지 못할 감정에 휩싸여 있었다.

테아는 제 눈과 귀를 의심했다. 꿈이 아니었다. 그것은 현실, 어딘가에서 펼쳐지고 있는 현실.

'아르마! 하겐!'

테아는 본능처럼 아르마와 하겐을 불렀다. 늘 그들이 테아 주변에서 온기를 나눠 주었다. 특히 제 심장을 가져간 하겐은 더더욱.

끼이아!

순간 테아는 움츠러들었던 고개를 번쩍 들었다. 아르마의 울음소리가 나는 방향으로 시선을 돌렸다.

'아르마? 어디 있어, 아르마?'

다시 어린애가 된 것처럼 눈물이 맺혔다. 아르마에게 가고 싶었다. 그러나 다시 들려오는 신음 소리가 테아를 막아섰다.

잠시의 침묵과 고요. 그 안에서 테아는 다시 한 번 확신했다. 들어서는 안 되는 교성의 주인공은 로리나, 그녀가 틀림없었다. 우아하고 아름다운 언니. 누구보다 긍지 있고 자존심 높은 그녀가 대낮에 저의 검술 교사와……

"우엑."

테아는 고개를 황급히 돌리고 벽에 머리를 박으며 토악질을 하기 시작했다. 역한 냄새가 사방을 메우고 들려오는 신음 소리와 테아의 토악질 소리가 어우러져 마치 지옥을 연상케 하듯 엉망이 되어 버렸다.

로리나와 모리피는 만족스런 몸의 향연을 일시에 멈췄다. 꽤나 즐긴 듯 만족스럽게 몸을 뒤로 빼는 모리피. 그때 그에게 들리는 소리가 있었다. 익숙한 소리. 제아무리 시끄러워도 분명하게 들을 수 있는 강력한 울음소리.

"펜리르!"

경악하듯 내뱉은 모리피의 말에 로리나는 순간적으로 인상을 찌푸렸다.

"유황 냄새?"

로리나는 질겁한 채 모리피를 한껏 밀어 버렸다.

"너 누구야!"

어느새 발악하는 표정이 된 로리나. 언젠가 맡아 본 적이 있는 냄새였다. 그러고 보니 외향조차 닮아 있었다. 로리나는 비명을 질러 대기 시작했다.

"꺄아악! 살려 줘!"

한창 토악질을 하던 테아는 손등으로 제 입을 닦은 뒤 급작스럽게 들려오는 비명에 깜짝 놀랐다. 그다음 앞뒤 생각지도 않고 안으로 뛰어들었다.

테아가 안으로 들자 가장 놀란 이는 모리퍼였다. 그는 흘러내린 바지를 간신히 추켜올리며 당황스런 표정을 지었다.

"테, 테아님……."

로리나도 마찬가지였다. 다만 그녀는 뛰어 들어온 테아를 바라보았다.

"테아? 누가?"

로리나의 고개가 이상하게 돌아갔다. 마치 목각 인형에 붙여 놓은 인형 머리처럼 흐트러진 금발이 흔들렸다.

"네가…… 네가……."

로리나는 제 눈을 믿지 못했다. 누가 테아라고? 물결치는 흑발에 그림 속에나 봄 직한 금빛 눈동자가 눈에 들어왔다. 볼품없던 아이가 이렇게 순식간에 자랄 수 있지? 그것도 여신처럼. 그래, 아니야. 그럴 리 없다. 그것이 저렇게 우아하게 자랄 수가 없지. 저것은 괴물이다.

눈앞에서 제 추악함을 들여다보고 있는 저것은 괴물이고 짐승일 뿐이다!

주변에 퍼진 유황 냄새가 그녀의 후각을 잠식했다. 로리나는 순식간에 눈을 퍼렇게 빛냈다. 그다음 날카롭게 드러난 손톱을 세우며 테아에게 달려들었다. 이번에는 모리피가 움직였다.

그는 살기를 띤 채 테아에게 달려드는 로리나를 휘어잡았다. 그리고 그대로 밀어 버렸다.

털썩. 순식간에 바닥으로 쓰러졌으나 로리나는 거기에서 멈추지 않았다. 벌떡 일어나 테아에게 다시 달려들었다.

"어딜!"

이번에도 모리피는 로리나를 잡아챘다. 몸을 비틀어 빠져나가려는 여자의 목덜미를 두 손으로 움켜잡았다.

"놔줘요!"

순간 테아가 절박하게 소리 질렀다.

"테아님! 그, 그게……."

"모리피, 놓아 드려요, 어서!"

테아는 흔들리는 마음을 가라앉히려 노력했다. 사방에 퍼진 냄새는 토사물에서 나는 역한 냄새라고 여겼다.

그러나 로리나는 달랐다. 저를 잡고 있는 사내는 그날 퍼붓듯이 내린 빗속에서 제 몸을 가져간 괴물과 흡사했다. 또한 그날의 행위로 탄생된 괴물이 저렇게 몸을 키워 절 죽이려 하고 있다 여겼다.

"괴물! 저것은 괴물이다! 저런 짐승 따위 죽여 버려! 갈기갈기 찢어 버리라고!"

로리나의 외침에 당황한 테아. 모리피는 여자를 비웃었다. 감히 누가 누구더러 괴물, 짐승이래?

"입 닥쳐!"

"누가 없느냐! 살려 줘! 날 살려 줘! 그리고 저 괴물! 괴물을 죽여라! 어서!"

"입 다물어! 감히 위대한 포워르의 왕에게……."

사정없이 손톱을 휘두르는 로리나의 몸부림에 모리피는 끝까지 말하지 못했다. 그의 얼굴에 붉은 생채기가 그어지고 사정없이 할퀴어졌기 때문이었다.

그리고 멀리서 들려오는 일정한 발소리들. 호위대들이었다. 로리나의 비명을 들은 것이 분명했다. 그들이 다가오자 모리피는 다급해졌다. 괜히 질펀하게 놀아 보려다 착착 진행된 계획에 차질이 생길지도 모른다. 하필이면 테아에게 현장을 들키다니.

모리피는 자신의 실수를 어찌 감당해야 할지 앞날이 캄캄했다.

"죽여라! 저 계집을 죽…… 크헉."

모리피에게 잡힌 로리나는 단말마의 비명을 질렀다. 더는 참을 수 없었던 모리피에 의해 목이 졸린 것이다.

"안 돼!"

테아가 비명을 질렀다. 다급한 발소리들이 재빠르게 도착하고 테아는 들어선 호위대들 중 한 명의 허리에 걸려 있던 검을 순식간에 빼어 들었다.

쉬익. 바람 소리가 들리는가 싶더니 로리나의 목을 움켜잡고 있던 모리피가 쓰러졌다.

테아는 손에 검을 든 채 쓰러진 둘에게 다가갔다. 호위대가 쓰러진 로리나의 가슴과 목을 확인한 뒤 고개를 저었다. 그리고 망토를 벗어 로리나의 몸 위로 덮어 주었다.

테아는 천천히 쓰러진 모리피에게 한 무릎을 꿇었다. 그리고 물었다.

"포워르라니?"

"위, 위대한 포워르의 왕…… 루구스, 테아……."

그만해! 그만! 테아는 소리 없이 비명 질렀다. 그다음 믿기지 않는 일이 벌어졌다. 순식간에 팽창한 금빛 눈이 살기를 가늠하고 심장이 끓어 테아의 의지를 발현시켰다.

처음 느껴본 살의. 무언가가 이토록 강하게 정신과 육체를 지배한 적은 없었다.

왜! 무엇 때문에! 언니인 로리나의 육체 행각을 보아서? 아니면 검술 교사인 모리피가 제 이름을 담아서? 그것도 아니면 위대한 포워르라는 것에.

모리피의 찢어진 눈에 비쳐진 테아의 모습이 흔들리며 점점 흐려졌다.

"당신의 정체가 무엇이지?"

"면목이…… 이러려던 것이 아니었는데…… 요, 용서를."

"당신 누구야!"

"루구스, 우리들의 왕. 루구……스……."

"그만!"

참을 수 없었던 테아는 소리를 질렀다. 찐득하게 달라붙는 모리피의 눈길과 부름을 더는 들을 수가 없었다. 테아는 들고 있는 검을 높이 들었다. 호위대들조차 테아의 행동에 고개를 돌렸다. 서걱, 차갑게 베어지는 소리는 소름이 끼칠 정도였다. 방 안의 모든 이들이 눈과 귀를 돌려 외면해도 테아만은 그대로였다.

그 후, 급히 달려온 볼리 공은 경악했고 모친의 죽음을 알게 된 로리아나는 울부짖었다. 그리고 로리나의 시신이 급히 수습 되는 순간까지 테아는 아무런 말도 표정도 보이지 않았다. 마찬 가지로 검술 교사였던 모리피의 잘린 몸뚱이 앞에서도 어떠한 감정도 내보이지 않았다. 볼리 공은 피가 묻은 검을 든 테아를 주시할 뿐 아무것도 묻지 않았다. 다만 두려움에 질린 눈빛으로 하늘을 우러러 눈물지을 뿐이었다.

그 이후, 로바노의 많은 사람들은 쉬쉬하며 그녀의 죽음에 얽 힌 정확한 사인에 대해서는 일체 입에 담지 않았다.

여름 축제는 예정대로 준비되어 갔다.

"아이고, 난리도 이런 난리가 없습니다. 생난리도 이것보다는 낫지요. 그래도 볼리 공의 결단이 옳습니다. 암요! 그래야지요!"

괴한의 급습으로 죽음에 이르렀다는 결론을 가져온 한바탕의 죽음. 시나리오는 볼리 공이 짜 맞춘 것이었다. 새로운 영주의 즉위식과 겸할 로바노의 공식적인 축제를 추문으로 뒤덮을 수는 없다는 볼리 공의 묘안에 다들 입을 맞출 수밖에 없었다.

그러나 고귀한 영애이자 왕후가 될 로리나와 검술 교사 모리 피의 죽음은 쉽게 잊지 않았다. 성 안 곳곳에서 로리나에 대 한 소문들이 점점 부풀며 못내 뒤숭숭한 분위기를 만들었다.

산팡 역시 참혹한 소식에 놀라움을 금치 못했다. 그러나 그녀 에게는 변해 버린 로리나보다 테아가 더 중요했다. 테아는 그녀 의 죽음을 바로 눈앞에서 목격했다.

더구나 외간 사내와 추문을 일으키다니. 오로지 왕후가 되려는 욕심에 왕자와 결혼했으면 이왕지사 자리에 올라 잘 살면 되지 않는가! 호시탐탐 노리던 로바노에서 느닷없는 죽음이라니, 참으로 안타깝기 그지없었다.

산팡은 이렇게 된 바 로리나가 친모인 것을 테아가 끝까지 모르기를 바랐다. 산팡은 애처로운 마음을 애써 숨기며 테아의 풍성한 흑발을 빗질했다. 비극의 한복판에 있었던 테아의 모습은 상상이 되지 않았다. 난장 한가운데 피 묻은 검을 들고 미동도 없이 서 있었다던 테아. 모두들 무시무시한 분위기에 압도당했다고 수군거렸다.

가녀린 몸 어디에서 그런 힘이 나온 것인지, 검술을 배운 지 얼마 되지도 않는 그녀가 눈 하나 깜짝하지 않고 사내의 목을 잘라냈다고 하였다.

더욱 놀라운 점은 테아가 든 검이 사내의 목에 닿는 순간 일어났다고 전해 들었다. 풍성한 흑발은 사방에서 잡아당기고 있는 것처럼 물결치고 금빛 눈동자에 검은 테두리가 생기는가 싶더니 더욱더 빛을 발해 눈부신 황금빛으로 물들었다 했다.

산팡은 잠시 그녀의 옆모습을 물끄러미 관찰했다. 여전히 특유의 말간 옆모습이 안아 주고 싶을 정도로 사랑스러웠다. 그러나 한편으로는 단단한 의지가 엿보이는, 놀라울 만큼 잘 성장하고 있는 그녀가 놀랍기도 했다. 특별한 성장이여서 그런 것일까.

호들갑 떨지도 않고 스스로를 차분하게 받아들이는 모습 또한 무척 대견한 산팡이었다. 늙은 그녀는 고개를 저었다. 테아는 테아일 뿐. 갓 난 핏덩이 때부터 제가 돌보았던 소중한 아가씨였다.

"어쩔 수 없이 검은색 리본으로 묶었네요. 괜찮으시지요?"

산팡은 어두운 표정의 테아를 살피며 다정히 위로했다. 드문 흑발인지라 테아는 검은색을 좋아하지 않았다. 그러나 혈육의 죽음 앞에서는 어쩔 수 없는 일. 테아는 거울 안에 비친 제 모습을 무심하게 바라보며 고개를 끄덕였다.

"운명이 그런 것이죠. 누구에게는 꽃길이요, 또 누구에게는 야속한 것. 다 제 벌을 받는 겁니다."

테아는 산팡의 입에서 나온 운명이란 말에 희미한 미소를 머금었다. 인간을 포함한 모든 것을 지배하는 힘의 존재. 그것에 의하여 정해진 삶을 살 수밖에 없는 자신의 처지가 우스웠다.

아직도 그곳에서 벌어진 일이 꿈같았다. 테아는 제 손을 내려다보았다.

피 묻은 검, 검붉은 핏물이 뚝뚝 떨어지다 못해 무겁게 흐르던 검. 찐득한 핏물이 끈적하게 말라붙기 전 한껏 피 냄새를 풍겨 댔다. 묵직한 검의 감촉과 목이 잘릴 때 들렸던 소리가 아직도 귓가에 생생했다.

테아는 바닥을 내려다보았다. 주변에는 검붉은 핏물이 흥건했다. 긴 드레스 자락을 충분히 적실 요량으로 점점 차오르고 있었다. 테아는 안광을 빛냈다. 벅차오르는 살의, 마치 지독한 희열처럼 환희에 젖으려 한다. 그런 감정과 느낌은 결코 바라지도 원하지 않았다.

"괜찮아요. 능히 그럴 수도 있지요, 암요! 누가 그렇게 난리를

치면서 추문을 만들랍디까? 돌아가신 영주님께서 벌떡 일어나
실 일입니다! 거기에다 또⋯⋯."

"산팡, 내 모친이 누구지?"

챙그랑.

언성을 높이며 위로하던 산팡은 무심한 듯 서글픔에 젖어 있
는 테아의 물음에 손에 쥔 산호 머리빗을 놓쳐 버렸다. 어색한
웃음을 짓는 산팡. 곧 그녀는 바닥으로 떨어진 머리빗을 주워
들며 거울 속의 테아를 보았다.

"왜, 왜 그게 갑자기⋯⋯."

"혹여 숨기는 것은 없지요, 산팡?"

당황한 산팡의 모습을 놓치지 않으며 눈을 빛내는 테아. 마치
뭔가를 알고 있는 듯한 질문에 산팡은 어쩔 줄 몰랐다. 특히 금
빛 눈동자에 점점 사로잡혀 간다는 느낌을 떨칠 수가 없었다.

"저, 저는 알지 못합니다."

산팡은 단단히 고개를 저었다. 가여운 아가씨, 로리나의 죽음
앞에 당연한 물음일지도 모른다. 본능적인 느낌. 어머니와 자식
이란 그런 것이 아니겠는가. 로리나의 배 안에 있었던 만큼 테
아 역시 뭔가 집히는 것이 있었을 게다. 산팡은 야속한 운명 앞
에 테아가 또다시 휘말리게 두고 싶지 않았다.

"즉위식이 기대됩니다. 물론 그 전에 조촐한 장례식이 치러질
것입니다. 들리는 소문으로는 중앙의 공작께서 이미 몇몇의 애
인을 둔 상태라고 합디다. 크게 추도하지는 않겠지요. 뭐 그게
사실인지 아닌지는 불분명하지만요. 왕후란 그런 자리인 것이지
요."

그녀답지 않게 가십을 떠벌리며 화제를 전환한 산팡은 자연스레 테아의 치장을 계속했다. 그러나 테아의 집요한 시선 앞에 떨리는 것은 어쩌지 못했다.

　테아는 다시 입을 다물었다. 산팡의 당황. 알면서도 모른 척했다. 테아는 거울 안의 저를 뚫어지게 주시했다. 흑발과 금빛 눈동자. 이질적인 외향이 유독 빛을 발하는 지금 테아는 목이 졸려 마지막 숨이 넘어가는 그 순간에 로리나가 자신을 보았던 것을 알고 있었다.

　"가여운…… 내 아가, 내 죄를…… 용서……."

　찰나의 순간이었다. 입 밖으로 나온 말이 아닌데도 불구하고 테아는 분명히 알아들을 수 있었다. 서글픔마저 드는 야릇한 감정. 테아는 그 마지막 말에 이유도 없이 너무나 슬펐다.

　아름다운 파란 눈동자 안에 눈물을 한가득 담으며 죽어 가는 로리나의 모습은 사내와 몸을 섞으며 안달하던 그녀가 아니었다. 마침내 흘러내리는 눈물방울 속에 테아가 선명히 들어 있었다. 마지막 그 순간 로리나는 애틋한 미소를 보이며 눈도 감지 않은 채 죽음을 맞이했다.

　테아는 아직도 믿을 수가 없었다. 저를 지독히 경멸하며 저주하고 돌아가신 로바노 3세의 무덤 앞에서 제 두 뺨을 올려붙이던 그녀. 그런 그녀가 자비를 바라듯 눈물을 흘린 것을 본 테아의 온몸이 경직되었다. 무엇보다 로리나가 마지막 가는 순간에 입에 담은 말.

"내 아가……."

테아는 그리움과 사랑이 넘치던 '아가' 라는 단어에 온 정신
이 쏠렸다.

"그나저나 로리아나 아가씨께서 식사도 거부하며 소리만 지
른다 하시니 그것도 참 큰일입니다. 볼리 공께서는 로리나님의
죽음을 중앙에 어찌 설명해야 하나 고민에 빠지셨고요. 참 이리
저리 안타까운 일뿐입니다."

테아의 생각을 알지 못하는 산팡은 얼른 화제를 돌리기 위해
온갖 수다를 떨어 대고 있었다. 테아는 미소를 보였다.

그래, 아가. 아가라는 말에 민감할 필요는 없지. 로리아나나
배 속에서 사산되었다는 아기가 분명해.

테아는 눈을 감았다. 잠시 눈꺼풀에 들어찬 공기 방울 같은
것에 집중했다. 늘 그렇듯 하겐을 그리워했다.

언제나 함께이고 싶은 하겐. 장난스레 웃고 있는 하겐. 너무
나 멋진 하겐. 늘 나를 눈에 담고 있는 하겐.

테아는 그를 그리며 어린애처럼 입술을 실룩거리려 했다. 그
러나 곧 제 입술을 지그시 누르며 차오르는 감정을 소리 없이
꾹 눌렀다.

하겐, 내가 어쩌지 못하게, 날 잡아 줘. 나 점점 이상해지고
있어. 내가, 내가 아닌 것 같아.

그리고 나…… 살인을 했어. 목을 잘랐어. 서걱거리는 그 소
리가 아직도 귓가에 울려. 그런데 그 소리와 검붉은 핏물이 싫

304

지 않았어. 더, 더 검을 휘두르고 목을 자르고 싶었어. 머릿속
에서, 내 심장 안에서 마구 검을 휘두르라고 소리 질렀어. 넘치
도록 생생한 희열이 너무나 좋았어. 그게 너무 두려워, 하겐. 나
너무…… 무서워!

"테아 아가씨!"

산팡이 비명을 질렀다. 그녀가 울고 있었던 것이다. 금빛 두
눈에서 흐르는 눈물은 투명한 것이 아니었다. 선홍색, 투명한
물에 붉은 염료 한 방울을 탄 것처럼 투명한 붉은색이었다. 붉
은 눈물을 흘리며 마치 살아 있는 인형처럼 우는 테아의 모습은
놀랄 정도로 신비하고 아름다웠다.

테아에 대한 보고는 즉시 알려졌다. 산팡이 급히 볼리 공을
찾았다.

"이를 어찌합니까? 우리 아가씨, 가여운 우리 아가씨를……."

"산팡, 진정하게."

"이 상황에서 진정할 수 있겠습니까?"

볼리 공과 대화하는 산팡은 계속해서 눈물을 흘렸다. 볼리 공
은 한껏 울고 있는 그녀를 어쩌지 못했다. 그저 뒷짐을 지고 물
러난 채 축제 준비가 한창인 창밖 풍경만 바라보았다. 그는 테
아의 수호 기사라는 사내의 말을 되씹고 있었다.

사가의 문건에 쓰인 두 별의 격돌. 테아와 요르문가드.

"너희 모두는 테아에 의해 몰살될 것이다."

볼리 공은 그 예견을 피해 가려 했다. 그러나 어찌된 영문인

지 잘 다져진 길목 위의 바퀴처럼 모든 것은 맞물려 진행되고 있었다. 마치 사가의 내용처럼.

그는 어디서부터 잘못되었는지 무엇을 바로잡아야 할지 알 수 없었다. 다만 테아가 흘린 붉은 눈물의 의미를 이해하고자 했다.

"산팡, 잠시 테오도어 아가씨를 이리로 모셔 오게나. 아주 조용히."

무척이나 진중한 모습이었다. 한층 주름지고 늙어 버린 볼리 공과 산팡. 이제 로바노 3세의 마지막 유언을 아는 것은 두 사람뿐이었다. 산팡은 고개를 끄덕였다. 안타까움이 그득한 숨을 억지로 삼키며 볼리 공의 전언을 전하기 위해 테아에게 빠르게 걸어갔다.

볼리 공은 죽음을 앞둔 마지막 사형수처럼 단호한 표정이었다. 창가에서 한참을 서성거리다 마침내 결심을 굳혔다.

볼리 공은 집무실 한가운데 서랍장에 다가갔다. 그리고 허리춤에 숨겨진 열쇠를 찾아 서랍을 열었다.

"보이는 것이 도리일 터."

볼리 공은 그토록 숨기려 했던 진실을 테아에게 알릴 심산으로 중앙의 사가를 조심히 원형 탁자 위에 올려놓았다. 그리고 자리를 떴다.

테아는 집무실로 가기 위해 천천히 회랑을 걸었다. 한층 성숙해진 모습과 단호한 눈빛은 절대적이었다.

한 걸음 한 걸음 옮기는 테아를 잠식하고 있는 것은 낯선 감정이었다. 그것은 지독히 잔인한 것이었다. 심지어는 냄새까지 나는 듯했다.

단 한 번도 가져 본 적 없는 지극한 살의, 거기에 살의에 대한 강한 욕망까지. 잊고자 하여도 잊기가 어려운 짙은 감정이 테아의 숨결마저 거칠게 만들었다. 걸음마다 하나하나 머리를 내밀었다. 발에 힘을 주며 걸어가는 테아는 조바심이 났다. 살의를 표출하는 스스로에게 몸서리가 쳐졌다.

"하겐!"

테아는 오직 하겐을 불렀다. 이상한 감정과 느낌으로부터 저를 보호하고 이것이 대체 무엇인지 정확히 알려 줄 수 있는 이는 하겐뿐이라 여겼다. 테아는 하늘을 보았다. 이미 태양은 숨을 죽이며 사라지고 그 자리에는 그믐달, 다크문(dark moon)이 으스름하게 떠 있었다.

테아가 조용히 회랑을 걸어가고 있을 때 그녀의 뒤로 누군가가 따라붙었다. 다만 상태가 온전해 보이지 않았다. 절뚝거리며 두 손으로 무엇인가를 꼭 안고 있었다.

온전하지 못한 상태로 테아를 따라가기란 벅찬 듯했고 계속하여 사방을 두리번거리며 경계를 늦추지 않았다. 마침내 테아의 걸음이 느려질 찰나 소리를 냈다.

"테아님."

입에 뭔가를 물고 있는 듯 무척이나 끊어지는 소리였다. 다급한지 다시 한 번 소리를 질렀다.

"루구스!"

마침내 테아가 뒤를 돌았다. 까맣게 물들어 가는 긴 회랑. 벽에 붙어 타다타닥 타고 있는 횃불만이 테아의 그림자를 길게 보여 주었다.

"방금 말한 것, 다시 말해 보세요."

테아는 검은 그림자만 보이고 있는 누군가에게 낮게 읊조렸다. 아래로 떨어트린 두 손을 꽉 움켜쥐었다. 주위에 아무도 없다는 것은 염려되지 않았다. 다만 루구스, 그 이름이 불쾌할 정도로 화가 난다는 것밖에는.

"누굽니까."

테아는 화를 억누르며 차분히 일렀다. 그러자 기다렸다는 듯 잔뜩 숨을 죽인 누군가가 천천히 앞으로 걸어 나왔다.

미지의 인물은 사내였다. 넝마나 다름없는 옷차림에 휘어진 다리 하나를 질질 끌며 품 안에 무언가를 품고 테아에게 걸어왔다.

당장 호위대를 부를 정도로 충분히 두려워할 만한 상황이었다. 그러나 두렵지도 당황스럽지도 않았다. 다가오는 사내가 누군지 알고 있었기 때문이다. 바로 대장장이 찰턴!

"오랜 옛날, 어둠의 종족들에게 잡혀 간 적이 있었습니다. 그때 검을 만들라는 협박을 무시하니 이렇게 만들어 버리더군요."

"어둠의 종족?"

"아가씨께서는 모르셔도 좋습니다. 그런 더러운 종족, 야비한 종족들과는 말도 섞지 말아야 합지요."

찰턴이라는 것이 확실해지자 이제 테아는 그가 말해 주었던 것을 상기했다. 달 조각, 그리고 어둠의 종족이라는 포워르에 대해.

"찰턴……."

테아가 그의 이름을 부르자 부르르 몸을 떨며 발끝에 엎드렸다. 그다음 그녀의 발에 입을 맞추었다.

테아는 잠시 대장장이 찰턴이 행하는 대로 가만히 있었다. 불현듯 나타나 테아의 발에 입을 맞춘다.

테아의 눈빛이 흔들렸다.

완전한 순종과 영원한 충성을 하겠다니…… 왜!

금빛 눈동자에 불이 붙었다. 격한 분노에 기인하는 빛이 찰턴을 찢어 죽일 듯 노려보았다. 격정에 휩싸인 테아에게 기름을 붓는 것이 있었다. 발에 입맞춤을 끝낸 그가 눈물과 함께 꺼낸 이름이 문제였다.

"루구스."

또다. 테오도어, 테아가 아닌 루구스. 로바노 3세가 직접 하사한 그 이름에 테아는 죽음의 불길함을 엿보았다.

죽음, 죽어 없어지는 완전한 사멸(死滅)을.

그것이 테아를 두근거리게 만든다. 이상하지, 정말 이상해. '루구스'라 불리자 격하게 일어나는 심장 박동은 하겐과 나누었던 뜨거운 입맞춤 때의 그 달콤함과는 전혀 달랐다. 감미로움이 아니라 쓰디쓴 독을 마시는 기분. 심장이 타들어 가고 그것에 기인한 갈증을 붉은 피로 풀고 싶은 욕망.

"루구스……."

찰턴이 다시 한 번 그 이름을 부르자 테아의 눈빛에 격한 욕망이 점철되었다. 그것은 인간이 느끼는 단순한 것과 달랐다. 지독한 굶주림이었다.

부족해, 부족하다. 가지고 싶고 탐하고 싶다. 모든 것이 너무도 부족하다. 너무나 부족해…….

테아는 부글부글 끓는 심정이었다.

"일어나요."

엄격한 명령. 찰턴은 비틀거리며 곧 부서질 넝마 같은 몸을 일으켰다. 얼굴을 덮고 있던 두건이 흘러내리고 일그러진 얼굴이 테아의 눈에 들어왔다. 참혹했다.

뭉개져 간신히 뜨고 있는 눈은 언제 감길지 예측하기 어려웠다. 입술은 둥둥 부어올라 피칠갑이 되어 있었으며 뒷목에는 살점이 엉겨 달라붙어 있었다.

"왜 그 이름으로 부르는 것인가요?"

자못 강한 어조였다. 찰턴은 그저 흐느낄 뿐이었다. 그것에 더한 감정이 이는 것을 테아는 어쩌지 못했다. 그를, 너무나 고통스러워 보이는 그를 잡아 찢고 싶다는 살의.

퀴퀴한 감정을 참아 내는 테아는 검은 하늘을 올려다보았다. 그리고 물었다.

"나에게 당신의 모든 것을 내려놓는다는 의미인가요, 찰턴?"

찰턴이 피눈물을 흘리며 고개를 끄덕였다.

"왜요? 갑자기 이곳에 나타나 왜! 난 왕이 아닙니다!"

"포워르의 왕, 루구스. 당신은 포워르의 왕."

테아만큼이나 벌벌 떨고 있는 찰턴은 보기보다 단호했다. 그는 다시 힘겹게 입을 열었다.

"이것을 돌려 드립니다. 달 조각의 원천은 바로 당신이기에……."

그가 만들어 놓았다던 얇은 은검을 받은 적이 있었다. 그때 침입자들이 그를 끌고 가며 그것에 대해 협박했었지. 달 조각을 내놓으라고.

"달 조각이 대체 무엇이기에! 나는 절대 그딴 돌덩이와 아무런 관련이 없습니다. 다 죽은 몸으로 대체 왜 터무니없는 말을 지껄이는 것인지요? 대체 왜? 정녕코 죽고 싶습니까?"

으름장을 놓듯 겁박했다. 이미 그녀의 눈동자는 황금빛이었다. 노랗다 못해 발광(發光)하는 눈동자의 테두리가 곧 폭발할 듯했다. 그러나 찰턴은 두려워하기보다 제 품에 있던 것을 내밀었다. 그것 역시 혈흔이 잔뜩 묻은 천으로 꽁꽁 동여매 놓았다.

"어서, 어서 받으세요. 시간이 얼마 없습니다. 어서요!"

찰턴 역시 남은 힘을 전부 끌어모은 듯 애간장을 태웠다. 테아는 주먹을 불끈 쥔 채 허벅지 옆에 바짝 붙이고 있었다. 찰턴이 내미는 것을 받아서는 안 된다는 예감. 그것이 무엇인지 알 수 없으나 절대 받으면 안 된다는 강한 경고가 머릿속을 스치고 지나갔다.

"제발, 어서……."

찰턴의 상처 입은 눈에서는 피눈물을 넘어 진물이 흘렀다. 통곡하듯 흐느낀다. 세상이 끝난 듯 절망하며 애끓는 울음이었다. 테아는 그를 더는 외면할 수 없었다. 아무도 없는 회랑. 애초에 그 누구도 접근하지 못하게 차단이라도 한 듯 사방은 고요하기 짝이 없었다. 테아가 받을 때까지 찰턴은 이 자리에서 죽어 가루가 되어도 그것을 들이밀고 있을 것 같았다.

마침내 테아는 결심한 듯 제 손을 움직였다. 찰턴은 다시 무릎을 꿇었다. 그것을 잡은 두 손을 제 머리 위로 올린 뒤 테아에게 내밀었다.

"찰턴, 당신 인간인가요?"

뜬구름 같은 질문. 본능적으로 나온 말이었으나 질문을 철회하진 않았다. 묻지 않을 수 없었다. 그는 천천히 몸을 일으키며 일그러진 입술 끝을 올렸다. 미소인지 울음인지 분간이 되지 않았다.

"인간과…… 포워르의 잡종입니다."

찰턴은 고뇌에 휩싸여 있던 자신의 비밀을 허심탄회하게 털어놓았다.

잡종이라니. 생각도 못 한 놀라운 대답에 테아는 당황스러움과 불안함을 동시에 느꼈다. 그러나 이야기 속 마지막 암시처럼 뭔가가 잡힐 듯 선명해져 테아는 다시 질문을 했다. 이미 그가 넘긴 막대는 테아의 손에 쥐여져 있었다.

"혹 내 모친을 알고 있는가, 찰턴?"

질문과 동시에 하늘 저편에서는 솟구치는 물줄기의 굉음을 들을 것도 같았다. 바로 간헐천들의 포효. 마리스의 주변에 흩어져 있던 굉음들이 옆에서 들리듯 선명하다. 아울러 테아는 짓눌린 아르마의 울음을 들었다.

'아르마!'

그 덕에 테아의 눈빛이 서서히 감겼다. 원래의 차분한 금빛. 그러나 심장만큼은 여지없이 뛰고 있었다.

"그, 그분은…… 금성의 기운을 받은 인간입니다."

"그 인간이 누구인지?"

그녀가 묻는다. 존재감을 뚜렷이 나타내고 있는 왕인 테아가. 그에 찰턴은 제 목을 내어놓을 듯한 자세로 담담히 입을 열었다.

"로리나, 영주님의 하나뿐인 영애입니다."

쾅쾅! 뿜어내는 간헐천의 뜨거운 물줄기. 마치 용암처럼 손대면 그대로 녹아내릴 그것이 찰턴의 대답과 더불어 테아를 적시는 듯했다.

뜨겁다. 너무 뜨거워 차마 녹아내리지 못한 채 테아를 잠식해 버린다.

"로리나, 로리나!"

연거푸 입에 담는 테아의 눈에 눈물이 어린다. 찰턴의 발언. 산팡이 스치듯 지나가고 볼리 공의 굳건한 눈빛이 테아를 주시한다. 믿었던 모든 이들이 테아를 하찮은 시선으로 몰아붙인다. 더불어 로리나에게 맞았던 양 뺨이 순식간에 부풀어 고통을 동반했다. 몰려든 사람들이 테아를 비웃는다. 테아를 바라보며 잡종이라 욕지기를 선사한다. 테아는…… 혼자였다.

"어, 어째서?"

테아는 떨고 있었다. 그러나 짓물러 감기는 찰턴의 눈에는 잘 보이지 않았다. 다만 마지막 의무로써 테아에게 모든 것을 알려야겠다는 의지만이 그에게 힘을 주고 있었다.

"카스카, 포워르의 우두머리는 수천 년 전의 전쟁으로 말미암아 숙적이자 그들의 원수를 전멸시키고자 했습니다. 그러나 그의 힘으로는 늘 역부족이었습니다. 그래서 자신의 피와 금성의 빛나는 기운을 받은 자의 자식만이 긴 싸움을 온전히 끝낼 수 있다는 예언에 따라 별자리가 바뀌는 날, 그녀를 잉태시킵니다."

테아의 몸이 휘청거렸다. 그러나 테아는 꼿꼿이 허리를 세우고 찰턴이 하는 말 하나하나 심장에 새기고 뼈에 새겼다.

"몇 개의 계절이 더 지나고 달과 태양이 하나로 붉어진다. 바로 그때, 달이 다 가려져 한쪽 띠만 남기 전에 흑금의 아이는 완벽한 포워르의 왕이 될 것이다."

달과 태양이 하나로 붉어진다. 그것은 수백 년 만에 한꺼번에 일어나는 기이한 현상. 달은 월식으로 거의 다 가려지고 태양은 일식으로 중앙부만이 가려진다.

일명 금환식(金環蝕), 반지의 일월식이라는 그날.

바로 그 즈음, 로바노에서는 초여름을 맞이하는 전통 있는 축제가 시작된다.

테아는 웃었다. 소리 없이 입가를 올리고 눈에는 눈물을 담고서 미소 지었다. 잘 만들어진 바퀴가 굴러간다. 처음부터 계획적으로 짜 맞춘 그것이 빈틈 하나 없이 들어맞았다.

테아는 그 대단한 것을 어찌 알고 있냐고 되묻지 않았다. 그저 웃을 뿐이었다. 테아의 심정을 알아챘을까. 찰턴도 울었다. 그 울음이 테아와 함께 소리 없이 흐르며 사방을 젖게 만들었다. 테아는 손안에 쥐여진 막대를 천천히 풀었다. 피 묻은 그것을 열어 보는 테아의 행동은 의식 같았다.

"검이군요."

찰턴이 테아에게 건넨 것은 기다란 검이었다. 테아는 검을 들어 올렸다. 마른번개가 저 멀리 선을 그었다.

장검에는 장식이 있었다. 두 마리의 긴 뱀이 하나가 되기 위해 구불거리며 위로 올라가는 형상. 완벽한 검은 뱀이 마치 살아 있는 듯 꿈틀댄다. 또한 당장이라도 살점을 조각조각 썰어 내고 싶다는 듯 응축된 눈빛이 아우성이었다.

"이르지만 제가…… 임의로 전합니다. 카스카는 아직 때가 아니라 하였으나 하루라도 빨리 모든 것을 알아야 전멸을 막을 수 있으므로……."

"전멸?"

순간 테아가 장검 손잡이의 검은 뱀처럼 혀를 날름거렸다. 환상, 찰턴이 짓무른 두 눈을 깜박였다. 그리고 저도 모르게 뒷걸음질 쳤다.

"우리와 포워르, 그리고 그 모든 것들에…… 허억!"

사악! 사악!

이 무슨 소리인가. 테아는 쓰러진 찰턴을 보고 경악했다. 설마 내가!

믿을 수 없는 현실에 테아는 들고 있는 검을 내려다보았다. 어느새 장검의 빛나는 검날에는 검붉은 피가 흘러내리고 있었다. 제물이라도 얻은 듯 손잡이의 검은 뱀들이 조용히 눈을 감고 있었다.

맙소사, 찰턴!

테아는 검을 떨어뜨리고 쓰러진 그에게 다가갔다.

"내가, 내가……."

말을 잇지 못하는 테아. 찰턴은 힘겹게 손짓을 했다.

"이미 운명은…… 굴러가고 있습니다. 부디…… 그것을 이겨 내시기를……."

테아는 찰턴이 웅얼거리는 말을 알아들을 수가 없었다. 소리 없이 울었다. 점점 더 드러나는 살의. 언제 제 안을 잠식했는지 테아는 도무지 알 수가 없었다. 심지어 쓰러진 찰턴이 흘린 핏 물조차도 전혀 역겹지 않았다.

"싫어! 하겐!"

테아는 소리쳐 하겐을 불렀다. 제 두 손에 묻은 피를 드레스 에 문지르며 고개를 마구 저었다.

"내가 아니야, 하겐."

힘없는 외침. 그러나 테아는 빛나는 검을 그대로 두지 못했 다. 검이 테아를 끌어당겼다. 테아는 손을 내밀어 그것을 주워 들었다. 그리고 그대로 달려 나갔다.

사방은 고요하고 눈을 감은 찰턴만이 웃음을 머금고 평안에 들어갔다.

제9장
모두가 우리를 한 몸으로 묶어 놓는 것

으스름한 새벽녘. 음습하게 숨어 있는 가이저 브레스가 드디어 입구를 드러냈다. 하겐의 지휘 아래 숨은 입구를 찾아낸 것이다.

"찾았습니다! 이곳입니다!"

투구를 쓴 우람한 정백이 열린 입구를 가리키며 소리쳤다. 거대한 바위 그림자에 가려진 하겐. 선두에 선 그가 손짓을 하자 날랜 정백 수십이 소리 없이 안으로 뛰어들었다. 그들은 전부 눈만 드러난 긴 투구를 쓴 채 등에는 활을 꽂고 단단히 무장한 모습들이었다.

쿠콰앙!

몇몇 자그마한 간헐천에서 힘찬 물줄기가 분출된다. 새벽의 찬 기운과 섞이어 수증기가 되어 피어올랐다. 사방이 금세 수증기로 뿌옇게 가득 찼다. 마치 하겐과 정백들의 움직임을 가려 그들을 돕는 듯했다.

하겐도 입구로 뛰어내렸다. 무게감을 느끼지 않는 날랜 새처럼 바닥으로 안착했다. 안으로 들어온 수백의 정백들은 하겐의 지시를 받자마자 잽싼 몸짓으로 바위 틈과 벽 사이로 움직이며 주위를 헤집었다. 공기와 같은 정백들의 진가였다.

다시 하겐이 손짓했다. 정예로 구성된 정백들은 바위에 걸쳐 서며 등에 걸고 있던 긴 활을 치켜들었다. 그다음 번을 서고 있던 포워르 몇을 일시에 쓰러트렸다.

그때 포워르의 신성한 제단 앞 거대한 청동 그릇 안에서 약하게 불타고 있던 티람(thiram)이 큰 불꽃을 일으켰다.

"쉿! 움직임을 멈춰라! 입을 막아!"

하겐이 명했다. 잠시의 적막, 어떠한 바람도 공기도 움직이지 않았다. 마치 그림 속 인물들처럼 곳곳에 숨을 죽이고 있는 하겐과 정백들. 찰나의 순간이 지나고 마침내 청동 그릇 안의 티람은 순간적으로 크게 불타오르던 불꽃을 원래의 크기로 줄였다. 아마도 단번에 움직인 정백들이 일으킨 또 다른 공기의 유입에 의한 일시적인 움직임인 듯했다.

"다시 공격!"

이번에는 하겐의 지시를 받은 수장이 정백들에게 지시했다. 정백들은 맡은 바 공격을 위해 일시에 움직였다. 그들은 보이지 않는 바람이었다. 정백들이 지나가는 자리마다 새벽에 한껏 취해 있던 포워르들이 쓰러지기 시작했다.

"으윽."

"헉!"

단말마의 비명들. 그리고 거대한 몸체가 뜨거운 수증기와 함께 사라진다. 하겐을 비롯하여 정백들은 포워르의 신성한 제단을 지나 구불거리는 원형의 길을 빠르게 움직여 달렸다. 절대 바닥을 밟지 않았다.

　달이라도 삼킨 듯 제단을 돌아 나타나는 포워르의 성. 그것은 요새처럼 보였다. 탄탄히 쌓아 올린 돌의 성이 눈앞에 나타나자 하겐은 비웃었다.

　"카스카."

　얼마만의 재회인지. 하겐은 카스카의 상체에 문신처럼 새겨진 문양이 눈에 선했다. 수천 년의 앙갚음을 이런 식으로 표출하다니, 비겁하고 치졸한 놈.

　"네놈이 테아를 어찌 이용할지 몰라도 절대 그렇게 두지 않아! 내가 용서하지 않을 것이다."

　하겐은 서서히 몸의 기운을 응축했다. 예전이었다면 저를 수호하는 아르마가 함께 기를 부어 줄 테지만 지금은 그 혼자였다.

　'아르마, 테아를 지켜야 해.'

　하겐은 마지막으로 테아를 그렸다. 그리고 아직 눈을 감고 있는 아르마에게 간절히 부탁했다.

　그녀의 이름을 소리 없이 불렀다. 하겐은 마음을 가라앉히며 강하게 몰입했다. 영원히 이어지길 원하는 그 순간이 하겐의 희념(希念)*이 되어 버렸다. 그 자그마한 인간이 이토록 하겐의 온

---

*희념(希念):바라고 염원함.

마음을 가져갈 줄이야. 누가 상상이나 했겠는가.

하겐은 미소 지었다. 소년처럼 씩 웃는 특유의 미소에는 자신감으로 가득 차 있었다.

"내가 구할 것이다. 그러니 기다려, 테아."

그때까지 절대 자각도 하지 말고 피도 묻히지 마.

그러나 하겐의 미소 뒤에는 보이지 않는 절망감이 도사리고 있었다. 생각 같아서는 이곳을 정백들에게 맡기고 테아가 있는 로바노 영지로 날아가고 싶었다. 가서 테아가 거부하거나 말거나 깊은 입맞춤을 선사한 뒤 암포르 숲으로 데리고 가길 원했다.

그러나 얼마 남지 않는 하늘의 기운들이 하겐을 막아서고 있었다. 하겐조차 어찌하지 못하는 하늘의 이치. 달과 별과 태양이 한꺼번에 이동하는 시기가 곧 다가올 것이다. 지독한 카스카의 바람대로 알페카가 서서히 자리를 바꾸어 달의 옆에 서게 된다. 마침내 그 달이 태양을 가리고 태양이 달을 가리는 날 포워르의 왕, 루구스가 태어나리라.

"고, 공격이다. 어서 북을! 북을 쳐라!"

하겐이 고뇌에 빠진 그 순간 마침내 정백들의 움직임을 눈치챈 포워르가 소리를 지르며 고요하던 주변을 일깨웠다.

둥둥. 둥둥.

포워르의 북이 울리며 무거운 무기들이 움직이는 소리가 들린다.

슈욱. 대지를 가르는 소리가 들렸다. 성의 난간에서 나무 기둥보다 굵은 포석이 마구 떨어지는 소리였다. 그것들은 일제히 보이지 않는 침입자들을 겨냥하고 있었다. 그 뒤를 이어 마구잡이로 쏘아 올려지는 화살들로 사방은 어지러웠다.

그러나 그들을 일찌감치 파악하고 있던 하겐과 정백들은 이미 안전한 곳으로 피신해 있었다.

"변하지 않았군."

"어찌할까요?"

"다들 조금만 기다려라. 곧 준비한 포석이 바닥을 보일 것이다. 포워르족이 재정비하는 그 순간에 일제히 안으로 치고 들어간다!"

하겐의 명령. 정백들은 고개를 끄덕이고 눈빛을 빛냈다. 아울러 밖에서 대기하고 있던 수천의 정백들도 입구가 열린 간헐천으로 들어서고 있었다.

"뭐라? 정백의 기운?"

다소 풀어진 채 잠을 청했던 카스카는 포워르 병사의 다급한 전언에 단숨에 자리를 박차고 일어났다. 걸쳐 주는 갑옷으로 무장하고 새로이 만든 반월검을 허리에 채웠다. 그 반월검에도 테아의 검과 마찬가지로 두 개의 검은 뱀이 조각되어 있었다.

"대장장이 찰턴이 잘 해 주었을까요?"

카스카의 보호구 착용을 돕던 포워르가 지나가듯이 물었다. 그러자 완벽하게 무장한 채 몸을 돌린 카스카는 문신이 꿈틀거리는 것과 동시에 이를 드러냈다.

"물론! 잡종인 그놈이 달의 검에 제물이 되었을 뿐 아니라 모리피 역시 제 역할을 잘 수행했다."

"카스카님의 혜안에 그저 놀랄 뿐입니다."

"그 대장장이 놈이 너무나 인간적이었기에 가능한 일이지."

"그런가요? 그래도 지독한 고문을 받으면서까지 굳이 인간을 위해 입을 다무는 게 도무지 이해되지 않습니다."

"인간이란 속되고 영악한 것들이다. 그런 것들과 엮여 봐야 좋을 것 없지."

"그런데 왜 카스카께서는 우리의 왕이 되실 분을 인간들의 영역에서 성장하게끔 하셨는지요?"

마지막 허리에 덧댄 쇠사슬의 보호구까지 완벽하게 갖춘 카스카는 계속하여 질문을 쏟아 내는 병사에게 날카로운 눈빛을 보냈다.

"자각이지."

"자각이라니요?"

"우리 왕이 되려면 달구어져야 하는 법. 나보다 더 강하고 더 잔혹하게! 그 무엇에도 뒷걸음치지 않는 강인함과 단단함만이 바람 같은 정백들과 요르문가드를 완벽하게 제거할 수 있다."

카스카의 열변에 포워르는 고개를 끄덕였다.

"대체 모리피는 왜 더러운 인간과 그런…… 으윽."

입을 열던 병사가 앞으로 고꾸라졌다. 허리가 두 동강으로 잘려 있었다. 철컥! 카스카는 소리 없이 움직이며 뼈까지 완벽하게 잘라 낸 반월검을 흡족하게 들여다보았다. 그리고 묻은 피를 쓰러진 포워르의 옷자락에 문지르며 매섭게 읊조렸다.

"말 많은 놈치고 제대로 된 놈이 없지. 모리피가 적당했건만."

"사, 살려 주……."

포워르가 몸에서 피를 흘리며 꿈틀거렸다. 카스카는 재밌다는 듯이 그에게 고개를 숙였다. 그리고 죽어 가는 포워르의 머리 위로 카스카의 소름끼치는 말이 들려왔다.

"모리피가 왜 인간 여자와 그랬냐고? 충동, 더러운 욕정. 그것 외에는 없지. 모리피가 아깝기는 하지만 내 아이의 자각을 부채질한 셈이니 잘했다 칭찬해 주고 싶다. 또한 대장장이 잡종 놈은 일부러 가져가게 둔 것인지도 모르고 다 죽어 가는 꼴을 하고선 우리 왕에게 갔으렷다? 하하하! 그다음은 볼 만했겠군. 아마도 너와 같이 두 동강으로 잘려 나갔겠지. 그야말로 첫 자각 의식에 아주 좋은 제물이 아닌가!"

소란스런 와중에도 불구하고 카스카는 흡족한 듯 웃었다. 모든 것은 철저한 계획 아래에 이루어졌다. 정백들의 공격이 생각보다 이르게 시작된 것만 빼고는 전부 그의 계획대로였다. 더는 말하고 싶지 않다는 양 카스카는 검을 들고 쓰러진 포워르의 머리를 잘라 버렸다. 급히 달려온 포워르 정예군은 두 동강난 몸에는 관심도 없다는 듯 한껏 소리쳤다.

"정백이 수백입니다. 카스카!"

"소란 떨지 마라. 지금부터 일시에 방어한다. 벽의 비밀 통로로 재빨리 비터(bitter)* 몇 마리를 내보내서 정백들을 맘껏 맛볼 수 있게 해라."

"알겠습니다."

---

*비터(bitter):포워르의 거대 괴물 – 작자 주.

비로소 안심한 표정의 포워르 군은 카스카의 명령을 받은 뒤 재빨리 움직였다. 모든 준비를 마치고 성의 난간 앞으로 나온 그의 모습은 장대했다. 태초의 거인 위미르의 후손이자 포워르 족의 우두머리 카스카. 그가 저벅거리며 멈춰 서자 우왕좌왕하던 포워르족이 일사불란하게 움직였다.

"서두르지 마라. 전사들이여! 저들은 정백. 유황이 진동하는 이곳에서 절대 오래 버티지 못한다. 그러니 최대한 시간을 끌어야 할 것이다!"

카스카가 한 가지 간과한 것이 있었으니 최강의 상대이며 영원한 숙적인 요르문가드가 와 있다는 것을 알지 못했다.

성 아래 웅장한 문 앞에서 카스카가 나타나기만을 기다리고 있는 하겐. 그와 함께 바람처럼 움직이며 거대한 포워르족을 하나씩 처리해 나가는 정백들. 그러나 하겐 역시도 포워르가 숨겨놓은 거대 괴물이 정백들의 맛난 살을 뜯기 위해 소리 없이 다가오고 있다는 것을 알지 못했다.

한편 로바노 성의 집무실.

커다란 원탁 앞에 차분한 모습으로 앉아 있는 테아는 잠시 낡은 양피지를 내려다보았다. 고대 문자가 그림처럼 그려져 있는 사가.

테아는 그 위에 손을 올렸다. 그리고 아주 천천히 앞에 묶여 있는 가죽 끈을 풀었다. 그녀의 손끝은 붉었다. 장미를 짓눌러 그 즙을 묻힌 듯 붉게 물든 손끝은 요염하기까지 했다.

테아의 건너편 자리에는 주름진 볼리 공이 고개를 떨어트리고 있었다.

"겨우 이것이 진실의 내막인가요?"

테아는 한껏 반짝이는 금빛 눈으로 볼리 공에게 물었다. 그러나 대답할 수 없었다.

"왜? 불편하신가요? 이미 당겨 놓은 화살을 놓을 수는 없습니다. 볼리 공, 비록 제가 어둠의 포워르족을 아비로 두었다 해도 말이지요."

테아가 알아 버렸다. 볼리 공은 고통에 찬 숨을 토해 냈다.

사가를 열어 보기 위해 장검을 옆에 내려놓은 테아. 손잡이에서 꿈틀거리는 두 마리의 검은 뱀은 연신 혀를 날름거리며 소리 없이 울부짖는 볼리 공을 노려보았다.

사그락사그락.

양피지가 넘겨지는 소리는 고요한 가운데 음악같이 들렸다. 넘겨지는 페이지를 따라 테아의 금빛 눈동자가 물결쳤다.

볼리 공은 두려움 속에서도 테아의 모습에 넋을 잃을 것 같았다. 인간의 혼을 빼놓을 아름다움과 우아함. 숨겨진 잔혹함이 그대로 드러났으나 그것조차 우상시될 존재였다. 어린 핏덩이가 이토록 강한 아름다움을 지닌 채 급성장할 줄 그 누가 알았겠는가.

이윽고 모든 내용을 훑었다는 듯 탁자 위로 가볍게 내쳐진 사가. 볼리 공의 얼룩진 얼굴도 테아를 지나 사가에 꽂혔다. 중앙의 학자들이 그토록 소중하고 은밀하게 보관해 온 것은 이미 쓰레기에 지나지 않았다.

"제가 알게 된 것이 억울하신가요?"

테아의 무심한 질문. 테아는 볼리 공을 보고 있지 않았다. 세워진 장검의 손잡이만 만지작거리고 있었다. 손잡이에 조각된 검은 뱀의 형상이 테아의 손길을 즐기듯 꿈틀대는 것은 아마도 볼리 공의 착각이리라.

피로 붉게 물든 테아의 손가락들이 검은 뱀들의 머리를 쓰다듬을 때 뱀들은 눈을 가늘게 뜨며 똬리를 틀며 흥분했다.

"이렇게 될 운명이었나 봅니다, 볼리 공."

조용히, 그리고 조근조근 혼잣말을 하는 테아. 이상하게도 핏물에 젖은 채 장검을 만지작대고 있는 테아는 무척이나 고독해 보였다. 세상에 홀로 떨어져 외롭고 쓸쓸하게 보이는 모습.

볼리 공의 심정 또한 이루 말할 수 없이 고통스러웠다. 그러나 억울하다 할 수도 없는 노릇.

"이 모든 것은……."

볼리 공은 울컥치 밀어 올랐다. 진작 알려 줄 것을, 미리 로바노 3세의 생에 대한 야심을 언질이라도 할 것을…….

그러나 이미 늦었다. 그것도 아주 많이. 완벽하게 변화한 모습에 볼리 공은 허탈한 심정까지 들었다. 테아의 수호 기사를 자청했던 요르문가드의 경고가 뇌리에 사무쳤다.

몰살, 모든 인간들이 죽임을 당하는 것. 정녕코 그것이 마지막인 것인가.

볼리 공은 가느다란 실낱같은 희망이라도 있기를 바랐다.

"이 내용들, 어찌하여 인간들이 알고 있는지는 저와는 상관없습니다. 저는 잡종일 뿐이니까요. 게다가 인간이 그렇게 혐오하는 이색홍채(異色紅彩)까지 가진 제가 아니던가요?"

볼리 공은 안중에도 없이 여전히 비릿한 웃음을 머금었다. 그리고 다시 시선을 돌려 앙칼지게 웃었다.

"저는 아는 바가 없습니다. 늘 그렇듯 여기에 쓰인 말들, 신이 어떻다, 영원의 생명이 어떻다. 그런 내용들은 저와 하등 상관이 없는 것을요. 저는 그저 테오도어이니까요."

다시 테아가 서글프게 읊조리는 말. 테아의 눈에서는 산팡이 목격했다던 엷은 피눈물이 아름다운 분홍빛으로 흘러내렸다.

볼리 공은 혼란스러웠다. 테아의 모진 말에는 깊은 슬픔이 각인된 것이었다. 아무것도 모른 채 변방에서 이곳까지, 그리고 모친의 죽음에 지금……

테아는 꼭두각시 인형처럼 제 의지조차 갖추지 못하고 보이지 않는 어떤 힘에 유도되어 현재에 이르렀다. 그리고 자각. 아아, 누구라도 좋다. 우리 가여운 아가씨를 도와줄 수 있는 누군가가 제발…….

볼리 공은 마음으로 사정하며 테아와 함께 눈물 흘렸다.

테아의 운명. 그것은 스스로가 결정한 것이 아니다. 오직 정해진 운명의 수레바퀴 안에서만 움직일 뿐이다. 인간의 모진 핍박과 함께 홀로 헤쳐 나갈 수도 없는 지독한 욕심의 부산물인 것이다.

'영주님, 이것이 그토록 바라던 영생의 길입니까? 인간이 분수에 넘치게 영원의 삶을 탐내어 아름답고 순결한 어린 생명이 죽음의 절대자가 되어 갑니다. 저는…… 두 눈 뜨고 더 볼 수가 없겠습니다.'

볼리 공은 모든 것을 내려놓을 심산이었다. 테아는 천천히 일어섰다. 옆에 세워 둔 장검을 들고 볼리 공에게 다가왔다.

"그래도 알고 싶군요. 제가 잡종, 혼혈이 되어야만 했던 이유를. 그리고 나를 왕이라고 부르는 이유도. 아 참! 루구스…… 그 이름의 의미도 알고 싶습니다, 볼리 공."

테아가 차분히 묻는다. 말간 모습의 그녀로 돌아와 볼리 공에게 의견을 묻듯 그렇게. 볼리 공은 안타까움으로 점철된 눈빛으로 테아에게 용서를 바랐다.

테아는 또다시 저를 감싸고도는 환상과도 같은 것에 소름이 돋았다. 다시금 검을 들고 상대를 벤다. 그 모습은 잔혹하기 이를 데 없었다.

'싫어!'

테아는 잠시 제 머리를 짚었다. 끓어오르는 분노를 주체할 수 없었다.

'안 돼!'

테아의 의지와 본능이 거세게 충돌한다. 일말의 양심의 가책도 없는 지독한 욕구에 테아는 입술을 질끈 물었다.

두 사람의 눈빛이 흔들리며 서로를 본다. 테아는 마구 소리치고 싶었다. 울고도 싶었다. 누군가가 미친 것 같은 제 자신을 보듬어 주기를 바랐다. 잡아 주기를 바랐다. 간절하게, 그러나 테아는 늘 그렇듯 혼자였다.

"이 모든 것은 저의 불찰, 부디 용서를 바랍니다."

"그게 무슨…… 용서 따위 필요 없어요!"

볼리 공의 말에 테아는 소리를 버럭 질렀다. 그러나 이내 제가 행한 행동에 또다시 경악하는 테아.

이곳에 오기 전 회랑에서의 일이 손에 잡히듯 눈앞에 펼쳐졌다. 루구스. 마치 언령처럼 격한 노기와 함께 엄습하는 살의, 무엇인가에 대한 두려움이 물밀 듯이 테아를 덮쳤다.

어느새 테아는 장검을 들어 내려치고 있었다. 대장장이 찰턴이 쓰러진다. 핏물이 튕기고 피의 비릿한 냄새가 주변에 자욱하다. 그러나 모든 것을 타인처럼 지켜보는 테아는 더한 흥분을 느끼며 지금보다 더 많은 피를 바라고 있었다.

'내가 한 게 아니야. 내가 아니야, 하겐! 아르마!'

어린아이처럼 고개를 흔들며 당황하는 테아를 주시하는 것이 있었다. 바로 찰턴에게 건네받은 장검이었다. 그가 넘겨준 검의 손잡이에 매달린 두 개의 검은 뱀이 흔들리는 테아를 감싸며 꿀렁거린다. 지금도 마찬가지. 다시 한 번 피를 맛보기를 원하는 장검에 의해 테아의 의지가 갈대처럼 흔들렸다.

'싫어. 아니야. 그건 내가 아니다.'

나약하지 않음을 증명이라도 하듯 저 혼자 버둥거리는 장검을 두 손으로 꾹 눌렀다. 손이 저리다 못해 힘에 겨웠다. 그런데 바로 그때, '끼이잉끼이잉' 바람 소리와 함께 안으로 스치듯 들리는 소리.

아주 그리운 울음이 테아의 귓가를 스쳤다. 아르마!

아르마의 요동치는 소리가 힘겹게 들려왔다. 마치 테아의 굳은 의지를 응원하듯 그렇게.

테아는 격하게 튀어나오려는 신음에 제 입을 틀어막았다. 양면성을 지닌 두 개의 인격이 충돌하듯 테아를 붙잡고 따뜻하게 보듬는 것은 한동안 보지 못한 아르마였다.

아르마! 테아가 마음속으로 소리치며 절절하게 불렀다. 그러자 장검의 검은 뱀들이 머리를 우그러트리며 움직임을 멈췄다.

피의 욕구를 잠재웠을지라도 모든 비밀을 철저히 숨겨 온 볼리 공에 대한 원망은 아직 그대로였다. 일단 앞으로 전진하는 것이 옳다. 테아는 다시 한 번 어지러운 속을 갈무리했다.

"저는 이 이상 볼리 공의 거짓된 말을 듣고 싶지 않습니다. 그러나 분명 영주의 아리따운 영애를 그들에게 내주었을 정도라면 거기에는 필시 무언의 거래가 있다는 것이겠지요."

명확한 테아. 정확히 핵심을 찌르는 그 말에 볼리 공은 힘겹게 숨을 삼켰다. 의자 팔걸이에 걸치고 있던 그의 두 손이 한껏 떨렸다. 그것을 알아채지 못할 테아가 아니었다.

"이미 축제의 준비는 마무리된 바, 그대로 진행하는 것이 좋을 듯합니다. 볼리 공, 다만 한 가지만 알려 주세요. 저들, 포워르와 체결된 비밀이 무엇인지를 알려 주시면 목숨……만은 살려 드리겠습니다."

테아는 마지막 말에 힘을 실으며 앉아 있는 볼리 공에게로 자신의 얼굴을 가져갔다. 불과 한 뼘 정도 거리에 있는 테아의 모습. 소름 끼쳤다. 금빛의 두 눈동자에 자신의 모습이 투영되었다. 크기가 다른 금빛의 망막에는 각각 죽음과 삶이 고스란히 공존했다. 테아는 확실히 인간이 아니다.

볼리 공은 금빛 눈에 이대로 산화되는 것이 아닌가 하는 착각마저 들었다.

"아니면 지금 죽어도 좋은가요, 볼리 공?"

볼리 공은 테아의 마지막 경고에 손을 들었다.

"루앙에 모든 비밀이 있습니다, 테아."

마지막인 듯 힘없이 읊조린 볼리 공은 곧 쓰러질 듯했다. 그 모습에 테아가 웃었다.

"영리하십니다."

테아는 그가 무엇을 말하고자 하는지 충분히 알았다.

"로바노 3세의 무덤, 그 안에 비밀이 있단 말이군요."

로바노 가문의 오래된 무덤, 그것이 루앙이었다. 거대한 돌석 기둥 앞에 아치로 걸려 있는 청동의 골격들. 햇빛이 잘 들지 않아 습한 그곳은 온통 푸릇한 이끼와 담쟁이가 덮여 있다.

울퉁불퉁한 돌길, 사각형의 회랑 구조, 그리고 테아의 모친인 로리나와의 첫 만남. 그곳이 바로 루앙이었다.

이것도 운명인 모양이지. 저를 배에 품고 있었던 여자를 알아보지도 못한 못난 나. 모친 역시도 지독하게 거부하며 기겁을 했었지. 그런데 맞네, 그녀의 말처럼 난 괴물이었어.

테아는 고개를 치켜들었다. 그리고 차분하고도 엄중한 자태로 인사를 했다.

"볼리 공의 친절한 안내에 깊은 감사를 드립니다."

그러나 볼리 공은 벌벌 떨어야만 했다. 오그라드는 심장. 호흡이 가빠졌다. 테아는 죽음의 사신처럼 잔인해 보였다. 특히 그녀의 금빛 눈동자가 두려웠다.

뱀처럼 꿈틀대며 볼리 공을 눈빛으로 죽이려 했다. 그는 숨조차 쉴 수 없었다. 그녀의 눈빛으로 제 목이 잘려 가는 듯한 공포, 그리고 지독한 살기.

마침내 볼리 공은 테아의 눈빛에 질려 제 심장을 움켜잡은 채 그대로 쓰러져 버렸다.

눈도 깜박하지 않은 테아는 볼리 공을 뒤로하고 집무실의 문을 활짝 열었다. 그다음 문 앞을 지키던 호위기사에게 볼리 공이 쓰러졌음을 알렸다.

"침입자가 있는 듯합니다. 어서 성을 수색하시고 즉시 볼리 공을 의원에게 보이도록 하세요."

"예? 예! 알겠습니다!"

테아의 거짓된 말에 즉시 움직이는 성의 호위 기사들. 테아는 일시에 움직이는 기사들의 발소리를 들으며 방으로 돌아왔다. 산팡이 곁에 오기 전에 침상으로 스며들 듯이 누워 장검을 가슴에 품었다.

"테아 아가씨! 볼리 공이 심장마비로 쓰러졌답니다! 안 그래도 뒤숭숭한데 이를 어찌 합니까! 성 안에 침입자까지……."

호들갑스럽게 안으로 들어온 산팡은 곧 입을 다물었다. 너무나 고요하게 잠을 자고 있는 테아. 어린애처럼 해맑게 잠들어 있는 모습에 산팡은 조용히 뒷걸음치며 방문을 닫았다.

문이 닫히자 스륵 눈을 뜬 테아는 제 입술을 사리물었다. 그리고 다시 빛이 들어오는 창으로 고개를 돌리며 혼잣말을 했다.

"나빠, 하겐."

하겐, 어디 있어? 아르마, 왜 내게 오지 않아?

대체 무슨 일이 생겼는지 속 시원하게 알고 싶어. 아니면 아르마를 찾으러 갈까? 여름 축제를 마치고 마리스에. 그래, 그게 좋겠다. 찾으러 가 보자. 가서 하겐과 아르마에게 맘껏 투정 부리자. 대신 내 비밀은 말하지 말고…….

순간 더할 수 없이 잔인한 눈빛이 된 테아. 그러나 제가 떠올린 생각들에 얼굴을 일그러트렸다. 너무나 모순적인 간악한 생각들. 어떻게 이 지경으로 타락할 수 있는지 스스로가 너무나 서글펐다.

테아는 몸을 둥글게 말았다. 배 속에 있는 태아의 모습처럼. 그럼에도 테아는 절대 장검을 내려놓지 않았다. 다만 슬픔 속에 몸을 숨긴 채 금세 잠이 들었다.

온밤 내내 테아의 침실을 비추고 있는 것은 곧 가까이 다가올 알페카였다. 별은 거대한 달을 뒤로한 채 희미한 빛 그림자를 끊임없이 쏟아 내고 있었다.

한편, 보탄은 정백의 영역에서 최정예군 후사르와 함께 하겐을 염려하며 대기 중이었다. 그런 그에게 가쁜 숨을 몰아쉬는 정백이 급히 다가와 급보를 알렸다. 보탄은 크게 기뻐했다.

"정말인가? 아르마가 움직였다고?"

"그렇습니다. 그 앞을 지키는 정백에 의하면 날개가…… 그러나 가까이 가려 하면 날카롭게 울어 차마 가까이 갈 수는 없었다고 합니다. 그런데 한 가지 놀라운 일이 있었습니다."

"내가 가 봐야겠군. 그런데 놀라운 일이라니?"

"어쩐 일인지 아르마의 눈에서 끊임없이 눈물이 흐르는데 그것이 엷은 붉은빛이라 합니다."

"뭐라고?"

아르마의 눈물, 심지어 색을 띤다는 것에 보탄은 앞뒤 생각지 않고 당장 움직였다. 그리고 재빠른 정백에게 지시했다. 그 정백은 가장 빠른 말을 타고 하겐이 있는 포워르의 영지인 간헐천으로 달려 나갔다.

　로바노 성 서쪽에 위치한 연회실의 아침 풍경은 오늘도 난리였다.

　"안 먹어! 이 걸레 맛이 나는 것을 어찌 먹나요? 다른 것을 내어 달란 말이에요, 당장!"

　"지, 지금 말씀하신 그것을 어찌 내어 오는지요. 계절이 계절이니만큼 그 열매는 맺히지도…… 아악!"

　"어디서 감히 말대꾸를? 어머니가 돌아가셨다 하나 이 몸은 로바노의 후손이다!"

　"제발 요, 용서를…… 잘못했습니다, 악!"

　시녀들의 비명에 그릇이 떨어지는 소리들. 그 난리의 한가운데 문제의 로리아나가 있었다. 아름다운 외모와는 달리 살벌한 성격에 대단한 고집, 심지어 폭력까지 동반한 아가씨의 투정에 시중을 맡은 시녀들은 날마다 울며 겨자 먹기로 휘어 잡혀야 했다.

　처음에는 급작스런 모친의 죽음으로 로리아나를 동정하기도 했었다. 그러나 소박한 장례식을 마치고 난 뒤 언제 슬퍼했나 싶게 로리아나는 곧 본성을 드러냈다. 되바라진 귀족 영애다운 행동에 슬픔을 빙자한 고집은 주변 사람들을 무척이나 힘들게 하였다.

　오늘도 역시나 마찬가지. 보다 못한 시녀는 당장 시녀장과 오랫동안 로바노 성에 있었던 산팡을 불렀다. 그런데 그것이 화근이었다. 로리아나의 거처로 들어간 시녀장과 산팡은 다시는 밖으로 나오지 못했다.

그 소식은 차분히 후계자 교육에 매진하고 있는 테아의 귀에도 들어갔다.

"큰일 났습니다."

"큰일이라니요?"

당황한 것이 분명한 시녀는 테아의 빛나는 눈에 겁을 집어먹었다. 그러나 사태가 심각해 그것을 따질 여유가 없었다.

"시, 시녀장과 산팡이……."

"산팡?"

"산팡이 로리아나 아가씨가 휘두른 채찍에 쓰러져……."

그다음 말은 듣지 않았다. 테아는 벌떡 일어나 로리아나의 거처로 달려갔다.

테아가 로리아나가 거처하는 곳에 도착했을 때, 문 앞에서 시녀들이 어쩔 줄 몰라 발만 동동 구르고 있었다. 그리고 갑자기 나타난 테아에 몸 둘 바를 몰랐다.

그사이 날카로운 채찍 소리가 문을 타고 밖으로 흘렀다. 그리고 이어지는 비명 소리.

"아악!"

시녀들은 귀를 막고 뒷걸음질 쳤다. 채찍을 휘두르다니. 제아무리 중앙의 귀족이며 상중인 아가씨라 해도 도가 지나쳤다. 그러나 사납고 막무가내인 로리아나를 누구도 제재하지 못했다.

귓가를 울리는 산팡의 비명, 우선 테아는 심호흡을 했다. 이곳으로 달려오면서 부글부글 끓어오르는 노기가 하늘을 찌를 듯

머리끝까지 치받쳐 있었다. 하여 점점 더 깊어 가는 테아의 금빛 눈동자. 눈동자의 테두리가 진해짐에 따라 두 손에는 힘이 들어갔다. 그리고 제 방, 벽에 기대어 놓은 포워르의 검이 살아 있는 듯 울부짖는 소리가 들렸다. 테아는 그 환청을 떨치려 숨을 몰아쉬었으나 역부족이었다.

사용해라. 베어 내! 깡그리 도륙하고 짓이겨 버려!

테아는 들끓은 분노로 끝내 장검을 움켜잡았다. 검붉은 피가 사방으로 튀어 나가고 손잡이에 새겨진 검은 뱀들이 갈라진 혀를 내밀고 흩어진 피를 핥는 모습.

아아. 희열이 넘친다, 너무나도. 틀림없는 환상임을 알면서도 테아의 의지는 그것을 배반하고 격정에 몸부림쳤다. 온몸이 찌릿거릴 정도로 갈구하고 행하고 싶다. 모조리 죽여 버리고 싶어…….

보드라운 살점을 잘라 내며 기쁨을 즐기고 살기를 바라는 인간들의 비굴하고도 처참한 모습에 즐거움을 느낀다. 살의의 희열을 느끼고 맛보고 만끽하고 싶다. 그러나 스스로를 속이듯 환상은 끝까지 이어지지 못했다. 테아는 연신 들려오는 산팡의 비명과 채찍 소리에 스스로를 찾으려 무던히도 노력했다.

'안 돼! 하겐!'

테아는 저도 모르게 하겐을 불렀다. 그것은 테아의 본능이며 살아 있는 감정이었다. 오직 하겐이 저를 구원해 줄 수 있을 것 같았다. 그럼에도 불구하고 테아는 터져 버릴 것만 같은 눈앞의 환상에 어지러움을 느꼈다.

'날 구해 줘. 제발…… 날 도와줘! 아르마!'

저 멀리 마리스의 어느 곳에 아르마가 숨을 쉬고 있다. 테아는 알고 있었다. 아르마의 날갯짓 소리가 들리지 않았다. 그러나 지금, 저에게 오지 않는 아르마를 원망할 수는 없는 일.

테아는 스스로 정신을 차리기 위해 입안의 속살을 잘근거렸다. 얼마나 짓이겼는지 입안에서는 피의 쓴 맛이 감돌았다.

짧은 시간 동안 저를 다스리고 있는 테아를 시녀들은 오해하고 있었다. 잠시 멈춰 선 테아가 안에서 들리는 소리에 놀랐으리라 짐작한 것이다. 미동도 않는 테아가 안타까워 어쩔 줄 몰랐다. 하여 문고리에 손을 올리며 테아에게 묻듯이 바라보았다.

"문을 열어 드릴까요?"

안쓰러워하는 시선들. 그녀들은 테아를 안타깝게 여기며 잠기지 않은 문을 열어 줄 준비를 했다.

"네, 열어 주세요. 부탁합니다."

조용히 문고리를 잡아당겨 주는 시녀를 뒤로하고 테아는 안으로 들어갔다.

혼자 안으로 들어간 테아는 닫힌 문 앞에서 움직이지 않았다. 다만 두 손을 모은 채 날카로운 눈빛으로 주변을 훑었다. 화려한 방 안은 난장판이었다. 쓰러진 탁자에 그 위에 놓여 있던 고급스런 식기들까지 남아난 것이 없었다. 깨지고 부서지고 넘어져 있었다.

"아악!"

"뭐가 아프다고 비명이야? 어디 더 소리 질러 봐! 소리 질러

보라고!"

테아가 들어온 줄도 모르고 노련한 채찍질을 하고 있는 로리아나는 어린아이의 눈빛이 아니었다. 탐욕으로 그득한, 이기적인 욕망으로 물든 인간처럼 보였다.

"로, 로리아나 아가씨! 저기, 아가씨!"

테아가 들어왔음에도 계속하여 채찍을 휘두르는 로리아나를 보다 못한 방 안의 시녀가 로리아나의 팔을 잡았다.

"어딜 잡아!"

그러나 성난 로리아나를 멈추게 하지 못했다. 로리아나가 시녀를 확 밀쳤다. 나이가 무색하게 잘 발달된 신체에 팔 힘이 어찌나 장사인지 시녀가 바닥으로 나동그라졌다. 이곳까지 따라와 저를 돌봐 준 시녀임에도 불구하고 아랑곳 않았다. 그와 더불어 탁자 옆에 놓여 있던 긴 화병이 그녀와 함께 나가떨어졌다.

쨍그랑! 날카로운 파열음에 이어 깨진 유리 조각들이 바닥을 가득 메웠다. 그제야 로리아나의 시선이 안으로 들어온 테아에게 고정되었다.

로리아나는 테아를 비웃으며 옷감이 찢기고 등에 붉은 생채기가 무늬처럼 새겨진 산팡에게 다가갔다. 손에 들고 있던 채찍으로 그녀의 목을 칭칭 동여맸다. 로리아나의 행동을 미처 막기도 전에 일어난 일이었다.

"이 늙은 여자가 유모라고? 어미도 없이 이 늙은 여자의 젖을 먹고 자랐다지?"

분명 어린아이임에도 불구하고 내뱉은 말 한마디 한마디에는 가시가 뾰족하게 돋아 있었다. 아니, 뾰족하다 못해 독이 묻어 있었다. 테아는 대답하지 않았다.

"산팡."

테아는 산팡을 불렀다. 테아의 목소리를 인지한 산팡은 얼룩진 눈으로 고개를 흔들었다. 테아는 산팡의 의도를 충분히 알 수 있었다. 산팡은 지금 저를 신경 쓰지 말고 어서 나가라고, 이곳을 벗어나라고 그렇게 말하고 있었다.

낳은 정보다 더한 산팡의 지극한 사랑. 이름도 없는 자신을 어린 아기였을 때부터 소중히 키워 준 산팡. 특별한 성장을 보이는 이족(異族)임에도 한결같이 자신을 보듬어 주고 친어미보다 더한 사랑을 준 산팡.

"기다려. 구해 줄 테니."

테아의 눈빛이 다시금 빛났다. 반드시 산팡만은 이곳에서 온전히 구해 내리라.

"숙녀가 사용하기에는 그 채찍, 어울리지 않는군요."

테아가 먼저 말문을 열었다.

"이거? 그렇기는 하지요. 그러나 이 채찍은 네 발이 달린 말을 움직일 때, 그리고 말 안 듣는 천한 것들을 부릴 때도 아주 요긴한 것이랍니다."

"몰랐군요. 채찍에 그런 용도가 있을 줄은."

"웃기시네. 부드럽게 말한다고 내가 늙은 여자를 놓아줄 줄 알아?"

"내가 부드럽게 말하고 있다고?"

이번에는 테아가 로리아나를 비웃었다. 이상한 기운을 느낀 로리아나는 고개를 획획 돌리며 주변에 아무도 없는 것을 확인했다.

"뭐야! 혼자 들어온 거 맞아?"

"보기에 어떤데요?"

"호, 혼자가 아닌 것 같잖아!"

"저는 늘 혼자였습니다."

"그, 그래. 뭐, 혼자는 얻는 것이 많아! 뭐든지 혼자 차지할 수 있고! 세상 전부가 내 것이니 혼자가 좋아!"

"그렇다 하지요. 산팡을 놓아주세요."

"왜? 내가 왜? 이 늙은이가 내 어머니를 우습게 여겼는데? 나는 중앙의 귀족이며 로바노의 후손이야! 누가 감히 날 업신여겨! 당신이? 이상한 짝눈을 하고 괴물이라 손가락질 받는 주제에 누가 누굴 업신여겨?"

쨍쨍거리며 메아리치는 소리. 로리아나의 성난 목소리가 방 안을 울렸다. 그러나 얼마 못 가 기이하리만큼 빛나는 금빛 눈에 겁을 먹었다.

그래, 난 잡종이며 괴물이고…… 그러는 너는? 너는 무엇이지?

테아가 소리 없이 묻고 있었다. 로리아나가 고개를 치켜들었다.

"어머니가 말씀하셨지. 당신만 없으면 로바노의 영주는 나라고. 괴물이 역사 깊은 로바노를 차지하게 두지 말라 하셨다고!"

"그래서요?"

"그, 그래서? 그래서는 뭐! 당신 같은 괴물은 이곳에 있을 자격이 없어! 이 늙은 여자도 마찬가지야! 이곳은 내 것이야. 내

땅이라고!"

우습구나. 이 조그만 아이도 권력이니 뭐니 하는 그런 것에 연연하다니. 당장이라도 영주 자리는 줄 수 있다. 그러나 대체 인간이란 무엇이지……

테아는 다시금 한 발 움직였다. 그러나 로리아나가 몸을 움직이며 소리치는 동안 산팡의 목은 점점 옥죄어졌다.

"크, 크윽……"

산팡의 신음, 테아의 온몸에 힘이 주어지며 발끝에서부터 머리끝까지 뜨거운 바람이 휩쓸고 지나가는 듯 경직되었다. 아울러 금빛 눈동자에 들어선 폭발할 듯한 뜨거운 기운. 테아는 로리아나를 짓이길 정도로 싸늘하게 바라보았다. 그리고 본능적으로 한 손을 들어 올리는 순간 흐린 눈의 산팡이 고개를 저었다.

'아, 안 됩니다. 아가씨.'

'왜!'

'절대, 아무것도 행하지 마세요. 그 무엇도 드러내지 마세요. 아가씨는 인간입니다. 로바노를 이끌어 가실 소중한……'

'산팡!'

'아가씨! 내 귀한 아가씨. 하지 말아요, 제발……'

산팡이 눈물을 흘렸다. 주름진 눈가에 흐르는 눈물은 테아에 대한 사랑이었다. 테아가 인간이 아니라는 것을 알고 있는 그녀, 그러나 로리아나에게 그것을 밝힐 이유는 없었다. 제가 죽는 한이 있어도 테아를 행복하게 해 주고 싶었다. 테아가 지극히 평범한 삶을 누리길 바랐다.

테아는 산팡의 만류에 흔들렸다. 이성과 본능, 그리고 재차 밀려드는 힘에 숨쉬기도 버거웠다. 당장 로리아나의 머리를 뽑고 싶은 잔인한 마음이었다.

로리아나 역시 산팡과 테아의 움직임을 눈치챘다.

"가, 가까이 오지 마! 한 발이라도 더 오면!"

빈말이 아니라는 듯 로리아나는 한 손으로 쥐고 있던 채찍을 두 손으로 잡았다. 그다음 있는 힘껏 잡아당길 태세를 갖추었다. 채찍 끝에 몸을 매단 채 눈을 감은 산팡. 그녀는 죽음을 각오했다. 저의 죽음으로 로리아나가 로바노에서 추방당하기를 바랐다. 그에 산팡은 눈을 감았다.

"그만!"

테아는 로리아나의 발악에 저를 죽일 듯이 노려보며 괴물이라 외치던 생모 로리나를 떠올렸다. 같은 모습, 같은 눈빛, 그리고 같은 몸짓으로 마치 더러운 오물 보듯이 협박하고 있었다. 테아에게 가장 소중한 산팡을 없애 버리겠다고.

이마에 식은땀이 흘렀다. 자제하고 또 참아 내는 인내의 순간.

죽이고 싶다. 당장 로리아나를 죽여 버리고 싶어! 하겐!

테아의 눈에서 엷은 분홍빛 핏물이 흘렀다.

"제, 제발…… 테아…… 아가씨……."

그러나 끝내 테아는 제 힘을 쓰지 못했다. 산팡의 절절한 진심에.

인간이기를 바라는 산팡의 마음에 아픈 미소를 지었다. 그 미소는 죽음처럼 서럽고 고통스러웠다. 테아는 그녀를 구하고자 했다. 무한한 사랑을 준 산팡을 먼저 살려야 했다.

"내가 어찌하면 산팡을 풀어 줄 건가요?"

테아는 다시 두 손을 잡았다. 그 손은 무척이나 떨고 있었다.

"흥! 의리가 있다, 이거군? 어차피 성에는 아랫것들이 널리고 널렸는데 힘도 없는 늙은 여자를 살리기 위해 자존심을 버리시겠다? 역시 어머니의 말씀대로 당신은 배알도 없는 괴물이야."

"아무래도 좋습니다. 산팡을 풀어요."

"내가 왜!"

로리아나 역시도 악에 받쳤다. 테아의 눈빛에 오그라든 것이 도리어 오기와 치기로 변모했다. 온갖 감정이 뒤범벅되어 테아를 마구 자극하고 싶었다. 로리아나의 목에는 노란빛이 나는 목걸이가 걸려 있었다.

그 목걸이는 로리나의 것으로 대대로 내려오는 로바노의 보석들 중 하나였다. 또한 오래도록 알만 남아 있던 그것을 다시 만든 이가 대장장이 찰턴이었다.

목걸이에 달린 노란 보석이 순간적으로 무늬를 달리했다. 마치 파충류가 먹이를 노리고 눈을 가늘게 뜬 것 같은, 보석 중앙에 뚜렷하게 보이는 것은 뱀의 눈이었다. 테아가 가지고 있는 장검의 검은 뱀처럼.

테아는 로리아나로부터 목걸이를 떼어 내야겠다는 생각에 미쳤다. 그것은 지극한 감이었다.

테아는 한 발씩 움직였다. 로리아나는 또다시 발악하듯 소리를 질렀다.

"가까이 오지 마!"

"왜요? 겁이 나나요?"

"내가 왜 겁을? 천만에!"

바로 그때, 테아가 로리아나의 시선을 잡아챘다.

"목걸이, 멋지군요."

탐욕스런 눈빛을 한 로리아나가 제 목에 걸린 목걸이를 자랑스레 매만졌다.

"흥! 어머니가 남기신 것, 내 것이야!"

"그렇군요. 저 역시도 보석이 많은데요?"

로리아나는 테아를 비웃다 보석이 많다는 그녀의 말에 귀가 솔깃했다. 로리아나가 제일 좋아하는 보석들.

"어, 얼마나 많은데?"

"눈이 호강할 만큼 많답니다. 그녀를 놓아주면 전부 드리지요."

테아의 말에 산팡은 놀랐다. 테아는 보석 따위 가지고 있지도 않았다. 그 흔한 보석 한 점 소유하지 않은 그녀가 어찌…….

테아의 제안에 조금은 마음이 누그러진 로리아나. 그사이 테아는 순식간에 움직였다. 그리고 덮치듯 로리아나의 채찍 든 팔을 잡았다.

"뭐야!"

로리아나는 발악했다. 그러나 테아가 한 수 위였다.

"어서 손에 힘을 풀어요. 그리고 산팡을 놓아줘요."

"싫어! 싫다고!"

독기가 가득한 로리아나. 그녀의 눈빛은 사정없이 번들거렸다. 마치 상대를 잡아먹으려는 야생의 짐승 같았다. 테아 역시 쉽사리 로리아나를 놓지 않았다. 그렇게 서로가 밀고 당기는 가운데 로리아나가 있는 힘껏 테아의 팔을 물어 버렸다.

"아!"

아팠다. 짐승의 이빨이 살을 파고드는 것 같은 지극한 고통. 살이 저며지는 느낌이 그대로 전달되니 끔찍하기 짝이 없었다. 테아는 로리아나가 제 팔을 물어 버리자 아찔한 기운에 몸서리쳤다.

당장 제 팔을 물고 있는 로리아나를 죽여 버리고 싶은 살의가 일었다. 그러나 테아는 그럴 수 없음을 스스로 인지해야 했다. 팔이 물린 상황에서도 산팡의 목에 걸린 채찍을 풀어내려 안간힘을 썼다. 마침내 채찍에서 산팡을 풀어내고는 제 팔을 물고 있는 로리아나까지 있는 힘껏 밀어 버렸다. 테아의 팔은 이제 피까지 흘렀다.

그 순간, 방의 양 문이 한껏 열렸다.

"괜찮으십니까?"

성 안의 호위 기사들이었다. 겁을 먹은 시녀들이 알린 덕분에 부랴부랴 달려온 것이다. 그들은 방 안의 풍경에 난색을 표했다.

그들이 들이닥치자 로리아나는 눈물이 날 것 같았다. 나쁜 장난하다 들킨 것마냥 낭패감이 엄습했다. 로리아나가 소리 질렀다.

"이 여자, 죽여 버릴 거야!"

찢어지는 비명, 발악하듯 소리 지르는 로리아나. 평소에 새침 떨며 우아한 척하던 귀족 아가씨가 아니었다. 어린 그녀야말로 살아 있는 괴물 같았다. 기사들은 허리에서 검을 빼어 들었다.

테아가 명을 내려 주기를 바라며 그녀를 보았다.

로리아나는 당황하지 않았다. 묘한 웃음을 담고 테아만을 보았다. 그리고 한껏 도발했다.

"도와주는 사람들 없으면 아무것도 할 줄 모르는 주제에."

그 말에 테아는…… 울었다. 도와주는 사람들, 산팡, 하겐, 아르마. 그들이 없었다면 자신도 없을 것이다. 평범한 행복이라는 것을 누리지 못했을 것이다.

"아니야! 그렇지 않아! 테아, 넌 루구스, 우리의 왕이다. 절대적인 왕!"

다시 환청이 들린다. 색색거리는 거친 파열음과 함께.

그러나 테아는 반박했다. 아니, 싫어! 난 테아일 뿐이야!

테아는 얼룩진 눈으로 기절한 듯 보이는 산팡을 보았다. 아직 숨을 쉬고 있었다. 그녀를 안전하게 살려야 한다. 제 팔에 흐르는 피 따위 아무것도 아니어야 했다.

테아는 로리아나에게 다가갔다. 그다음 목걸이를 한껏 잡아당겨 멀리 던져 버렸다.

"뭐하는 짓이야!"

경악한 로리아나는 자리에서 벌떡 일어나 테아를 있는 힘껏 밀어 버렸다. 테아는 비틀거리면서도 자신을 도우려는 기사들을 손짓으로 제지하며 스스로 기둥에 기대었다. 그리고 쓰러질 듯 소리 지르는 로리아나에게 알렸다.

"그 목걸이는 불길해요."

"네가 더 불길해! 괴물 같은 너의 모습이 더 불길해! 어머니도 그러셨어!"

마지막 발악처럼 한껏 소리친 로리아나. 그 외침이 메아리처럼 온 방 안을 나돌아 다녔다. 한없이 깊게 잠긴 눈으로 테아가 로리아나를 노려보았다.

순간, 온몸이 오그라들 정도로 한기를 느낀 로리아나. 사방을 보아도 누구 하나 자신을 도와주는 이 없다. 다만 경멸의 눈빛만으로 저를 보고 있을 뿐.

로리아나는 참을 수 없었다. 동시에 드는 허탈감. 온몸의 기력을 빼앗긴 듯 그 자리에서 기절해 버렸다. 기사들이 동요하며 그녀에게 다가갔다. 테아는 온통 핏물에 젖은 듯 눈가가 짓물렀다.

다만 테아는 쓰러진 산팡만을 응시했다. 눈치 빠른 기사 하나가 재빨리 산팡을 들쳐 메고 방을 벗어났다. 그 모습에 테아는 서글픈 미소를 머금었다.

살았다. 제 본능을 내보이지 않고도 산팡을 살렸다.

기사는 테아에게 손을 내밀었으나 아무런 반응을 하지 않았다. 다만 로리아나가 기사에게 안겨 가는 것을 무심한 눈빛으로 바라보다 천천히 등을 돌렸다. 그 누구도 막지 못했다. 아니, 너무나 두렵고도 한편으로는 쓸쓸해 보이는 그녀에게 감히 말을 걸 수조차 없었다.

테아는 긴 회랑을 걷고 또 걸었다. 테아가 걸음을 옮길 때마다 회랑에는 피의 향이 진동했다. 온몸의 혈액을 전부 갈아 치우듯 팔에서 흐르는 피가 그녀의 걸음 위에 깔리고 있었다.

그 모습 그대로 자신의 방으로 돌아온 테아.

우우웅. 그리고 분명히 들을 수 있었다. 기뻐 날뛰고 있는 장검을 손에 들었다. 돕기 위해 다가온 시녀들을 보지도 않은 채 또다시 방을 벗어났다.

마구간에 도착하자 팔에 피를 흘리는 테아의 모습에 마구간지기가 놀라 다가왔다.

"아가씨!"

그러나 테아에게 가까이 가지 못했다. 내밀어진 손조차 더는 앞으로 나가지 못했다.

처절한 눈빛, 다시없을 그녀의 모습은 시리도록 강력했다. 바람에 나부끼는 긴 흑발과 아름다운 드레스에 묻은 핏자국, 거기에 보석 같은 금빛 눈동자는 이미 죽음을 불러오고 있는 듯했다. 마치 태초의 거인 위미르(Ymir)가 영원히 사랑했다는 여신 에더(Edda)*같았다.

테아의 모습에 말들이 앞다리를 번쩍 들고 울음을 터트리며 달아났다. 그중 미처 달아나지 못한 말 한 마리가 투레질을 하며 발을 굴렀다. 테아는 말의 갈기를 천천히 쓰다듬었다. 그리고 안장도 매달지 않은 채 말에 올라 장검을 꼭 쥐고는 바람처럼 달렸다.

이후, 테아의 낯설고 강렬한 모습에 다들 수군거렸다. 거기에 로리아나의 못된 행각이 성 안을 또다시 뒤숭숭하게 만들었다. 그러나 성 안의 어지러운 일들과는 무관하게 성 밖에서는 여지

---

*에더(Edda):파멸의 여신 - 작자 주.

없이 축제 준비로 한창 시끄러웠다.

3일 뒤, 로바노의 여름 축제가 그 화려한 막을 올리게 될 터였다.

테아가 도착한 곳은 로바노 가문의 무덤가, 루앙.

시린 바람조차 테아를 반기는 듯했다. 마치 그녀가 올 것을 알고나 있었다는 듯이.

테아는 말에서 내리자마자 한가운데 가장 위엄이 넘치는 건물 앞에서 멈췄다. 그리고 거대한 청동 문을 힘차게 밀었다.

끼이익. 문소리가 소름끼쳤다. 그러나 욱신거리는 팔과 가슴으로 이어지는 모든 것이 고통에 찬 비명을 지르고 있었기에 그 소름끼치는 소리는 테아에게 아무 영향도 주지 못했다.

"루앙에 모든 비밀이 있습니다. 테아."

볼리 공이 남긴 마지막 단서이자 그의 양심. 바로 이곳 루앙이었다. 테아는 보이지 않는 무덤 안을 천천히 걸었다. 분명 빛이 들어오지 않는 곳이었다.

그러나 테아가 걸어가는 길목마다 희미하지만 빛이 들어오는 듯했다. 검 손잡이에 조각된 검은 뱀의 형상이 마치 야광석처럼 빛을 내고 있었던 것이다.

그렇게 얼마나 걸었을까. 밖에서 보기와는 달리 끝이 보이지 않는 무덤 안은 광활한 평야 같았다. 더구나 팔에서 쏟아 낸 많은 피로 인해 눈앞이 어지러웠다. 그러나 가장 큰 문제는 숨을 쉬기 어렵게 만드는 묘한 냄새였다.

"읍!"

더는 참을 수 없었던 테아는 제 입을 틀어막았다. 그것으로도 부족해 피가 한가득 묻은 드레스를 찢어 얼굴을 칭칭 감았다. 그래도 들이차는 매캐한 냄새는 가셔지지 않았다.

얼마를 더 걸었을까. 이번에는 공기의 온도가 변해 갔다. 습하고 차가운 공기에서 마르고 뜨거운 공기로. 그리고 돌로 조각된 모퉁이를 돌아나가자 테아의 눈앞에 보인 것은 한껏 물줄기를 뽑아내려 준비하는 간헐천들이었다.

'마리스?'

분명 낯익은 장소였다. 그곳은 마리스, 테아가 어린 시절을 보냈던 신비의 언덕이 분명했다. 전혀 생각도 못 했던 상황이었다. 환상을 보는 듯, 아니면 꿈속에서 그리운 추억을 만난 듯 정신을 차릴 수 없었던 테아 앞에 또 다른 것이 들려왔다.

그것은 무지막지한 함성과 이상한 울음소리였다. 그 소리와 달라진 공기가 무엇 때문인지 확인하기 위해 테아는 발걸음을 재촉했다.

그리고 눈앞에 나타난 광경은 전쟁터의 한가운데였다. 날아다니는 것 같은 은빛 갑옷을 입은 아름다운 기사들, 상체를 드러낸 채 가슴 앞에만 가죽 갑옷을 입은 거인처럼 장대한 이들은 해머와 같은 무시무시한 무기들을 들고 있었다. 그런 그들이 수백, 아니 수천. 테아는 제 눈을 믿을 수 없었다. 점점 흐려지는 시야 속에서 정신을 차리기 위해 안간힘을 써야 했다.

그리고 테아는 들을 수 있었다. 너무나 그리워 꿈속에서조차 듣고 싶었던…….

"한 치의 물러섬이 있어서는 안 된다! 총공격을 가하라!"

맙소사! 하겐!

제10장

활줄 둘을 그으면 소리 하나 흘러나오듯

어둠의 터전, 간헐천에서 뿜어내는 유황 냄새와 열기에 사방이 몽환적으로 보였다. 기이한 분위기가 현실이 아닌 꿈이나 환상과 같이 여겨졌다. 그러나 테아는 오직 하겐만이 눈에 들어왔다. 마치 빛이 그를 따라다니는 것 같았다. 엄청난 살육과 파괴의 현장이었음에도 불구하고 하겐은 빛났다. 테아는 하겐의 모습에 마음이 벅차올랐다.

'하겐!'

하겐만이 테아의 전부였고 그만이 테아를 진실로 보아 준다. 하겐이 저에게 웃어 주면 마냥 기뻤다. 하겐이 보듬어 주면 세상 무엇보다 아늑했다.

하겐이 거대한 괴물에 맞서 검을 휘두르며 눈 깜짝할 새 사방으로 모여드는 적들을 상대한다. 굉장한 전사이자 파괴자의 모습이었다. 테아가 알고 있는 그가 맞는지 의심스러울 정도로 눈앞의 하겐은 냉혹한 눈빛에 살기를 띠고 상대를 사정없이 베어 내고 있었다. 테아가 전혀 알지 못했던 모습이었다. 또한 그가 상대하고 있는 자들이 포워르족이라는 것 따위 아무래도 좋았다. 자신과는 무관하다 여겼다.

그래, 동족도 아니고 저들과는 아무런 연관이 없다. 그러나 등에 들쳐 메고 있는 장검은 달랐다. 웅웅거리며 테아를 자극하려 하고 있었다.

'싫어!'

테아는 보이지 않는 무형의 힘을 거부하며 등에 메고 있던 검을 던져 버렸다. 그것이 참지 못할 감정과 감각에 휩싸인 원인이라 여겼다. 테아의 본능적인 감각에 버림받은 장검이 다시금 쉬익, 바람을 가르는 소리를 낸다.

테아는 그것을 심중에 두지 않았다. 고통이 엄습해 굳어 버린 입안, 이미 둔탁해진 혀가 그를 부르며 소리치고 있었다.

'하겐!'

그 순간, 테아는 또다시 나오지 않은 목소리로 그를 불렀다.

'제발, 나를 봐 줘. 하겐, 나 여기 있어요. 하겐!'

테아가 한 발자국씩 움직일 때마다 유황 냄새가 힘들게 압박했다. 더는 가까이 가지 말라는 듯이.

그러나 그것에 굴복할 테아가 아니었다. 테아는 칭칭 동여맨 천을 더욱더 꼼꼼히 얼굴에 둘렀다. 자신이 빠져나온 곳을 확인했다. 무덤으로 들어가는 입구의 거대한 청동 문과 달리 테아가 나온 문은 성인 남자 한 명이 겨우 빠져나올 수 있는 크기였다.

생각보다 넓었던 무덤 안에서 테아는 곧 고이 잠들어 있는 로바노 3세의 말라비틀어진 시신을 볼 수 있을 거라 여겼다. 황량한 복도를 걷고 걸은 뒤 다시 밖으로 나온 세상은 로바노 영지와는 전혀 딴판인 마리스, 그것도 간헐천의 발상지였다. 즉 지하의 땅인 것이다. 생각도 못 한 지름길이 무덤과 이곳을 이어 주고 있었던 것이다.

"루앙에 모든 비밀이 있습니다. 테아."

볼리 공이 알려 준 것은 바로 이런 의미였다. 인간인 로바노 가문은 대를 이어 포워르족과 연관되어 있었다. 호족이면서도 중앙이 함부로 하지 못할 정도의 세력과 권력을 가질 수 있었던 것이 바로 이 때문이었다. 그리하여 자신의 딸을 재물로……

테아는 울면서 웃었다. 그 결과물이 바로 자신. 이 사실을 하겐은 알고 있을까.

무수한 인원들이 피를 흘리는 뒤편으로 까마득하게 보이는 요새가 있었다. 바로 포워르족의 본거지였다. 테아는 본능적으로 단단한 바위들로 이루어진 그 성을 단번에 알아보았다.

'이것도 운명.'

모든 것이 납득되고 현실이 이해된다. 자신의 의지로 산팡을 구했으며 마찬가지로 제 의지로 이곳까지 넘어왔다. 그리고 가장 원하고 바라는 하겐. 그가 손을 뻗으면 만질 수 있는 거리에 있었다.

'하겐, 하겐!'

테아는 달리기 시작했다. 물린 팔이 욱신거려도 상관없었다.

사방에 살육이 난무하든 지독한 유황 냄새로 정신이 어지럽든 아무래도 좋았다. 하겐, 눈앞에 그가 있으므로, 이제 그를 만나야 함으로.

한껏 검과 활을 맞대고 있는 상황에서 하겐은 이를 악물었다. 베어 내도 죽지 않는 차돌 같은 체력의 비터를 향해 날아올랐다. 그 뒤를 이어 정백 수십이 괴물을 향해 화살을 날렸다. 하겐은 떨어진 검을 재빨리 들며 두 검으로 포워르의 괴물을 상대했다.

"이놈의 약점은 눈이다! 세 개의 눈을 겨냥해!"

명이 떨어지자마자 일제히 날아오르는 화살들. 하겐이 알려 준 대로 괴물이 가진 세 개의 눈을 향했다. 괴물은 거대한 손바닥으로 날아오는 화살들을 쳐 내고 있었다.

"젠장!"

더 이상 시간을 끌 수 없었다. 포워르들이 계속하여 밀려드는 상황. 적들은 수적으로 정백들보다 위였다. 또한 이곳은 그들의 본거지가 아닌가. 어서 거대 괴물을 처치하고 카스카의 성으로 가야 이 싸움을 유리하게 이끌 수 있을 터였다.

더구나 테아. 그녀의 자각이 멀지 않았다. 테아를 구할 것이다. 아니, 반드시 구해야만 한다. 하겐은 검을 휘두르고 능력을 발휘하며 무차별적으로 적을 도륙했다.

드디어 정백들의 화살 중 하나가 괴물의 눈을 꿰뚫었다. 조금의 틈도 보이지 않으며 날아올라 괴물의 목을 향해 두 검을 휘둘렀다.

"꾸에엑!"

역겨운 울음, 목이 잘리고 눈이 꿰뚫린 괴물은 쿵 하는 소리와 함께 쓰러졌다. 네 마리 괴물들 중 마지막이었다. 이제 고지가 보임에 한껏 고무된 정백들과 하겐.

그러나 안심할 수 없었다. 포워르들이 재정비하기 전에 어서 성을 함락시키고 카스카를 생포해야 했다.

"지금부터 앞 대열은 물러나고 뒤 대열이 앞으로 나온다. 그들이 성문을 열 때 다음 대열이 들어간다. 단, 숨 쉬지 마라. 철저히 입을 막아라. 독이 강해지고 있으니."

하겐이 숨을 몰아쉬며 조용히 지시했다. 포워르족은 괴물들이 전부 쓰러지자 우왕좌왕하며 후퇴하는 중이었다. 그들에게는 더 이상의 볼일이 없었다. 오직 카스카, 그가 필요했다.

정백들은 무기들을 정돈하고 숨을 골랐다. 점점 차오르는 유황 냄새, 포워르족이 마지막 수단으로 유황에 지독한 독을 섞었는지도 모른다. 빛의 정백들에게 독은 치명타가 될 수 있으니 최대한 빠르게 해결할 생각이었다.

하겐은 다시 한 번 깊이 숨을 몰아쉬었다. 그 역시도 성을 향해 달려가려 했다. 그 순간 하겐의 심장이, 모든 오감이 단 한 존재에게 집중되었다. 테아!

"그럴 리가……."

쓸데없는 억측이리라. 로바노 영지와 이곳까지의 거리는 절대 가깝지가 않았다. 더구나 이곳은 테아와 어릴 적 만났던 마리스 지역의 간헐천들 중 하나였다. 그녀가 그리워 가까이 있다고 느낀 것일까. 아니 어쩌면 포워르로서 자각을 하여 카스카가

356

있는 성으로……

"설마?"

아니, 아니다. 하겐은 세차게 고개를 저었다. 이 모든 것은 억측이었다. 그러나 분명 테아가 느껴졌다. 그녀가 자신을 부르고 있음을 확신했다. 하겐은 쉽게 판단을 내리지 못했다. 모든 느낌이 혹 카스카의 철저한 연막이라면?

하겐은 피 묻은 두 손을 움켜잡았다. 다시금 돋아나는 지독한 살의를 가라앉혔다. 정백들의 수장에게 조용히 지시를 내린 뒤 그들을 먼저 보냈다. 그리고 그 자리에서 사방으로 시선을 던졌다.

"어디냐, 대체!"

만일 테아의 이름과 모습으로 만든 그림자를 내게 보내어 날 혼란시킬 목적이라면, 네놈, 아주 철저히 무너뜨려 줄 테다.

테아의 흔적을 찾을 요량으로 시선을 보냈다.

두근! 순간, 심장이 제멋대로 요동친다. 그리고 하겐의 시선이 어느 한곳을 향해 고정되었다.

처음에는 점이었다. 그리고 점점 가까이 다가오는 것은……

천으로 입을 막고 비틀거리며 달려오는 것은 너무나 그리운 향기를 가진 테아였다. 아무리 얼굴이 가려져 있다 해도 하겐은 몸짓으로도 충분히 알 수 있었다. 맙소사! 테아!

하겐은 달렸다. 바람보다 더 빨리. 지독한 유황 냄새가 진동하고 피가 난무하여 정신없는 이곳에 테아가 있다니. 믿을 수 없다. 테아가 아닐 수 있다. 테아가 아니야. 그녀가……

"테아!"

수천 번 넘게 부정한 하겐이 무색하게도 피 흘리는 시신들과 지독한 냄새, 참지 못할 열기가 그득한 한가운데서 해후한 이는 그녀였다.

테아는 아무것도 생각하지 않았다. 이곳이 어디든 상관없었다. 하겐이 있으므로, 하겐이 저를 향해 오고 있으므로. 테아는 소리조차 지르지 못했다. 자신에게 달려오는 하겐을 향해 돌진했다. 그리고 함께 바닥으로 나동그라졌다.

하겐은 저를 덮치듯 달려드는 테아를 안아 들다 중심을 잡지 못하고 그대로 쓰러졌다. 축축한 바닥에서 제 몸 위에 있는 테아를 부여잡았다.

"테아, 너인가?"

가슴 위에 내려앉은 머리가 끄덕여진다. 하겐 역시 눈시울이 붉어졌다. 그리고 테아의 동그란 뒷머리에 손을 가져갔다.

"왜 이런 곳으로 산책을 나온 거야, 아가씨! 여긴 위험지역이라고."

아무렇지도 않은 척 태연히 말을 거는 그는 틀림없이 테아가 미치도록 그리워한 하겐이 맞았다. 테아는 매달려 흐느꼈다.

"울지 마."

다시 도리질. 사랑스러웠다. 성숙한 여인이 되었다고 해도 테아는 테아였다. 사랑스런 아이, 말갛게 빛나 제 눈과 마음을 사로잡은 아이.

"안 보여, 얼굴이."

하겐의 손이 테아의 얼굴에 닿는다. 혹여 뜨거운 온천물에 덴 것은 아닌지 순간적으로 염려가 되었다.

"뜨거운 온천물이 닿았나?"

테아가 부정했다. 안도의 한숨이 터졌다.

"여기를 어떻게 알았어? 이곳은 함부로 들어올 수 있는 곳이 아닌데."

하겐은 조심스럽게 물었다. 테아가 포워르에 대해 알게 된 것은 아닐지. 아직도 테아의 얼굴을 감싸고 있던 하겐은 한쪽 팔이 아래로 쳐져 있음을 인지했다.

"테아, 얼굴을 보여 줘."

하겐은 몸을 일으켰다. 테아의 손을 부여잡고 조금은 안전한 곳으로 달리려는 순간, 그녀의 입에서 극심한 비명이 터졌다.

"아!"

놀란 하겐은 더는 생각지 않았다. 무작정 테아를 안아 들고 달리기 시작했다. 눈여겨보았던 바위와 바위 사이의 틈, 작지만 잘 자라고 있는 땅속 식물이 흐드러진 곳으로 스며들 듯 들어갔다.

"보여 줘, 테아."

제 얼굴을 둘러싼 두건을 걷어 낸 하겐은 테아의 얼굴을 감싸고 있는 천을 풀어냈다. 여전히 말간 눈빛의 테아였으나 코끝에 훅 끼치는 피 냄새가 함께하고 있었다. 테아는 제 팔을 뒤로 숨겼다. 그것을 알아차린 하겐은 손을 내밀었다.

"보여 줘."

테아의 팔. 아무래도 신경 쓰였다. 담담하나 묵직한 눈빛을 하고 손을 내밀자 테아는 어쩔 수 없이 팔을 내밀어야 했다. 그리고 들려오는 하겐의 외침.

"테아! 누가 이랬지? 아니 대체……."

가라앉은 하겐의 음색에 물기가 묻어 나왔다. 꽤나 너른 부위에 살점이 푹 파여 온통 피에 점철되어 있었다.

"누가 이랬어? 짐승인가? 아니면 인간인가?"

당장 테아를 문 그것을 죽여 버릴 듯 하겐의 눈시울이 순식간에 붉어지며 두 손으로 테아의 얼굴을 받쳐 올렸다. 하겐의 손끝이 떨렸다. 모든 정황을 계산해 보아도 짐작되는 것이 없었다.

"왜 말을 못 해, 테아."

울컥하는 기운이 엄습했다. 그는 테아의 얼굴 전체를 샅샅이 살폈다. 여지없는 금빛 눈동자, 깊었다. 그러나 눈가가 짓물러 있었다. 하겐의 마음이 찢어지는 것 같았다.

누가 상처 입으라고 했어, 누가 이렇게 만들었냐고! 대체 왜 이 꼴이 되도록…….

충분히 고통스러울 그녀에게 소리칠 뻔한 하겐은 어금니를 사리물었다.

"많이 아팠을 텐데, 너무나 고통스러울 만큼."

차마 이어지지 못하는 하겐의 억눌린 소리에 테아가 고개를 흔들었다. 눈가에 고여 있던 눈물이 후드득거리며 한꺼번에 떨어졌다.

"울지 마."

낮게 으르렁대는 하겐은 스스로에게 분노하고 있었다. 아르마저차 테아를 지키지 못하는 이 상황, 절대자가 무슨 소용인가. 하겐은 테아의 젖은 이마에 떨리는 입술을 가져갔다.

네가 울면 마음이 바스라질 것 같다. 네가 슬프면 내가 죽을 것 같다. 네가 고통스러우면 내가 대신 그 고통을 짊어질 것이다.

하겐의 속마음을 들여다본 듯 테아가 눈물지으며 작게 웃었다.

난장판 한가운데서 파릇하게 솟아나는 질긴 풀처럼 둘은 서로를 바라보며 비로소 안도했다.

"아프지 마."

하겐은 눈물이 맺힐 테아의 눈가에 입을 맞추었다. 그리고 땀이 맺힌 콧잔등과 테아의 입술에 제 입술을 천천히 내렸다. 치유를 해 주듯 부드럽게 몇 번이고 맞대었다.

하겐은 테아의 팔을 들어 상처 난 부분에도 입을 맞추었다. 그다음 혀를 내밀어 소독하듯 엉긴 핏덩이를 살살 보듬었다.

하겐이 보여 주는 행위에 테아의 가슴이 떨려 왔다. 하겐 역시 핏물이 옷깃 여기저기에 묻어 있었다.

"다치지 마, 하겐."

"내가 할 소리야."

울었다, 하겐이. 절대자인 그가 테아의 염려하는 말에 웃으면서 울었다. 어디선가 홀로 상처를 입고 외딴곳으로 넘어온 테아를 가슴에 부둥켜안았다. 고초를 겪은 테아가 안타까워 어쩔 줄 몰랐으나 하겐의 본심은 그보다 무거웠다.

테아가 인간이든 아니든 이곳이 어딘지를 알게 하고 싶지 않은 그의 마음만 점점 아래로 가라앉을 뿐이었다.

한편, 카스카의 성에서는 포워르족이 무기들을 점검하며 정백들의 공격에 대비하고 있었다.

"비터가 전부 몰살되어……."

탕! 세워진 화롯불이 바닥으로 넘어지며 불꽃이 발악한다. 탁탁 소리를 지르는 그것에 카스카의 찢어진 눈빛이 더없이 사나웠다. 보고하던 포워르는 잔뜩 겁을 집어먹은 채 고개를 숙였다.

"나머지 비터들을 내보내라."

"그, 그러나 비터들이 나오는 동굴이 정백들에 의해 무너져 다시 복구하기에 시간이……."

카스카가 몸을 돌리며 쉿소리를 냈다. 분을 참고 있는 것이다.

"얼마 남지 않았다. 며칠의 말미만 버티면 된다. 견뎌! 다들 견디라고!"

카스카의 문신들도 함께 포효했다. 생각대로 되지 않는 포워르족의 공격과 정백들의 맹공격. 수적으로 위인데도 불구하고 저들의 지휘자가 막강하게 대치하고 있는 이 상황이 불안했다. 카스카는 세워 둔 무기를 양손에 쥐었다.

"내가 직접 나간다!"

"예!"

"움직여, 어서! 지체하지 말고 정백들이 성으로 들어오지 못하게 막아라! 제단에 이모럴(immortal)*을 더 태우도록 하라!"

---

*이모럴(immortal):지하에 자생하는 독 가루 – 작자 주.

"하, 하나 그렇게 되면 독이 널리 퍼져 우리 측에도 사상자가…… 윽!"

카스카는 계속하여 나불거리는 포워르를 잡아 들었다. 손아귀에 잡힌 채 대롱거리는 두 다리가 버둥대었다.

"우리의 왕이 오신다. 절대 불변의 루구스가."

"아, 알겠습니……다."

간신히 대답한 후 바닥으로 내동댕이쳐졌다. 그리고 간신히 몸을 일으킨 그는 카스카의 명을 이행하려 부리나케 빠져나갔다.

아직도 사방은 전쟁을 방불케 하는 함성과 고함, 그리고 연기. 카스카는 눈빛을 빛내며 정백들의 목덜미를 잡아 뜯는 상상에 입가가 올라갔다.

"이 참에 전부 죽여 주지."

양 문을 열고 걸어 나오던 카스카의 움직임이 멈추었다. 희번덕거리는 그의 사나운 눈빛이 한층 윤기가 흘렀다.

"루구스?"

카스카는 전속력으로 달려 나가기 시작했다.

부유스름한 안개가 자욱하여 지척도 보이지 않았다. 바위틈에서 하겐은 테아를 품에 안고 놓지 않았다. 아니 태초에 한 몸인 듯 하나로 묶여 있기를 바랐다.

"테아……."

물기에 잠겨 있는 하겐. 그것은 분노였다. 아니 애처로움과 안타까움이었으며 사랑이었다. 하겐은 쉴 새 없이 테아의 등과 목을 쓸어 올리며 그녀의 고통을 덜고자 했다.

"팔, 쓰지 마."

하겐은 자못 태연한 척 테아의 팔에서 흘러내리고 있는 핏물을 닦아 주었다. 천으로 묶기는 했으나 습한 기운이 사방에 퍼져 있어 쉽게 아물 것 같지 않았다. 고통을 호소하지 않았어도 이미 테아의 아픔을 알아챈 하겐은 일렁이는 눈빛으로 바라보았다.

테아는 평안을 느꼈다. 마음과 팔의 아픔 따위 중요하지 않았다. 테아는 절대 떨어지지 않을 요량으로 더욱 하겐의 품으로 파고들었다. 마치 처음 만났던 어린 시절의 그때처럼.

"보내지 말 것을. 누구의 말도 듣지 말고 그냥 내 곁에 둘 것을."

하겐 역시 테아를 그리며 수없이 되뇌는 후회에 어금니를 사리물었다.

"만일 그렇게 했으면 많이 달라졌을까?"

크나큰 확신 후에 탄식 같은 속삭임. 하겐은 어린 테아를 그대로 돌려보낸 그날을 후회하고 또 후회했다. 그러나 잘못된 뒤에 아무리 후회한들 지나간 시간은 돌아오지 않는다. 하겐은 다시 부드럽게 테아를 꽉 안았다.

"이곳에 어떻게 오게 된 것인지 궁금해하지 않을게. 그러나 이곳에 누가 있는지, 그리고 내가 누구인지……."

알고 있는가, 아니면 알아 가려 하는가!

하겐은 절박했다. 테아에게 묻고 싶은 것이 있었다. 그러나 지금 당장은 테아의 상처가 먼저였다.

"그래, 나에게 잘 왔어. 아주 잘했어. 착하네, 테아."

긴박한 상황임에도 불구하고 제 품으로 안착한 상처 입은 테아가 안쓰러우면서도 사랑스러웠다. 하겐은 테아의 이마에 입을 맞추고 눈빛을 나누었다. 따스함과 사랑이 그득했다.

"아무것도 달라진 것은 없다. 내가 누구인지 테아가 누구인지. 다만 나를 기억해다오. 내 이름만이라도. 약속해, 테아!"

고통을 억누르고 괴로움으로 점철되어도 하겐은 가장 중요한 것을 상기시켰다. 테아는 눈가에 웃음을 담았다. 길게 이어지며 반달처럼 휘어지는 사랑런 웃음이었다.

"아아, 테아. 사랑한다, 영원히!"

하겐은 올곧게 바라보는 테아의 시선에 말을 멈춰야 했다. 뭐라고 할 것인가, 절대자이자 파괴자라고? 아니면 바람 신과 발퀴랴의 유일한 혈육이라고?

"그래, 테아. 그 무엇도 중요치 않다. 난 하겐, 너는 테아. 그게 전부일 뿐."

둘이 함께라면 그 무엇도 중요치 않다. 하겐이 미소를 지었다. 테아 역시 서글픈 미소로 화답했다.

테아의 심장은 요동치고 있었다. 하겐이 제 몸을 부여잡고 믿을 수 없다는 듯 감격했을 때, 물어뜯긴 팔의 상처에 눈물지었을 때, 찌릿 올라오는 심장의 열기.

테아는 하겐에게 응석 부리고 싶었다. 그 이면에는 이 땅이 어딘지, 왜 하겐이 검을 들고 상대와 싸우고 있는지 의문이 드는 동시에 강하게 살기가 올라왔다.

또다! 안 돼!

하겐이 가진 강인함을 질투하는 듯 점점 더 알 수 없는 힘이 테아 안에서 튀어나오려 했다. 분명 찰턴에게 가졌던 감각이었다. 테아는 다시 엄습하는 느낌에 참기 어려울 정도였다.

"하, 하……겐."

핏물이 엉켜 있던 팔에서부터 시작된 것 같았다. 스멀거리며 피어나는 또 다른 피의 갈구.

"테아? 이제 괜찮은가? 말을 할 수 있나?"

오직 테아의 상처만이 중요했던 하겐은 미처 반응을 살피지 못했다. 울 듯 떨고 있는 입술.

하겐은 테아가 애처로워 견딜 수 없었다. 미약하나마 마음을 전하려 조심스럽게, 그리고 너무나 따뜻하게 테아의 입술에 제 입술을 겹쳤다.

입술을 맞대고 있던 하겐이 눈을 번쩍 떴다. 이번에는 무엇인가 달랐다. 좀 전과는 확연히 다른 테아의 반응에 하겐은 당황하고 말았다.

'테아?'

몸을 한껏 맞부딪치고 있는 상황, 숨 쉴 수도 없는 틈, 테아는 방금 지혈한 팔을 들어 하겐의 목을 부여잡았다.

"무리하면 안 돼."

하겐은 제 목에 감싼 테아의 팔을 풀어내려 했다. 어디까지나 배려였다. 다친 팔이 염려스러웠다.

"싫어!"

테아가 외마디 고함을 질렀다. 전에 없던 행동과 말투. 놀란 하겐이 힘으로 그녀를 떨어트리고 얼굴을 마주했다.

"테아?"

테아의 눈빛이 달랐다. 무엇인가가 변했다. 검붉은 무늬를 눈빛에 휘어 감고 독에 잠긴 듯 하겐을 노려본다.

어느 틈에 하겐이 쓰러졌다. 테아의 두 손에 의해. 하겐은 바닥에 누운 채 테아의 격렬함을 받아들여야 했다.

테아는 하겐의 두 손을 위로 올렸다. 그리고 제 두 손으로 결박하듯 그의 손가락을 꽉 움켜잡았다. 어디서 그런 힘이 솟았는지 아픈 팔도 아랑곳 않았다.

"테아!"

테아는 하겐의 말이 들리지 않았다. 오직 그와의 육체적 교류를 바라는 절박한 심정. 순식간에 테아의 눈동자가 빛을 발했다. 완전한 금빛, 크기가 다른 두 개의 불타는 금빛이 온통 테아 눈 속에 가득했다.

"원해."

또렷한 어조. 원하다니, 무엇을. 하겐의 생명을, 아니면…….

하겐의 몸은 땀에 절어 가고 바닥에 누운 채 두 손을 꽉 움켜잡았다. 이 땅은 루구스의 영역. 혹여 테아가 급작스런 자각을 한 것이라면, 그래서 정체를 알기에 이러는 것이라면…… 테아의 눈빛에 속절없이 갇힌 하겐은 이성을 챙기기 어려웠다.

"테아, 안 돼……."

하겐은 테아에게 검을 들 수 없다. 하겐이 일그러진다. 그것은 고통이자 형벌이었다.

테아, 사랑스런 자신만의 테아. 이를 어찌 할 것인가.

하겐의 위에서 내리누르는 테아의 손길이 점점 돌덩이를 매단 듯 무거워졌다.

"하겐, 나……."

일순간 모든 행동을 멈추고 하겐을 직시하는 테아. 하얗게 질린 테아의 눈빛과 표정은 스스로의 행동이 믿기지 않는다는 듯 한껏 고무된 채 팽창되어 있었다.

"내가, 내가…… 하겐!"

금빛 눈에 분홍빛 눈물이 차올랐다. 그리고 폭포수처럼 후드득 떨어지는 것과 동시에 기절할 듯 하겐의 품으로 고꾸라졌다.

"테아!"

하겐은 테아를 안고 벌떡 일어났다. 차라리 테아의 고통을 전부 가져갈 수만 있다면. 하겐 역시도 한껏 소리치고 싶은 심정이었다.

가까이에서 굉음이 연속해 들렸다. 정백들의 함성이 함께하니 정신을 차려야 할 때였다.

"이런 젠장!"

하겐은 일단 이 자리를 피할 심산이었다. 테아의 돌발적인 행동은 차후 문제였다. 쓰러진 테아를 등에 업고 바위틈에서 벗어났다.

사방은 온통 연기로 휩싸여 있었다.

자욱한 유황의 독기. 하겐은 제 입을 틀어막고 재빠르게 달렸다.

카스카는 축축한 땅에 떨어진 장검을 손에 쥐고 있었다. 대장장이를 통해 루구스에게 전한 바로 그 검이었다.

"루구스!"

카스카가 소리 질렀다. 천둥처럼 분노하며 땅에 마른번개를 내리꽂으려는 듯 계속하여 루구스를 불러 댔다. 손잡이에 조각된 두 마리의 검은 뱀이 세로로 응축된 눈빛으로 혀를 날름거렸다. 또한 카스카의 허리까지 새겨진 문신 역시 검은 뱀과의 해후에 꿈틀거렸다.

"카스카님!"

"찾아라. 우리의 왕을!"

"예? 그, 그게 무슨……."

"이곳에 우리의 왕이 계신다."

카스카의 폭탄선언에 뒤를 따르던 포워르 정병들은 모든 행동을 멈추었다.

"찾아라, 당장! 독 기운에 쓰러지기 전에, 어서 찾아라!"

그제야 카스카의 행동이 이해가 된 포워르 병사들은 일사불란하게 움직였다.

"루구스, 어찌해서 벌써 이곳에…… 아직 때가 되지 않았거늘. 마지막 자각인 학살의 늪이 아직이지 않느냐!"

카스카는 장검을 움켜쥐며 비장하게 읊조렸다. 마지막 관문이 아직 남았던 것이다. 이제 해와 달의 움직임이 얼마 남지 않았다. 정백들의 맹공격에서도 끄덕 않던 카스카는 지금 상황이 무척이나 당황스러웠다. 곧 어둠의 터전에서 벗어나게 된다. 그리고 그들만의 온전한 자유가 루구스로 인해 해방된다.

"알페카가 달의 옆에서 춤을 출 때, 그리고 태양이 달을 가리는

그날!'

카스카는 웅웅거리는 장검을 한 손으로 높이 쳐들었다. 그리고 외쳤다.

"찾아라, 너의 주인을!"

마침내 야생의 짐승이 미치도록 돌아가고 싶은 자신의 쉼터를 발견한 양 검은 뱀들이 혀를 날름거리며 한 방향으로 쉭쉭거렸다.

"거기더냐!"

깎아지른 절벽을 뒤로하고 웅장한 바위들이 병풍처럼 둘러쳐진 곳, 카스카의 눈빛이 번득이며 거대한 다리를 움직였다. 그가 지나가는 자리마다 안개들이 길을 터 주듯 주위가 밝아졌다. 예리한 관찰력으로 땅에 새겨진 발자국을 알아보았다. 푹 파인 자국. 예사롭지 않았다. 공기처럼 가벼운 정백들이 발자국을 낼 리 없음이니 카스카의 입매가 사납게 올라갔다. 게다가 카스카와 얼마 되지 않는 거리에 바람처럼 움직이는 인영이 있었다.

"찾았다, 정백 놈!"

이질적인 정백의 냄새, 또렷한 루구스의 느낌. 포워르와는 다른 자연의 냄새에 포효하며 한 손에는 장검을, 또 다른 손에는 해머를 들고 카스카가 날렵하게 움직였다. 재빠르게 움직이는 인영을 추월해 그 앞에 떡하니 섰다.

"내려놔라, 정백!"

하겐보다 장대한 신체, 꿈틀거리는 문신들이 또 다른 괴물처럼 보이는 카스카가 테아를 업고 있는 하겐 앞에 버티고 섰다.

한편, 아르마의 울음소리에 부리나케 달려온 보탄은 이미 늦었다 여겼던 펜리르가 다시금 부활하려는 것에 쾌재를 불렀다.

"아르마! 하겐께서는 이미……."

보탄은 하겐이 포워르의 영역으로 갔음을 알리려 했다. 그런데 아르마가 힘겹게 울음을 토해 내기 시작했다.

끼이이, 끼이이. 서글픔이 한껏 배어 있는 아르마의 울음소리. 거기에 분홍빛으로 물들어 있는 눈물방울이 보석처럼 흘렀다.

"어찌하여 이렇게 우는 것인가. 어서 하겐께 전해져야 할 터인데."

"벌써 날랜 정백이 전하였을 것입니다!"

"그러기를 바랄 뿐."

"보탄! 아르마가 날갯짓을 합니다!"

아르마를 지켜보던 정백이 소리 질렀다. 아르마가 날개를 움직이고 있었다. 이미 잘려진 한쪽 날개와 더불어 크고도 웅장한 날개까지.

사방을 바람에 날려 버리듯 날개를 휘저었다. 비틀거리며 날아오르려는 아르마였으나 양쪽 날개의 균형이 달라 쉽게 날아오를 수가 없었다.

"어찌합니까, 보탄!"

지켜보던 정백이 안타까움에 탄식하고 보탄 역시 어쩔 줄 모른 채 두 손만 움켜잡았다.

"성물인 펜리르를 내가 어찌……."

그러나 뭐라도 도우려 비틀거리는 아르마에게 향하는 보탄과 정백들.

"보탄! 보세요! 아르마가……."

"이럴 수가!"

아르마 주위로 오색 무늬에 빛이 들어오고 펼쳐지는 날개의 움직임에 따라 순백의 날개깃이 몇 개 떨어졌다. 그리고 잘려진 날개가 있던 자리에 놀랍게도 막 눈을 뜨려는 새끼의 것인 양 자그마한 날개가 돋아나려 하고 있었다. 시작은 미약하나 아르마의 고통 서린 울음과 더불어 잘려진 날개는 어느새 크기를 키워 갔다. 그리고 보탄이 입을 열기도 전에 한껏 날아올랐다.

서툰 움직임이었다. 아르마는 맞지 않는 날개의 균형에도 비틀거리며 곧장 날아갔다. 아르마가 어디로 향하는지는 명백했다. 그제야 보탄과 정백들은 안도의 한숨을 쉬었다. 그리고 의문이 든 정백의 질문.

"보탄! 펜리르가 치유의 능력이 있던가요?"

보탄 역시 그 점이 의문스러웠다. 펜리르의 능력치, 특히 하겐의 수호자인 아르마의 능력은 어디까지인가.

"나 역시 뭐라 말할 수 없다. 펜리르가 부활하고 영원불멸하다는 이야기는 들어 본 적이 없으니. 그러나 아르마는 평범한 펜리르가 아닌 것만은 분명하다."

아르마가 날아간 방향을 한참 동안 응시한 보탄은 곧 서서히 어두워지는 하늘을 우러러보았다. 달이 차오르고 알페카가 손을 뻗치고 있었다. 불길한 별이 달을 위협하며.

"하겐, 아르마가 날았습니다. 부디 하겐께서 원하시는 방향으로 인도되기를."

보탄의 망토가 바람에 휘날리고 바람의 정백들이 아르마가 날아간 방향으로 계속하여 염원하듯 바라보았다. 그리고 하겐과 수천의 정백, 날개를 단 정예부대인 후사르가 있는 방향이라는 것을 깨달은 보탄이 마침내 운명의 수레바퀴가 빠르게 달리기 시작했음을 인지했다.

"내려놔라, 정백!"

당장이라도 목을 내려칠 기세인 카스카와 얼굴을 가린 채 있는 하겐.

그는 마침내 테아에게 피와 살을 나누어 준 카스카를 마주하고 정면으로 노려보았다.

"루구스를 온전하게 돌려준다면 네놈의 목숨 정도는 살려 주마."

마치 선심을 쓰는 듯한 카스카의 회유에 하겐은 코웃음이 나왔다.

"누구를 돌려 달란 말이지?"

"아니, 너는……."

눈앞의 사내를 향한 한이 맺히다 못해 적대감으로 점철된 무수한 세월. 카스카는 결코 같은 하늘 아래 살지 못할 원수의 음성을 기억해 냈다. 잘난 척 한껏 내지르며 명령을 내리던 전장의 요르문가드를.

"내몰아라! 전부 구덩이 속으로 밀어 넣어! 한 놈도 지상에 남

거 놓지 마라!'

아직도 생생한 그때. 으드득거리며 이를 세게 가는 카스카. 그와 더불어 손아귀가 열을 뿜고 그의 눈빛에 지독한 살기가 어린다.

작열하는 햇살 한 자락 들어오지 못하는 지하 세계로 쫓기듯 침몰한 포워르족. 굶주림에 잡풀과 쥐 떼를 잡아 연명하던 나날들이 눈앞에 그려졌다.

반드시 지하 세계를 벗어나리라, 그렇게 맹세했던 오랜 세월. 그러나 번번이 정백들에 의해 좌절되고 카스카의 복수는 결코 이루어지지 않았다.

그러나 이번만큼은 다를지니, 드디어 포워르족을 지상에서 내몬 주범인 요르문가드가 모습을 드러낸 것이다. 그것도 카스카의 영역에서.

"요르문가드."

카스카가 제 이름을 부르자 하겐은 감싸던 두건을 내렸다. 마치 보란 듯이 제 얼굴을 드러냈다.

"날 아는가?"

"내 영역에서도 그렇게 자신만만하다니, 대단하군."

"자신감이 아니라 원래 잘난 것을 어찌하겠나?"

하나도 변한 것이 없다. 카스카는 하겐의 히죽이는 뻔뻔한 태도에 눈을 부릅떴다. 그리고 단번에 장검을 들어 하겐을 힘껏 내리그었다.

"이놈!"

하겐 역시 당하고만 있지 않았다. 훌쩍 날아올라 장검을 피하고 카스카와 거리를 넓혔다.

"그래 봤자 제 발로 걸어온 이상 이곳은 너의 영원한 무덤이 될 것이다."

"그래서?"

카스카의 때려죽일 듯한 윽박에도 눈 하나 깜작 않는 하겐은 면밀히 주위를 살폈다. 카스카의 움직임으로 주변 상황이 눈에 들어오기 시작했다. 게다가 성으로 갈 필요 없이 눈앞에 카스카가 나타나 주었으니 명백한 시간 절약. 이 기회를 놓칠 수 없어 하겐은 업고 있던 테아를 안전한 곳으로 옮길 기회를 찾았다.

"세월이 아무리 흘러도 네놈의 오만함은 여전하구나. 그러나 지금 이 순간부터 네놈의 우쭐거림 따위 영원히 소멸될 것이다!"

자신감이 그득한 카스카. 그러나 하겐은 그에게 신경 쓰지 않았다. 그의 정신은 모두 테아에게 향해 있었다. 안전한 곳이 필요했다.

"우리의 왕을 내려놓아, 당장!"

낭패였다. 하겐의 눈에 힘이 들어갔다. 이미 카스카는 테아가 이곳으로 들어온 것을 알고 있었다. 제 품에 있는 테아를 알아본 것이 틀림없다. 하겐은 중심을 잡고 카스카를 정면으로 바라보았다.

"싫다면?"

하겐의 거부에 카스카는 뜻밖에도 소리 높여 호탕하게 웃었다. 그의 웃음이 어찌나 큰지 멀리 있던 포워르 정병들이 웅성거리며 이쪽으로 오는 것이 보였다. 하겐은 만반의 태세를 갖추었다. 테아와 함께 이 자리를 모면할 준비를 했다.

"요르문가드, 잘 보아라!"

분명 하겐의 힘을 잘 아는 카스카였다. 그의 반응이 미심쩍었다. 즐거운 기색까지 엿보이는 카스카는 하겐의 힘에도 아랑곳없이 제 손에 쥔 장검을 높이 들어 올렸다. 대장장이 찰턴이 제 목숨과 맞바꾸어 테아에게 전한 그것.

하겐은 도발하듯 보이는 장검을 눈에 담았다. 윙윙. 검이 떨고 있었다. 검의 손잡이에 새겨진 두 마리의 검은 뱀이 꿈틀거리며 손잡이를 타고 올랐다. 그 순간 하겐의 눈에 순식간에 핏줄이 올라왔다.

"카스카!"

하겐이 발악하듯 소리 질렀다. 경악을 금치 못했다. 두 마리의 검은 뱀, 흡사 요르문가드의 본신과 같았다.

"으하하하! 보았느냐? 그랬겠지! 네놈이 알아차리지 못할 이유가 없으니!"

카스카는 하겐의 반응이 무척이나 기뻤다. 왜 아니겠는가! 검의 원천이 바로 하겐, 그였으니.

카스카는 한껏 들어 올린 장검을 하늘로 높이 던질 태세를 갖추었다. 그때 하겐이 먼저 선수를 쳤다.

하겐의 공격, 카스카의 행동에 제동이 걸리고 서로의 무기가 몇 번의 불꽃을 피우며 부딪쳤다.

"어떻게 네놈 손에……."

"이제야 알아보다니 멍청한 요르문가드. 달 조각으로 만든 이 검. 게다가 네놈의 살점에서 돋아난 두 마리의 흑사!"

하겐은 멍하니 있을 수밖에 없었다. 카스카의 믿는 구석이 너무나 명백하기에.

오래전, 수십 번의 전쟁에서 대패한 카스카는 포기하지 않고 끈질기게 쳐들어왔었다. 하겐은 선두에 서서 카스카와 일대일 대결을 펼쳤다. 물론 패한 쪽은 여지없이 카스카였다. 그날도 팽팽히 겨루던 때였다. 몰래 힘을 비축했던 카스카가 하겐의 허리춤에 조그마한 상처를 입혔다.

바로 그때 카스카는 제 검에 묻은 살점을 이용해 샛별에서 찾아낸 혜성의 조각과 녹였다. 그리고 찰턴에게 장검을 만들게 했으니, 그것이 바로 두 마리의 검은 뱀이 조각된 장검이었다.

무한한 힘을 지닌 하겐이니 그의 능력을 고스란히 옮겨 담은 장검은 농축된 힘을 가지게 될 수밖에 없었다. 거기에 포워르의 힘까지 덧붙였으니 그 한계는 알 수 없었다. 비열한 놈!

하겐은 카스카의 말이 끝나기도 전에 소리를 질렀다. 감히, 감히!

"이 자식이! 카스카!"

하겐은 카스카에게 달려들었다. 테아를 업은 채로.

"왜 그러실까! 요르문가드? 네놈의 본신이 검은 뱀인 것이 불만인가? 아니면 냉혈한 검은 뱀이기 때문에 한 종족이 몰살당해도 눈 하나 깜짝하지 않는 게 불만인가? 큭큭, 둘 다겠지."

챙챙! 두 개의 검이 사정없이 맞부딪쳤다가 떨어지기를 수차례.

하겐은 비열한 카스카를 용서할 수가 없었다. 카스카 역시 자신의 왕을 데리고 있는 하겐을 두 동강 내고 싶었다.

"내려놔! 우리의 왕이시다! 네놈을 저세상으로 보낼 우리의 희망! 어서 내려놔!"

"어림없다, 카스카!"

카스카는 당하고 있지만은 않았다. 하겐의 틈을 노려 공격한 뒤 재빨리 그를 향해 장검을 한껏 던져 버렸다.

그러자 놀라운 일이 벌어졌다. 두 마리의 검은 뱀이 장검의 손잡이에서 떨어져 나갔다. 구불거리며 춤을 추듯 날아오른 그것들은 단번에 안착했다.

테아, 하겐의 어깨에 매달려 있는 포워르의 왕 루구스에게.

"이제 끝이다, 요르문가드!"

사악한 카스카의 웃음, 자신만만한 카스카는 하겐의 죽음을 그리며 제 속마음을 노골적으로 드러냈다.

하겐 역시 테아의 두 손목 위에 감긴 검은 뱀을 분명히 직시했다. 그것들은 팔찌처럼 테아의 손목에 단단히 자리 잡았다. 놀란 하겐이 한쪽 무릎을 꿇고 테아를 가슴으로 안아 내렸다.

"테아? 테아, 안 돼. 제발……."

어서, 어서 눈을 떠! 이것은 환상이다. 손목에 감긴 그것은 실제가 아니다. 테아!

사아악, 스스슥.

불길한 소음. 부드럽지만 간사하고, 한편으로 유혹하듯 흘러드는 소리.

"하겐."

테아가 눈을 뜨며 하겐을 불렀다. 테아는 고통에 잠긴 듯 목소리가 떨리고 있었다.

"테아! 나다, 하겐!"

하겐은 급박했다. 행여나 지금 저를 잊을까, 테아 자신을 잊을까 두려웠다.

"루구스!"

그와 더불어 카스카도 소리쳐 테아를 불렀다. 몰려든 포워르족이 검은 뱀을 손목에 감고 머리카락이 물결치는 테아를 알아보았다. 아울러 빛나는 금빛 눈동자까지.

"루구스! 포워르의 왕!"

그들은 하겐을 개의치 않았다. 오직 테아, 테아를 향해 주문을 외듯 루구스를 소리쳐 불렀다. 서서히 커지는 함성에 성으로 가던 정백들에게까지 들렸다. 무슨 일이 생겼는지 알 수 없어 어찌할 바를 몰랐다. 정백 수장의 재빠른 판단을 따라 움직이기 시작했다.

"닥쳐! 테아를 그렇게 부르지 마!"

"네놈이야말로 닥쳐라, 요르문가드!"

한 치의 양보도 없는 하겐과 카스카. 당장이라도 서로의 목숨을 취할 듯 대치하면서도 테아의 움직임을 주시하고 있었다.

하겐은 절대 테아를 품에서 내려놓지 않을 심산이었다.

쿵쾅거리는 심장이 서서히 고요해진다. 눈을 뜬 테아는 잠시 하겐의 모습을 올려다보았다. 아늑했다. 하겐을 보듬고 싶었다. 하여 두 손을 내미는 그 순간…….

"싫어…… 하지 마……."

설설 기어서 제 몸을 잠식하는 것이 있었다. 두 마리의 검은 뱀. 어느새 그것들이 족쇄가 되어 테아를 보며 미소 지었다. 고개를 치켜든 검은 뱀들은 도리질을 하는 테아를 못 본 척 아가리를 벌렸다. 그녀는 허공을 찢는 비명을 질렀다.

"안 돼!"

두 마리의 검은 뱀은 붉은 혈관에 드러난 송곳니를 깊이 박아 넣었다. 더불어 멀리서 펜리르의 울음소리가 들렸다.

하늘에서 떨어지는 빛이 테아를 관통하는 느낌. 그녀는 마지막에 아르마의 날갯짓 소리를 들었다.

테아는 현실로 돌아왔다. 그녀의 모든 기억은 백지로 화했다. 요르문가드의 살점에서 생성된 검은 뱀에 의해 완벽하게.

"아르마!"

하겐이 고개를 번쩍 들었다. 분명 아르마의 울음이었다. 그때였다.

"아!"

이어지는 하겐의 단말마의 비명. 하겐은 제 어깨를 짚으며 비틀거리듯 일어섰다. 눈을 뜬 테아가 언제 장검을 들었는지 그 검으로 하겐의 어깨를 베어 버린 것이다. 그리고 이어지는 카스카의 웃음소리.

"테아……."

쉴 새 없이 흘러나오는 하겐의 핏물. 그러나 하겐은 아무런 말도 하지 않았다. 테아의 표정은 무심했다.

테아는 주변을 훑어 내렸다. 존재감은 엄격했으며 언제 약한 모습을 보였나 싶게 당당히 제 존재를 만천하에 드러냈다. 흑발은 바람에 나부끼듯 출렁거렸고 금빛의 눈동자 역시 태양처럼 강렬하게 빛나고 있었다.

"보았느냐? 우리의 왕을?"

승리가 코앞에 있는 듯 카스카는 한껏 웃어 젖혔다. 그러나 그 역시도 얼마 못 가 피를 흘렸다.

"으윽! 루구스?"

웃음소리가 거슬렸던 걸까? 테아는 카스카의 왼손을 그대로 날려 버렸다. 잘린 손에는 카스카의 무기가 고스란히 들려 있었다.

"너는 누구지?"

툭하고 떨어지는 거대한 손 앞에서 테아는 미동도 없이 그림처럼 서 있었다. 그리고 카스카를 감정 없이 바라보았다. 떨어진 제 손목을 믿을 수 없는 눈으로 바라보며 카스카는 말문을 잇지 못했다.

"그, 그게…… 나는……."

"왜 나를 루구스로 부르는 것이지? 대체 왜!"

강인함, 심지어 적대감까지 드러내는 그녀의 벼락같은 고함. 테아의 반응을 전혀 예측하지 못한 카스카는 혼이 나간 듯했다.

"루구스는 포워르의 왕이란 뜻으로…… 그 이름은 고귀한……."

"내 이름은 테오도어."

당황한 카스카가 얼버무리듯 대답하는 사이 테아는 분명한 제 이름을 담으며 입가에 비릿한 웃음을 지었다.

"아니, 아니야! 나의 피와 살을 가져간 루구스, 포워르의…… 으윽!"

381

카스카는 끝내 전부 말하지 못했다. 테아가 순식간에 그의 앞을 지나쳐 간 탓이었다. 동시에 카스카는 털썩 무릎을 꿇었다. 그의 상체에는 검이 그린 상흔이 나 있었다. 그것뿐이 아니었다.

슈파앗! 공기를 가르는 바람 소리. 그것은 테아가 제 힘을 발현시키는 소리였다. 사방에서 루구스를 연호하던 포워르족의 육체가 잘려 나가는 소리였다.

"아악! 살려, 살려 주세요! 루구스!"

"카스카! 이게 대체…… 악!"

짧은 순간, 사방은 지옥의 아수라장이 되어 버렸다. 손에 쥐고 있는 장검과 테아가 하나가 되어 바람처럼 움직였다. 남은 것은 몸의 일부분이 잘린 수많은 포워르족과 아래로 늘어트린 장검에서 흐르는 검붉은 핏물뿐.

"다시 말해 보라. 내 이름은 테오도어, 테아."

카스카는 숨을 쉴 수가 없었다. 명확한 답을 바라는 테아의 눈빛에 당황하며 답을 찾지 못했다. 어깨에 새긴 문신 또한 소리를 지르며 난감해했다.

이번에는 하겐의 차례였다. 테아는 비틀거리는 그를 눈에 담았다.

하겐은 어깨에서 흐르는 핏물을 손으로 막아 내며 테아를 보았다.

"너는 누구인가?"

하겐은 말문이 막혔다. 테아의 눈빛은 싸늘하기 짝이 없었다. 혹시나 했던 일말의 희망은 사라졌다.

"나는…… 하겐 알베리히 요르문가드."

하겐은 읊조리듯 말하고 눈을 감았다. 제 본신의 힘. 지독한 전쟁 신이자 파괴자의 본능이 테아 안에 숨 쉬고 있다. 카스카의 간교한 계략에 의해.

이것이었구나. 이게 바로 카스카가 자신한 포워르 왕의 대한 비밀이었구나.

종장

오오, 달콤한 노래여

　지는 태양을 뒤로하고 거대한 날개가 날아오른다.

　오색 빛의 펜리르, 아르마. 또렷한 눈빛으로 한곳을 응시하며 균형이 맞지 않는 날개를 퍼덕였다. 아르마는 긴박했다. 슬픈 듯 안타까운 듯 쉴 새 없이 소리치는 아르마는 하늘에 떠 있는 천체가 서서히 움직이는 것과 때를 같이했다.

　아르마의 아스라한 모습을 뒤로하고 푸른 달이 둥실 떠올랐다. 붉은 별이 달에 가까워지려 미혹시키듯 불타올랐다. 바로 빛나는 알페카였다. 그 누구도 막지 못하는 별의 순행(順行)이 시작된 것이다.

　"저기! 아르마가 다가옵니다!"

　마리스의 간헐천 주변, 가장 먼저 아르마를 알아차린 정백이 고함쳤다. 그 소리에 대기하고 있던 정백들과 날개를 단 후사르들이 일제히 하늘을 올려다보았다. 그들은 태산처럼 날아오고 있는 아르마를 보며 전율했다.

아르마는 제 건재함을 과시라도 하듯 순식간에 그들을 지나쳐 거대한 간헐천의 입구를 향해 돌진하듯 파고들었다.

"펜리르의 뒤를 따르라! 하겐께 즉각 도달하라!"

아르마에 뒤질세라 은빛 날개를 번쩍이는 후사르들이 그 뒤를 따라 들어갔다.

그들이 일제히 입구로 들어가는 것과 동시에 주변의 간헐천에서 뜨거운 온천을 뿜어내기 시작했다. 평화로운 대기에 열기가 솟아나고 그 열기는 곧장 지하 세계로 이어지며 다시없을 파문(波紋)을 열었다.

"나는…… 하겐 알베리히 요르문가드."

제 이름을 분명하게 알리는 목소리에는 제발 기억하기를 바라는 간절함만이 존재했다. 그의 염원을 알았을까. 하겐이 천천히 짓씹는 이름에 테아의 입술이 흔들렸다.

머뭇거리듯 달싹이는 입술. 안쓰러움을 한가득 안고 저에게 달려와 파고들던 테아. 달라진 것은 없었다. 테아의 손목에 죽은 듯 감겨 있는 두 마리의 검은 뱀만 제외한다면.

"하겐, 알베리히, 요르문가드."

테아의 입이 달싹이며 정확한 그의 이름을 소리 내 불렀다. 그러나 그것이 전부였다. 하겐은 앞서가는 손과 발을 묶으며 테아를 불렀다.

"테아."

그러자 지하의 뜨거운 공기를 단번에 얼릴 듯 테아의 눈빛은 싸늘하기 그지없었다.

"누가 내 이름을 부르라 허락했지?"

완전한 타인을 보듯 제 이름이 불린 것에 못마땅함을 내비치는 테아. 물줄기가 하늘로 뻗치듯 테아의 긴 머리카락도 하늘로 향해 뻗어 나간다. 그 모습조차 매혹적이나 바라보는 것조차 허락하지 않을 눈빛만은 살벌하기 그지없다.

그녀를 찬찬히 바라보며 하겐은 아무것도 없이 텅 비어 갔다. 지금 이 순간, 모든 것이 무의미했다.

차라리 저를 증오라도 하면, 포워르로서 나락으로 떨어지게 만든 저에게 소리라도 질렀다면…… 차라리 좋았을 것을.

그랬다면 무릎이라도 꿇고 잘못을 빌 텐데. 포워르라도 상관없이 카스카가 비웃어도 개의치 않고 용서해 달라고 빌고 또 빌 텐데.

테아는 그 무엇도 아니었다. 비어 버린 상태. 완전한 진공.

인위적으로 만들어 낼 수도, 함께 느끼고 공감하고 하나가 되었던 순간을 인식시킬 수도 없었다.

아아, 차라리 내가 절대자가 아니라면 좋겠다.

이리저리 흔들리며 일렁이는 하겐의 눈빛은 모든 희망을 끊어 버린 것처럼 슬프기 짝이 없었다.

"테아, 나는……."

"닥쳐라!"

쉬익! 저도 모르게 테아를 부른 하겐. 입 밖으로 나온 이름에 테아는 격분했다. 아직도 핏물이 뚝뚝 흐르는 장검을 바람처럼 움직였다. 그러나 이번에는 하겐의 움직임이 빨랐다. 테아는 우습다는 듯 피식했다.

"그러지 마. 그렇게 웃지 마, 테아⋯⋯."

수천 년을 살아온 하겐이나 이 이상 벗어나기 어려운 절망적인 상황에 마주한 적은 없었다. 하겐은 울부짖고 싶었다. 테아의 어깨를 잡고 마구 흔들고 싶었다.

왜 기억 못 하는가! 전부 다 잊어도 나만은 기억하라 했잖아! 나를 기억해, 당장!

하겐의 몸에서 힘이 빠져나간다. 테아를 아프게 바라보며⋯⋯.

테아를 만나 포용을 알았고 타인에 대한 관용을 배웠다. 또한 다시금 없을 사랑이 머리뿐 아니라 손끝, 발끝, 심지어 온몸을 구성하는 세포 하나에서부터 발현한다는 것도 알았다.

지금도 역시 자신을 눈에 담지 않는 차디찬 벽과 같은 테아를 보면서도 하겐의 심장은 몹시도 쿵쾅거렸다.

그리하여 하겐은 또 하나를 알게 되었다. 전부라 여기고 있는 상대가 자신을 알아주지 않는다는 것은 세상 전부를 잃는 것과 같다는 것. 헤어 나오지 못한 늪으로 빠지는 것처럼 순식간에 무기력 속으로 빠져들게 된다는 것을 분명하게 알게 되었다.

테아, 내 귀여운 아이. 나의 심장을 가져간 단 하나의 연인.

하겐이 테아에게 다가가려는 본능을 억눌렀다. 안간힘을 쓰는 하겐을 비웃으며 테아도 한 발짝 움직였다.

쉬이익!

"윽!"

테아는 저만을 응시하는 하겐에게 다시 한 번 장검을 휘둘렀다. 이번에는 그의 얼굴 한쪽에 얇은 상흔을 분명히 남겼다. 테아의 차디찬 시선 앞에 하겐은 움직이지 않았다. 테아가 쥐고 있는 장검이 다시금 빛을 발하며 다가오지 못하게 분명한 선을 그었다. 하겐은 울부짖고 싶은 심정을 깔아뭉갰다.

세상의 중심은 정백들과 절대자인 자신, 그 외의 모든 것은 순리대로라 여겼다. 그래서 땅이 뒤집히고 하늘이 갈라지던 대재앙의 그날, 늘 포식자처럼 도발하며 세력을 일구어 가는 포워르족을 깡그리 몰아냈었다. 솔직히 그 과정을 즐겼는지도 모른다. 카스카 따위 저의 상대조차 되지 않았으니.

어쩌면 지극한 오만이었으리라. 평화를 수호한다는 명목 아래 지독한 교만이었는지도 모른다. 그래서 지금, 하겐의 심장은 찢어졌다.

제 살점을 가져간 테아.

모든 것은 저의 잘못이다. 카스카를 만나면 테아가 걸려 있는 저주와도 같은 각인의 정체를 벗길 수 있으리라는 안일함이 있었다. 거기에서 비롯된 지극한 과오와 완전한 오판. 그러니 모든 것에 책임을 질 순간이 왔다. 하겐은 깊게 호흡했다. 테아를 바라보며. 오직 그녀만을 눈에 가득 담으며.

"나는 하겐. 절대자이며 태초의 전쟁과 파괴의 화신이다."

단단한 제 소개를 마친 하겐은 들고 있는 검을 한 손으로 꽉 잡아 사선으로 들었다. 그리고 또 다른 손으로 그 검을 훑으며 올라갔다. 마침내 완벽한 자세를 갖추었다.

"안 돼! 이놈! 요르문가드!"

카스카의 절규가 터져 나왔다. 그는 알고 있었다. 하겐이 검을 든 자세가 무엇을 말함인지. 그것은 공격이었다. 막강한 공격을 가하며 상대에게 진격하겠다는 하겐의 의지였다.

카스카가 일어섰다. 남은 한 팔로 해머를 잡고 하겐을 먼저 잡아채려 했다.

"우리의 왕을 감히!"

한 손을 잃었으나 카스카는 아직 희망이 있다 여겼다. 이깟 한 손 따위 포워르의 왕을 깨어나게 하려면 이 정도쯤은 우습게 잘라 내야 할 터. 테아의 완벽함이야말로 포워르족을 지상으로 올라가게 하는 발판이라 여겼다. 아울러 지상의 모든 땅을 포워르의 발아래 놓을 수 있는 절호의 기회. 하겐이 빼앗게 둘 수는 없었다.

카스카는 온 힘을 다해 해머를 내려쳤다. 하겐 역시 있는 힘껏 그를 막아 냈다.

"부정(父情)은 아닐 테고. 이러는 것이 과연 좋을 것 같나, 카스카?"

"어림없는 소리! 네놈이 포워르의 깊은 뜻을 알까 보냐!"

"지금 죽어도 좋단 말인가? 네놈의 어리석음으로 포워르족뿐 아니라 세상이 파멸할 것이다!"

"말도 안 되는 소리! 개 같은 소리일랑 집어치워라, 요르문가드!"

하겐은 앞뒤 재지 않았다. 오직 테아만이 그의 중심점이었다. 그렇다면 카스카를 먼저 처단해야 이 저주 같은 상황에서 벗어날 수 있다는 판단이었다.

둘의 전쟁 같은 격투에 테아는 한 발짝 물러났다. 의아했다. 둘의 움직임이 장난스럽게 보였다. 다만 자욱한 안개와 점점 차오르는 거북한 공기에 머리가 지끈거렸다.

그렇게 한발 물러난 테아, 그러나 시야가 자꾸 하겐이라 밝힌 자에게 향하였다. 자꾸 밝히는 그가 무척이나 못마땅했다. 그때 하겐과 카스카의 대립에 살아남은 포워르족이 무기를 들고 달려드는 모습이 포착되었다.

"성가시군."

"아악!"

"후, 후퇴……."

누구를 돕는다는 것은 절대로 아니었다. 한 줌의 재 같은 것들이 자꾸 시야를 방해하여 불쾌했을 뿐이었다. 테아는 주변 포워르들을 단번에 제압해 버렸다. 일시에 움직이며 바람을 일으켰을 뿐인데 사방은 피 비린내가 진동했다.

유황의 불쾌한 냄새에 뜨거운 열기, 거기에 핏물까지.

테아는 이 모든 것이 성가셨다. 하여 단숨에 남은 둘을 처리하고 맑은 공기가 있는 곳으로 나가려 했다. 그 순간 그녀는 세찬 바람이 일 정도로 고개를 번쩍 들었다.

소리가 들려오고 있었다. 익숙한, 그러면서도 너무나 따뜻한 소리가.

"뭐지? 누구?"

비틀렸다. 너무나 안온한 느낌에. 생소한 감각이 이해되지 않아 살점이 타들어 가는 듯한 손목을 움켜잡으면서도 계속하여 한곳을 바라보았다.

아울러 멀리 은빛으로 빛나는 수백의 무리들이 힘찬 물줄기를 헤치고 한없이 구불거리는 원형의 길을 돌아 나오고 있었다.

하겐과 카스카 역시 그 무리를 알아차렸다.

"이놈들이……."

카스카는 기력을 쥐어짜 한껏 소리쳤다.

"죽여 버리겠어, 요르문가드!"

"누가 할 소리!"

다시 서로를 죽일 듯 맹공격하는 둘. 그러나 카스카의 움직임
이 둔해졌다. 포워르의 왕인 테아가 대기 중인 주변 포워르족을
제거하고 있었기 때문이었다.

"루구스! 안 돼!"

카스카는 울부짖었다. 자신의 바람과는 철저히 다른 테아. 오
랫동안 준비한 수레바퀴가 충분히 세상에 영향을 미치어 포워르
의 세계를 넓혀 줄 것을 믿어 의심치 않았던 카스카.

카스카의 비명에 테아가 바라보았다. 테아는 고개를 비스듬
히 했다. 마치 무슨 일이 있느냐는 너무나 태연한 모습.

"너는 루구스, 절대적인 왕인 네가 어찌하여 동족을……."

"동족?"

"그, 그게…… 내가 너의……."

뒷말을 잇지 못하며 카스카는 타인을 바라보듯 무심한 테아
의 표정에 굳었다. 자신을 하찮게 보는 눈빛에 눈앞이 캄캄해졌
다.

"나의?"

테아가 묻는다. 카스카는 말하고 싶은 것이 있었으나 그 무엇
도 생각나지 않았다.

"나의 뭐라도 된다는 의미인가?"

테아의 입가가 조소하듯 올라갔다. 카스카는 더는 참을 수가 없었다. 이 상황이 힘에 겨웠다. 급박하게 돌아가는 매 순간이 숨 가빴다. 아비라 말할 수 없는 참담함에 몸과 마음이 짓눌리어 답답하다 못해 보이는 모든 것이 캄캄한 암흑이었다.

"이럴 수는 없다, 루구스! 네가 이럴 수는……."

카스카는 공격의 방향을 바꾸었다. 루구스에게 남은 기력을 쏟아부어 한껏 공격했다.

카스카의 상체의 문신들도 그때만큼은 사납게 눈을 치뜨며 일제히 날카로운 이를 드러냈다. 테아를 갈기갈기 찢을 요량으로 한껏 달려드는 카스카.

마지막 발악, 카스카는 몸부림치고 발광하면서 검을 휘둘렀다.

쿠쾅! 콰쾅! 우르르.

때를 같이해 지하 세계가 흔들렸다. 일시에 폭발하는 간헐천의 움직임이었다. 지축이 흔들리고 사방의 바위들이 낙석이 되어 떨어졌다. 심지어는 질펀한 바닥에 서서히 금이 가는 상황까지 일어났다.

갑작스러운 주변 지반이 흔들려 테아는 미처 카스카의 강한 움직임에 대응하지 못했다. 붉어진 눈빛의 카스카가 제 얼굴을 덮는 순간 테아의 머리카락 끝이 잘리며 그 자리를 벗어났다.

카스카가 다시 공격을 시도했다. 괴물이나 다름없었다. 문신이 그의 얼굴까지 덮고 배신감에 치를 떨었다. 지옥의 사자보다 더한 악취를 풍기는 그는 그대로 테아를 죽일 듯이 덤벼들었다.

점점 다가오는 은빛의 날개들과 익숙하고도 그리운 소리가 함께 들리는 순간, 테아는 옆으로 밀려났다.

"위험해! 테아!"

그사이 살벌한 무기들이 힘차게 부딪쳤다. 자욱한 연기와 들끓는 공기로 인해 누가 누구의 공격을 막아 내는지 판별할 수 없는 상태에서 외마디 비명이 들렸다.

"악!"

카스카였다. 정확히 몸 한가운데가 두 동강나 서서히 쓰러졌다. 미리 예정이나 된 듯이 바닥이 갈라지고 그의 굳은 얼굴과 몸이 그대로 틈 속으로 떨어졌다.

테아는 잠시 정신을 수습했다. 저를 위협하던 카스카의 죽음. 순식간에 일어난 일이었다. 그리고 바닥으로 밀어 버린 자에게 의문이 들었다. 스스로 충분히 대처할 수는 있었으나 어쨌든 그가 자신을 구한 것이라 볼 수 있었기에.

머리 셋 달린 괴물처럼 온통 살의가 가득한 카스카로부터 자신을 살려 주었다. 왜!

"왜 이런 행동을……."

몸을 일으켜 하겐을 향해 차디찬 물음을 던진 테아.

"내 생명, 내가 살아갈 이유 모두 오직 너이기에……."

바닥에 꽂힌 검을 지지대 삼아 일어나며 거칠게 숨을 몰아쉬는 하겐. 그 역시도 카스카의 맹공격 앞에서는 성치 못했다. 하겐의 눈에서부터 귀까지 대각선으로 길게 찢어진 탓에 감겨 있는 한쪽에서는 피가 흘렀다. 흐트러진 은발이 나부꼈다. 장대한 그의 얼굴에서 한줄기 눈물처럼 흐르는 검붉은 핏물. 테아의 마음이 쓰라렸다.

"내가 죽어도…… 살아도 테아, 너만이 나의 전부다."

한 눈을 잃은 고통이 그를 덮었으나 웃고 있었다. 한쪽 입매를 길게 올리며 소년처럼 웃는 그의 미소. 테아는 눈물이 얼굴을 타고 흐르는 것을 느꼈다. 그 눈물에 고개를 갸웃거리며 손가락을 가져갔다. 자신이 왜 우는지 공감하지 못했다. 그러나 가슴 한편이 찌릿거리며 몹시 쿵쾅대는 것을 막지는 못했다.

"내가 왜……?"

"아, 그것은 눈물이라고 해."

"눈물?"

"어. 그리고 테아, 사실 난 너를 죽일 생각이었다. 그런데 다시 생각이 바뀌었어."

다시 한 번 활짝 웃은 하겐이 천천히 검을 들어 올렸다. 한 눈으로 맹렬히 테아를 응시했다.

"테아, 기억해!"

죽음을 각오한 하겐의 단호한 명령. 테아는 발끈했다.

"뭐가 어쩌고 어째?"

"날 다시 되찾고 싶으면 암포르 숲으로 와."

막강한 힘의 우위가 누구인지 테아에게 본때를 보일 심산인 하겐. 그것을 알아챈 테아는 황당하면서도 당황했다. 그러나 하겐의 깊은 눈빛에서 물러서지 못하고 감긴 한 눈에 이상하게도 마음이 아파왔다. 테아는 지극한 노기를 불태웠다.

마음이라니, 어떤 마음? 왜 이리도 갈피를 잡지 못하는 건가.

마찬가지로 손목의 두 마리 뱀이 다시 머리를 들고 혀를 내밀었다. 그것을 유심히 바라본 하겐.

"이놈이 감히!"

"이놈이고 저놈이고 테아, 너는 나에게 빚진 게 많아. 로바노 성에서도 그렇고 지금도. 그 빚은 완벽하게 받아 내야지."

고통의 한가운데서도 장난기가 가득한 하겐. 그는 테아에 대한 사랑을 숨기지 않았다. 하겐은 발을 움직이며 테아를 향해 아픈 미소를 지었다.

"그러니, 테아! 기억해!"

격정적인 하겐의 외침에 테아는 순간적으로 움찔했다. 강한 눈빛에 사로잡힌 금빛 눈이 파르르 떨었다. 그의 눈빛을 테아가 사정없이 잘라 내 버렸다. 예상한 듯 하겐의 눈빛은 젖어 갔다. 그녀의 손목에 붙어 있는 두 마리의 뱀을 노려보았다.

"어서 와라, 후사르."

동시에 하겐은 재빠르게 다가오고 있는 후사르 부대를 곁눈질했다.

"하아!"

땅을 박차고 하늘을 날듯이 날아오른 하겐은 정확히 테아를 겨냥했다. 치솟아 오르는 하겐을 바라보며 테아의 고개가 뒤로 넘어간다. 그리고 시야에서 벗어났다.

반대로 하겐이 뚜렷하게 응시하는 것은 오직 테아였다. 말갛게 웃음 짓는 테아. 저에게 두 팔을 내밀며 응석 부리던 테아. 그리고 첫 입맞춤. 바르르 떨면서도 더 안아 달라 보채던 사랑스런 테아. 그리고 지금의 냉혹한 그녀.

그래, 내가 종지부를 찍겠다. 발을 헛디뎌 길을 잘못 들었다 해도 다시 돌아가면 돼. 가서 처음부터 다시 하자. 내가, 오직 나만이 테아 옆에서 걸어가게 될 것이니.

재빠른 바람이 테아 곁을 스치고 지나간다. 테아는 바람의 정체를 찾으려 두리번거렸다. 자욱한 안개가 짙어지며 예민한 청각만이 곤두설 뿐이었다.

쉬익!

이번에는 조금 더 가까이서 소리가 들렸다. 테아는 긴장했다. 본능적으로 소리가 나는 방향에 검을 들었다.

쨍!

한껏 부딪치는 두 개의 검. 테아의 손목이 후들거렸다. 하겐이었다. 그의 막강한 공격 앞에 테아 역시도 온 힘으로 맞섰다. 로바노 성에서 볼리 공이 하겐에게 보여 주었던 오래된 사가의 구절처럼 둘은 서로를 죽일 듯 공격했다.

소중한 테아를 향해 검을 든 하겐. 그의 심정은 이루 말할 수 없이 처참했다. 마음속 깊이 울리는 진심은 테아를 향해 외치고 있었다.

가까이 보이는 하겐이 웃는다. 심장 한편이 아파 오는 테아. 그러나 그의 공격 앞에서 한 치의 틈도 보일 수 없는 법. 테아의 손목에 감긴 뱀들의 눈이 한층 응축되었다.

다시 하겐의 공격. 생각보다 훨씬 강한 그녀라 하겐은 테아 안에 내재된 제 힘의 발현에 몸부림쳤다. 제 안에 들어 있는 모든 능력들을 소멸시키고 싶은 절실함.

그래, 껍데기. 길고 질긴 숙명의 껍질을 벗어 내야 한다.

하겐은 점점 흐려지는 눈으로 테아를 보았다. 버리는 것은 테아가 아닌 자신.

"제법이다, 테아."

"부르게 허락지 않았다."

"그래? 그래도 테아."

놀리듯 말하는 하겐. 그러나 그의 얼굴은 참혹하리만큼 일그러져 있었다. 그가 의지를 굳혔다.

"마지막이다."

하겐은 야릇한 미소를 지었다. 그다음 두 팔을 벌린 뒤 힘을 끌어 모았다. 순식간에 테아의 바로 눈앞까지 도달했다.

"사랑해, 테아."

뜻밖의 말을 던진 하겐은 테아의 굳은 입술에 살짝 입을 맞추었다. 한껏 테아를 끌어안았다.

"뭐, 뭐하는 짓이냐! 당장……."

그러나 테아는 목청을 돋우지 못했다. 제 몸을 부둥켜안고 있던 하겐이 저절로 스르륵 흘러내린 것이다.

털썩!

몸에 닿은 하겐을 떨쳐 내려 한껏 소리치던 테아는 그대로 바닥에 쓰러진 그를 놀란 눈으로 바라보았다. 그리고 저도 모르게 움직인 검을 천천히 들어 올렸다. 분명하게 흐르는 선명한 핏자국. 테아는 쓰러진 하겐을 관찰했다. 서서히 배어 나오는 핏물은 그의 심장에서부터 시작되고 있었다.

"대체……."

생각도 못 한 결말에 테아는 요지부동 움직일 줄 몰랐다. 어느새 달려온 후사르들이 사방에 도열했다. 그들은 경악하며 쓰러진 하겐에 달려들려 했다.

"이럴 수가! 하겐!"

하겐은 그들을 향해 힘없이 팔을 들어 올렸다.

가까이 오지 마.

후사르들은 주춤거리며 죽일 듯 테아를 노려보았다. 당장이라도 테아에게 달려들고 싶은 심정. 절대자인 하겐이 상처 입었다. 그것도 가장 중요한 심장에.

맙소사! 수천 년 동안 단 한 번도 일어나지 않았던 일이 현실이 되어 눈앞에 펼쳐지다니. 믿기지 않는 사실에 후사르들은 단번에 각자의 무기를 들었다. 그리고 일제히 테아를 겨냥했다.

"테아……."

하겐의 심장에서 끊임없이 핏물이 솟구친다.

"이게 무슨 짓이지!"

테아는 저도 모르게 비명을 지르며 한편으로는 한없이 흐르는 제 눈물에 몸 둘 바를 몰랐다.

"울……지 마."

버거운 듯 말을 뱉어 내며 하겐은 다시금 테아에게 손을 내밀었다. 힘없이 쳐진 하겐의 손마디. 피에 절어 있었다. 그 손을 시리도록 차갑게 바라보면서도 상처 입은 입술을 짓이기는 테아.

그런데 신기한 일이 생겨났다. 테아의 손목에 감겨 있는 두 마리의 검은 뱀들이 요동치고 있었다. 그것들은 꼬리가 꺾인 채 바들바들 떨며 쉭쉭 비명을 질렀다. 죽기 전 마지막 발악을 하는 것이다. 그 모습을 확인한 하겐은 입가에 미소를 띠었다.

"마지막…… 테아, 네가 할 일……."

테아는 눈을 감았다. 그가 말하는 것을 듣고 싶지 않았다. 차라리 죽어 가는 저자를 보지 말자. 자신의 조여 오는 심장이 나아질 테니까.

끼이이! 끼이이!

바로 그때, 아주 가까이서 들려오는 울음소리에 감겨 있던 테아의 눈이 번쩍 떠졌다.

바람이 불어 모두의 얼굴을 가렸다. 그러나 테아는 제 뒤로 날아드는 바람을 온전히 맞으며 정체를 확인했다.

"아르마."

테아는 입 밖으로 낸 이름에 소스라치게 놀랐다. 거대한 짐승의 이름을 어찌 알고 있나, 언제 만난 적이 있던가!

그러나 그리움에 사무쳤던 아르마! 테아는 눈을 뗄 줄 몰랐다. 장대한 아르마의 그림자가 땅에 덮이고 크기가 다른 날개가 놀란 테아를 감싸 안으며 안착했다. 그것으로도 부족해 긴 혀를 내밀어 테아의 얼룩진 뺨을 핥았다. 테아가 거부하기도 전에 어미가 새끼를 보듬듯 계속하여 할짝거렸다.

아르마는 눈 안에 담고 있던 분홍빛 눈물을 테아의 머리 위에서 떨어트렸다. 그 눈물방울에 테아는 심하게 흔들렸다. 테아의 눈물과 아르마의 눈물이 하나로 융합되고 있었다. 마치 태초부터 하나의 물줄기인 양 어우러지는 눈물방울과 아르마의 날개가 테아를 안온하게 품었다.

테아는 이름 모를 그리움을 느꼈다. 아스라한 기억들이 파편처럼 조각난 채 눈앞을 스쳤다. 테아는 다시금 몸을 이완시켰다.

장면들이 테아의 뇌리를 지나고 금빛 눈동자를 둘러싸고 있는 테두리가 크게 확장하는가 싶더니 어느새 테아의 몸은 마리스의 언덕으로 쏜살같이 날아오르고 있었다.

테아는 확인했다. 생각도 못 했던 제 모습을. 종종 걸음을 걷는 어린 테아. 아르마와의 첫 만남. 보호하듯 입에 물고 한껏 날아오르는 아르마. 소리치며 즐거워하는 어린 테아. 그리고 수정 같은 동굴 안의 하겐.

비로소 테아는 터져 나오는 비명과 처절한 울음으로 제 입을 틀어막았다.

어떻게 이럴 수가…… 하겐!

테아는 제 몸을 감싸는 아르마의 날개에 고개를 숙였다. 요동치는 울음이 아르마를 통해 흘러나왔다. 테아의 처절한 소리를 대신 하듯 아르마의 울음이 지하 세계를 뒤덮었다.

후사르들 역시 제 귀를 막아야 했다. 너무나 고통 서린 울음에 동화될까 고개를 떨어뜨렸다. 하겐만이 끊겨지는 호흡에도 불구하고 안도했다.

아르마는 얼굴을 감싸고 통곡하는 테아를 향해 움직였다. 날카로운 발톱이 달린 앞발을 들고 테아의 손목에 감겨 있던 검은 뱀을 순식간에 후벼 파듯이 잘라 내 버렸다.

일순, 무시무시한 소리가 들렸다. 온몸에 소름이 돋을 정도였다. 살갗이 오그라들며 좁쌀처럼 도톨도톨하게 돋아나는 공포의 소리. 그 소리는 아르마의 발톱에 의해 찢겨 나면서 한 줌의 재로 산화되는 검은 뱀들이 내는 소리였다. 지독한 악취와 함께. 아르마의 날개가 부채처럼 펄럭이며 그 뒤를 처리했다.

그 모습까지 완벽하게 확인한 하겐의 고개가 바닥으로 떨어졌다.

"역시, 아르마……."

이제 남은 것은 테아. 그녀는 아르마의 날개에 감싸인 채 공중으로 떠올랐다. 팔다리를 늘어트리고 선명한 금빛으로 빛나던 눈동자에 파문이 이는가 싶더니 오색 빛이 테아를 감싸고 나돌았다.

후사르들은 일제히 얼굴을 돌렸다. 눈부신 빛의 향연으로 눈을 뜰 수가 없었다. 하겐 역시 눈을 뜰 수가 없었다. 터지는 비명을 간신히 참아 내는 것이 고작이었다.

하겐의 몸은 심장에서 흐르는 핏물에 의해 적셔지고 있었다. 후사르의 수장이 급히 달려와 그의 상체를 들어 올렸다.

"하겐님! 이 무슨…… 저희들이 옮기겠습니다!"

"아, 아니…… 이곳을, 여기 전부를…… 소멸(掃滅)하라. 그것이 너희들의 임무……."

"부디, 하겐…… 알겠습니다."

이처럼 상처 입고 쓰러진 하겐을 본 적이 없었다. 아니, 중요한 심장에 타격을 입은 것을 본 적이 없었다. 한데 지금의 모습이란…….

"가, 어서. 난 괜찮아."

"알겠습니다! 그럼!"

후사르들은 하겐의 명령에 깊게 심호흡했다. 일단 하겐의 심장에 상처 입힌 자는 아르마가 감싸고 있었다. 완전히 보호하고 있는 것과 같은 이치였다. 그 깊은 뜻을 헤아리지 못한다면 정예부대라 할 수 없음이니. 그들은 하겐의 뜻대로 날아오를 채비를 갖추었다.

그들은 은빛 날개를 열어 움직였다. 그리고 함성을 지르며 달려 나갔다. 그들이 지나간 자리마다 포워르족의 비명이 들려왔다. 성이 무너지는 듯 거대한 지축들이 흔들렸다. 때를 같이해 잠시 소강상태로 보였던 간헐천의 움직임이 다시 활발해지기 시작했다.

테아는 땅이 흔들리고 갈라지기 시작하자 천천히 고개를 들었다. 아르마의 깃털을 잡아 쥐며 안타깝게 울부짖었다.

"아르마! 아르마! 내가 죽였어. 많은 사람들을 내 손으로……
내가…….."

스스로를 책망하는 것이 분명한 테아의 눈물에 아르마는 감싸던 날개를 활짝 열었다.

정신이 든 후 테아는 이곳이 어딘지 분간할 수가 없었다. 매캐한 연기에 습한 주변. 그리고 지독한 시신들. 그 와중에 은빛으로 빛나는 정백과 은빛 날개를 달고 적을 공격하는 이질적인 후사르들과 아르마를 번갈아 보았다.

"아르마, 이게 전부 무엇인지 이곳이 어딘지 기억이 나지 않아."

아르마는 다시 제 혀와 날개로 테아를 보듬었다. 괜찮다고 테아를 위로하는 듯했다. 테아는 그제야 희미하게 미소 지었다.

온통 상처투성이에다 핏물이 밴 제 모습이 낯설었다.

아르마는 테아가 하겐을 볼 수 있도록 움직였다. 갇혔던 시야가 열리자 테아는 제일 먼저 그를 알아볼 수 있었다.

"하겐?"

테아는 바닥에 처참한 모습으로 쓰러져 있는 하겐을 발견하고 말았다.

"안 돼! 하겐!"

기겁한 테아는 하겐을 크게 부르짖으며 이름을 외쳐 불렀다.

"테……아."

힘들게 내밀어진 하겐의 손을 부여잡았다. 테아는 입을 열 수가 없었다.

"나, 내가…… 나 때문에?"

맑은 눈물이 철철 흐르는 테아를 보며 하겐이 웃음을 지었다. 피 묻은 손으로 울고 있는 테아의 얼굴을 훔치며 마지막 힘을 내었다.

"아니, 나쁜 포워르 때문에."

"포워르라니? 하겐은 강하잖아. 그런데 이게 뭐야?"

"어, 강해. 그런데 나보다 강한 자를 이기기 위해서."

"그래서 이렇게 상처 입었어? 게다가 다친 곳이 심장이잖아!"

하겐을 잡고 어린애처럼 목 놓아 우는 모습. 그것이 사랑스럽고 기뻐 하겐은 울면서도 웃었다. 테아가 원래대로 돌아온 것이 희생에 따른 충분한 보답이었다.

다시 쿵쿵 지축이 울어 댔다. 이제 사방은 무너지고 얼마 못가 헤어나지 못할 영원한 구렁텅이가 될 터였다. 상황을 인지한 후사르와 정백이 일사불란하게 정리해 나갔다. 다시 하겐에게 달려올 즈음 그 앞을 아르마가 대신했다.

"테아, 잘 들어. 내 이름이 뭐지?"

"하겐 알베리히 요르문가드."

"잘했어. 장해."

"하겐…… 죽지 마. 하겐이 죽으면 나도 죽어."

일치된 감정의 합일. 하겐은 테아의 머리를 손으로 잡고 제 입술로 가져갔다. 그리고 젖은 테아의 입술에 떨리는 입을 맞추었다.

"나 역시 테아가 죽으면 죽어. 테아, 지금은 내가 사라질지도 몰라."

"안 돼!"

"테아! 만일 날 찾으려면 어디로 오라고 했지?"

"암포르 숲?"

"맞아, 테아. 거기로 와서 날 찾아."

"어떻게?"

눈물이 일렁이는 테아. 어둠의 포워르에 완벽히 빙의돼 파괴자의 능력까지 갖췄던 냉혹한 테아가 맞는지. 검은 뱀이 소멸되자마자 돌아간 그녀의 원래 모습은 하겐을 미소 짓게 만들기에 충분했다.

"테아, 내 심장이 멈춰야 테아에게 새겨진 각인이 소멸될 수 있었어. 이렇게 할 수밖에 없었음을 이해해 줄래?"

하겐의 절실함에 테아는 무작정 고개를 끄덕였다. 고통에 겨워 힘들게 호흡하는 하겐을 꼭 잡았다.

"응, 응! 뭐라도 할게. 내가 갈게. 암포르 숲으로 갈게!"

"아르마……."

하겐은 아르마를 돌아보았다. 아르마가 길게 목 놓아 울부짖으며 다가왔다. 아르마는 하겐에게 제 머리를 내밀었다. 마치 하겐의 뜻을 이해한다는 듯이.

하겐은 아르마를 쓰다듬었다. 묻고 싶은 것이 많았다. 특히 어째서 테아와 공명을 하는 것인지, 그리고 그 외에도……

다시 지축이 울렸다. 한가운데 가장 깊은 간헐천의 물줄기가 일시에 부글거리며 끓어올랐다. 아울러 불길한 검은 구멍은 점점 커지면서 퍼져 나갔다. 시간이 얼마 남지 않았음을 알게 된 하겐은 마지막으로 테아를 다독였다.

"테아, 곧장 나가. 뒤돌아보지 말고 나가는 거야!"

"하겐은? 하겐은 어떡해?"

"날 찾아!"

절대 물러나지 않을 테아를 두고 하겐은 흐린 눈을 감을 때가 왔음을 알았다. 하겐은 아르마에게 눈짓했다. 아르마의 날개가 움직이고 억지로 테아를 들어 올리려 했다.

"싫어! 안 가! 하겐!"

눈물, 콧물까지 흘리며 어린애처럼 떼를 썼다. 사랑하는 하겐을 두고 어찌 이 자리를 벗어날 수 있겠는가! 뭐가 어떻게 된 것인지는 중요하지 않았다. 테아는 하겐과 떨어질 수 없었다.

"하겐!"

"가! 테아. 제발!"

하겐의 손이 바닥으로 툭 떨어졌다. 미친 듯 울부짖은 테아를 단번에 잡아챈 아르마는 하겐의 주변을 몇 번이나 맴돌았다.

눈을 감은 하겐은 허상 속에서 아르마의 몸체를 빌려 나타난 모친을 볼 수 있었다.

'어머니?'

'요르문가드, 너의 영원한 심장을 찾았구나.'

'아, 어머니셨군요. 그래서……'

'이제 알아보겠니? 수천 년을 방황하며 오만하게 살아온 우리 아들. 이제 그녀와 함께 영원한 삶을 헛되지 않게 지내겠구나.'

하겐의 모친. 위대한 여신인 발퀴랴. 그녀가 아르마의 몸을 빌려 나타난 것이다.

하겐은 감사의 인사를 할 수밖에 없었다. 이 모든 운명의 굴레를 끊어 내는 일에 아르마의 힘이 절대적이었다.

'감사합니다, 어머니.'

'천만에, 아들. 그럼 이 귀여운 아이를 어디로 보내 줄까?'

'왜 그렇게까지……'

'난 우리 아들이 심장까지 내어 줄 줄은 상상도 못 했단다. 그 상으로 네가 원하는 시점으로 돌려주고 싶구나.'

'그럼 어머니는요? 영원한 삶에 순환은 없지 않습니까?'

'그렇지. 그러나 영원한 삶을 멈출지라도 내 아들이 복되게 보내는 것을 보고 싶단다.'

'그리고 어머니는 영원의 땅으로 사라지시고요?'

'이제 충분히 머물렀다. 다만 이 펜리르는 다시 어린 새끼로 돌아가겠지.'

'어머니! 제가 어떻게……'

'귀한 아들, 이 어미가 줄 수 있는 것이라면 무엇이 주고 싶은 마음임을 알아주면 좋겠구나. 유일한 아들의 반쪽을 돌려주는 것인데 무엇이 서글프겠느냐. 그러니 소원을 말하렴.'

'어머니!'

'그래, 아들. 말해 보렴.'

'그럼 어머니, 그때로…… 아무런 고통도 아픔도 알지 못하는 때로 테아가 돌아가기를 바랍니다. 그리고 너무나 큰 은혜, 깊이 깊이 새기겠습니다.'

'내가 더 고맙구나. 우리 아들에게 감사 인사를 받게 될 줄이야. 그럼 아들, 부디 영원의 사랑과 함께.'

눈을 감은 하겐은 핏물로 얼룩진 입술로 뭐라고 중얼거렸다. 그것을 읽은 아르마는 큰 소리로 울었다. 버둥거리며 하겐을 향해 두 손을 내민 테아를 물고 지하의 땅을 벗어났다. 비로소 하겐은 영원히 눈을 감았다. 그의 표정은 너무나 평온했다.

그렇게 아르마가 날아가고 정백들과 후사르 역시 하겐의 명을 철저히 이행했다. 포워르족의 완벽한 몰락이었다.

마리스 언덕을 지나 뜨거운 온천을 뿜어내는 간헐천들. 그 사이로 음습하게 숨어 있던 포워르족은 몇몇의 포로만을 남긴 채 세월 속으로 사라졌다. 마찬가지로 지하가 허물어진 간헐천에서는 더 이상 뜨거운 온천이 솟아오르지 않았다. 다만 곳곳의 작은 연못만이 남아 간헐천 지역이었음을 알릴 뿐이었다.

그 이후, 카스카가 그토록 염원하던 별들의 움직임이 있었다.

또한 그날은 로바노 영지 곳곳에서 여름의 시작을 알리는 성대한 축제가 열리는 날이기도 하였다.

한가롭던 정백들의 영지.

"크, 큰일입니다. 누군가 암포르 숲에 침입했다 합니다!"

기함하듯 소리치며 안으로 드는 정백에 보탄이 날카로운 눈빛으로 그의 입을 막았다.

"호들갑 떨지 말라. 누가 감히 암포르 숲에 가까이 갈 수 있단 말이냐? 헛것을 본 것이다."

"아닙니다. 분명히 보았다고 합니다. 거기에 선명한 발자국까지……."

"뭐라고? 발자국?"

그제야 심각한 문제가 발생했다는 것을 안 보탄은 즉각 대기하고 있는 또 다른 정백들에게 손짓했다.

"당장 하겐께 아뢰라."

그러나 그들은 약속이나 한 듯이 저들끼리 시선을 교환한 뒤 고개를 숙였다.

"아니 뭣들 하는 게냐! 당장 달려가지 않고!"

"식전에 하겐께서 아무도 들이지 말라고……."

"아무도?"

"그, 그것은 알 수가…… 암포르 숲에 들어갈 수 없는 저희들인지라 알 수가 없습니다!"

보탄은 정백의 말에 당황했다. 다만, 암포르 숲에 발자국을 낸 침입자를 혹시나 하겐이 기다리고 있는 자인지가 마음에 걸렸다.

만일 신성한 암포르 숲에 계략적으로 침범한 자라면…….

그러나 살아 숨 쉬는 암포르는 절대 인간의 몸으로 들어갈 수 없다. 또한 더는 이곳에 악영향을 끼칠 적들도 존재하지 않으니 보탄은 안도했다.

요 근래 하겐은 뭔가 딴생각에 접어들 때가 많았다. 수십 년 전, 포워르족을 지하의 땅에서 전멸시킬 때 심장이 멈췄었던 하겐이었다. 자세한 상황에 대해서는 정예부대인 후사르가 단단히 입을 봉하고 있어 더는 알 수가 없었다.

하겐이 암포르 숲에서 칩거한 지 수 년. 이제 겨우 튼튼한 심장을 복구해 원래의 그로 돌아갈 태세를 갖춘 것이다. 그러나 또다시 자연의 이치로 말미암아 알페카의 불길한 붉은빛이 다가오고 있다. 그 탓에 다시 무슨 일이 생길까 싶어 보탄은 염려스러웠다.

"달과 태양이 사라지기 전에 어서 지나가라, 알페카."

먼 과거, 보탄은 수천 년 전의 하겐을 상기했다. 당시도 알페카의 존재로 사방 천지는 암흑처럼 어둠에 잠겼었다. 땅 위에는 눈앞에서 갈기갈기 찢겨 나가는 적들의 몸뚱이가 바닥에 녹아들며 검붉은 피와 하얀 뼈를 드러낸 모습들이 즐비했다. 그 한가운데 하겐이 있었다.

어둠의 포워르족을 그렇게 몰살시킬 필요는 없었다. 그러나 하겐은 막무가내로 정예부대인 후사르까지 대동하여 무차별적으로 살육했었다. 그것으로도 부족해 태양빛이 들지 않는 지하로 내쫓기까지 했으니 포워르족의 원망과 저주가 세상 전부에 가득했었다.

보탄은 그때를 생각하며 쓴웃음을 머금었다. 그 이후 포워르들의 침략이 있었다. 그들의 우두머리, 카스카의 지독한 간계 아래 세상을 구하려 모든 것을 무위로 돌린 하겐. 그 탓에 하겐은 심장에 치명타를 입기까지 했다. 더구나 한쪽 날개를 잃은 아르마가 왠지 모르게 어린 새끼로 변하여 하겐과 함께 암포르 숲에서 은거했다. 그리고 하겐이 보탄에게 남긴 단 한마디가 있었다.

"기다릴 것이다. 그때가 언제라도."
"하겐, 때라니요, 누구를 기다린다는 것인지요?"
"나의 심장의 주인."

하겐은 피가 흐르는 가슴팍에 갓 난 새끼 같은 펜리르를 안고 그대로 칩거에 들어갔었다. 한참 시간이 흐른 후에 그 새끼가 아르마라는 것을 알게 되었고.

이제 보탄은 주문을 외듯 빌고 또 빌었다. 부디 하겐의 바람대로 '심장의 주인'이 나타나기를.

사방이 은빛으로 빛나는 세상.

얼어붙을 정도로 차가운 공기 아래 테아는 신세계로 온 양 두근거렸다. 마리스로 휴양차 내려와 한껏 자연을 즐긴 테아는 도착한 뒤부터 이상하게 자신을 따라다니던 홍염(紅焰)에 흥미를 가졌다.

그때부터 점점 짙어지는 빛에 저절로 눈이 떠진 테아. 시원한 새벽의 여명을 받으며 일어난 테아는 창가에서 그 홍염을 또다시 마주하게 되었다.

순백의 빛줄기와 함께 소용돌이쳐 일어나는 붉은 불꽃에 테아는 두려움을 느끼기는커녕 아련한 그리움을 느꼈다. 함께 온 산팡 몰래 오두막을 벗어났다.

그리고 이곳. 어떻게 왔는지, 어떤 길로 왔는지는 기억나지 않는다. 다만 울음소리. 목을 길게 울리며 잘 따라오라고 말하는 새 울음에 눈물이 날 정도로 따스함을 느꼈다.

마침내 도착한 세상은 또 다른 세계였다. 온통 은빛으로 빛나는, 수정과도 같은 맑은 시야와 차가운 공기 속에 대자로 뻗어 팔다리를 버둥거리던 테아는 귓가에 들리는 소리를 음미했다.

좌라라, 좌라랑.

음악 소리가 들리는 듯했다. 아르파(arpa)*의 음색처럼 우아하며 부드러운 소리.

계속하여 시린 공기와 합주를 하듯 아름답게 울려 퍼졌다. 한참을 음미하던 테아는 불현듯 이곳에 온 지 얼마나 시간이 지났는지 염려되었다.

"산팡은 산책 다녀오는 줄 알 텐데, 이를 어쩌지?"

말간 눈빛에 다소 특이한 금빛 눈동자가 즐겁게 반짝였다. 하얀 바닥에 퍼진 흑발과 대비되어 무척이나 매력적인 숙녀가 된 테아는 두 손바닥을 하늘에 올렸다.

---

*아르파(arpa):하프.

눈부신 햇살을 가린 채 이곳으로 오게 된 것은 그저 운명처럼 여겨졌다.

"나를 부르는 소리, 그리운 소리를 들었어. 그러니 산팡! 혹시 많이 늦게 되면 잔소리는 조금만요!"

메아리를 보내듯 소리친 테아는 제 행동이 쑥스러운지 한껏 웃었다.

"두근거려. 자꾸 설레고 가슴 뛰는 것이 곧 심장이 터질 것 같아."

테아는 환상 같은 공간에서 제 심장을 꾹 누르며 누운 채 설렘을 즐겼다. 차가운 바닥에서 천천히 몸을 굴렸다. 하얀 눈 위에 테아의 그림자가 무늬가 되어 새겨진다.

그것을 즐겁게 바라보다 몸을 일으킨 순간 테아의 귀에 다시 아르파의 음색이 들려왔다. 환청이 아닌 듯 아주 가까이 들리고 있었다. 그와 더불어 무척이나 이질적인 소리……

테아는 제 목에 겨누어진 은검을 볼 수 있었다. 그런데 겁을 집어먹기는커녕 맑은 음색으로 기쁜 듯 고함을 질러 버렸다.

"와아! 정말 내 꿈과 똑같은 상황!"

아름다웠다. 그 검은 여태껏 본 어떠한 검보다 아름답고 청아했다. 바늘보다 더 미세한 그 검은 마치 꿈속 스틸레토처럼 테아의 가녀린 목에 정확히 겨누어져 있었다.

"누구야, 너?"

그리고 들을 수 있었다. 세상의 어떤 악기를 가지고 와도 맞설 수 없을 정도로 화려한 미성을. 뭐라고 대답하고 싶었다. 그 아름다운 미성의 주인공에게 자신을 알리고 싶었다. 하여 차갑게 굳은 혀를 움직여 답을 하려는 순간.

"테아."

경악하듯 내지르는 음성에 테아는 비로소 햇살을 뒤로한 채 장대한 사내를 알아볼 수 있었다. 은빛 머리카락과 장난기 그득한 잿빛 눈에 오만한 듯 잘난 그를. 하겐이었다.

테아는 제 이름을 부르는 사내를 믿기지 않은 눈으로 껌벅거리며 울 듯 웃을 듯 더듬거렸다.

"그, 그쪽을 꿈에서 보았는데요……."

테아는 다음 말을 잇지 못했다. 차가운 테아의 몸을 장대한 사내가 와락 품에 안은 탓이었다. 그런데 이상하게도 사내의 행동이 낯설지 않았다. 아니 낯설기는커녕 너무나 그리웠던 것만 같았다.

"날마다 꿈에서 나타나……."

"꿈이 아니야."

하겐은 테아의 목덜미에 고개를 묻었다. 그리고 저를 알아 달라 테아에게 보챘다.

"내가, 그리고 아르마가 테아를 이곳으로 불렀다."

"아르마! 알아요, 그 새도."

"새가 아니야. 아르마는 펜리르."

"펜리르?"

"영물이지. 그리고 내 이름은 뭐지, 테아?"

고개를 든 하겐은 흐르는 시간이 마냥 천년 같았던 긴 고통의 터널을 빠져나온 기분이었다. 세상을 다 얻은 느낌. 드디어 테아를 소중히 품에 안을 수 있었던 것이다. 테아는 하겐의 물음에 입가에 미소를 매달았다. 사랑스러워 미칠 것만 같은 그 미소조차 그대로이기에 하겐을 달뜨게 만들었다.

"하겐 알베리히 요르문가드."

테아의 대답에 하겐은 두 손으로 그녀의 얼굴을 들어 올렸다. 그리고 닿을 듯 말 듯 제 입술을 가져갔다.

"잘했어, 테아. 너무나 보고 싶었다. 단 한순간도 그리워하지 않은 적이 없을 만큼."

"하늘의 별보다 더 많이?"

"별 따위 사라지면 그뿐. 그것보다 훨씬 많이."

눈물이 한가득한 테아와 살짝 맞닿은 하겐의 입술. 아, 얼마나 그립던 감촉인가. 한 번도 부족하고 두 번은 더 부족했다. 그러나 타는 목마름은 그대로 둔 채 하겐은 입술을 떼어 내고 테아를 응시했다.

"눈을 감으면 늘 나와 마리스 언덕을 함께 걸었어. 하겐, 그것을 알고 있나요? 매일 밤마다 내 꿈에 나타나는 것을?"

하겐이 고개를 끄덕이며 테아의 얼굴을 손등으로 부드럽게 쓸었다.

"염원이었다, 그것은. 나의 절실한 소망이었고."

오랫동안 간직하고 있던 비밀을 듣는 것 같았다. 테아는 심장이 더없이 뜨겁게 쿵쾅거렸다. 당장 심장이 폭발할 것만 같은 지금, 하겐은 테아의 이마에 입을 맞추었다. 그다음 테아의 손을 들어 제 가슴 위를 덮었다.

"느껴지나?"

"응. 몹시 두근거려요."

"멈췄던 심장이 다시 뛸 수 있었던 것은 전부 테아, 그대가 존재했기 때문."

"당신은 누구지요, 하겐?"

"그게 중요해?"

테아가 진중하게 묻자 하겐은 그 질문을 되돌렸다. 테아는 고개를 저었다.

"아니, 사실 하나도 중요하지 않아. 이곳에서 하겐을 만날 수 있다는 것에 세상 모두에게 감사를 전하고 싶을 뿐이에요. 정말 다행이야."

그리고 테아는 발뒤꿈치를 추켜들었다. 자신에게 시선이 고정된 얼굴을 보며 그의 목에 두 손을 감았다.

"오랫동안 기다렸어요, 하겐. 맞아요, 우리가 왜 만나야 하는지 그것은 중요하지 않아. 로바노에서 혼혈이라 수군거림을 당해도 하나도 슬프지 않았던 것은 이 날을 기다렸기에 가능한 것이죠. 그러니 우리는 운명이에요."

"운명, 아니 우리는 운명 따위 초월한 것이지. 그런데 누가 감히!"

테아가 당한 것을 들은 하겐은 눈을 부릅뜨며 당장이라도 달려갈 듯했다. 테아는 기쁜 듯 키득거렸다.

"사촌인 로리아나가 잘난 척 날 괴롭혀도 아무렇지도 않았어. 볼리 공이 지독하게 교육을 시켜도 하나도 힘들지 않았어요."

"아, 로바노 영주!"

"응. 열일곱이기에 곧 다가올 여름 축제에서 영주로 즉위식을 할 예정이랍니다."

"그럼 테아, 고귀한 영주가 되실 레이디의 수호 기사는 정해졌는지요?"

테아가 그것을 어찌 알았느냐는 눈빛으로 고개를 저었다. 하겐의 얼굴이 좀 더 가까이 다가왔다.

"그럼, 미천한 제가 어떨지요."

하겐의 말에 비로소 테아는 활짝 웃었다. 더없이 기쁨에 눈물이 흘렀다.

"물론이지요. 하겐, 제가 잘 거두어 줄 테니 나와 함께 로바노로 가시겠어요?"

구애와도 같은 말. 하겐은 호탕한 웃음을 보이며 테아를 번쩍 안아 들었다.

"물론, 나만이 그대 옆을 지킬 수 있으니."

테아의 얼굴이 가까이 다가왔다. 기다렸다는 듯이 하겐은 테아의 뒷머리를 끌어당기고 한껏 입을 맞추었다.

두 사람을 멀리서 지켜보는 보탄과 아르마.

"하아, 정말 다행입니다. 흑발의 금빛 눈동자. 역시 저분이 하겐께서 기다리신 분이군요."

보탄의 말에 동의하듯 옆에 있는 아르마가 길게 울음을 터트렸다. 아르마가 날개를 퍼덕였다. 그다음 놀리듯 보탄의 머리 위를 맴돌다 아직도 하나가 된 채 움직일 줄 모르는 하겐과 테아에게로 날아올랐다. 아르마의 꼬리 뒤로 오색빛이 피어오르고 있었다. 오색의 찬란한 빛줄기는 길게 이어져 하겐과 테아 주변에 결계를 치듯 원형을 그려 냈다.

그렇게 아르마는 마치 축복을 전하듯 둘의 머리 위를 뱅뱅 돌며 거대한 날개를 퍼덕였다.

다시 별이 움직였다. 밝게 빛나는 달 근처, 붉은빛의 알페카.

그러나 이번에 가까이 온 알페카는 색을 달리하고 있었다. 조금 더 응축된 붉은빛. 또한 그 안에 녹아든 선명한 황금빛은 마치 테아의 금빛 눈동자처럼 해맑기 그지없었다.

그리고 로바노 영지에 찾아온 여름 축제. 이번에는 더욱더 화려하고 풍성하게 치러질 전망이었다.

바로 오래도록 교육에 매진했던 이국적인 외모의 후계자가 정식으로 영주로 즉위하는 날이기 때문이다. 아름답고 매혹적인 테오도어 루구스. 영리하며 절대적인 그녀. 로바노 3세의 유언에 따라 막강한 영주가 되는 날이었다.

그런데 그 축제에서 놀랄 일이 있었으니, 바로 영주가 된 테아의 수호 기사 때문이었다.

잘난 외향은 둘째로 막강한 힘과 절대적인 능력으로 단번에 수많은 수호 기사 후보들을 물리친 그. 빠르게 주변을 정리하고 영주의 수호 기사로 자리 잡았다. 그리고 그 이듬해, 테아의 유모이자 시녀장인 산팡의 혼절과 함께 로바노 성에서는 일대 파란이 일어나는 발표가 있었다.

바로 테아, 그녀가 수호 기사인 하겐과 영원의 언약을 하겠다 공표한 것이다.

그것은 영주의 부군을 결정했다는 것이며 테아의 혼약을 의미했다. 또다시 로바노에 성대한 축제가 열렸다. 그들은 테아와 신처럼 막강한 하겐의 성대한 결혼식을 준비하는 것에 몹시 기뻐하며 즐거워했다.

　어느덧 로바노 영지의 사방 천지가 자연으로 물들고 생명력
이 그득한 풀과 나무들에 사랑이 담겼다. 이 순간, 현재에 의미
를 부여하지 않으며 더 나아가 미래를 꿈꾸는 그들. 단 한순간
도 헛되게 버리지 않음을 맹세한 하겐과 테아는 한결같이 두 손
을 맞잡으며 로바노와 마리스를 오고 갔다.

　"말로는 표현할 수 없지만…… 하겐, 사랑해요."

　"말로 표현하지 말고 몸으로."

　"장난꾸러기, 하겐."

　한가득 사랑을 담은 하겐은 테아의 머리에 입을 맞추었다. 그
리고 그녀의 두 손을 꼭 잡고 되뇌었다.

　"난 과거에도 현재에도 다가올 미래에도 또 그 미래를 넘어서
도, 테아만이 나의 심장이며 내 모든 것이야."

　"나는 태어나기도 전에 하겐뿐이었어요. 그것은 내가 죽어도
변하지 않아."

　절절한 테아의 진심. 하겐은 비로소 환하게 웃었다. 그리고
테아의 입술에 입을 맞추려는 순간이었다.

　"영주님! 여기서 노닥거리시기만 하면 어째요? 어서 회의를
진행하셔야 볼리 공이 중앙으로 가실 것 아닙니까!"

　산팡이었다. 아직도 하겐이 못마땅한 그녀는 그의 날카로운
시선을 못 본 척 테아를 이끌었다. 그리고 빠른 걸음으로 난감
해하는 테아를 앞세운 채 자리를 떠났다. 그 뒷모습을 지켜보던
하겐은 뒷머리를 긁적였다.

"아직도 제대로 빛을 받지 못한 기분인데……."

팔짱을 낀 하겐. 그리고 멀리서 하겐을 우습게 보는 듯한 울음소리.

"오랜만에 보탄이나 놀려 볼까."

그리고 쏜살같이 움직였다. 그의 뒤로 바람처럼 움직이는 정백들이 반짝반짝 빛나며 로바노의 터션에서 벗어났다.

하겐과 정백, 그들만의 온전한 자유를 만끽하며 마리스 지역을 지나는 순간 다시 한 번 간헐천에서는 뜨거운 기운이 꿈틀거리며 닫혔던 포문을 열 준비를 하고 있었다.

대자연의 용솟음. 다시 시작되는 시간의 순환이었다.

짧은 이야기

여름 축제의 가면무도회

로바노의 여름 축제.

다가올 뜨거운 태양을 만끽하기 위한 절호의 기회이자 마음
을 열어 놓을 수 있는 단 한 번의 기회. 그 기회를 누리고자 로
바노 영지의 사람들은 삼삼오오 모여들며 너른 광장 곳곳에서
웃음꽃을 피웠다.

그리고 로바노 성의 테아는 산팡에게 이끌려 벌써 몇 시간째
거울 앞에 앉아 있었다.

"마음을 열다니요?"

한창 단장 중인 테아. 살굿빛이 은은한 드레스에 같은 색상의
장신구들. 특이한 점이 있다면 풍성한 흑발을 드러내는 것이 아
니라 절대로 보이지 않을 요량으로 단단히 묶은 것이 평소와 달
랐다. 산팡은 둥근 거울을 통해 테아를 보았다.

"이렇게 하면 절대 머리색이 드러나지 않을 것입니다."

테아는 뿌듯하게 바라보는 산팡에게 미소로 답했다.

"그러니까, 평소에 우리 로바노의 젊은이들이 말을 못 하잖아요?"

"말을 못 해요? 아니 왜요?"

커다란 눈을 더 동그랗게 뜬 테아. 산팡이 말하는 바를 이해 못 하는 것은 아니나 말을 꺼내지 못한다는 것에는 의문이 들었다. 산팡은 테아의 올린 머리카락이 눈에 띄는 것은 아닌지 요모조모 살폈다. 그래도 부족해 보여 이런저런 장식을 하면서 말문을 이어 갔다.

"고백이지요."

"고백?"

"평소에 마음에 두었던 상대를 향해 온몸으로 부딪치는 고백이요."

"온몸으로 부딪치는 고백?"

"특히 여름 축제에는 라이벌들이 많답니다. 그러니 그들보다 먼저 마음에 둔 상대를 차지하고 싶은 욕심이랄까요?"

"그것 멋지네요!"

"호호, 물론이지요. 사랑에 있어 물불을 가릴 수가 있나요? 먼저 차지하는 자가 이기는 법이랍니다!"

산팡의 말을 곰곰이 새겨들은 테아. 이 순간, 테아는 오직 한 명만을 그렸다.

장난스런 웃음을 짓는가 하면 누구보다 다정하고, 또 누구보다 강한 하겐.

그가 축제에 와 줄까? 조금 색다른 모습의 저를 보아 줄까?

아르마와 함께 내 곁으로 온다면 정말 좋겠어.

그래서 테아는 열린 발코니 창으로 하겐이 있을 법한 방향을 향해 두 손을 모았다. 산팡은 어리둥절한 표정으로 물었다.

"기도하시게요?"

"아니, 소원 빌어요."

"네에? 소원이라니요?"

"나도 고백하고 싶어서."

테아의 말이 떨어지자마자 산팡은 제 머리를 짚었다.

"아, 아니. 아가씨! 고, 고백이라니요? 대체 누구에게?"

산팡은 너무 놀라 눈물까지 글썽였다. 테아는 곧 배시시 웃으며 티 없이 입을 열었다.

"음…… 언젠가 나에게도 온몸으로 부딪칠 멋진 상대를 만나게 해 달라고."

"아! 물론이지요! 세상에서 가장 멋지고 훌륭한 상대가 있고말고요!"

그제야 안심이 된 산팡은 다시금 테아의 단장을 마무리했다. 테아는 속으로 혀를 날름 내밀었다.

'미안, 산팡. 나 벌써 멋진 상대를 만났는걸.'

마침내 모든 단장을 마친 테아는 마지막으로 산팡의 주의를 들어야 했다. 이제 산팡의 손에는 은가루가 뿌려진 검은 가면이 들려 있었다.

"자, 이제 마지막으로 이것을 쓰세요."

"이게 뭐지요?"

"가면이에요."

"가면을 쓰면 상대를 어찌 알아봐요?"

"그러니 운명이지요. 가면을 쓰더라도 상대를 알아차린다. 그 얼마나 멋진 일인가요!"

산팡을 황홀한 듯 크게 소리치며 테아의 눈가에 가면을 씌워 주었다. 그러나 테아는 불만이었다. 안 그래도 평소와는 다른 옷차림에 머리까지 올려 묶었다. 그런데 거기에 얼굴까지 가리는 가면이라니.

'하겐이 와도 날 어찌 찾아?'

만나지 못한 지 꽤 시일이 지났다. 하겐은 매번 약속을 어겼다. 마리스에서도 늘 어겨 왔지만 로바노는 그곳보다 더 먼 거리였다. 그러니 또 성장한 자신을 알아보지 못할지도 모른다.

사방은 화려하고 즐거웠지만 테아만큼은 우울했다. 악공들의 흐르는 선율에도 마음이 들뜨지 않았다. 그런 테아의 뒤로 산팡을 비롯하여 호위대들이 멀리 뒤따르고 있었다.

손에 손을 잡고 기둥에 기댄 채, 또는 빈자리에서 서로를 향해 시선을 나누며 손을 마주한 이들.

부럽다. 어찌 되었든 그들이 부러웠다.

"하겐, 나 여기 있는데."

혼자서 중얼거려 봤자 하겐이 들을 리 만무했다. 그러나 산팡도 즐거운 기색이고 뒤따르는 호위대들도 여기저기 시선을 던지고 있었다. 테아는 긴 한숨을 쉬면서 꽃들이 잔뜩 장식된 수레 쪽으로 천천히 걸어갔다.

그 수레에는 마리스에서 즐겨 보던 들꽃 무더기가 한 아름 담겨 있었다.

언젠가 아르마와 하겐에게 꽃목걸이를 해 준 기억이 났다. 괜히 눈시울이 붉어지며 그때가 그리워졌다. 그 꽃이라도 손에 잡아 보고 싶은 심정이었다.

그런데 테아보다 한발 먼저인 사람이 있었다. 테아가 미처 손을 뻗기도 전에 그 꽃을 전부 손에 든 사람. 테아는 괜히 눈물이 나려 했다. 그 꽃을 받게 될 상대가 부러웠다.

"내 것인데."

괜히 답답한 가면 탓을 하며 테아는 등을 돌렸다. 그리고 무작정 달리기 시작했다. 산팡도 호위대들도 전부 다른 곳에 시선을 빼앗긴 탓에 달리는 테아를 눈치채지 못했다.

얼마나 달렸을까.

즐거운 축제의 현장이니 달려 봤자 거기서 거기지만 테아는 한가운데 멈춰서 괜히 입술을 꽉 물었다.

"나빠, 하겐!"

그런 테아 앞에 생각도 못 한 꽃 무더기가 등장했다. 바로 마리스의 꽃이.

"난 나쁘지 않아."

테아는 고개를 번쩍 들었다. 늘 그리운 음성, 늘 보고픈 미소. 하겐이었다.

"하, 하겐? 나를 어떻게……."

"평소와 모습이 달라도 가면을 써도, 난 한눈에 알아봐. 그것도 모를까 봐?"

"나, 나를 못 알아볼 줄 알고……."

"테아, 네가 어디에 있든 어떤 모습이든 반드시 알아낼 수 있어. 알겠지?"

테아는 고개를 끄덕였다. 하겐이다. 하겐이 바로 눈앞에 있다. 그제야 한껏 웃음 지은 테아는 손안에 든 꽃의 향기를 맡았다. 그리움의 향기였다, 하겐처럼.

그때 새로운 선율이 시작되고 하겐이 테아에게 손을 내밀었다.

"아름다운 아가씨, 저와 함께 춤을 추시겠습니까?"

정중한 어조였다. 테아가 흐린 눈으로 하겐을 보았을 때 그는 한껏 웃음 짓고 있었다. 늘 그렇듯 소년처럼 장난스런 웃음으로.

"하겐!"

그래서 테아는 하겐의 품으로 파고들었다. 그 틈에 끼인 마리스의 꽃들이 답답한지 꽃잎들을 풀썩거렸다.

"어어, 보는 눈들이 많다고."

말은 그렇게 하나 하겐 역시도 즐거운 기색을 감추지 못했다. 하겐에게는 시간이 없었다. 보탄의 눈을 피해 겨우 달려온 탓에 아주 잠시의 여유만이 있을 뿐이었다.

"얼굴 보여 줘."

하겐은 테아의 턱을 잡았다. 그리고 마주한 가면 속에 감춰진 아름다운 눈빛에 환한 웃음을 지었다.

"보고 싶었어."

늘 보고 싶었다, 나의 연인. 언제나 내 속에서 꼼지락대며 웃고 있는 테아.

정말 많이 보고 싶었다.

테아 역시도 꽃과 함께 활짝 웃었다. 만개한 꽃과 테아를 분간할 수가 없었다.

아무렴 어떤가. 이렇게 제 품에 들어와 행복한 웃음을 머금고 있는 것을.

"좋아해, 하겐."

뱅글뱅글 도는 하겐과 테아. 선율에 맞추어 남들처럼 하느작거리는 둘은 그저 이 순간이 행복할 뿐이었다.

"뭐라고?"

절정에 달한 악공들의 연주가 템포를 높였다. 손에 손을 잡고 있는 이들의 얼굴에도 웃음꽃이 절정에 달했다.

"세상에서 제일 좋아해, 하겐!"

분명히 들었다. 테아의 고백을.

하겐의 입은 찢어져라 웃고 있었다. 비록 찰나의 순간일 뿐이나 로바노까지 온 것이 결코 헛되지 않았다. 오늘만큼은 보탄에게 심한 질책을 받아도 가만히 있을 수 있을 것 같다.

"나도 세상에서 제일 좋다."

"내가 더 좋아해."

"아니, 내가 더."

"아냐. 내가 더 세상에서 제일, 온 천지에서 제일, 제일로 좋아해!"

하겐에 맞서 한껏 소리친 테아. 그녀의 고백과 맞물려 악공들의 연주도 끝이 났다. 모두의 시선이 테아에게 쏠렸다.

잠시 적막이 이어지더니 뜻밖의 박수와 함께 환호성이 울렸다.

"와아! 대담한 고백!"

"멋져요, 용기 있는 아가씨!"

"거, 뭐해요? 어서 받아 주라고!"

박수 소리까지 하나가 되어 열렬한 고백을 한 테아를 돕고 있었다. 하겐은 그 상황이 우습기도 하고 행복하기도 했다.

그는 피식 웃었다. 그리고 많은 이들이 주시하는 가운데 테아의 이마에 입을 맞추었다.

"틀렸어! 입술에!"

"그래, 입술! 입술!"

와자한 웃음이 터지고 다시금 환호성이 이어졌다. 하겐은 더 크게 씩 웃었다. 그다음 보란 듯이 제 입술로 테아의 입술에 입을 맞추었다. 터지는 박수와 함성은 귀를 먹먹하게 할 정도였다.

"테아, 잊지 마. 내가 더 좋아하고 염원하는 것을. 그것은 깊이를 알 수 없을 만큼이라는 것도."

맹세처럼 읊조린 하겐은 다시 한 번 테아의 입술에 깊게 입맞추었다. 그리고 다시 테아가 눈을 떴을 때⋯⋯.

"아이고, 아가씨. 이 무슨 난리래?"

산팡이었다. 어느 틈에 테아에게 다가온 그녀는 호위대를 대동한 채였다. 함성 속에 눈을 뜬 테아는 오직 마리스의 꽃만을 꼭 부여잡고 주변을 두리번거렸다. 이미 하겐은 떠나고 없었다. 그러나 환상도 꿈도 아니었다.

"아가씨?"

"산팡, 나⋯⋯."

테아는 환하게 웃었다.

하겐을 만났다. 하겐에게 고백을 들었다. 하겐과 입을 맞추었다.

테아는 저도 모르게 기쁨의 눈물을 흘렸다. 그리고 그 눈물을 들킬세라 얼른 향기로운 꽃에 얼굴을 파묻었다.

"아니, 언제 그 많은 꽃을⋯⋯."

영문을 알 리 없는 산팡. 그녀는 다시 발길을 옮기는 테아의 뒤를 따라가며 연신 고개를 갸웃거렸다.

그런 테아를 광장 가장 높은 탑 꼭대기에서 지켜보는 하겐. 그 뒤에는 아르마가 크게 날갯짓을 하고 있었다.

"시간이 더 있었더라면⋯⋯."

아쉬웠다. 늘 그렇듯 찔끔 만나는 테아에게 갈증을 느꼈다. 영원히 함께하고픈 염원.

"기다려, 테아. 곧 함께할 것이니."

오직 테아의 모습만을 망막에 가득 담은 채 하겐은 아르마의 등에 올라탔다. 그러나 쉽사리 등을 돌리지 못하였다. 그때 하겐과 멀리 있는 테아의 시선이 마주했다.

'하겐.'

'테아.'

'다시 올 거지요?'

'물론, 우리는 늘 함께야.'

'응. 우리는 늘 영원해요.'

'기다려, 테아. 오직 나만을.'

하겐은 테아를 심장 깊이 새긴 채 하늘로 날아갔다. 그리고 테아는 뒤를 돌아 오랫동안 먼 하늘을 응시했다.

이제 로바노의 하루가 지나가려 한다.

그러나 축제는 이제부터 시작이다. 남은 여름날의 기쁨을 나누기 위해 아름답고 흥겨운 선율은 온밤 내내 멈출 줄 몰랐다.

—fin

작가 후기

인간이란 사랑받기 위해 태어난 존재다.
—달라이 라마.

사랑받기 위한, 또는 사랑하기 위한.

그것에 기인한 테오도어, 테아. 정말이지 사랑할 수밖에 없는 그녀로 그리고 싶었습니다.

또한 하겐. 소년처럼 또는 지극한 절대자인 그.

둘이 엮어 가는 사랑과 판타지. 감미롭게 또는 흥미진진하게, 그리고 시원한 결말이 되기를.

분명한 염원처럼 그 모든 것이 저의 손끝에서 충분히 그려 냈기를 바랍니다.

요즘 중세를 배경으로 엮어 나가는 작품에 신이 난 저입니다.

하여 앞으로 3부작으로 선보이게 될 터인데요.

기회를 주신, 봄 미디어에 깊은 감사 인사를 드립니다.

또한 편집 팀의 김민지 씨. 꼼꼼한 작업으로 인해 더욱더 풍부한 작품으로 거듭나게 된 것에 무한한 감사의 인사를 드립니다.

그리고 루구스를 위해 환상적인 디자인을 해 주신 디자인 팀에게도 깊은 감사를 드립니다.

한 작품이 끝나고 나면 늘 그렇듯 저에게 머물렀던 감정의 여운에 무척 안타깝습니다.

테아와 하겐이 잘 지내는지, 그들의 삶이 풍부한 사랑으로 인해 행복한지 궁금합니다.

부디 루구스를 읽으신 모든 분들도 저처럼 깊은 여운에 잠기게 되기를 바라오며.

그럼 저는 보다 더 나은 작품을 선보일 수 있도록 다음을 준비하겠습니다.

늘 감사하고 고마운 마음, 한 아름입니다.

감사합니다.

—2016년 여름의 끝자락 8월에,
윤희원.

참고 자료

북유럽의 신화 · 시가집(詩歌集)

릴케 시집